10|18
12, avenue d'Italie — Paris XIIIe

Sur l'auteur

Jean-François Parot, historien de formation, s'est appuyé sur sa solide connaissance du Paris du XVIIIe siècle : archives municipales, notariales, cadastres, publications, rapports de police... pour créer le personnage de Nicolas Le Floch, commissaire au Châtelet dans le Paris de Louis XV. La série compte maintenant quatre ouvrages dont le dernier, *L'Affaire Nicolas Le Floch*, a paru en octobre 2002 aux Éditions Jean-Claude Lattès. Ancien consul général de France à Saigon, Jean-François Parot est diplomate.

LE FANTÔME DE LA RUE ROYALE

PAR

JEAN-FRANÇOIS PAROT

10|18

« Grands Détectives »
dirigé par Jean-Claude Zylberstein

JC LATTÈS

Du même auteur
aux Éditions 10/18

Les enquêtes de Nicolas Le Floch,
commissaire au Châtelet

L'ÉNIGME DES BLANCS-MANTEAUX, n° 3260
L'HOMME AU VENTRE DE PLOMB, n° 3261
▶ LE FANTÔME DE LA RUE ROYALE, n° 3491

ISBN 2-264-03549-8

Avertissement

À l'intention du lecteur qui aborderait pour la première fois le récit des aventures de Nicolas Le Floch, l'auteur rappelle que dans le premier tome, *L'Énigme des Blancs-Manteaux*, le héros, enfant trouvé élevé par le chanoine Le Floch à Guérande, est éloigné de sa Bretagne natale par la volonté de son parrain le marquis de Ranreuil, inquiet du penchant de sa fille Isabelle pour le jeune homme.

À Paris, il est d'abord accueilli au couvent des Carmes déchaux par le père Grégoire et se trouve bientôt placé par la recommandation du marquis sous l'autorité de M. de Sartine, lieutenant général de police de la capitale du royaume. À son côté, il apprend son métier et découvre les arcanes de la haute police. Après une année d'apprentissage, il est chargé d'une mission confidentielle. Elle le conduira à rendre un signalé service à Louis XV et à la marquise de Pompadour.

Aidé par son adjoint et mentor, l'inspecteur Bourdeau, et après bien des périls, il dénoue le fil d'une intrigue compliquée. Reçu par le roi, il est récompensé par un office de commissaire de police au Châtelet et demeure, sous l'autorité directe de M. de Sartine, l'homme des enquêtes extraordinaires.

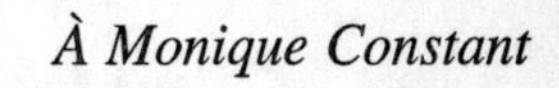

À Monique Constant

LISTE DES PERSONNAGES

NICOLAS LE FLOCH : commissaire de police au Châtelet
M. DE SARTINE : lieutenant général de police de Paris
M. DE SAINT-FLORENTIN : ministre de la Maison du roi
PIERRE BOURDEAU : inspecteur de police
PÈRE MARIE : huissier au Châtelet
TIREPOT : mouche
RABOUINE : mouche
AIMÉ DE NOBLECOURT : ancien procureur
MARION : sa cuisinière
POITEVIN : son valet
CATHERINE GAUSS : ancienne cantinière, servante de Nicolas Le Floch
GUILLAUME SEMACGUS : chirurgien de marine
AWA : sa cuisinière
CHARLES HENRI SANSON : bourreau de Paris
LA PAULET : tenancière de maison galante
PÈRE GRÉGOIRE : apothicaire au couvent des Carmes
M. DE LA BORDE : premier valet de chambre du roi
CHRISTOPHE DE BEAUMONT : archevêque de Paris
PÈRE GUY RACCARD : exorciste du diocèse
JÉRÔME BIGNON : prévôt des marchands
LANGLUMÉ : major de la compagnie des gardes de la Ville
M. BONAMY : historiographe et bibliothécaire de la Ville
CHARLES GALAINE : maître marchand pelletier, 43 ans
ÉMILIE GALAINE : sa seconde épouse, 30 ans
JEAN GALAINE : son fils d'un premier lit, 22 ans
GENEVIÈVE GALAINE : sa fille du second lit, 7 ans
CHARLOTTE GALAINE : sa sœur aînée, 45 ans
CAMILLE GALAINE : sa sœur cadette, 40 ans

ÉLODIE GALAINE : sa nièce et pupille, 19 ans
NAGANDA : Indien Micmac, serviteur d'Élodie
LOUIS DORSACQ : commis, 24 ans
MARIE CHAFFOUREAU : cuisinière des Galaine, 63 ans
ERMELINE GODEAU, dite MIETTE : servante des Galaine, 17 ans

I

LA PLACE LOUIS-XV

> Mais, par ses soins, un jour de fête
> Devient un triste jour de deuil.
> La place où le plaisir s'apprête
> N'est bientôt qu'un vaste cercueil.
>
> ANONYME (1770)

Mercredi 30 mai 1770

Un visage ricanant coiffé d'un bonnet rouge surgit à la portière. Des mains aux ongles noirs se cramponnaient à la vitre baissée. Sous la crasse, Nicolas reconnut la face déjà flétrie d'un gamin. Cette soudaine apparition le reporta presque dix ans en arrière, par une nuit de carnaval, juste avant que M. de Sartine, lieutenant général de police, lui confie sa première enquête. Les masques qui avaient environné ses recherches demeureraient toujours pour lui les visages de la mort. Il chassa ces pensées qui ne faisaient qu'accentuer les effets d'une tristesse éprouvée depuis le matin. Il lança une poignée de billons[1*] vers le ciel. L'apparition, ravie de l'aubaine, disparut ; elle avait pris appui sur le marchepied de la voiture et, après une culbute arrière,

* Les notes sont en fin de volume, page 341. (N.d.É.)

retomba sur ses pieds et se faufila dans la foule à la recherche des piécettes.

Nicolas s'ébroua comme une bête lasse et soupira pour tenter d'évacuer la tristesse qui le taraudait. Sans doute les deux semaines écoulées l'avaient-elles épuisé. Trop de nuits sans sommeil, une attention toujours en éveil et la crainte lancinante d'être surpris par l'incident imprévisible. Depuis l'attentat de Damiens, la sûreté avait été resserrée autour du roi et de sa famille. Certains événements ensevelis dans le secret des cabinets, auxquels le jeune commissaire au Châtelet avait été intimement mêlé et dont il avait éclairé les arcanes, le plaçaient, depuis près de dix ans, en première ligne dans ce combat et cette veille de tous les jours. M. de Sartine lui avait confié la surveillance rapprochée de la famille royale à l'occasion du mariage du dauphin et de Marie-Antoinette, archiduchesse d'Autriche. Jusqu'à M. de Saint-Florentin, ministre de la Maison du roi, qui l'avait pressé de donner le meilleur de lui-même, tout en rappelant, avec affabilité, ses succès passés.

Depuis la barrière de Vaugirard, la foule en rangs serrés envahissait la chaussée, interrompant par instants le flot chaotique des équipages. Le cocher de Nicolas ne cessait de hurler des mises en garde ponctuées des claquements secs de son fouet. Parfois la caisse, lors d'un arrêt brutal, basculait en avant et Nicolas devait tendre un bras protecteur pour éviter à son ami Semacgus de donner du nez contre la paroi. Il n'aurait su dire pourquoi, mais rien ne l'avait autant inquiété que cette grande multitude de peuple convergeant en désordre vers la place Louis-XV. Cette masse que l'impatience animait comme un frisson nerveux le flanc d'un cheval se précipitait vers la fête et le plaisir promis ; la Ville, en effet, offrait à l'occasion du mariage du dauphin le spectacle d'un grand feu d'artifice. Chacun y allait de sa rumeur et Nicolas prêtait l'oreille aux commentaires qui montaient jusqu'à lui. Le prévôt des marchands, dispensateur des festivités, avait assuré que le spectacle pyrotechnique serait suivi par l'illumination des boulevards. Comme s'il avait lu dans les pensées de son voisin, Semacgus s'éveilla après quelques éructations et, tendant la main vers la foule, hocha la tête.

— Les voilà bien confiants dans la munificence de leur prévôt ! Puissent-ils ne pas être déçus !

— En douteriez-vous, mon ami ? demanda Nicolas.

Après toutes ces journées d'inquiétude, il s'était fait une joie d'aller quérir le docteur Semacgus au fond de Vaugirard. Il le savait curieux de ces grandes occasions et lui avait proposé de l'accompagner place Louis-XV, afin d'assister à la fête depuis la colonnade des bâtiments nouvellement construits de part et d'autre de la rue Royale. Sartine souhaitait recevoir un rapport sur un événement auquel, par extraordinaire, la Ville n'avait pas associé sa police.

— Le Jérôme Bignon ne passe pas pour soucieux du peuple et je crains que ces braves gens ne soient amèrement déçus du régalement attendu. Ah ! les temps changent ! Vous ne sauriez imaginer le festoiement lors du second mariage du père de notre dauphin actuel. Le prévôt d'alors avait fait circuler des chars portant des cornes d'abondance qui déversaient des saucisses, des cervelas et autres rocamboles[2], sans compter les gouleyants breuvages… Foutre, chacun alors savait vivre et l'on s'était gobergé tout son soûl !

À ces savoureuses évocations, Semacgus claqua de la langue et son visage, déjà sanguin au naturel, s'empourpra un peu plus. « Il devrait prendre garde à lui », songea Nicolas. L'homme demeurait égal à lui-même, toujours avide des plaisirs de l'existence, mais il s'empâtait un peu plus chaque année et les somnolences se multipliaient. Ses amis s'en inquiétaient, sans oser lui prodiguer leurs conseils. Il n'aurait d'ailleurs pas consenti à mener une vie plus rangée et plus conforme à son âge. Nicolas mesurait l'amitié qu'il portait à Semacgus à l'inquiétude que celui-ci lui inspirait.

— C'est toute bonté de votre part, Nicolas, d'être venu chercher dans sa tanière un vieil ours toujours partant pour jouer les chalands…

Les gros sourcils broussailleux et encore plus blancs se haussèrent en signe d'interrogation ou de perplexité.

— Mais… Je vous trouve bien sombre, en ce jour de fête, reprit-il. Je parierais qu'un souci vous obsède.

Sous ses airs libertins, le chirurgien de marine cachait une sensibilité toujours en éveil et une grande sollicitude à l'égard de ses proches. Il se pencha vers Nicolas et, posant sa main sur son bras, ajouta en abandonnant son ton gouailleur :

— Il ne faut pas garder les choses pour soi, je vous sens tout emprunté de pensées…

Il reprit son ton habituel.

— Pour le coup, une beauté gonorrhéique qui vous a laissé un souvenir !

Nicolas ne put s'empêcher de sourire.

— Hélas, non, je laisse cela à mes amis plus turbulents. Mais vous avez raison, je suis inquiet. D'une part, parce que je m'apprête à assister à un grand rassemblement de peuple comme un observateur sans mission ni moyens, et aussi…

Semacgus l'interrompit.

— Comment ! Que me chantez-vous là ? La première police de l'Europe, citée en exemple de Potsdam à Saint-Pétersbourg, serait à quia, les mains liées, incapable ? M. de Sartine ne pourrait, queussi queumi[3], dépêcher pour action le meilleur de ses enquêteurs ? Que dis-je, son enquêteur extraordinaire ? Je n'en crois rien !

— Puisqu'il me faut tout avouer, répondit Nicolas, je vous dirai que M. de Sartine, pourtant légitimement inquiet, car enfin il y a des précédents…

Semacgus, surpris, leva la tête.

— … Oui, lorsque le père de notre dauphin épousa la princesse de Saxe. M. de Noblecourt n'a, vous le pensez bien, pas manqué de m'en faire le récit ; c'était en 1747 et il y assistait. Un spectacle d'artifice fut tiré avec succès place de l'Hôtel de Ville, mais, en raison du nombre surprenant de spectateurs, les carrosses se mêlèrent et de nombreuses personnes périrent écrasées et étouffées. M. de Sartine, qui se fait toujours communiquer les dossiers en archives, n'a évidemment pas manqué de relever ce fait et en a tiré les conclusions que vous imaginez.

— Diantre, oui ! Et où se trouve l'obstacle ?

— À ce que personne ne souhaite trancher dans le vif.

La voiture fit une embardée et frôla un vieil homme, qui, s'accompagnant d'une serinette, chantait en sautant sur un pied. Il était entouré d'une petite foule qui reprenait en chœur le refrain.

Nous donnerons des sujets à la France
Et vous leur donnerez des rois.

Un sifflet jaillit de l'assistance et une échauffourée se produisit. Nicolas allait intervenir, mais le coupable s'était déjà enfui.

— Mon adjoint Bourdeau dit souvent que le Parisien est capable du meilleur comme du pire, et que le jour où sa patience… Bref, Sa Majesté n'a pas voulu trancher en faveur de M. de Sartine.

— Le roi vieillit et nous aussi. La Pompadour veillait sur lui ; je ne sais si la nouvelle sultane a de ces délicatesses. Il décline, c'est un fait. L'an dernier, à la revue des gardes françaises, chacun a été saisi de le voir si changé et courbé sur son cheval, lui toujours si droit. En février, il a fait une mauvaise chute de cheval à la chasse. Le moment n'est pas facile. Mais la raison d'une si étrange attitude ?

— Rien n'était censé troubler le bon déroulement des noces. Trop de sinistres présages planaient sur ce mariage. Vous connaissez l'horoscope du docteur Gassner, ce mage tyrolien ?

— Eh ! Vous me savez philosophe ; qu'ai-je à faire de ces niaiseries ?

— Cette prédiction faite à la naissance de la dauphine annonce une fin funeste. À cela s'ajoutent de petits incidents. M. de La Borde, premier valet de chambre du roi et notre ami commun, m'a conté qu'à Kehl le pavillon destiné à accueillir la princesse était orné d'une tapisserie des Gobelins représentant les noces sanglantes de Jason et de Créüse.

— Voilà pour le moins une insigne maladresse : une femme trompée qui se venge, Créüse brûlée à mort par une tunique magique et les deux enfants de Jason égorgés.

— Pour en revenir au lieutenant général, il souhaitait — comme c'est son rôle et comme il est dans ses prérogatives — avoir la haute main sur la fête donnée par la Ville. Mais Bignon avait déjà tout manigancé pour usurper cette responsabilité. Le roi n'a pas voulu se mettre à dos les magistrats d'une ville qu'il déteste et qui le lui rend bien.

— Cependant, Nicolas, il ne faut pas méjuger la Ville avant que de la voir à l'œuvre.

— J'admire votre confiance. Jérôme Bignon, prévôt des marchands, dont la devise est « *Ibi non rem*[4] », est réputé incapable, vaniteux et entêté. M. de Sartine me rappelait à son propos que, lorsqu'il fut nommé bibliothécaire du roi, son oncle, M. d'Argenson, lui aurait lancé : « Fort bien, mon neveu, ce sera une bonne occasion d'apprendre à lire. » Qu'il soit l'un des Quarante de l'Académie française n'a bien sûr fait qu'ajouter à sa prétention. Mais cela n'est rien à côté de l'inconséquence des préparatifs de cette fête.

— Soit. Mais cela est-il si grave qu'il faille vous mettre en un si marmiteux état ?

— Jugez par vous-même. Primo, aucune mesure de sécurité n'a été prise par ces messieurs de la Ville. Le spectacle risque de faire refluer au cœur tout le sang de la capitale. Les conditions d'accès des voitures ne sont en rien organisées, alors que pour le moindre spectacle à l'Opéra, nous préparons soigneusement la circulation des abords. Rappelez-vous — nous y étions ensemble — l'inauguration de la nouvelle salle et les prodigieuses mesures de sûreté prises pour éviter les encombrements et les désordres. Une grande partie du régiment des gardes françaises était sur pied. Les postes s'étendaient du pont Royal au Pont-Neuf et la circulation est demeurée aisée jusqu'aux alentours du bâtiment. Nous avions pensé la chose dans ses moindres détails.

Semacgus sourit à ce « nous » de majesté, qui réunissait le lieutenant de police et son fidèle adjoint.

— Secundo ?

— Secundo, l'architecte chargé de l'ordonnancement des décorations s'est dispensé d'aplanir un terrain encore à peine surgi des chantiers. Il demeure çà et là des tranchées qui nous inquiètent fort, comme autant de pièges tendus sous les pieds de la foule. Tertio, rien n'a été prévu pour l'accès des invités de marque, ambassadeurs, échevins et autorités de la Ville. Comment franchiront-ils cette marée humaine ? Enfin, le prévôt a refusé d'accorder, comme la coutume le veut, une gratification générale de mille écus au régiment des gardes françaises. Ainsi seules des compagnies de gardes de la Ville, dont tout le souci, ces derniers jours, consistait à faire admirer leurs rutilantes tenues offertes par la municipalité pour l'occasion, devraient tenir la rue.

— Allons, ne vous mettez pas martel en tête. Le pire n'est pas le plus probable et le peuple finira cette soirée en réjouissances autour des victuailles et du vin offerts par le prévôt.

— Hélas, le bât blesse ici également ! Selon mes informateurs, la Ville, qui a voulu présenter un feu d'artifice plus somptueux que celui du roi à Versailles, aurait préféré lésiner sur le régalement pour finalement le supprimer.

— Supprimer le festoiement du peuple ! Quelle bêtise !

— Il sera remplacé par une foire sur les boulevards, mais les tenanciers des échoppes ont dû payer fort cher leur emplacement, pour éponger quelque peu la note du feu d'artifice. Vous savez combien ces féeries volantes sont dispendieuses. Bref, tout cela n'augure rien de bon, et vous me voyez dépité de mon impuissance. Je suis là pour rendre compte, rien de plus.

— Voulez-vous me dire à quoi sert ce prévôt ?

— À peu de chose. Depuis la création de la lieutenance générale de police par l'aïeul de Sa Majesté, il a perdu ses prérogatives essentielles. Il lui reste des brimborions, et surtout la gestion des propriétés de la Ville et l'organisation de ses emprunts. De plus, il est décoratif dans les cérémonies. « Robe de satin rouge couverte d'une toge fendue mi-partie rouge mi-partie tannée, et la toque du même acabit. »

— Je vois ! fit Semacgus. Il en est de certaines personnes en place comme des chevilles et des clous que l'on considère comme d'une absolue nécessité pour joindre toutes les parties d'un édifice, quoique leur valeur intrinsèque soit réputée nulle.

Nicolas rit de bon cœur à ce trait. Un long moment de silence suivit, au cours duquel le bruit des voitures, les cris des cochers et le piétinement de la foule en marche emplirent la voiture de la rumeur d'une marée qui montait en tempête.

— Vous ne m'avez rien dit de ces deux semaines, Nicolas. Ni de l'impression que vous a faite notre future souveraine.

— J'ai accompagné Sa Majesté au pont de Berne, en forêt de Compiègne, pour y accueillir la dauphine.

Il redressa la tête d'un air faraud.

— J'ai galopé aux portières du carrosse royal et j'ai même recueilli un sourire amusé de la princesse lorsque, mon cheval s'étant cabré, j'ai failli vider les étriers. Le roi a alors crié avec sa voix de chasse : « Ferme, Ranreuil, ferme ! »

Semacgus sourit au récit juvénile de son ami.

— Mieux en cour que vous, il est malaisé !

— Le soir du mariage, il y a eu jeu chez le roi et le feu d'artifice fut remis au samedi suivant en raison de l'orage. Le succès fut au rendez-vous. Peignez-vous l'éblouissement d'une girande[5] de deux mille fusées géantes et de tout autant de bombes. Elles ont illuminé le parc jusqu'à l'extrémité du Grand Canal. Là, une façade de cent pieds, représentant le Temple du Soleil, s'est désagrégée en mille fantaisies. La cohue fut immense et l'introducteur des ambassadeurs dut régler d'interminables querelles de préséance entre les invités de marque conviés aux balcons du palais.

— Et la dauphine ?

— C'est encore une enfant. Belle, certes, mais peu formée. Beaucoup de grâce dans la démarche. Les cheveux sont d'un beau blond. Le visage est un peu allongé avec des yeux bleus et un teint magnifique, de porcelaine. J'aime moins la bouche, avec sa lèvre inférieure épaisse et pendante. M. de La Borde prétend qu'elle serait fort négligée et que le dauphin en serait incommodé...

— Tout cela est du dernier galant, Nicolas ! s'esclaffa Semacgus. Je crois que le policier en vous l'emporte pour le coup sur l'honnête homme. Et le dauphin ?

— Berry est un très grand garçon dégingandé aux gestes brusques. Il se balance en marchant et donne l'impression de ne rien voir et de ne rien entendre, paraissant étranger à tout. Le soir de ses noces, le roi l'a vivement encouragé à... enfin, à songer à la succession...

— Le principal ministre, Choiseul, n'épargne guère notre futur roi et le décrit comme incapable, observa Semacgus. On dit que celui-ci refuse de lui parler, arguant d'une offense faite par le duc à feu son père.

— L'offense frôlait la lèse-majesté : Choiseul priait le ciel de lui épargner d'avoir à obéir comme sujet au futur roi !

L'arrêt brutal de la voiture les projeta tous les deux en avant. Se redressant, Nicolas ouvrit la portière et sauta à terre. Un embarras de carrosses, songea-t-il. En fait, une berline sortant de la rue de Bellechasse avait tenté de s'insérer dans la longue cohorte de véhicules en file rue de Bourbon. Il eut du mal à se frayer un chemin au milieu des badauds agglutinés. Que n'avait-il écouté le judicieux conseil de Semacgus, qui avait proposé d'emprunter le pont de Sèvres et de gagner la place Louis-XV par la rive droite de la Seine ! Il s'était entêté à prendre un chemin plus direct par la rive gauche et le pont Royal. Il finit par rompre un cercle de curieux qui regardaient à terre un spectacle navrant.

Un vieillard qui venait sûrement d'être renversé par la voiture gisait dans son sang, le visage exsangue et les yeux révulsés. La perruque et le chapeau avaient glissé, laissant apparaître un crâne lisse couleur ivoire. Agenouillée près du corps, une vieille en habit bourgeois, le mantelet en désordre, pleurait en silence et essayait de redresser la tête du blessé. Elle ne put y parvenir et se mit à caresser avec douceur la joue du vieil homme. Figée, la foule considérait la scène. Bientôt des cris et des grondements de colère s'élevèrent, suivis aussitôt de menaces et d'insultes adressées au cocher de la voiture à demi engagée dans la rue de Bourbon. Depuis le fond du carrosse, une voix pleine de morgue intima l'ordre de passer outre et d'écarter toute cette populace. Le cocher poussait déjà les chevaux, quand Nicolas saisit le mors de l'un d'eux, l'immobilisa et lui parla à l'oreille. Il usait parfois de cette étrange complicité entretenue avec ses montures. D'un doigt, il massait la gencive du cheval qui frémit et recula. Regardant derrière lui, il vit Semacgus penché sur le blessé, lui tâtant le col et passant devant ses lèvres un petit miroir de poche. Le chirurgien releva la vieille dame et chercha une aide du regard. Deux hommes apparurent, portant une table sur laquelle on déposa avec précaution la victime. Un homme tout de noir vêtu suivait le cortège. Semacgus lui parla à l'oreille et lui confia la vieille.

Nicolas se sentit frappé à l'épaule. Le cheval, effrayé, fit un écart qui faillit le renverser. Il se retourna pour découvrir une masse scintillante de galons surdorés, reconnut le bleu et le rouge d'un uniforme d'officier des gardes de la Ville. Un large visage cramoisi aux petits yeux froids, l'image même de la fureur. Le passager de la voiture en était descendu et venait de cingler furieusement Nicolas d'un coup du plat de son épée.

— Service du roi, monsieur, dit celui-ci, vous venez de frapper un magistrat, commissaire de police au Châtelet.

La foule s'était rapprochée des deux hommes et suivait la scène avec une irritation sensible.

— Service de la Ville, répliqua l'autre, écartez-vous. Je suis le major Langlumé de la compagnie des gardes de Paris. Je me rends place Louis-XV pour y assurer le bon ordre de la fête que M. le prévôt organise. Les gens de Sartine n'ont rien à faire en l'occurrence ; le roi en a ainsi décidé.

Les règlements étaient formels, et il était hors de question que Nicolas, même si l'envie le démangeait, en vînt à croiser le fer avec ce butor. Il vit soudain les plus proches badauds, et, parmi eux, ceux qui avaient les mines les plus patibulaires, ramasser des pierres. Ce qui suivit fut si rapide que rien ni personne n'aurait pu l'empêcher. Une grêle de cailloux, et même un morceau de moellon d'une maison en construction, s'abattirent sur l'équipage. Le major reçut une pierre sur la tempe, qui lui fit une estafilade. Jurant et criant, il remonta en hâte dans sa voiture et se résigna à la faire reculer dans la rue de Bellechasse. Depuis la fenêtre brisée de son carrosse, il tendit un poing vengeur à Nicolas.

— J'admire votre capacité à vous faire des amis, dit Semacgus qui s'était approché. Notre accidenté s'en tirera avec un emplâtre. Il avait juste perdu connaissance : coupure du cuir chevelu, épanchement abondant de sang, toujours spectaculaire ! Je les ai remis, lui et sa femme, entre les mains d'un apothicaire qui fera le nécessaire. A-t-on idée, à cet âge, de courir les rues comme des jeunots par une telle tourmente ! J'ai vu de drôles de mines ici, et ma montre a failli passer dans d'autres mains.

— Je vous l'aurais retrouvée ! dit Nicolas. Avant-hier, au grand souper qu'offrait l'ambassadeur de l'empereur au Petit Luxembourg, j'ai démasqué un chevalier d'industrie qui s'était indûment introduit dans la fête et tentait de dérober la montre du comte de Starhenberg, ancien ambassadeur de Marie-Thérèse à Paris. Il a écrit fort galamment à M. de Sartine pour lui faire compliment de l'excellence de sa police, « la première de l'Europe », comme vous le chantiez tout à l'heure. Moi aussi, j'ai observé d'étranges allures. Elles m'inquiètent pour la suite et imaginez la coïncidence : le responsable de la sécurité de la fête est précisément ce personnage empanaché qui me cherchait querelle.

— Peuh ! ces gens-là ne sont pas du métier. C'est une garde bourgeoise dont les offices s'achètent.

— Et en grande rivalité avec nos gens du guet. Il faudra un jour en finir et mettre de la cohérence dans ces forces diverses, impuissantes parce que divisées, et plus attachées à se nuire qu'à ménager le bien public. Mais je m'égare ! Pouvez-vous imaginer que ce responsable n'est pas encore sur place pour ordonner et surveiller ce grand concours de peuple ?

Nicolas se replongea dans sa méditation. Leur voiture finit par s'engager sur le pont Royal, où le mélange bigarré des piétons et l'enchevêtrement des véhicules offraient l'image d'une armée en déroute. Emprunter le quai des Tuileries fut aussi malaisé que le reste du parcours. Deux flux tumultueux se rejoignaient et tentaient de se mêler en se repoussant : celui qui débouchait de la rive gauche et un autre, tout aussi abondant et désordonné, provenant du quai des Galeries du Louvre.

— Le passage paraît bloqué à la hauteur du pont Saint-Nicolas.

Semacgus n'attendait que cela pour rebondir.

— Et pourtant, il n'y a pas de vaisseau de ligne pour réjouir le Parisien. J'étais enfant quand mon père — c'était encore sous le régent d'Orléans — me mena pour admirer un navire hollandais de huit canons qui mouillait à cet endroit.

Nicolas s'impatientait et tapotait des doigts sur la vitre. L'obscurité était presque complète et les cochers s'arrêtaient pour allumer les lanternes, ce qui aggravait encore le désordre et la lenteur du convoi. À hauteur de la terrasse des Feuillants, il fit signe à son ami d'avoir à abandonner leur voiture. Il ordonna au cocher de regagner le Châtelet ; ils trouveraient par eux-mêmes le moyen de rentrer après la fête, et d'ailleurs ils devaient souper rue du Faubourg-Saint-Honoré au *Dauphin couronné*, chez la Paulet, une vieille connaissance. Traverser cette foule de plus en plus dense tenait du prodige. À plusieurs reprises, le chirurgien de marine attira l'attention du commissaire sur des visages menaçants qui, par petits groupes, se mêlaient au peuple. Nicolas haussait les épaules avec une mimique d'impuissance. Ils se trouvaient désormais entraînés dans un remous ; bousculés, pressés et à demi portés, ils parvinrent non sans mal jusqu'à la place Louis-XV. À nouveau, deux flots grossis de peuple et de voitures se rencontraient, l'un venant du quai des Tuileries et l'autre de la promenade du Cours-la-Reine. En se dressant sur la pointe des pieds, Nicolas remarqua que les voitures stationnaient de plus en plus nombreuses sur le quai sans qu'aucun représentant de l'autorité vînt réglementer ce désordre.

Atteindre l'hôtel des Ambassadeurs Extraordinaires exigea un combat de tous les instants, tant les mouvements divers les poussaient dans des directions opposées. L'inquiétude de Nicolas s'accrut de constater l'absence totale de gardes. Heureusement, pensait-il, aucun membre de la famille royale ne devait assister au spectacle. Ils longèrent non sans mal le Temple de l'Hymen orné d'une magnifique colonnade adossée à la statue de Louis XV. L'ensemble était entouré d'une espèce de parapet dont les quatre angles étaient flanqués de dauphins destinés à vomir des tourbillons de feu. Des symboles de fleuves occupaient les quatre façades et devaient aussi répandre des nappes et des cascades du même genre. Ce palais était surmonté d'une pyramide terminée par un globe. Semacgus critiqua les proportions de l'ensemble, qui lui semblaient manquées. Nicolas releva que la plupart des pièces de départ du feu d'artifice étaient rangées autour de cette architecture ; un bastion de réserve d'où partirait le bouquet avait été disposé derrière la statue, côté fleuve.

À l'hôtel des Ambassadeurs ils furent accueillis par M. de La Briche, secrétaire de M. de Séqueville, introducteur. Il paraissait hors de lui et peinait à retrouver son souffle.

— Ah ! monsieur Le Floch, vous me voyez assailli sans répit par des harpies… Je veux dire par les ministres accrédités auprès de Sa Majesté. Malgré mes objurgations, la Ville a distribué plus de places réservées que nous n'en avons à offrir. La banquette des ambassadeurs est plus qu'archipleine. Quant aux chargés d'affaires, je vais devoir les asseoir les uns sur les autres. M. de Séqueville a éprouvé les mêmes misères à Versailles lors des fêtes du mariage…

Il houspilla vivement deux garçons bleus qui transportaient une banquette et heurtaient un mur tout frais rechampi.

— J'ajoute banquette sur banquette. Que puis-je pour votre service, monsieur Le Floch ? Où ai-je la tête ? Monsieur le marquis.

— Le Floch suffira, dit Nicolas en souriant.

— Eh ! monsieur, Madame Adélaïde[6] ne vous nomme qu'ainsi, et vous êtes le favori de ses chasses. Je ne sais où je vais vous placer avec monsieur, monsieur… ?

— Docteur Guillaume Semacgus.

— Avec le docteur Semacgus, serviteur, monsieur. Le moindre passe-droit émeut tout ce public, le moindre ministricule ou hospodar de la Porte préférerait se faire hacher sur place plutôt que de céder son rang. Et M. Bignon a semé sans calculer les invitations au ban et à l'arrière-ban de l'échevinage, des officiers, des bureaux, des couvents, des écoles, et que sais-je encore !

Un gros homme à l'habit gris et or s'interposa et se mit à parler fort haut à M. de La Briche, qui se confondit en promesses. Le personnage se retira fort crêté.

— Imaginez que ce plénipotentiaire, qui représente l'Électeur palatin, me crie aux oreilles qu'il peut d'autant moins se prêter à composition qu'il se ferait des querelles à sa cour pour avoir laissé insulter le nom de son souverain. Ai-je pour habitude d'insulter un souverain, je vous le demande ? Les arrangements les plus raisonnables sont rejetés.

Le petit homme secouait la tête.

— Je ne veux pas vous accabler, reprit Nicolas, mais s'il était possible d'avoir une vue d'ensemble de la place…

— N'en dites pas plus, M. de Sartine m'en voudrait pour l'éternité si je ne vous satisfaisais point.

— Dans ce cas, je plaiderais votre cause, vous pouvez y compter.

— Vous êtes bien gracieux. Vous conviendrait-il de gagner les terrasses ? La soirée s'annonce belle et vous auriez là-haut la plus belle et la plus complète des vues et… vous m'ôteriez une épine du pied, car je ne sais vraiment où je pourrais vous insinuer.

Il appela un laquais, à qui il tendit une grosse clé.

— Accompagne ces messieurs de mes amis jusqu'à la terrasse par les petits degrés. Tu laisseras la porte ouverte et la clé dessus, au cas où je devrais nicher quelqu'un d'autre. Dieu, je me sauve, voici le comte de Fuentes, l'ambassadeur d'Espagne. Je n'ai plus le courage d'affronter sa morgue, il se placera bien tout seul !

La Briche pirouetta sur lui-même et s'échappa en sautillant. Nicolas et Semacgus suivirent le laquais dans une enfilade de salons peuplés de nombreux invités. Le major Langlumé, un morceau de taffetas gommé sur la tempe, pérorait au milieu d'un cercle admiratif de femmes ; il jeta un regard assassin au commissaire. Par plusieurs escaliers, ils gagnèrent les combles et la terrasse.

Le ciel s'était encore obscurci et les premières étoiles brillaient. Le spectacle qui se déroulait sous leurs yeux les laissa sans voix. Au loin, vers Suresnes, les dernières lueurs du couchant baignaient l'horizon de lignes pourpres, dessinant la découpe des hauteurs entourant la capitale comme sur une soie chinoise. La Seine scintillait, reflétant les lumières de la ville. Ils furent saisis par le nombre des spectateurs rassemblés sur la place Louis-XV. Un espace avait été réservé autour du monument central, submergé à chaque instant par les poussées de la multitude. Çà et là des vides correspondaient à des tranchées non encore rempierrées. Nicolas, que n'abandonnait jamais le souci du détail révélateur, nota avec inquiétude qu'une cohue confuse de voitures et de chevaux continuait à grossir sur le quai des Tuileries et sur ses abords. Semacgus le précéda dans son commentaire.

— La dissolution de ce grand corps populaire à l'issue du spectacle risque fort d'être longue et difficile.

Chacun est arrivé à son heure et tous voudront quitter la place en même temps. Cela nous promet un bel embarras.

— Guillaume, j'admire votre sagacité et rends grâce au zèle officieux « qui sur tous ces périls vous fait ouvrir les yeux ». Fasse le ciel que M. Bignon ait envisagé la chose et prévu avec la dernière exactitude les moyens d'évacuation. Je crois que notre ami M. de La Briche aura quelques accrocs avec ses excellences toujours pressées de rejoindre leur hôtel.

Nicolas se dirigea vers l'angle droit de la terrasse, enjamba la balustrade, à la grande inquiétude de Semacgus, grimpa sur le rebord de pierre et, s'y accrochant d'une main, se pencha sur le vide. Il considéra la rue Royale pleine d'une foule qui avait de la peine à avancer.

— Ne demeurez pas là, dit Semacgus, un faux mouvement et la chute est assurée. Les jambes me tremblent, de vous voir.

Il lui tendit une main que Nicolas saisit avant de sauter avec légèreté au-dessus des colonnettes.

— Quand j'étais enfant, je jouais à me faire peur sur la falaise ocre de Pénestin ; c'était bien autrement périlleux, avec le vent.

— Ces Bretons m'étonneront toujours.

Ils se turent à nouveau, repris par la grandeur du spectacle qui, avec la montée de la nuit, se concentrait sur la place Louis-XV.

— Avez-vous admiré les carrosses de la dauphine ? Tout Paris en parle. On dit qu'ils font honneur au goût de M. de Choiseul qui les a commandés et a suivi de fort près leur fabrication.

— Je les ai vus. Une splendeur un peu accrocheuse à mon goût, mais le présent vaut le futur[7].

— Oh ! oh ! dit Semacgus, je répéterai ce mot.

— Ce sont des berlines à quatre places, l'une revêtue de velours ras cramoisi avec les quatre saisons brodées en or. L'autre en velours bleu avec les quatre éléments aussi en or. Le fin et le recherché sont extraordinaires. Le couronnement et l'impérial sont surmontés de fleurs en or de diverses couleurs, qui s'agitent au moindre mouvement.

— Cela a dû coûter bon prix ?

— Vous connaissez la réponse du contrôleur au roi qui s'inquiétait de savoir comment seraient les fêtes.

— Point du tout. Qu'a répondu l'abbé Terray ?

— « Impayables, Sire. »

Ils en riaient encore quand une sourde détonation annonça le début du spectacle. Un long cri d'allégresse monta jusqu'à eux. La statue du roi s'illumina au centre de la place environnée de girandoles, alors que de nouvelles explosions déclenchaient un grand envol des pigeons assoupis des Tuileries et du Garde-Meuble ; pourtant, elles ne furent pas suivies des éblouissements attendus, et, l'échec se répétant, la foule passait peu à peu de la joie de l'admiration au murmure de la déception. À nouveau, quelques fusées s'élevèrent sans exploser ; elles traçaient des trajectoires incertaines et retombaient ou se dissipaient en claquements secs. Il y eut un moment de silence d'où jaillirent, étrangement nets, des ordres et des cris provenant des artificiers de Ruggieri ; ils furent aussitôt couverts par le sifflement aigu d'une fusée qui avorta elle aussi. Cet essai malheureux fut oublié quand un éventail en queue de paon tout constellé d'or et d'argent s'ouvrit sur l'immense assemblée et parut redonner un souffle au spectacle. La foule applaudit à tout rompre. Semacgus bougonnait ; Nicolas le savait bon public, comme tant de vieux Parisiens, mais aussi prompt à la critique.

— Tirs bien mal ajustés, aucun rythme, exécution sans progression. Y aurait-il une musique, tout était à contretemps. Le peuple murmure et il a raison. On ne le peut tromper avec du faux-semblant, il se sent floué.

— Pourtant, *La Gazette de France* de lundi dernier annonçait que Ruggieri avait préparé son coup de longue main et que son ordonnancement faisait l'admiration des connaisseurs qui le comparaient à son avantage à celui de Torré, son rival, à Versailles.

Les tirs se poursuivaient, alternant succès, faux départs et longs feux. Une fusée s'éleva suivie d'un panache de lumière ; elle sembla s'arrêter, puis bascula et piqua du nez pour exploser sur le bastion des artificiers. D'abord, il ne se passa rien, puis des volutes de fumée noire montèrent, suivies aussitôt par le jaillissement des flammes. La foule qui entourait le monument eut un premier mouvement de recul qui, telle une onde, se communiqua alentour. Il y eut alors une série de détonations crescendo, le bastion parut s'entrouvrir pour laisser la place à une éruption de feux volants.

— La réserve et le bouquet ont pris feu prématurément, constata Semacgus.

La place Louis-XV plongée dans une lumière froide et blanche s'éclaira comme en plein jour. La Seine se transforma en un miroir glacé qui reflétait ce flot lumineux retombant en pluie d'argent. Surprise par ce déchaînement, la foule, animée de mouvements contradictoires, considérait, sans démêler ses propres sentiments, le feu qui enflammait le Temple de l'Hymen et érigeait un immense brasier d'où partaient encore quelques fusées lasses. De longues minutes s'écoulèrent dans cette contemplation. L'incertitude du public était sensible : les têtes se tournaient en tous sens, on s'interrogeait d'un air incrédule. L'incendie gagnait et déjà le feu d'artifice s'éteignait avec les soubresauts d'un organisme à l'agonie. Nicolas penché sur la balustrade scrutait la place. Son ami fut effrayé de l'angoisse qui marquait son visage.

— On ne donne aucun secours au feu, dit-il.

— Je crains que le peuple n'en vienne à penser qu'il s'agit d'un nouveau genre de spectacle qui offre un assez joli coup d'œil et que cette surprise manquée fait partie de la fête.

Brutalement, tout parut entrer en mouvement, comme si un génie pervers avait semé des ferments de désordre dans l'assistance. Au bruit des détonations et aux craquements des éléments du décor qui s'effondraient s'ajoutaient désormais des cris d'angoisse et des appels au secours.

— Voyez, Guillaume, dit Nicolas, les voitures à pompe arrivent. Les percherons sont affolés par le bruit et s'emballent !

Plusieurs voitures, tirées par de lourds chevaux lancés au grand galop, venaient en effet d'apparaître, surgissant des deux voies parallèles à la rue Royale — la rue de l'Orangerie du côté des Tuileries, et celle de la Bonne-Morue du côté des Champs-Élysées. Elles renversaient tout sur leur passage. Ce qui suivit demeurerait à jamais dans la mémoire de Nicolas ; il revivrait souvent les étapes de ce drame. Le spectacle lui rappelait un tableau ancien, naguère admiré dans les collections du roi à Versailles, et représentant un champ de bataille où s'agitaient des milliers de personnages, chacun avec le détail de son visage, de sa vêture, de son armement, de ses actions et de ses expressions. Il avait observé qu'en isolant un petit espace de cette action il était possible de juxtaposer des centaines de petits tableaux tous parfaits dans leur réduction. Depuis la terrasse de l'hôtel des Ambassadeurs Extraordinaires, aucun épisode du drame ne lui échappait. La situation évoluait à chaque minute. Des groupes de spectateurs, bousculés par les attelages, s'étaient portés en arrière. Certains étaient tombés dans les tranchées non encore comblées. Nicolas se souvint que le déblaiement définitif du chantier ne datait que du 13 avril de la même année, sans que pour autant le terrain ait été totalement apprêté. Semacgus lui désigna un autre endroit : les invités qui avaient assisté au spectacle commençaient à sortir du bâtiment et leurs voitures, jusqu'alors rangées en désordre sur le quai des Tuileries, affluaient maintenant et forçaient le passage à grands coups de fouet. Pris entre les pompes et les carrosses, de nombreux spectateurs trébuchaient et tombaient dans les fossés. Ils aperçurent aussi des figures louches, l'épée à la main, qui attaquaient les bourgeois affolés et les dépouillaient.

— Regardez, Nicolas, les filous sont sortis des faubourgs.

— Ce qui me paraît plus grave, pour l'instant, c'est que le quai des Tuileries ne peut être rejoint et que le pont du Corps-de-Garde, donnant sur le jardin des Tuileries, est fermé. La seule issue est la rue Royale. Tout est réuni pour une confrontation générale.

— Mais voyez ce grand mouvement de peuple vers les quais ! Les gens s'écrasent et tentent de se réfugier le long du fleuve. Mon Dieu, je viens d'en voir au moins une douzaine qui sont tombés ! Le filet de Saint-Cloud[8] sera plein demain, et la Basse-Geôle comble.

La panique devint générale. Il y eut un mouvement affolé de reflux. Une partie de la foule, sur le pourtour de la place, ne semblait pas mesurer la gravité de la situation ; elle avançait calmement, inexorablement, vers la rue Royale afin de passer d'un plaisir à un autre et gagner par cette voie les Boulevards pour y admirer les illuminations et les attractions de la foire. Cependant, ceux qui n'avaient pu sortir de la nasse que constituait la place convergeaient depuis le centre vers la même artère sans se préoccuper du piège qui se refermait. Des voitures obstruaient le passage. Des hurlements parvinrent jusqu'à Nicolas, mais la rumeur de plusieurs dizaines de milliers de spectateurs couvrait ces signes avant-coureurs du désastre.

Ce que découvrit Nicolas à l'angle du bâtiment, quand il se pencha à nouveau pour regarder la rue

Royale, dépassait toutes ses craintes. Il cria à Semacgus, qui n'osait s'approcher du vide :

— Si rien ne vient arrêter le mouvement, nous courons à la catastrophe. Plus rien ne circule. Tout ce qui veut quitter la place s'engage dans la rue ; jusqu'au marché Daguesseau, elle est noire de monde. La foule des Boulevards veut rejoindre la place.

Au même instant, un long concert de hurlements et d'appels se fit entendre. Horrifié, Nicolas observa les deux mouvements contraires qui s'amplifiaient et accéléraient comme deux lames de fond opposées. Les passants qui se trouvaient pressés au milieu de la chaussée ne pouvaient ni avancer ni reculer, la rue s'étrécissant à cause d'un ressaut dû à des maisons non encore démolies ; ce réduit formait entonnoir. Des pierres de taille gisant sur le sol aggravaient le désordre et compliquaient le passage déjà difficile à cause de tranchées non fermées. Il vit des corps y glisser, immédiatement recouverts par d'autres couches humaines. Il distinguait, à la lumière des lanternes, les bouches ouvertes qui criaient leur terreur. Hommes, femmes, enfants, écrasés, pressés et bousculés, trébuchaient et tombaient, aussitôt piétinés par ceux qui les suivaient. À certains, compressés debout, le sang jaillissait des narines. Les tranchées furent bientôt aussi combles que des fosses communes. Comme un Moloch, le piège de la rue Royale dévorait les Parisiens. Au centre de la place, la statue du roi semblait naviguer sur un champ de lave ; seuls vestiges du naufrage de la fête, des braises rougeoyaient encore.

— Il faut porter secours à ces gens, dit Nicolas.

Suivi par Semacgus, il se précipita jusqu'à la petite porte qui conduisait aux combles. Elle résista à leurs efforts. Ils durent se rendre à l'évidence : elle était fermée de l'intérieur.

— Qu'allons-nous faire ? demanda Semacgus. Il est notoire que vous escaladez les murailles comme un chat, mais ne comptez pas sur moi pour vous suivre.

— Rassurez-vous, je ne crois pas la descente possible par la façade sans filins. Mais j'ai d'autres cordes à mon arc.

Il fouilla dans sa poche et en tira un petit instrument pourvu de plusieurs lames. Il en introduisit une dans la serrure et tenta de faire jouer le pêne, mais elle se coinça contre un obstacle. Il donna un coup de pied rageur contre le chambranle de la porte, puis réfléchit un court instant.

— Puisqu'il en est ainsi, je jouerai les cheminées, il n'y a pas d'autre issue. Mais là aussi, il faut des cordes. Enfin, regardons toujours.

Ils regagnèrent la terrasse et Nicolas, après avoir gravi une échelle de fonte, se retrouva au faîte d'un de ces monuments de pierre. Il battit le briquet et, avec une feuille de son carnet, constitua une petite torche qu'il lâcha dans le vide. Le conduit descendait verticalement et semblait épouser ensuite une bande presque horizontale.

— Il y a des crampons dans la pierre, je vais descendre. Au pire, si je ne passe pas, je remonterai. Guillaume, vous demeurez ici.

— Que pourrais-je faire d'autre ? Mon embonpoint ne m'autorise pas à descendre.

La rumeur montant de la place était de plus en plus hachée de cris et de plaintes. Nicolas se dévêtit en hâte et enleva ses souliers.

— Je ne veux pas m'accrocher. Gardez mon fourniment. Cela me ronge de me sentir impuissant avec ce qui se passe en bas…

Avant de le remettre à Semacgus, il retira de la poche de son habit, au grand amusement du chirurgien, toujours étonné de ce qu'il pouvait en sortir, un petit morceau de bougie qu'il plaça entre ses dents. La descente fut aisée, facilitée par les crampons destinés au travail des ramoneurs. Nicolas songeait avec angoisse à la suite ; il n'était plus un enfant, mais un homme fait ayant dépassé la trentaine. La cuisine de Catherine et de Marion et les repas dans les estaminets avec son adjoint Bourdeau, amateur comme lui de franches lippées, avaient laissé des traces. Il toucha le fond. Deux conduits se présentaient à lui, l'ouverture de l'un étant dissimulée dans l'entrée de l'autre. Il choisit d'emprunter le moins incliné, jugeant qu'il devait rejoindre des foyers situés à des niveaux supérieurs. Ne pouvant la garder à la main, il alluma la bougie et la fixa entre un crampon et la paroi. Il allait devoir s'enfoncer à l'aveuglette dans une obscurité croissante.

Le risque de se trouver coincé dans ce boyau le rendait malade d'appréhension. Il songea soudain que les plis de sa chemise pourraient gêner sa progression, et s'en débarrassa. En haut, Semacgus, la voix blanche d'angoisse, dispensait des conseils qui lui parvenaient déformés par l'écho. Il prit son souffle et jeta ses jambes en avant. Il se sentit glisser dans une matière grasse, perdit un instant la notion du temps et de l'espace, avant un douloureux retour au réel. Bloqué par sa carrure, il était coincé et ne descendait plus. Pendant de longues minutes, il s'étira comme un chat, haussant une épaule puis l'autre. La figure grotesque d'un contorsionniste observé à la dernière foire Saint-Germain lui revint en mémoire. Il parvint enfin à forcer le passage et reprit sa progression. Il se sentit aspiré par le vide. Presque aussitôt, il tomba sur un amoncellement de bûches dans le foyer d'une immense cheminée. La pyramide s'écroula avec fracas sous son poids, et sa tête porta sur la plaque en bronze aux armes de France. Il fut surpris de ne s'être point assommé. Il se releva avec précaution et vérifia l'état de ses articulations ; à part quelques écorchures, il était indemne. Il se considéra dans l'immense trumeau surmonté d'un décor floral en stuc : un inconnu, noirci et sali par la suie, une figure d'épouvantail à la culotte déchirée, lui apparut. Il traversa une pièce pas encore meublée ni décorée, qui tenait plus de la caserne que du palais. Il ouvrit une porte et se retrouva à hauteur des salons de l'hôtel, là où les invités à la fête s'étaient pressés vers les balcons. Une foule désordonnée s'agitait comme une ruche bouleversée. Les uns s'agglutinaient aux croisées en se bousculant pour observer la place, les autres péroraient. Nicolas éprouva le sentiment d'un spectacle absurde, celui d'une comédie ou d'un ballet détraqué dans lequel des automates répétaient inlassablement les mêmes mimiques. Nul ne lui prêtait attention, alors que son torse souillé aurait dû attirer les regards.

Il retrouva l'escalier qui menait vers les combles. En le gravissant, il entendit le timbre grave de la voix de Semacgus mêlé à celui, plus aigu, de M. de La Briche. Ils descendaient tous deux si vite qu'ils tombèrent dans les bras de Nicolas. La catastrophe sur la place prenant de l'ampleur, l'introducteur des ambassadeurs avait voulu quérir Nicolas, mais la serrure de la porte se trouvait obstruée par un objet mystérieux en métal doré, une sorte de fuseau qu'il remit au commissaire. La clé, elle, gisait à terre. D'évidence, un mauvais plaisant s'était amusé aux dépens des spectateurs de la terrasse. Il veillerait à trouver le coupable, sans doute un de ces laquais insolents ou encore un de ces garçons bleus qui, en dépit de leur jeunesse, se croyaient tout permis à force d'approcher le trône.

— Monsieur le commissaire, ajouta-t-il, il faut m'aider à remettre un peu d'ordre ici. La presse est effroyable et nous avons des blessés à ne savoir qu'en faire. On en amène sans cesse. Les gardes de la Ville ne sont pas là. Leur chef, le major Langlumé, a disparu dès le début de la catastrophe pour donner des ordres à ses gens. Il n'a pas réapparu depuis. De plus, on me dit de divers côtés que des brigands mêlés à la foule attaquent les honnêtes citoyens.

Il baissa la voix.

— Beaucoup de nos invités ont mis l'épée à la main pour se faire jour dans la cohue ; cela a donné lieu à une tuerie effroyable à laquelle se sont ajoutées les victimes de voitures jetées au galop pour forcer le passage. M. le comte d'Argental, envoyé de Parme, a eu l'épaule démise et M. l'abbé de Raze, ministre du prince évêque de Bâle, a été renversé et se trouve horriblement froissé.

— M. de Sartine est-il informé de ce qui se passe ? demanda Nicolas.

— Je lui ai dépêché un messager. J'espère que le lieutenant de police est désormais au fait de la gravité de la situation.

Deux hommes entrèrent, portant une femme sans connaissance, en grand falbala, dont l'une des jambes pendait selon un angle inhabituel. Son visage ensanglanté n'avait plus aspect humain, tant il était aplati. Semacgus se précipita, mais, après un court examen, se releva en secouant la tête en signe de dénégation. D'autres corps arrivaient, tout aussi pantelants. Pendant de longs moments, ils aidèrent à l'accueil des blessés avec les pauvres moyens du bord. Nicolas attendait le retour de l'émissaire envoyé à Sartine. Voyant qu'il ne reparaissait pas et après avoir récupéré son habit, il décida de tenter une sortie afin de se faire une idée plus précise du désastre. Il entraîna le chirurgien de marine à sa suite.

Après s'être frayé un chemin dans le désordre d'une foule qui entrait et sortait et dans laquelle ils observèrent avec irritation nombre de curieux oisifs, ils parvinrent sur la place Louis-XV. La grande rumeur de la fête s'était tue, mais les cris et les gémissements montaient de tous côtés. Nicolas heurta de front l'inspecteur Bourdeau, son adjoint, qui donnait des ordres à un groupe d'hommes du guet.

— Ah ! Nicolas, s'exclama-t-il, nous ne savons plus où donner de la tête ! Le feu est circonscrit, les pompes à eau des dépôts de la Madeleine et du marché

Saint-Honoré y ont pourvu. Les filous sont presque dispersés, encore que certains tentent de dépouiller les morts. On dégage les victimes, les corps reconnus sont portés sur le boulevard.

Bourdeau paraissait accablé. L'immense esplanade offrait le spectacle terrible d'un champ de bataille la nuit. Une fumée noire et âcre montait en tournoyant, puis, rabattue par les vents, retombait, estompant les lumières sous un voile funèbre. Au centre de la place se dressait, comme un échafaud sinistre, les restes des architectures de triomphe. Entre deux volutes, le monarque de bronze, impavide et indifférent, dominait l'ensemble. Semacgus, qui avait surpris le regard de Nicolas, murmura : « Le Cavalier de l'Apocalypse ! » À gauche, en regardant la rue Royale, le long du bâtiment du Garde-Meuble, on avait commencé à aligner les morts que des sauveteurs fouillaient afin de déterminer leur identité et de l'indiquer sur des étiquettes en vue de faciliter la reconnaissance ultérieure par les familles. Bourdeau et ses hommes avaient rétabli un semblant d'ordre. Des escouades de volontaires descendaient dans les tranchées de la rue Royale après qu'un périmètre difficilement contenu avait été tracé. Une chaîne commençait à se constituer. Dès que les victimes avaient été extraites, on tentait de déterminer celles qui étaient encore en vie afin de les diriger vers des postes de secours improvisés où des médecins et des apothicaires accourus dispensaient leurs soins et tentaient l'impossible. Nicolas constata, horrifié, que remonter les corps n'était pas chose facile, tant les couches successives avaient été pressées par le poids de l'ensemble ; c'était un mortier humain que l'on dissociait avec peine. Il constata aussi que la plupart des morts appartenaient à la classe la plus modeste du peuple. Certains portaient des blessures qui ne pouvaient être dues qu'à des coups de canne ou d'épée donnés volontairement.

— La rue est restée aux plus forts et aux plus riches, grommela Bourdeau.

— Les filous auront bon dos, renchérit Nicolas. Les fiacres et les carrosses ont leur part du massacre, et ceux qui se sont frayé un chemin sanglant, encore davantage !

Jusqu'au petit matin, ils aidèrent à trier les morts et les blessés. Alors que le soleil pointait, Semacgus attira le commissaire et Bourdeau vers un coin du cimetière de la Madeleine où des corps avaient été rassemblés. Il semblait perplexe. Il leur montra du doigt une jeune fille allongée entre deux vieillards. Il s'agenouilla et dégagea le haut du cou. De chaque côté s'imprimaient en marques bleuâtres des traces de doigts. Il remua la tête de la morte dont la bouche était tordue et à demi entrouverte ; elle fit entendre un bruit de sable. Le commissaire considéra Semacgus.

— Voilà une bien étrange blessure pour quelqu'un qui est censé avoir été écrasé.

— C'est bien ce qu'il me semble, confirma le chirurgien. Elle n'a point été comprimée, mais bien proprement étranglée.

— Qu'on fasse mettre le corps à part et qu'on le porte ensuite à la Basse-Geôle. Bourdeau, il faudra prévenir l'ami Sanson.

Nicolas regarda Semacgus.

— Vous savez que je n'ai confiance qu'en lui et... en vous, bien sûr, pour ce genre d'opération.

Il procéda à quelques investigations préalables, mais la victime ne portait que ses vêtements, dont il nota la qualité. Point de sac ni de réticule, aucun bijou. Une des mains étant crispée, il la desserra et trouva une perle noire percée, de jais ou d'obsidienne. Il l'enveloppa dans son mouchoir. Bourdeau revenait avec deux porteurs et un brancard.

La fatigue les submergea alors qu'ils scrutaient le visage convulsé de la jeune victime. Il n'était plus question d'aller se restaurer chez la Paulet. Le soleil qui se levait sur cette matinée de sang et de deuil ne parvenait pas à dissiper la brume humide d'un temps d'orage. Paris était sans contours et sans consistance ; il semblait avoir peine à se réveiller d'un drame qui, de proche en proche, gagnerait la ville et la Cour, frapperait quartiers et faubourgs et assombrirait, à Versailles, le réveil d'un vieux roi et d'un couple d'enfants.

II

SARTINE ET SANSON

« Sic egesto quidquid turbidum redit urbi sua forma legesque et munia magistratuum. »

« Ainsi vidée de sa turbulence, la ville reprend sa forme habituelle, ses lois et ses magistrats avec leur charge. »

TACITE

Jeudi 31 mai 1770

Nicolas traversait une ville figée et étonnée elle-même de se sentir souffrir. Chacun colportait une version différente de l'événement. De petits groupes conversaient à voix basse. Certains, plus bruyants, paraissaient poursuivre une querelle commencée depuis longtemps. Les boutiques, d'habitude ouvertes à cette heure, demeuraient closes comme si elles participaient du deuil général. La mort avait frappé partout et le spectacle des blessés et des mourants ramenés à leur logis avait inondé Paris du bruit de la catastrophe, aggravé de toutes les fausses nouvelles qu'un pareil drame suscitait inévitablement. Le peuple semblait frappé par la coïncidence avec les réjouissances d'un mariage royal. Il augurait mal de tout cela et il discernait d'obscures menaces sur un avenir incertain. Nicolas croisa des prêtres portant le saint sacrement. Les passants se signaient, ôtaient leur chapeau ou s'agenouillaient devant eux.

La rue Montmartre n'offrait pas le spectacle de son animation habituelle. Même l'odeur si apaisante et familière du pain chaud s'exhalant de la boulangerie qui occupait le rez-de-chaussée de l'hôtel de Noblecourt était dépouillée de ses sortilèges. Il la respira et se souvint aussitôt du remugle effrayant d'incendie mouillé et de sang qui planait sur la place Louis-XV. Un officier du guet lui avait prêté une jument acariâtre qui renâclait et portait les oreilles en arrière. Bourdeau était resté sur place pour aider les commissaires des quartiers venus rapidement en renfort.

Le premier mouvement de Nicolas avait été de galoper rue Neuve-Saint-Augustin, à l'hôtel de la lieutenance générale de police. Mais il savait trop bien que, en dépit de la gravité du moment, M. de Sartine n'aurait pas toléré qu'on se présentât à lui le visage noir de suie et le vêtement en bataille. Il avait souvent éprouvé l'apparente insensibilité d'un chef qui n'acceptait aucune faiblesse chez lui-même, afin d'éviter d'avoir à prendre en compte celles de ses subordonnés. Le service du roi passait avant tout, et le fait d'être blessé, moulu et crasseux n'accordait aucun avantage particulier. Au contraire, un tel oubli des convenances aurait plaidé en défaveur de quelqu'un qui eût osé se présenter de la sorte. Un tel dérangement constituait un mépris des formes qui ne témoignait, pour M. de Sartine, ni de courage ni de dévouement mais bien d'un laisser-aller indice de tous les dévergondages, désordres et dérangements que son office et sa raison d'être consistaient justement à prévoir et à réprimer.

Sept heures sonnaient au clocher de Saint-Eustache quand Nicolas remit les rênes de sa carne à un jeune mitron qui bayait aux corneilles à la porte de la boulangerie. Il gagna aussitôt l'office où il trouva Catherine, sa servante, affalée et endormie près de son potager[1].

Elle ne s'était sans doute pas couchée et il imaginait fort bien qu'informée du drame, elle avait voulu l'attendre. La vieille Marion, cuisinière de M. de Noblecourt, que son âge dispensait des gros travaux, dormait de plus en plus tard, ainsi que Poitevin, le laquais. Il ne fit aucun bruit et alla se laver à la pompe de la cour du petit jardin, selon ses habitudes d'été. Il remonta dans sa chambre sur la pointe des pieds pour se changer et se coiffer. Il hésita un moment à prévenir l'ancien procureur, mais renonça devant la perspective d'un récit circonstancié et des mille questions qui s'ensuivraient. L'accueil de Cyrus, le petit barbet gris et frisé, lui manquait. Il était déjà loin, le temps où le chien sautait et jappait à son arrivée. L'animal était désormais bien âgé et perclus, et seuls les lents mouvements de sa queue manifestaient encore la joie des retrouvailles quotidiennes. Il ne quittait plus le carreau de tapisserie où il observait d'un œil toujours attentif tout ce qui entourait son maître.

Nicolas songea à la fuite du temps et que bientôt il devrait dire adieu à ce témoin de ses premiers pas à Paris. L'idée le saisit soudain que sa compassion pour Cyrus lui évitait de penser à d'autres échéances tout aussi inéluctables. Il quitta la maison sans bruit, après avoir déposé doucement un petit mot d'explication sur les genoux de Catherine. Il récupéra sa rétive monture et le mitron, en souriant, lui tendit une brioche toute chaude. Il la dévora en songeant qu'il n'avait point dîné. Le goût du beurre lui flattait agréablement la bouche. « Allons, dit-il, la vie n'est pas si rude. *Carpe diem !* » comme le proclamait sans cesse son ami M. de La Borde, toujours affriandé de danseuses, de soupers fins et d'œuvres d'art. Pour l'heure, le sybarite écrivait un opéra et un ouvrage sur la Chine.

Rue Neuve-Saint-Augustin, une agitation peu commune indiquait que l'événement de la nuit avait laissé des traces. Nicolas gravit les degrés de l'hôtel quatre à quatre. Le vieux valet de chambre l'accueillit, l'air accablé. C'était une vieille connaissance et, pour lui, Nicolas faisait en quelque sorte partie des meubles.

— Vous voilà enfin, monsieur Nicolas. Je crois que M. de Sartine vous attend. Je suis très inquiet, c'est la première fois depuis des années qu'il ne demande pas à voir ses perruques. L'affaire est donc si sérieuse ?

Nicolas sourit à ce rappel de l'innocente manie de son chef. Le serviteur, contrairement aux habitudes de la maison, le conduisit dans la bibliothèque. Il n'avait eu qu'une seule fois l'occasion de pénétrer dans cette pièce aux belles proportions, avec ses rayonnages de chêne blond et son plafond peint par Jouvenet[2]. Il se souvenait d'avoir admiré l'œuvre de cet artiste un jour qu'il accompagnait son tuteur, le chanoine Le Floch, au parlement de Rennes. Chaque fois que le service l'appelait à Versailles, il rêvait devant les splendeurs de la tribune de la chapelle royale décorée par le même peintre. Après avoir gratté à l'huis, il poussa la porte et crut d'abord être seul. Mais une voix sèche et connue lui tomba sur les épaules. M. de Sartine, en habit noir et coiffé à frimas, se trouvait juché en haut d'un escabeau et consultait un livre de maroquin rouge frappé des trois sardines de ses armes.

— Monsieur le commissaire, je vous salue bien.

Nicolas frémit ; la mention de sa fonction par le lieutenant général était le symptôme d'une irritation contenue, d'ailleurs dirigée davantage contre l'inertie ou la résistance des choses que contre ses gens eux-mêmes.

Il paraissait pensif et levait la tête vers les figures du plafond. Nicolas, après avoir respecté le silence de son chef, entreprit de lui faire son rapport. Il donna le nombre des morts qui, au petit matin, approchait la centaine. Toutefois, selon lui, ce chiffre pourrait bien être largement dépassé et multiplié par dix, si nombreux étaient les blessés qui ne se remettraient sans doute pas des dommages subis.

— Je sais ce que vous avez fait, vous et Bourdeau. Croyez que c'est pour moi un réconfort de savoir que vous étiez là et que vous témoigniez pour notre maison.

Nicolas jugea M. de Sartine atteint, et le mal plus profond que tout ce qu'il aurait pu supposer. Ses manifestations de satisfaction étaient si rares qu'elles faisaient figure d'événement. En tout cas, elles n'intervenaient jamais dans le cours d'une action ou d'une affaire. Il le voyait, indécis, ouvrir et refermer machinalement son livre. Sartine reprit à voix basse, comme s'il se parlait à lui-même :

— « Cet homme a gâché ma fortune et la valeur s'appelle folie quand elle s'oppose à des murs qui s'écroulent… »

Nicolas sourit intérieurement et récita à haute voix :

— « … Cette racaille dont la rage comme des eaux retenues rompt ses digues et submerge ce qu'elle a supporté. »

Il entendit le livre se fermer sèchement. M. de Sartine redescendit sans hâte, se retourna, fixa Nicolas avec une sévérité ironique et murmura :

— Vous vous permettez d'improviser sur mon propos, je crois bien !

— Je m'efface derrière *Coriolan*[3] et prolonge le sien.

— Allons, monsieur le shakespearien, votre avis sur cette nuit ? « Peignez-moi dans ces horreurs Nicolas éperdu… ».

— Impréparation, improvisation, coïncidences et désordre.

Il relata sa nuit sans allonger un récit dont les détails ne pouvaient être ignorés de Sartine, toujours au fait par des voies mystérieuses et efficaces de tout ce qui pouvait advenir d'heureux ou de tragique dans la capitale confiée à ses soins. Il rappela l'incident avec le major des gardes de la Ville, décrivit, en insistant sur les détails éloquents, la disposition des lieux, l'absence de toute organisation, l'incident initial du feu d'artifice et la catastrophe qui en avait été la conséquence obligée. Il ne manqua pas de signaler combien certains privilégiés s'étaient distingués sur ce champ de bataille en se taillant un passage à coups de canne et même d'épée et en lançant leurs voitures au galop dans la foule, ni que les circonstances avaient laissé le champ libre aux mauvais coups des filous et des malfrats des faubourgs.

Sartine, qui s'était assis dans une bergère tapissée de satin cramoisi, écoutait les yeux mi-clos, le menton appuyé sur sa main. Nicolas nota sa pâleur, ses traits tirés, les taches sombres qui s'élargissaient sur ses pommettes. Lorsqu'il avait rencontré le magistrat pour la première fois, celui-ci passait pour plus âgé qu'il n'était en réalité. Il jouait de cette apparence pour affirmer son autorité auprès d'interlocuteurs plus chenus que sa trentaine ambitieuse ne convainquait pas toujours. Il ne daigna regarder Nicolas qu'au récit de ses aventures de ramoneur, jetant alors un regard aigu de bas en haut sur la tenue de son adjoint, qui confirma à celui-ci le bien-fondé de sa toilette. Le sourire satisfait qui éclaira l'espace d'un instant le visage de son chef lui fut une éphémère, mais précieuse, satisfaction.

— Fort bien, dit Sartine, c'est ce que je craignais…

Il semblait éprouver une joie amère à constater que les faits, une fois de plus, avaient justifié ses inquiétudes. Il frappa du poing sur la précieuse marqueterie d'une table à trictrac qui se trouvait devant lui.

— J'avais pourtant indiqué à Sa Majesté que la Ville n'était pas en mesure de maîtriser un événement de cette dimension.

Il se replongea dans sa méditation, puis murmura :

— Onze ans sans drame ni faux pas, et voilà qu'un Bignon, ce prévôt de pacotille, sans raison ni pouvoir, usurpe mon autorité, piétine mes plates-bandes, me coupe l'herbe sous le pied et saccage mon pré carré !

— On sera vite avisé des responsabilités de chacun, risqua Nicolas.

— Croyez-vous vraiment cela ? Avez-vous jamais affronté ces serpents et la guerre des langues, plus meurtrière à la Cour qu'un champ de bataille ? La calomnie...

Nicolas sentait encore les douleurs persistantes sur son corps de quelques cicatrices qui témoignaient des risques pris et des dangers affrontés, tout aussi réels que ceux au milieu desquels naviguait à vue le puissant lieutenant général de police.

— Monsieur, votre passé, la confiance que le souverain...

— Calembredaines, monsieur ! La faveur est par essence volatile comme disent nos apothicaires et chimistes de salon ! On se souvient toujours du mal que l'on vous prête. Prend-on jamais en compte nos peines et nos succès ? C'est très bien ainsi. Nous sommes les serviteurs du roi pour le meilleur et pour le pire, et quoi qu'il puisse nous en coûter. Mais que ce serin de prévôt, ancré sur ses alliances, ses cousinages et qui a tout obtenu sans jamais rien rechercher ni mériter, soit la cause de ma disgrâce, voilà qui m'afflige cependant. Il est de ceux que remplit de morgue le fait de monter un bon cheval, d'avoir un panache à leur chapeau, et de porter des habits somptueux. Quelle folie ! S'il y a gloire à cela, elle est pour le cheval, pour l'oiseau et pour le tailleur !

Il frappa à nouveau la table de jeu. Nicolas, ébahi de ces éclats inusités, soupçonnait un peu de théâtre chez son chef et flairait la citation sous son dernier propos, mais aucun auteur ne lui venait à l'esprit.

— Mais nous nous égarons, reprit Sartine. Prêtez-moi une exacte attention. Vous êtes à moi depuis bien longtemps et, à vous seul, je puis dévoiler le dessous des cartes. Si cette affaire me tient tant à cœur, c'est que de grands intérêts s'agitent toujours sous les luttes d'influence. Vous savez mon amitié pour le duc de Choiseul, le principal ministre. Bien qu'il y ait eu quelques mésintelligences entre eux, et quelquefois des méfiances, il était demeuré, au bout du compte, proche de Mme de Pompadour…

Il s'interrompit.

— Vous l'avez connue et approchée ?

— J'ai eu souvent le privilège de l'entretenir et de la servir, au début de mon travail auprès de vous.

— Et même, s'il m'en souvient, de lui rendre de signalés services[4]. La pauvre amie, la dernière fois qu'elle me reçut, elle n'était plus que l'ombre d'elle-même… Elle était brûlante et se plaignait d'être glacée ; elle avait la mine sucée et le teint truité, diminuée, comme effacée…

Le lieutenant général s'interrompit, comme écrasé par le poids d'une image ou ému par des souvenirs trop lourds à évoquer.

— Je m'égare à nouveau. Mes relations avec la nouvelle favorite sont d'une nature toute différente. Elle n'a ni les relations, ni l'intelligence politique, ni la subtile influence de la dame de Choisy[5], laquelle s'imposait par l'éducation, l'élégance composée, un goût sûr des arts et des lettres, et sa séduction native, toute Poisson qu'elle fût née. Celle-là, brave fille au demeurant, a été jetée sans préparation, sinon celle des mauvais lieux, ni usage du monde dans les méandres subtils de la Cour.

Il baissa la voix en jetant un regard circulaire sur les rayonnages de sa bibliothèque.

— Enfin et surtout, elle défait la nuit ce que le jour construit et, réveillant les sens d'un vieux roi, assure son influence. Choiseul est obsédé par la revanche à prendre sur l'Angleterre. Peu assuré de se maintenir, il a tant de hâte d'y parvenir qu'il a tendance à se précipiter et à multiplier les pas de clerc. Il s'est mis à dos la nouvelle sultane, ou, plus exactement, il lui en veut d'avoir réussi là où sa propre sœur, Mme de Choiseul-Stainville, avait échoué. Dieu sait pourtant si elle y avait mis du cœur ! Qu'ai-je à faire de tout cela, me direz-vous ? J'ai été entraîné malgré moi dans cette querelle. Conservez par-devers vous cette confidence : j'ai dû aller, sur ordre du roi, protester de ma fidélité à Mme du Barry et lui promettre, quasiment à genoux, de veiller à empêcher toute publication d'écrits scandaleux qui, pour mon malheur, se sont multipliés et répandus, émanant tout droit des folliculaires et officines stipendiés par M. de Choiseul lui-même.

— Il me revient, monsieur, que vous m'aviez ordonné de retrouver un libelle intitulé *Les Orgies nocturnes de Fontainebleau*. Mais Jérôme Bignon, prévôt des marchands, dans tout cela ?

— C'est là où le bât me blesse : il fait sa cour et présente la mule à la favorite. Vous saisissez, mon cher Nicolas, la fâcheuse posture où l'événement de la nuit dernière me place, outre la tristesse que me procure toute mauvaise administration des choses de la Ville. J'en serai réputé coupable, car le monde ignore que l'autorité sur cette fête m'avait été ôtée.

— Mais pourtant, le mariage du dauphin apparaît comme un succès achevé de Choiseul. Chacun y voit le couronnement de son œuvre, lui qui a toujours travaillé à cimenter l'alliance avec l'Autriche.

— Vous avez raison, mais rien n'est plus proche d'un précipice qu'un sommet. Vous savez maintenant le dessous des choses. Vous ignorez cependant qu'hier soir Sa Majesté et la favorite sont allées à Bellevue pour apercevoir depuis la terrasse du château le feu d'artifice de la Ville. Ils n'ont rien su du drame sur le moment. En revanche, la jeune dauphine et Mesdames[6] se sont rendues à Paris. Sur le Cours-la-Reine, elles admiraient la capitale illuminée lorsque des cris d'épouvante les ont mises en émoi. Les carrosses ont fait demi-tour avec la princesse éplorée…

Il se leva, vérifia l'assise de sa perruque et la réajusta des deux mains.

— Monsieur le commissaire, voici mes instructions que j'entends voir suivies à la lettre. Vous prendrez toutes dispositions et tous moyens nécessaires pour établir un mémoire sur les événements de la place Louis-XV, leur origine, les responsabilités, les fautes ou les ingérences éventuelles. Vous tâcherez de déterminer le bilan exact du drame. Vous ne vous laisserez arrêter par aucun obstacle, dussiez-vous rencontrer dans ce travail des oppositions, des tentatives d'obstruction ou même, car il faut compter sur le pire, des menaces contre votre vie. Vous ne rendrez compte qu'à moi-même. Dans le cas où je serais dans l'impossibilité, par une disgrâce inattendue, d'user de mon autorité ou de ma liberté, ou encore si la vie m'était brusquement ôtée, parlez-en en mon nom au roi, auprès duquel vous possédez les entrées nécessaires, puisque vous avez le privilège de chasser dans ses équipages. C'est un service personnel que je vous demande et que je vous saurais gré d'accomplir avec l'exactitude dont vous avez toujours fait preuve. Sur tout cela je requiers le secret le plus absolu.

— Monsieur, j'ai une demande à vous présenter.

— Que l'inspecteur Bourdeau vous assiste ? Accordé. Son passé plaide pour lui, c'est un tombeau.

— Je vous en remercie. Mais il s'agit d'autre chose…

M. de Sartine paraissait impatient, et Nicolas sentait qu'il ne souhaitait pas prolonger un entretien au cours duquel il avait dû laisser échapper quelques confidences et confesser un désarroi certain.

— Je vous écoute, mais faites vite.

— Vous connaissez mon ami, le docteur Semacgus, dit Nicolas. Il m'a assisté toute la nuit et, alors que nous passions en revue les victimes déposées au cimetière de la Madeleine, notre attention a été attirée par le corps d'une jeune femme qui semble n'avoir point été écrasée ou froissée dans la tourmente de cette nuit, mais bien étranglée. Je souhaiterais suivre cette affaire.

— Je m'y attendais ! Il m'eût étonné qu'au milieu de tant de morts vous ne réussissiez point à en extraire un pour votre dilection personnelle ! Pourquoi s'attacher à cette victime en particulier ?

— Il se pourrait, monsieur, qu'un désordre en dissimulât un autre. Qui sait ?

Sartine réfléchissait. Nicolas eut le sentiment d'avoir touché une corde sensible.

— Suivre cette affaire, comment l'entendez-vous, monsieur le commissaire ?

— L'ouverture habituelle du corps par Sanson, à la Basse-Geôle. Il convient de déterminer s'il s'est agi d'une conséquence du désordre de la soirée ou d'un crime domestique[7]. Enfin, puis-je suggérer que cette enquête pourrait utilement servir de couverture à celle, plus discrète et générale, que vous me souhaitez voir mener sur le drame de la place Louis-XV ? L'arbre dissimulera la forêt.

Ce fut sans doute ce dernier argument qui emporta l'assentiment du lieutenant général de police.

— Vous présentez si habilement la chose que je ne la puis refuser. Plût au ciel qu'elle ne vous entraîne pas dans un de ces imbroglios criminels dont vous excellez à compliquer les arcanes et dont on ne sait jamais où ils risquent de nous conduire ! Sur ce, monsieur, je vous salue ; le roi et M. de Saint-Florentin m'attendent sans doute à Versailles, afin d'entendre les explications de celui qui est encore censé faire régner l'ordre dans la capitale du royaume.

Nicolas sourit intérieurement à cette antienne maintes fois entendue lorsqu'il forçait la main de Sartine pour s'engager dans une affaire. M. de Sartine pirouetta et sortit en hâte de sa bibliothèque, laissant Nicolas réfléchir aux propos étonnants qu'il venait de tenir et à la mission délicate dont il était désormais investi. Il demeura un instant immobile, le regard fixé dans le vide, puis il rejoignit les écuries au moment où un carrosse quittait l'hôtel à grand train. Rencogné dans l'angle de la portière, le profil aigu de son chef offrait l'image même de l'accablement. Jamais il ne l'avait vu dans pareil état, lui toujours si maître de ses émotions, et soucieux d'offrir un visage toujours égal à ses visiteurs. Pour le coup, l'angoisse le marquait, et ce n'était pas seulement, comme une impression superficielle aurait pu le laisser croire, par inquiétude pour sa carrière. Nicolas le connaissait trop bien pour le réduire à cette seule et égoïste préoccupation. Il le sentait meurtri de la décision du roi. Que celle-ci ait eu les conséquences fatales de la nuit accroissait encore son sentiment d'abandon et de profonde déréliction. Sa rébellion était légitime face à tout cet engrenage incohérent de causes et de raisons si étrangères à son sens du devoir et à son total dévouement à la personne de souverain qu'il servait avec abnégation depuis tant d'années. Sartine bénéficiait du privilège exorbitant d'un entretien hebdomadaire dans les petits appartements de Versailles et, souvent, dans ce cabinet si secret que ses proches eux-mêmes ignoraient où le roi travaillait au milieu des dépêches et des chiffres de ses agents. En une nuit, cet univers s'était écroulé comme un château de cartes. Mais c'était aussi l'image d'un chef infaillible, qui se défaisait pour laisser la place à celle d'un homme pitoyable et malheureux. Nicolas s'en trouva conforté dans sa volonté d'aboutir. Oui, il ferait l'impossible pour trouver les responsables d'une tragédie que l'administration normale de la cité aurait pu, dans son cours habituel, prévoir et éviter.

Il choisit un cheval fringant, un hongre alezan, jeune et curieux, qui tendait vers lui sa tête fine, et le fit seller par un valet. Les rues avaient repris un peu de leur animation, mais les visages étaient graves et des groupes se formaient. L'atmosphère, à l'image du temps, était à l'accablement. Nicolas sentit ses vêtements lui coller au corps tandis que sa monture elle-même exhalait une odeur forte de bête échauffée. L'orage menaçait et des nuages bleu ardoise grossissaient dans la perspective des rues. Il faisait presque nuit lorsqu'il s'engagea sous la voûte du Grand Châtelet. Au moment de remettre les rênes de son cheval au gamin dont c'était l'office, une voix connue le héla.

— Ma doué, c'est bien mon Nicolas qui m'arrive là au grand trot !

Dans le personnage qui s'adressait à lui si familièrement, il reconnut son pays Jean le Breton, plus connu dans les rues sous son surnom de « Tirepot ». C'était un personnage singulier, commis aux basses œuvres du ruisseau et bénédiction d'une population dépourvue de lieux d'aisances. Il portait deux seaux suspendus à une barre transversale reposant sur ses épaules. Le tout, dissimulé sous une large robe de toile goudronnée, permettait à ses clients de se soulager sous ce « chalet de nécessité ». Nicolas avait souvent recours à cet auxiliaire amical, toujours bien informé.

— Jean, quoi de neuf ? Que dit-on ce matin ?

— Ah ! certes pas que du bon, certes non ! Chacun panse ses plaies et pleure les disparus. On trouve que ce mariage commence bien mal. On accuse le guet et…

Il baissa la voix.

— On maudit la police et M. de Sartine de n'avoir point fait leur travail. On gronde, on s'assemble, on s'attroupe, mais la chose n'ira pas loin, le pauvre monde en a vu d'autres !

— C'est tout ?

L'homme se gratta la tête.

— Me suis trouvé place Louis-XV pour mon office…

— Et alors ?

— J'ai vite posé mes affûtiaux pour prêter la main. J'en avons entendu des vertes et des pas mûres !

— Vraiment ? Lesquelles ?

— Des hommes de la Ville accusaient au petit matin Sartine de tous les maux ; ce serait lui le fauteur du drame.

— De la Ville, dis-tu ? Des échevins ?

— Que nenni. Des gardes bourgeois tout dorés et surdorés sur tranche. Beaucoup sortaient juste de tripots et puaient le vin à tuer la mouche. Ils étaient bien pris et bien branlants. Un grand et gros empenaillé, qui paraissait être leur officier, les poussait et les excitait.

Nicolas le récompensa d'un écu que l'autre attrapa au vol au risque de faire choir sa pyramide.

— Tu me rendrais un service, dit Nicolas. Retourne dans le quartier Saint-Honoré et tâche de savoir où ces hommes ont pu passer la nuit. Tu comprends que cela peut m'intéresser.

L'autre cligna de l'œil, arrima ses ustensiles et, après avoir rééquilibré le tout, disparut sous la voûte. On entendit longtemps sa voix s'éloigner en jetant son cri lancinant : « Chacun sait ce qu'il a à faire, le chalet pour un, le chalet pour deux. »

Nicolas réfléchissait encore aux propos de Tirepot en entrant dans le bureau de permanence des commissaires. La tête dans ses bras, Bourdeau, affalé sur la table, ronflait lourdement. Il le considéra avec attendrissement. En voilà un qui ne ménageait pas sa peine ! Il appela le père Marie, l'huissier, qui apporta sur-le-champ des cafés largement arrosés de lambic enflammé qu'il se procurait en fraude et qui fleuraient la pomme à cidre. Cette seule odeur réveilla l'inspecteur qui s'ébroua avant de se jeter sur le café, qu'il but à grand bruit tant il était brûlant. Un long silence suivit.

— M'est avis, dit Bourdeau, sentencieux et goguenard, que ce café n'est qu'une invitation à des accompagnements plus solides.

— M'est avis, dit Nicolas, que je vous suis sur cette voie, moi qui n'ai dans le ventre, depuis hier midi, qu'une brioche pour mauviette, et que je suis attentif à ce que vous m'allez proposer.

— Notre lieu habituel de débauche lorsque la faim nous pèse et que le temps nous presse, rue du Pied-de-Bœuf, me paraît le bon choix.

— J'ai faim, donc je vous suis, c'est mon cogito du matin.

— D'autant plus, reprit Bourdeau, que je suis passé chez Sanson qui sera à midi sonnant à la Basse-Geôle pour l'ouverture du corps que vous savez. Il n'y faut pas assister le ventre vide, nous risquerions le hoquet...

Il s'esclaffa et Nicolas frémit à l'idée de cette sinistre perspective. Il était cependant d'accord : l'ouverture était une opération semblable aux promenades en mer, toutes les deux exigeaient un estomac solidement lesté.

Leur taverne habituelle était à quelques toises du Châtelet. La proximité de la Grande Boucherie, si elle conduisait à développer sanies et odeurs, offrait aussi l'avantage de produits frais. Dès leur arrivée dans la salle basse et enfumée, Bourdeau appela son compain — ils étaient tous deux natifs d'un village proche de Chinon, en Touraine — et l'interrogea sur ce que la cuisine offrait à une heure si matinale. Le gros homme rougeaud hocha la tête avec un fin sourire.

— Que vais-je pouvoir vous servir ? fit-il en envoyant une bourrade qui aurait renversé quelqu'un de moins d'aplomb que Bourdeau. Hum... Ça vous dirait, un pâté de poitrine de veau ? J'en ai préparé pour un mien voisin qui baptise son premier-né. M'en vais vous le réchauffer. Avec deux pichets de rouge de chez nous, comme d'habitude.

Nicolas, qui adorait connaître le dessous des choses, lui demanda la manière dont il traitait ce plat prometteur.

— C'est bien parce que c'est vous, monsieur le commissaire. Autrement, même la question donnée par Monsieur de Paris[8] ne me ferait pas desserrer la bouche. Voilà. Vous me coupez un bon morceau de poitrine de veau, bien choisi, dodu et nacré. Vous me le débitez en tronçons que vous lardez d'un ou deux morceaux de gras. Là-dessus, vous me préparez une pâte brisée au saindoux que vous abaissez dans la tourtière.

Vous empâtez les tronçons dans celle-ci après les avoir assaisonnés de lard, sel, poivre, clous, muscade, fines herbes, laurier, champignons et culs d'artichauts. Vous recouvrez le tout de pâte. Deux heures gaillardes au four du potager. Vous sortez, vous ouvrez un nombril au couteau et vous y introduisez avec délicatesse une sauce blanche bien conditionnée avec un jus de citron et des jaunes d'œuf, juste avant de servir.

— Voilà qui me paraît conséquent et congrûment en accord avec le vide de nos personnes, dit Bourdeau, le regard émerillonné et les lèvres tremblantes de gourmandise.

— Et pour vous laver la bouche, je vous servirai des cerises, les premières de l'année, cuites au vin à la cannelle.

— Ce sera parfait pour un petit souper de onze heures, dit benoîtement Nicolas.

Un pichet d'un vin violet leur fut prestement apporté. Ils burent force verres en calmant leur fringale avec une salade de fèves aux lardons. Nicolas informa Bourdeau des événements de la nuit tels qu'il les avait vécus avec Semacgus. Il lui rapporta l'essentiel de son entretien avec M. de Sartine, insistant sur le fait que leur chef avait désigné l'inspecteur pour lui prêter main-forte dans une affaire aussi délicate.

— Si je comprends bien, dit Bourdeau rougissant de plaisir, notre tâche première sera de traiter l'affaire de la jeune fille étranglée afin de donner le change sur notre activité réelle ?

— C'est tout à fait cela. Il reste que, du résultat de l'ouverture, dépendra la crédibilité de notre alibi. Les marques au cou peuvent correspondre à des tentatives de désengagement d'un corps imbriqué avec d'autres.

— Je ne crois pas. Rien dans l'état de sa vêture ou dans son apparence n'indiquait une tentative forcée de dégagement.

Nicolas était convaincu qu'un bon policier se devait d'obéir à son instinct. À partir des indications, des impressions, quelquefois informulées, des indices, des coïncidences et des présomptions, le bon sens organisait la hiérarchie et l'agencement de tous les éléments. Une méthode sans a priori, la mémoire des références et des précédents, la consultation à peine consciente d'une collection d'humains, de caractères et de situations, se mettait en branle à chaque instant de la recherche. Bourdeau, sous son aspect bon enfant, dissimulait toute la gamme des qualités policières, étayée d'une remarquable finesse. Combien de fois une de ses remarques en apparence anodine avait relancé la traque sur une piste nouvelle sur laquelle on ne s'était pas attardé auparavant ?

L'odeur du veau mijoté dans ses épices tira Nicolas de sa réflexion. Leur hôte posa avec délicatesse sa tourte dorée sur la table de bois inégal. Il disparut pour reparaître aussitôt avec un petit poêlon qui avait connu des jours meilleurs, tout culotté par les heures d'exposition et de mijotage au feu du potager. Un couteau pointu jaillit qui découpa prestement une petite calotte de pâte. Un léger flux de vapeur parfumée les environna. L'aubergiste fit couler doucement la sauce blanche dans cette ouverture, de telle manière que l'inondation onctueuse atteignit bientôt les moindres recoins de la tourte. Il posa son poêlon, reprit le plat et lui fit subir quelques lentes oscillations latérales avant de le reposer. Nicolas et Bourdeau se penchaient déjà quand il les arrêta.

— Tout doux, mes agneaux, laissez la sauce travailler et mortifier la viande chaude en la pénétrant de ses arômes. Notez, je dis pâté de poitrine de veau, mais j'ajoute, pour le moelleux et le grassouillet, un peu de tendron. Et la sauce ! Vous allez vous en pourlécher ! Ce n'est pas de ce misérable plâtre gâché à la va-vite par de calamiteux marmitons. Il faut des heures, messieurs, pour que la farine s'éclate, abandonne son rustique, se lie et se marie heureusement. Je suis un petit tripotier de rien, mais je travaille avec cœur comme mon arrière-grand-père, qui fut saucier de Gaston d'Orléans, sous le grand Cardinal.

Sans doute inspiré par ce glorieux souvenir, il les servit avec cérémonie. Le plat et ses saveurs étaient à la hauteur de cet exorde. La croûte chaude, croustillante de sucs de viande caramélisés aux arrondis, enveloppait avec suavité une viande tendre que la sauce nappait en y fondant les divers éléments du plat. Ils consacrèrent un long et délicieux moment à savourer une œuvre si simplement et éloquemment présentée. Les cerises cuites apportèrent un rafraîchissement acide et doux à la fois. Une agréable torpeur les envahit qu'une eau-de-vie, servie dans des bols en faïence par mesure de précaution, accrut encore. La police, béate, laissa passer cette entorse au règlement sans réagir. Leur hôte n'avait pas licence de servir de l'alcool, dont la vente était réservée à un autre corps de métier ; son modeste négoce lui permettait seulement la fourniture de petits vins au tonneau, mais non des bouteilles cachetées. Bourdeau, toujours attentif au moindre détail, s'avisa soudain que le tabac à priser leur manquait. C'était une vieille plaisanterie entre eux. L'ouverture des corps les conduisait chaque fois à recourir à cet expédient. Ils multipliaient les prises, filtrant ainsi les remugles de la décomposition qui empuantissaient l'atmosphère de la Basse-Geôle. L'hôte leur prêta avec obligeance deux pipes en terre réservées à ses pratiques et du tabac à proportion.

Ils rejoignirent le Grand Châtelet et gagnèrent la salle de la question qui jouxtait le greffe du tribunal criminel. C'était dans cette sombre salle ogivale, et sur l'une des tables de chêne, que se pratiquaient les ouvertures. L'opération était encore peu commune, si bien que les médecins ordinaires de la juridiction refusaient d'y recourir ou ne s'y résignaient que sur un ordre formel ;

et même dans ce cas, ils ne les exécutaient pas dans les règles, ce qui équivalait à rendre l'examen imparfait et totalement inutile du point de vue de l'instruction.

Un homme de l'âge de Nicolas, vêtu d'un habit couleur puce, en culotte et bas noirs, dépliait sur un petit établi une trousse de chirurgien. Les instruments étincelaient à la lumière des torches ; le jour ne pénétrait pas dans cette pièce dont les croisées à meneaux, munies de hottes en métal, ne laissaient transpirer aucun cri à l'extérieur de la forteresse. Charles Henri Sanson était une vieille connaissance de Nicolas, liée à ses premiers pas à Paris. Ils avaient commencé leur carrière à peu près en même temps. Tous deux servaient la justice du roi. Une sympathie inattendue — et inespérée pour le bourreau — avait porté le jeune commissaire vers cet homme mesuré, timide et d'une grande culture. Nicolas n'arrivait pas à l'imaginer en exécuteur des hautes œuvres et le considérait plutôt comme un médecin particulier du crime. Il savait qu'entraîné par l'héritage de son nom et de sa famille, le choix ne lui avait pas été laissé et qu'il s'était abandonné à un destin qui le contraignait à prendre une suite. Cependant, il accomplissait sa terrible tâche avec le souci d'un homme pitoyable. Sanson se retourna et son visage sérieux s'illumina en reconnaissant Nicolas et Bourdeau.

— Messieurs, dit-il, je vous salue et suis à votre disposition. Puis-je déplorer seulement que le plaisir de vous revoir ne me soit offert que par la tragédie de cette nuit ?

Ils se serrèrent la main selon une habitude à laquelle Sanson tenait plus que tout, comme si ce simple geste le réintégrait dans la communauté des vivants. Il sourit en les voyant allumer leurs pipes et tirer des bouffées odorantes. Semacgus fit soudain son entrée et son rire gaillard mit de la jovialité dans l'atmosphère pesante de la crypte. Les deux hommes de l'art déployèrent leurs instruments, qu'ils alignèrent soigneusement. Ils les examinaient un par un, vérifiant le tranchant des scalpels, ciseaux, stylets, couteaux droits et scies. Ils rassemblèrent aussi des aiguilles courbes, de la ficelle, des éponges, des érignes[9], un trépan, un coin et un marteau. Nicolas et Bourdeau étaient attentifs à leurs gestes précis. Enfin, tous se réunirent autour de la grande table où gisait le corps de l'inconnue. Sanson salua le commissaire et lui désigna le cadavre.

— Quand il vous plaira, monsieur.

— Nous sommes en présence d'un corps amené au cimetière de la Madeleine le jeudi 31 mai 1770, et présumé avoir péri dans la catastrophe de la rue Royale, commença Nicolas.

Bourdeau prenait en note le procès-verbal.

— Il a été remarqué par le commissaire Le Floch et l'inspecteur Bourdeau sur le coup de six heures. Leur attention a été attirée par des traces évidentes de strangulation sur le cou de la victime. Dans ces conditions, il a été ordonné de la transporter à la Basse-Geôle, où il a été procédé à…

Il consulta sa montre qu'il replaça avec soin dans le gousset de son habit.

— … à la demie passée de douze heures du même jour à son ouverture par l'exécuteur des hautes œuvres de la vicomté et généralité de Paris, Charles Henri Sanson, et par Guillaume Semacgus, chirurgien de marine, en présence desdits commissaire et inspecteur. Il a d'abord été procédé à l'examen de la vêture et des objets appartenant à la victime. Une robe à dos flottant ouverte, au corsage en satin jaune paille de bonne qualité…

Sanson et Semacgus déshabillaient le corps au fur et à mesure que Nicolas parlait.

— … Un corset en soie blanche, lequel fort ajusté et échancré sur les hanches, muni de baleines et lacé dans le dos…

Cette pièce comprimait tant le corps que Semacgus dut user d'un canif pour en trancher le lacet.

— … Deux jupons, l'un de coton fin et l'autre de soie, avec deux poches cousues à l'intérieur du premier…

Il les fouilla.

— Vides. Des bas de fil gris. Point de chaussures. Aucun autre objet, ni bijoux, ni papiers, ni indices d'aucune sorte n'ont pu être relevés sur le corps. Seule…

Nicolas sortit de sa poche un mouchoir qu'il déplia avec soin. Il l'ouvrit.

— … Seule une perle noire d'un minéral qui ressemble à l'obsidienne a été retrouvée dans la main crispée de la victime lors de la découverte du corps au cimetière de la Madeleine. D'apparence, on se trouve en présence d'une jeune fille d'environ une vingtaine d'années, de constitution gracile et ne portant aucune trace particulière, si ce n'est celles précédemment notées à la base du cou. La bouche est tordue et le visage crispé. La chevelure blonde est propre et particulièrement soignée. L'ensemble du corps est également propre. Messieurs, c'est maintenant à vous de procéder.

Nicolas s'était tourné vers Sanson et Semacgus. Les deux praticiens s'approchèrent et examinèrent avec une attention sourcilleuse le pauvre corps étendu. Ils le retournèrent, observèrent les teintes violacées du dos puis le remirent d'aplomb. En hochant la tête, Semacgus passa la main sur le ventre et regarda Sanson qui se pencha pour faire le même geste ; il saisit une sonde derrière lui pour une investigation plus intime.

— Cela ne fait aucun doute, en effet.

— Les indices sont éloquents, mon cher confrère, dit Semacgus. Nous en saurons plus après l'ouverture.

Nicolas leur jeta un regard interrogateur.

— Eh oui, dit Semacgus, votre pucelle ne l'était plus, et même tout laisse à penser qu'elle a déjà enfanté. Les constatations ultérieures nous confirmeront le fait.

Le bourreau hocha la tête à son tour.

— C'est sans discussion. La disparition de l'hymen nous le prouve, encore que pour certains auteurs l'argument ne soit pas infaillible. De plus, la fourchette est déchirée comme presque toujours chez les femmes qui ont eu un enfant.

Il se pencha à nouveau sur le corps.

— *Gravis odor puerperii.* L'erreur n'est pas possible, la délivrance ne date que de quelques jours, peut-être moins. Et ces vergetures sur le ventre montrent qu'il a été fort distendu.

— Sans compter, ajouta Semacgus en la désignant du doigt, cette ligne brunâtre qui va du pubis vers l'ombilic. Quant aux seins et à leur gonflement, ils sont éloquents. Il nous reste à passer à la revue de détail. Tenez-lui la tête bien tendue.

— Remarquez, dit Sanson, que l'articulation avec la première vertèbre cervicale ne jouit point d'une mobilité normale.

Nicolas se crispait à la vue du scalpel entamant les chairs. C'était chaque fois la même chose : difficile au début, on tirait désespérément sur sa pipe ou on prisait avec frénésie, et puis, le métier l'emportait peu à peu sur l'horreur du spectacle. La curiosité raffermissait une volonté pressée d'aboutir, d'éclairer, de comprendre les zones obscures d'une affaire. Ce corps n'était plus un être qui avait vécu, mais le but d'un travail précis, obstiné, délicat, avec ses bruits étranges et ses couleurs que le stylet ou la sonde découvrait soudain. Un monde inconnu de mécanique animale apparaissait, offrant, comme boucherie à l'étal, le théâtre intérieur d'une vie avant que la corruption des chairs ne vînt tout emporter.

Sans échanger un seul mot, se montrant les choses et se comprenant par le regard, le bourreau et le chirurgien de marine procédaient. Au bout d'un long moment, ils remirent tout en place. Les incisions furent cousues à grands points, le corps fut nettoyé et enveloppé dans un grand drap qui, une fois clos, fut scellé de pain à cacheter par le commissaire. Quand tout fut achevé, ils se passèrent les mains au vinaigre et, après se les être soigneusement séchées, demeurèrent silencieux ; aucun ne se décidait à parler.

— Monsieur, dit enfin Semacgus, vous êtes ici chez vous. Je n'empiéterais point sur votre juridiction.

— Officieuse, monsieur, officieuse. Je consens, mais faites-moi la grâce de compléter mes propos sans hésiter à m'interrompre.

Semacgus salua.

— Je n'y manquerai pas, avec votre autorisation.

Sanson prit cet air modeste et composé que Nicolas comparait à l'attitude de quelque prédicateur de carême.

— Je connais, monsieur le commissaire, votre souci d'aller vite et d'obtenir les informations les plus nécessaires à votre enquête. Je crois que vous serez bon marchand[10] de ce que nous avons pu constater. J'irai donc à l'essentiel.

Il prit une inspiration et se croisa les mains.

— Nous sommes en présence d'un individu de sexe féminin, d'environ une vingtaine d'années…

— Fort jolie au demeurant, murmura Semacgus.

— Primo, nous avons constaté qu'elle avait été étranglée. L'état de sa trachée, les contusions et hématomes internes dus aux épanchements sanguins, tout nous l'indique avec certitude. Secundo, la victime est accouchée récemment, sans que nous puissions vous fixer un délai précis.

— Il n'excède sans doute pas deux ou trois jours, ajouta Semacgus. C'est l'état des organes, des seins et d'autres détails dont je vous épargnerai la description qui nous le font affirmer.

— Enfin, tertio, il est difficile de se prononcer sur l'heure du décès. Cependant, l'état du cadavre m'incite à envisager, avec prudence, une possibilité crédible entre sept et huit heures dans la soirée d'hier.

— De plus, dit Semacgus, en nettoyant le corps, nous avons retrouvé… quelques vestiges de foin.

Il ouvrit la main qui les tenait. Nicolas s'en empara et ils rejoignirent dans son mouchoir la mystérieuse perle noire. Il interrogea :

— À quels endroits les avez-vous recueillis ?

— Un peu partout, et surtout dans les cheveux, ce qui fait qu'on ne les remarquait pas, vu la blondeur du sujet et sa chevelure abondante.

Nicolas réfléchissait. Comme toujours il souhaitait aller au bout des choses, résolu au besoin à se faire l'avocat du diable.

— Peut-on imaginer, même si l'heure du décès probable précède de beaucoup le drame de la place Louis-XV, que vous vous soyez trompés — pardonnez-moi —, et que la blessure au cou, cause apparente de la mort, ait pu être occasionnée en dégageant le corps ?

— Nous sommes formels, répondit Sanson. La blessure est antérieure à la mort, elle en a été la cause assurée. Je ne vous assommerai pas de détails, mais des évidences sont là, incontournables. Et le vêtement est intact, ce qui dans le cas contraire ne serait pas recevable.

— D'autant plus, renchérit Semacgus, que, dans cette hypothèse, l'expression du visage et la présence de sang noir dans les poumons ne s'expliqueraient pas.

— L'accouchement vous paraît-il avoir été normal ? intervint Bourdeau. En d'autres termes, peut-on supposer des manœuvres abortives ?

— Difficile à dire. Les plis de la peau de l'abdomen apparaissent, sans conteste, semblables à ceux que l'on rencontre chez une femme ayant accouché. Il reste que les signes consécutifs de l'avortement tardif sont en général les mêmes que ceux de l'accouchement, et d'autant plus marqués que le terme de la grossesse est avancé.

— Alors, conclut Bourdeau, rien ne prouve qu'il n'y a pas eu avortement tardif ?

— Rien, en effet, dit Sanson.

Nicolas se mit à penser tout haut.

— Avons-nous eu raison de déplacer ce cadavre et d'entamer cette procédure officieuse ? L'eussions-nous laissé là où nous l'avons trouvé, une bonne surveillance avec des mouches sagaces aurait permis, au bout du compte, de constater qu'une famille le reconnaissait. Peut-être avons-nous dérangé l'ordre normal des choses et cela peut compliquer notre tâche...

Bourdeau le rassura.

— Et nous serions arrivés avec notre accusation ! La famille aurait fait du carillon ! Adieu l'ouverture ! On nous aurait rebattu par *a plus b* qu'elle était morte écrasée dans la tourmente. Et de surcroît, nous aurions ignoré qu'elle avait enfanté, cette pauvre innocente ! J'aime mieux la vérité que je trouve que celle qu'on veut me faire accroire.

Cette vigoureuse sortie dissipa les incertitudes de Nicolas.

— Et puis, conclut Bourdeau, comme aurait dit mon père qui était valet de chiens à la vautrait[11] du roi, nous voilà armés pour ne pas prendre les coupables à contre-angle[12]. Quoi qu'il y ait apparence que l'enquête ne sera pas aisée.

— Mes amis, dit Nicolas, comment vous remercier de tant de science si utile et des lumières que vous avez jetées sur ce cas ? Vous savez, ajouta-t-il à l'intention de Sanson, que M. de Noblecourt vous a depuis longtemps prié à souper, et cela fait bien longtemps que vous lui refusez.

— Monsieur Nicolas, dit Sanson, le simple fait qu'il y ait pensé me fait honneur et me remplit de joie et de reconnaissance. Peut-être un temps viendra-t-il où j'accepterai.

Ils laissèrent Semacgus et Monsieur de Paris, lancés dans une discussion animée sur les mérites comparés de Becker[13] et de Bauzmann[14], deux précurseurs de la nouvelle médecine criminelle. Le commissaire et son adjoint demeurèrent pensifs et silencieux jusque sous la voûte du Grand Châtelet. L'orage avait fini par éclater et des ruisseaux d'eau boueuse transportant des ordures inondaient la chaussée. Bourdeau sentit que quelque chose troublait Nicolas.

— Je m'interroge sur les raisons que pouvait avoir cette jeune femme de lacer si étroitement son corset, finit par dire le commissaire.

III

AUX DEUX CASTORS

> Le temps passé n'est plus, l'autre encore n'est pas,
> Et le présent languit entre vie et trépas.
>
> J.-B. CHASSIGNET (1594)

Nicolas siffla un fiacre. Il convenait désormais de retourner place Louis-XV et, plus précisément, là où les corps étaient recueillis, afin de retrouver une famille éplorée à la recherche d'une jeune fille ou d'une jeune femme, encore que le cadavre gisant dans son sac à la Basse-Geôle ne portât aucune alliance.

Leur voiture rejoignit par les quais la rue Saint-Honoré en empruntant les sentines des rues du Petit-Bourbon et des Poulies, qui longeaient le vieux Louvre. Nicolas considérait ces amas infects de masures voisines du palais des rois et propices à toutes les maladies du corps et de l'esprit.

Dans sa partie occidentale, la rue Saint-Honoré offrait une longue suite de boutiques de mode dont les décrets régnaient sur les élégances de la ville. Chaque nouvelle saison, les maîtres artisans de ce négoce de luxe expédiaient dans les royaumes du Nord, jusqu'à la lointaine Moscovie et, au sud, jusqu'à l'intérieur même du sérail du Grand Turc, des poupées de porcelaine, perruquées des coiffures à la mode et habillées soigneusement de plusieurs trousseaux de nouveautés. L'autre partie de la rue vers la Halle était consacrée à des plaisirs plus matériels. L'hôtel d'Aligre, temple fameux de la gourmandise, ouvert un an auparavant, offrait une devanture tapissée de jambons et d'andouilles. Bourdeau lui avait fait goûter un soir un nouveau « ragoût » à la mode, la choucroute de Strasbourg. Ce plat, depuis peu recherché, avait reçu ses lettres de noblesse de la Faculté qui le disait « rafraîchissant, combattant le scorbut, produisant un chyle épuré qui procure un sang tempéré et vermeil ». Les truites au bleu de l'établissement arrivaient directement de Genève dans leur court-bouillon, et l'on murmurait — M. de La Borde le lui avait confirmé — que le roi lui-même retardait parfois son dîner quand cette poste spéciale tardait à parvenir à Versailles.

Mais déjà les toits d'ardoise mouillés du couvent des Capucins, près de l'Orangerie, jetaient des reflets gris à leur gauche. Le fiacre obliqua vers la rue de Chevilly, emprunta un moment celle de Suresnes pour toucher enfin le cimetière de la paroisse de la Madeleine. Il ralentissait de plus en plus, gêné par l'afflux d'une foule morne et dense qui se pressait en silence face à un cordon de gardes françaises qui interdisait l'accès de la paroisse et de ses dépendances. Nicolas frappa d'un coup de poing le devant de la caisse pour faire arrêter le véhicule, et descendit. Un homme en robe noire de magistrat dans lequel il reconnut M. Mutel, commissaire du quartier du Palais-Royal, s'avança pour lui serrer la main. À ses côtés, deux hommes s'inclinèrent. L'un était M. Puissant, chargé des spectacles et de l'illumination à la lieutenance générale de police ; l'autre M. Hochet de La Terrie, son adjoint — de vieilles connaissances.

— Mon cher confrère, dit Mutel. Ces messieurs, avec mon aide, sont chargés de mettre un peu d'ordre dans la reconnaissance des corps. L'espace est si réduit que, si nous laissions faire, la foule s'amasserait de manière effroyable et tout cela nous conduirait à de nouveaux désastres. C'est sans doute M. de Sartine qui vous dépêche pour nous renforcer ?

— Pas précisément, encore que nous soyons à votre disposition. Il s'agit d'une enquête préliminaire consécutive à une mort suspecte constatée cette nuit. L'affaire nous conduit à consulter... Vous avez des listes, j'imagine ?

— Oui, une liste des corps ayant sur eux de quoi les identifier ; une autre de ceux déjà reconnus par des proches, et la dernière rassemblant les signalements recueillis qui permettront à nos aides de tenter de retrouver le parent ou l'ami en question. Mais les visages sont souvent affreusement défigurés et il est bien malaisé de reconnaître quelqu'un dans ces vestiges déformés et sanglants. De plus, le temps est à l'orage et nous ne pouvons conserver trop longtemps les corps... La Basse-Geôle ne les contiendrait pas tous !

Le commissaire s'approcha de Nicolas et, à voix basse, s'enquit de l'état de santé de M. de Sartine.

— Oh ! mon cher, vous le connaissez, « *simplicitas ac modestiae imagine in altitudinem conditus studiumque litterarum et amorem carminum simulans, quo uelaret animium*[1] ». Sans, toutefois, manipulation de perruques...

Tous deux, férus d'humanités, se plaisaient parfois, lorsque leur propos se voulait discret, à converser à l'aide de citations latines.

— *Bene*, mais le symptôme est en effet à relever ! Tout cela me rassure. La crise est grave, mais il s'en sortira. Il faudra bien que la vérité éclate, et sous peu. Il n'est que de laisser dans leur sale bourbier croupir la bêtise et l'envie !

Il cligna de l'œil.

— Comptez sur moi pour vous transmettre le moindre détail que je pourrais apprendre sur l'impéritie de cette nuit.

Nicolas sourit et esquissa de la main un geste évasif. Son entrée éclatante dans le corps des commissaires au Châtelet en 1761 avait frappé l'esprit de ses collègues. La plupart l'appréciaient désormais pour ses qualités propres et s'ouvraient librement à lui de leurs difficultés, assurés qu'il agirait auprès du lieutenant général de police avec loyauté et efficacité. Nicolas, sans outrer sa séduction naturelle, savait rendre les devoirs à des anciens dans le métier, au demeurant tous plus âgés que lui.

Les registres avaient été disposés dans l'église. Tout autour d'eux montaient les cris et les pleurs des familles. Ils se partagèrent la tâche. Au bout d'un moment, l'inspecteur lui désigna une ligne. Nicolas lut à haute voix :

— « Une jeune fille frêle, vêtue d'une robe jaune pâle de satin, chevelure blonde, yeux bleus, âgée de dix-neuf ans… »

Il interrogea l'exempt qui tenait le registre.

— Cette mention est à la fin. Il n'y a sans doute pas longtemps que l'on a donné le signalement de ce cas ? Vous souvenez-vous du demandeur ?

— Tout juste un gros quart d'heure, monsieur le commissaire. Un monsieur d'une quarantaine d'années accompagné d'un jeune homme. Il cherchait sa nièce. Il paraissait fort ému et m'a donné une vignette de son commerce pour le joindre en cas de découverte.

Il nota le numéro de la mention et consulta une boîte en carton où étaient classés divers papiers.

— Voyons… n° 73… Voilà !

Il sortit un prospectus.

— « *Aux Deux Castors*, Au grand Hyver, rue Saint-Honoré vis à vis l'Opéra. Charles Galaine, marchand pelletier, fait et vend généralement toutes sortes de pelleteries, manchons et fourrures, à Paris. » La demoiselle s'appellerait Élodie Galaine.

La vignette historiée montrait les deux animaux du septentrion symétriquement opposés. Les queues encadraient une gravure représentant un homme à bonnet et robe de fourrure tendant les mains vers le feu d'une cheminée. Le commissaire nota l'adresse à la mine de plomb sur son petit carnet noir.

— Ne perdons pas de temps, dit-il. Rendons-nous sur place immédiatement.

Au moment où ils remontaient en voiture, Tirepot apparut et retint Nicolas par un bouton de son habit.

— J'ai à te dire ceci : les gardes de la Ville ont mené joyeuse vie cette nuit. Ils ont gaillardement fessé les bouteilles dans tous les estaminets des environs pour fêter leur nouvel uniforme. Tout ça un peu partout, et notamment au *Dauphin couronné* où la Paulet en aura de belles à te conter. M'a chargé de te dire, ainsi qu'à M. Bourdeau, qu'elle vous a attendus, que les mets ont été gâtés, mais qu'elle avait bien compris ce qui se passait. Elle était geignarde, ayant, m'a-t-elle dit, une nouvelle à vous apprendre qui vous fera plaisir. Elle vous attend ce soir sur les dix heures, la truffe ne sera pas ménagée…

Nicolas remontait dans la voiture quand l'autre le retint encore une fois.

— Pas si vite ! Regarde un peu ce que des stipendiers distribuent. Cela vient de la Ville. J'ai appris par un prote usant de mon chalet que cela est tiré par imprimerie ayant traité avec l'échevinage pour les annonces d'adjudication. Excuses pour l'état !

Il tendit au commissaire un placard maculé. Nicolas lui lança une pièce qu'il feignit de refuser tout en la saisissant au vol. Le libelle était lourd et ordurier. Son propos visait M. de Sartine et, au-delà, le principal ministre, Choiseul. Nicolas songea que l'on ne perdait pas de temps à l'Hôtel de Ville. Ces accusations choquaient en lui l'homme du roi et le magistrat en fonction. Il avait pourtant l'habitude de ces textes poisseux de haine qu'il avait pourchassés depuis dix ans sous deux favorites. Ces torchons, il ne cessait de les saisir et de les détruire. Son dégoût était toujours égal, mais l'hydre possédait cent têtes et renaissait sans cesse.

Leur voiture s'ébranla et franchit à nouveau le cordon des gardes françaises. Nicolas fit demander à un officier l'autorisation de passer par la rue Royale. Le fiacre traversa au pas les quelques centaines de toises fatidiques. Il ne restait plus rien du drame de la nuit, que, çà et là, des lambeaux de vêtements et des souliers épars que fripiers et revendeurs récolteraient bientôt. La pluie tombée au cours de l'orage dissipait peu à peu des taches brunes sur le sol. Sous la lumière crue de l'après-midi, les prétextes du drame apparaissaient comme autant de témoins accusateurs : tranchées, blocs de pierre et rue inachevée. La place Louis-XV surgissait du désastre ; des équipes avaient déjà commencé à déblayer les décombres du décor incendié de la fête. L'hôtel des Ambassadeurs Extraordinaires et le Garde-Meuble trônaient, resplendissants, dans leur hiératique solennité. Le vent chassait les derniers miasmes de la nuit. Demain, tout serait à l'ordinaire, comme si rien ne s'était passé. Et pourtant, Nicolas entendait encore les cris d'agonie. Il songeait avec angoisse à cette grande soirée d'allégresse avortée. Ils longèrent le Garde-Meuble pour gagner la rue Saint-Honoré par le passage de l'Orangerie. Peu de temps après, leur voiture s'arrêta presque à l'angle de la rue de Valois devant une boutique de belle apparence à l'enseigne des *Deux Castors*. La vitrine, toute de bois sculpté, faisait apparaître des scènes de chasse où trappeurs et sauvages poursuivaient les animaux des divers continents. Une grille aux pointes dorées en forme de pommes de pin protégeait la glace derrière laquelle surgissait, dans la pénombre, un décor d'animaux naturalisés. Nicolas désigna des mannequins dépouillés à Bourdeau.

— Dès la fin du printemps, les peaux et vêtements sont mis à l'abri pour les protéger des insectes dans des caves fraîches et préservées, que des fumigations d'herbes ont assainies.

— Vous voilà bien savant. Quelque belle dame sans doute...

— Vous êtes bien curieux...

Il poussa la porte. Une clochette égrena des notes cristallines. Une odeur fauve les saisit, qui rappela à Nicolas certaine armoire du château de Ranreuil dans laquelle, enfant, il avait beaucoup joué et où il aimait enfouir son visage dans les vêtements de fourrure de son parrain, le marquis. Devant le comptoir en chêne blond, une femme encore jeune, brune, en robe de taffetas gris à grandes manchettes de dentelle, se penchait sur un papier qu'elle examinait d'un air sévère. Elle releva la tête et Nicolas admira sa blanche carnation. Elle considérait avec colère une jeune fille en bonnet et tablier de servante, presque une enfant, tassée dans une attitude de coupable prise en faute. Elle baissait un visage ingrat et aigu, avec la mine butée d'un petit animal traqué. Les deux hommes s'approchèrent en silence.

— Miette, ma fille, ou l'on vous a volée ou vous êtes une voleuse.

— Mais, madame... gémit l'enfant.

— Taisez-vous, vous m'indisposez. Vous êtes une drôlesse !

Son regard se fixa sur les pieds de la servante, qui tortillait un coin de son tablier.

— Où avez-vous marché, regardez vos souliers... Et votre figure est aussi souillée que votre tenue est fagotée ! A-t-on idée, dans une maison bourgeoise...

Elle parut soudain découvrir Nicolas.

— Disparaissez, vilaine ! Messieurs, que me vaut votre visite ? Nous avons de belles occasions à cette saison. Des toques, des pelisses, des manteaux, des manchons. Le tout à saisir en prévision de l'automne. Ou encore, pour votre dame, un bel arrivage de zibelines qui nous vient du Nord. Mais je vais appeler M. Galaine, mon époux, il parle avec excellence et précision de ses peaux.

La femme disparut par une porte latérale à petits carreaux biseautés. Bourdeau marmonna :

— En voilà une qui ne se fait pas de mauvais sang pour sa nièce !

— Ne précipitons pas les conclusions, il y a encore doute sur l'identité de notre inconnue. Cette dame a simplement l'esprit du commerce, dit Nicolas conciliant et qui se gardait des premières impressions, même si l'expérience lui en avait confirmé la pertinence.

La dame en question réapparut et les invita à pénétrer dans une sorte de bureau. Derrière une table de bois, couverte d'échantillons de peaux, deux hommes se tenaient, comme sur leurs gardes. Le plus âgé était assis, les bras croisés ; l'autre, debout, s'appuyait d'une main au dossier du fauteuil. Nicolas, toujours sensible aux impressions fugitives, perçut une odeur qu'il connaissait bien, ce mélange que dégage la bête aux abois ou le prévenu qu'on interroge. Cette odeur imperceptible à tout autre qu'à lui se superposait aux âcres relents des fourrures qui empoissaient l'atmosphère de la boutique. L'attitude des deux hommes n'était pas celle d'honnêtes commerçants s'apprêtant à vanter la qualité de leur marchandise. Le plus âgé prit la parole.

— Ces messieurs souhaitent sans doute profiter de nos occasions ? J'ai là bien des articles qui pourront les intéresser…

Nicolas l'interrompit.

— Vous êtes bien M. Charles Galaine, marchand pelletier ? Vous avez bien fait, ce matin, une déclaration de recherche, au cimetière de la Madeleine pour votre nièce, Élodie Galaine, âgée de dix-neuf ans ?

Il vit la main du jeune homme se crisper jusqu'à devenir blanche.

— C'est exact, monsieur. Monsieur…

— Nicolas Le Floch, commissaire au Châtelet, et voici mon adjoint, l'inspecteur Bourdeau.

— Vous avez des nouvelles de ma nièce ?

— Je suis désolé d'avoir à vous apprendre que j'ai moi-même recueilli un corps qui correspond au signalement que vous avez donné à l'exempt du cimetière de la Madeleine. Il conviendrait donc, monsieur, que vous puissiez m'accompagner au Grand Châtelet pour procéder à la reconnaissance éventuelle du corps en question. Le plus tôt sera le mieux.

— Mon Dieu ! Comment est-ce possible ? Mais pourquoi au Grand Châtelet ?

— Les victimes sont si nombreuses que certaines ont été transportées à la Basse-Geôle.

Le plus jeune baissait la tête. Il ressemblait à son père avec des traits plus mous, les yeux bleus, petits et enfoncés dans les orbites, le nez large et une chevelure naturelle châtain clair. Il se mordait l'intérieur de la joue. Le père possédait des traits plus virils et ne manifestait aucune émotion particulière, à l'exception de deux gouttes de sueur qui perlaient à ses tempes, à la limite de la perruque. Ils étaient tous deux vêtus d'habits en toile légère marron clair.

— Mon fils Jean et moi allons vous accompagner.

— Notre voiture est à votre disposition.

Comme ils sortaient tous les quatre, une grosse femme en chenille[2], l'air hommasse, non coiffée et les traits défaits, se jeta sur le marchand et, le secouant par les revers de son habit, l'apostropha sur un ton suraigu.

— Charles, dites-moi tout. Où est notre oiseau, notre toute belle ? Qui sont ces gens ? Que me cachez-vous ? C'est insupportable. Nous sommes toujours comptées pour rien dans cette maison, alors que… J'en mourrai, oui j'en mourrai.

Charles Galaine la repoussa avec douceur, afin de l'asseoir sur une chaise où elle se laissa tomber en pleurant.

— Excusez-la, messieurs, ma sœur aînée, Charlotte, est bouleversée par le retard de sa nièce.

Il se tourna vers sa femme qui observait la scène sans broncher.

— Émilie, donnez un peu d'eau de fleur d'oranger à notre sœur. J'accompagne ces messieurs, je ne serai pas long.

Émilie Galaine haussa les épaules sans dire un mot. Ils sortirent et montèrent dans le fiacre. Soit souci d'épargner les siens, soit indifférence, Nicolas observa que M. Galaine n'avait rien dit de leur démarche. Il supposait que Mme Galaine devait être une épouse en secondes noces, car comment comprendre autrement qu'elle eût un fils de quelques années seulement plus jeune qu'elle ? Cependant, son attitude indifférente ne laissait pas de surprendre. Quant au fils, il exprimait une émotion contenue ou une inquiétude, qui pouvait marquer aussi bien sa sollicitude fraternelle que tout autre sentiment. Le père savait se maîtriser à merveille, mais sa peine paraissait bien peu sensible devant la possibilité de mort d'un être proche. En vérité, Nicolas ne savait rien de cette famille. L'enquête commençait avec ses interrogations multiples. La priorité était la reconnaissance du corps. Un silence pesant régnait dans la voiture. Nicolas, face au fils, le vit machinalement arracher la peluche de la portière. Bourdeau feignait de sommeiller, mais il gardait les yeux mi-clos pour observer le marchand. Celui-ci, immobile, fixait le vide avec obstination.

Les choses se précipitèrent dès l'arrivée au Grand Châtelet. Charles Galaine, appuyé sur le bras de son fils, descendit en hésitant l'escalier de pierre de la vieille prison. Ils se trouvèrent brusquement en présence du drap scellé le matin même par Nicolas et qui venait d'être transporté du caveau voisin. On procéda à son ouverture et le commissaire dégagea le visage de la morte. Il tournait le dos aux visiteurs. Il entendit un bruit sourd ; le fils venait de s'évanouir. On appela le père Marie, qui fit couler quelques gouttes de son révulsif habituel entre les lèvres du jeune homme à qui, pour faire bonne mesure, il assena une magistrale paire de claques. Le traitement était efficace : le fils Galaine reprit ses esprits en soupirant, et l'huissier le remonta dans la cour pour prendre l'air. Charles Galaine voulut le suivre, Nicolas le retint.

— Monsieur, je vous en prie. Le père Marie est expert, il en a vu d'autres et prendra soin de lui. Il importe que vous me confirmiez l'identité présumée de cette jeune fille.

Le marchand pelletier regardait le corps, l'air effaré, les yeux écarquillés et les lèvres tremblantes.

— Oui, monsieur, il s'agit bien, hélas, de ma nièce Élodie. Quelle horreur ! Mais comment vais-je apprendre cela à mes sœurs si affectionnées à cette petite, leur enfant en quelque sorte ?

— Vos sœurs ?

— Charlotte, l'aînée, que vous connaissez, et Camille, ma sœur cadette.

Ils regagnèrent le bureau de permanence où la reconnaissance de M. Galaine fut dûment couchée sur le papier par Bourdeau.

— Monsieur, dit Nicolas, je dois m'acquitter d'un bien pénible devoir. Il me revient de vous informer que Mlle Élodie Galaine, votre nièce, n'a point péri écrasée, lors de la catastrophe que nous déplorons rue Royale, mais a été assassinée.

— Assassinée ! Que voulez-vous dire ? Que dois-je entendre ? Vous accablez bien légèrement un parent déjà anéanti par une nouvelle si funeste. Assassinée, notre Élodie ! Assassinée ! La fille de mon frère…

Grand amateur de théâtre, Nicolas jugea le ton faux. Cette indignation de père noble, si fréquente dans le répertoire du temps, lui semblait appartenir à un registre connu. Il répondit, plus sèchement :

— Cela signifie ce que ce terme veut dire : que l'examen du corps — Nicolas évita pourtant le terme choquant d'ouverture — prouve de manière indubitable que cette jeune fille, ou jeune femme, a été étranglée. Était-elle mariée ou fiancée ?

Il n'entendait pas évoquer l'état de la victime, préférant garder une carte qu'il pourrait jouer au moment opportun. La réaction de Galaine le convainquit de la justesse de ce choix.

— Mariée ! Fiancée ! Vous divaguez, monsieur. Une enfant !

— Monsieur, je vais devoir vous demander de répondre à mes questions. Le temps pour nous de faire quelques vérifications, car il n'y a aucun doute, le crime est avéré et la procédure se mettra en marche dès que j'aurai rendu mes conclusions au procureur du roi, qui saisira alors le lieutenant criminel.

— Mais, monsieur, ma famille, ma femme… Leur apprendre…

— C'est hors de question. Quand avez-vous vu votre nièce pour la dernière fois ?

Maître Galaine semblait avoir pris son parti de la situation. Il réfléchit un moment.

— J'étais convié comme membre de la jurande des marchands pelletiers — l'un des grands corps[3], comme vous savez — à assister à la fête de la Ville. Nous nous sommes d'abord réunis chez l'un d'eux, près du Pont-Neuf. J'ai vu ma nièce le matin même. Le soir, elle devait se rendre place Louis-XV pour admirer le feu d'artifice en compagnie de mes sœurs et de notre servante, Miette. Quant à moi, je suis arrivé avec quelque retard place Louis-XV, où la presse était déjà grande, et j'ai été ensuite séparé de mes collègues par un mouvement de cette foule. Immobilisé près du pont tournant des Tuileries, j'ai assisté à l'horreur de cette nuit, et j'ai aidé jusqu'au petit matin à relever les victimes. Quand je suis rentré chez moi, j'ai été averti de la disparition de ma nièce, et suis reparti au cimetière de la Madeleine.

— Bien, dit Nicolas. Reprenons par ordre. À quelle heure êtes-vous arrivé place Louis-XV ?

— Je ne saurais le dire assurément. Nous étions fort gais, ayant vidé quelques bouteilles en ce jour de fête, mais ce devait être vers sept heures.

— Ces messieurs du grand corps pourraient-ils confirmer votre présence à ces agapes ?

— Il vous suffit de le leur demander. Interrogez MM. Chastagny, Levirel et Botigé.

Nicolas se tourna vers Bourdeau.

— Prenez les adresses, nous vérifierons. Avez-vous rencontré quelques personnes de connaissance durant la nuit ?

— Il faisait si sombre et l'agitation était telle qu'il était presque impossible de se reconnaître.

— Autre chose. Avez-vous une idée sur la manière dont votre nièce a péri ?

M. Galaine leva la tête ; la perplexité ou un sentiment approchant s'imprima peu à peu sur son visage.

— Que pourrais-je vous dire ? Vous ne m'avez même pas précisé les conditions de sa mort. Je n'ai vu que son visage.

C'était à dessein que Nicolas avait seulement dégagé le visage de la morte, afin de dissimuler les traces de strangulation.

— Chaque chose en son temps, monsieur. Je souhaitais seulement connaître votre sentiment. Encore un point et nous aurons fini. À votre retour rue Saint-Honoré, au petit matin, vers six heures m'avez-vous dit, qui se trouvait au logis ? J'ajoute que cela nous permettra de dresser la liste des occupants de votre demeure.

— Mon fils Jean, mes deux sœurs, Camille et Charlotte, ma fille Geneviève, qui est encore une enfant, Marie la cuisinière, et notre servante Miette et…

Il n'échappa pas à Nicolas qu'il hésitait un moment avant de poursuivre.

— Ma femme et aussi… le sauvage.

— Le sauvage ?

— Je vois bien qu'il faut que je m'explique. Mon frère aîné, Claude Galaine, à la demande de notre père, était parti s'installer en Nouvelle-France, il y a vingt-cinq ans. Il s'agissait pour nous d'avoir un comptoir pour négocier directement les fourrures des trappeurs et des indigènes, sans recourir à des intermédiaires. Cela nous permettait de limiter nos frais et de faire baisser nos prix à Paris, où la concurrence est extrême dans le commerce de luxe. Mais je m'égare. Mon frère avait pris femme à l'Ile Royale, qu'on nomme aussi Louisbourg, en 1749.

Le marchand pelletier se rassérénait à mesure qu'il parlait boutique.

— Les attaques des Anglais contre nos colonies se multipliaient. Mon frère décida donc de rentrer en France avec sa famille. Sa fille Élodie venait de naître. Il obtint un passage sur un vaisseau de l'escadre de l'amiral Dubois de La Motte, mais dans le désordre d'une attaque, il perdit sa fille. Le retour fut un désastre. Décimés par la maladie, dix mille marins moururent avant l'arrivée à Brest[4]. Mon frère et ma belle-sœur n'échappèrent pas à cette calamité. Ma nièce, pourtant, avait survécu et, il y a un an et demi, elle me fut ramenée par un serviteur indien, munie d'une copie des registres de sa paroisse certifiant sa naissance et son baptême. Pendant dix-sept ans elle avait été élevée par des religieuses. Depuis elle est comme ma fille, à feu et à pot dans mon logis.

— Et cet indigène ? Comment se nomme-t-il ?

— Naganda. Il est de la tribu des Micmacs[5]. C'est un sournois ; je ne sais qu'en faire. Imaginez qu'il s'était mis en tête de coucher en travers de la porte de ma pupille ! Comme si elle craignait quelque chose dans notre famille ! Il a fallu lui réserver le grenier.

— Où il demeure, sans doute ?

— C'est très bien pour lui, je l'aurais voulu mettre dans la cave.

— Mais vous avez des peaux, dit Nicolas sèchement.

— Je vois que vous connaissez les obligations de mon négoce.

— Je vais vous demander de passer dans l'antichambre. Je dois voir votre fils.

— Ne pourrais-je rester ? C'est un garçon d'une grande sensibilité ; je le sens très ému de la mort de sa cousine.

— N'ayez crainte, vous le retrouverez sous peu.

Bourdeau raccompagna le témoin dans la pièce attenante au bureau du lieutenant général de police et revint avec le fils Galaine. Celui-ci était très pâle, le visage couvert de sueur à un point tel qu'il tenait du phénomène. Nicolas savait, pour l'avoir souvent observé, que la transpiration excessive dépendait d'un déséquilibre des humeurs ; la fatigue ou l'angoisse pouvaient tout autant la produire. Sa pâleur redoubla, et il resta un long moment sans voix quand Nicolas lui apprit l'assassinat de sa cousine.

— Vous êtes bien Jean Galaine, fils de Charles Galaine, maître marchand pelletier, demeurant rue Saint-Honoré ? demanda enfin Nicolas. Quel est votre âge ?

— J'aurai vingt-trois ans à la Saint-Michel.

— Vous travaillez au négoce de votre père ?

— En effet. J'apprends le métier pour prendre un jour sa suite.

— Quel a été votre emploi du temps d'hier soir ?

— Je me suis promené sur les Boulevards pour voir les boutiques de la foire.

— À quelle heure ?

— De six heures jusque tard dans la nuit.

— Vous ne souhaitiez pas admirer le feu d'artifice ?

— Je crains la foule.

— On se pressait pourtant sur les Boulevards. Personne ne peut témoigner vous avoir rencontré durant cette soirée ?

— J'ai bu quelques verres de bière du côté de la porte Saint-Martin vers minuit, avec des amis.

— Leurs noms ?

— Des amis de rencontre. Je ne connais pas leurs noms ; j'avais beaucoup bu.

Il sortit un immense mouchoir blanc et s'essuya le front.

— Vraiment ? Cette soif avait-elle des raisons particulières ?

— Elles me regardent.

Sous son aspect sans aspérités, songea Nicolas, ce jeune homme s'avérait bien peu coopératif.

— Avez-vous conscience qu'il s'agit d'un meurtre et que le moindre détail peut avoir une importance capitale ? Ainsi donc, vous n'avez pas d'alibi ?

— Qu'appelez-vous ainsi ?

Nicolas fut frappé de cet intérêt pour le détail au détriment du fait principal.

— Un alibi, monsieur, est la preuve de la présence de quelqu'un dans un autre lieu que celui où un crime a eu lieu.

— J'en déduis donc que vous savez où et quand ma cousine a été tuée.

Le jeune homme faisait décidément preuve d'une logique implacable et de beaucoup de sang-froid. Il ne manquait ni de rapidité ni de sagacité, et était sans doute plus retors qu'il n'y paraissait à première vue.

— La question n'est pas là, et vous connaîtrez ces détails bien assez tôt. Revenons à votre emploi du temps. À quelle heure êtes-vous rentré au logis ?

— Vers trois heures du matin.

— En êtes-vous bien certain ?

— Ma belle mère vous le confirmera ; un fiacre l'a déposée et elle s'est prise de querelle avec le cocher. Il prétendait qu'à trois heures du matin le tarif était double. Ensuite…

Il se mordit les lèvres.

— Rien qui vous puisse intéresser.

— Tout fait bec pour la police, monsieur. Cela a-t-il rapport avec le retour tardif de votre belle-mère ? Vous vous taisez ? Libre à vous, mais nous finirons par tout savoir, croyez-le bien.

L'interrogatoire aurait pu être poussé plus loin, mais le commissaire était impatient d'en apprendre plus sur cette famille. Le jeune homme ne perdait rien pour attendre.

Le retour rue Saint-Honoré fut morne et silencieux. Nicolas se remémorait les diverses réponses des deux Galaine. Il s'étonnait de leur incuriosité sur les conditions de la mort de leur parente. Le père n'avait pas insisté, le fils n'avait rien demandé. Il était près de six heures quand la voiture s'arrêta devant la devanture des *Deux Castors*. Nicolas venait d'interdire aux deux hommes de s'entretenir avec les autres membres de la famille. Il avait décidé de les enfermer dans le bureau. Il convenait d'agir à chaud, de ne pas offrir aux uns et aux autres l'occasion de se concerter ou de garantir la véracité de leurs déclarations par des recoupements préparés. Il craignait soudain d'aller trop vite en besogne. Après tout, rien n'indiquait qu'il fût question d'un crime domestique dont le coupable appartenait obligatoirement à la famille Galaine. Et pourtant, son intuition lui imposait cette démarche, et le mystère d'un enfantement dissimulé ou avorté l'entraînait dans ce sens. Sauf à vouloir celer le déshonneur de sa nièce, l'oncle n'offrait aucun signe ni présomption d'être au fait de cette situation.

L'honneur était-il en cause ? Cet honneur des familles qui traversait avec régularité la vie policière de Nicolas Le Floch — celui, arrogant, de la noblesse où l'obsession de la pureté du sang pouvait dévoyer les âmes les plus belles. Lui-même n'était-il pas le produit bâtard de cette conception surannée ? Ou encore cet honneur qui, dans le secret des demeures, s'attachait à chaque atteinte aux règles de la civilité, à chaque transgression d'une culture établie et à la moindre censure des regards scrutateurs du voisinage. Celui-là même qui conduisait à éclabousser l'ensemble d'une famille pour la seule faute de l'un des siens. Se trouvait-il devant un cas semblable ? Certains magistrats avaient recours, dans ces affaires, à des enlèvements arbitraires en plein jour. La lettre de cachet était, de ce point de vue, un progrès, car elle ne s'exécutait que toutes précautions prises pour éviter le scandale. Alors que les arrestations auxquelles procédait l'autorité judiciaire étaient environnées d'éclat, la lettre de cachet préservait l'honneur, le délinquant étant retiré au monde, et son ignominie disparaissant avec lui dans le secret du cachot ou dans la cellule d'un couvent. La famille, blessée dans son honneur, laissait le lieutenant général de police scruter son intimité, et le roi, en contrepartie, enfouissait la faute à jamais. Élodie Galaine avait-elle péri à cause d'une conception excessive de l'honneur, par un dévoiement criminel qui inversait les facteurs en privilégiant le crime au détriment du salut ?

Bourdeau le tira de sa réflexion. La voiture, arrêtée devant les *Deux Castors*, était environnée d'une foule qui s'agitait devant la vitrine. Un exempt connu de Nicolas barrait l'accès de la porte à des femmes déchaînées auxquelles s'était jointe une troupe de badauds. Nicolas sauta à terre, se fraya un chemin à coups de coude pour interroger l'homme sur les raisons de cette émotion.

— C'est que, monsieur le commissaire, une servante de cette maison, une jeunesse maigrelette, a trouvé moyen de sortir en purette et même nue comme la main. Et la voilà qui saute, qui tremble, qui marche sur le dos, qui bave et qui hurle ! On s'attroupe, on rit, on s'inquiète et je suis arrivé tout juste pour éviter que ces mégères ne la lapident comme chien enragé. Ç'a été encore toute une histoire. Elle était raide comme un bout de bois et a tenté de me mordre. Dieu soit loué, sa maîtresse a apporté une couverture dans laquelle on l'a roulée avant de la mener à sa couchette, où elle est tombée endormie.

Les cris redoublaient autour d'eux. Une énorme matrone bouscula Nicolas d'un coup de ventre. Les mains sur les hanches, elle harangua la foule.

— C'est-y pas par hasard qu'on voudrait nous empêcher de noyer la sorcière ? C'est-y pas que tu voudrais t'y mettre en travers ? Si tu crois qu'on t'a pas reconnu, crevure à Sartine !

— Cela suffit ! fit Nicolas d'une voix forte. Vous, le ragot, fermez-la ou vous finirez à l'Hôpital[6]. Quant à vous, bonnes gens, je vous somme au nom du roi et du lieutenant général de police d'avoir à vous disperser à l'instant. Sinon…

La foule, impressionnée par l'autorité de Nicolas renforcée par la robuste présence de Bourdeau, recula, non sans avoir salué de clameurs et de lazzis le nom de M. de Sartine, ce qui donna à penser à Nicolas. Les deux policiers firent sortir les Galaine, et leur petite troupe pénétra dans la boutique. Des chandelles éclairaient Mme Galaine, fort pâle. Il s'ensuivit une scène muette durant laquelle Bourdeau poussa les hommes dans le bureau, tandis que Nicolas s'adressait à la boutiquière.

— Madame…

— Monsieur, je dois sur-le-champ voir mon mari.

— Plus tard, madame. Il a reconnu le corps de votre nièce par alliance. Elle a été assassinée.

Émilie Galaine ne manifesta aucune réaction. Son visage à la lueur dansante des chandelles demeurait impassible. Que signifiait cette absence de sentiments ? Nicolas avait parfois rencontré cette impavidité ; elle dissimulait souvent une grande émotion.

— Madame, votre emploi du temps, hier ?

— Inutile de m'interroger, monsieur le commissaire, je n'ai rien à vous dire. Je suis sortie, je suis rentrée.

— Madame, c'est un peu court. Imaginez-vous que je vais me satisfaire de cela ?

— Peu m'importe, c'est tout ce que vous obtiendrez de moi.

Elle reprenait des couleurs, comme si un sang plus vif circulait sous sa peau. Elle tapa du pied sur le sol.

— Vous vous introduisez dans cette famille pour y apporter le malheur. J'ai répondu : je suis sortie, je suis rentrée. Inutile d'insister.

— Madame, il me revient de vous mettre en garde qu'à l'instant même où le lieutenant criminel sera saisi d'une affaire d'homicide, la justice du roi disposera de divers moyens pour vous faire parler, de gré ou de force.

Il mesurait toute l'inanité de son propos. Il n'avait jamais cru à la torture. Les longues conversations avec Sanson et Semacgus l'avaient convaincu que les aveux obtenus par la question étaient extorqués à la pauvre chose pantelante, contrainte à murmurer les paroles décisives qui scelleraient son destin.

— Que s'est-il passé avec votre servante ? reprit-il. Même à cela vous refusez de répondre ?

Elle secouait la tête avec obstination.

— Soit. Veuillez avoir l'obligeance d'appeler vos belles-sœurs ; je veux les interroger. Elles parleront peut-être, elles. Quant à vous, je vous demanderai de passer dans le bureau de votre mari.

Émilie Galaine se dirigea vers le fond de la pièce, ouvrit une porte sans ménagement. Deux femmes se tenaient derrière, serrées l'une contre l'autre ; d'évidence, elles écoutaient leur conversation. Dans la plus grande, Nicolas reconnut Charlotte, la sœur aînée, qui mordait un mouchoir comme si elle allait se mettre à hurler.

Tête baissée, la plus petite trottina jusqu'à lui. Sa tenue sans apprêts, aux couleurs sombres, juxtaposait dentelles noires et colliers de jais. Les traits de l'aînée se retrouvaient, mais comme retendus sur une face desséchée. Des lèvres minces esquissaient un sourire humble que démentait la mobilité des yeux, gris, fureteurs, et sans la moindre aménité. La chevelure naturelle, pauvre et terne, étageait de laborieuses boucles poudrées. Cette coiffure paraissait sans lien avec l'ensemble le plus ingrat que l'on pût imaginer.

— Monsieur le commissaire, s'empressa-t-elle, oui, oui, nous avons tout entendu. Oh ! mon Dieu, est-ce possible ? Je disais à ma grande sœur, c'est elle si bouleversée derrière moi... Je lui disais donc, elle aurait dû se vêtir plus tôt, mais tout est bousculé... Imaginez, monsieur, que le chat qui d'ordinaire, vu son âge et ses infirmités, a coutume de longer par la bordure... Mais ne nous égarons pas. Je ne crois pas que ces fourrures auraient dû être descendues si tôt cette année. Avez-vous remarqué combien l'hiver fut tardif ? Et l'importance des pluies... Ce malheureux mariage qui fit notre malheur. Qu'y peut-il, le pauvre ? Toujours mené...

Nicolas demeurait figé devant ce flux ininterrompu de paroles dont l'incohérence lui faisait douter de la raison de Camille Galaine. La sœur aînée, aussi décoiffée que lors de leur première rencontre, était vêtue d'étoffes éclatantes mais sales, chiffonnées, déchirées.

— Mademoiselle, je vous en prie, un peu d'ordre. Je souhaite vous interroger, vous l'avez entendu. Et cela sur les circonstances qui entourent la mort criminelle de votre nièce. Vous interroger l'une après l'autre. Seules.

Charlotte redoubla ses cris et ses reniflements. La porte du bureau s'ouvrit et la tête d'un Bourdeau ahuri apparut. Nicolas lui fit signe que tout allait bien. Le couple des sœurs s'était reconstitué, le noir feuille morte fondu dans l'ampleur de l'écarlate. Les deux visages convulsés se collèrent l'un contre l'autre. Il comprit qu'il n'obtiendrait pas de séparer ces siamoises et qu'il devrait, dans un premier temps, supporter leurs manies et procéder à un double interrogatoire commun. Dans son souvenir surgit la vision fugitive d'un bocal de fœtus confondus, une des pièces les plus rares du cabinet de curiosités de M. de Noblecourt.

— Quand avez-vous vu votre nièce pour la dernière fois ? commença-t-il.

Camille, la cadette, prit la parole d'autorité.

— Hier après-midi nous l'avons — hein, Lolotte ? — aidée à s'habiller.

— Oui, oui, dit l'autre, et même…

— Et même, nous l'avons grondée, car sa tenue était trop claire pour une soirée dans les rues. A-t-on idée !

Il semblait bien à Nicolas, au vu des yeux effarés de l'aînée, que la cadette interprétait très librement ses pensées.

— Comment était-elle vêtue ?

Les petits yeux ne cessaient de bouger sans jamais se laisser prendre par le regard direct de Nicolas.

— Robe de satin jaune. Chapeau toque à rubans jaunes.

— Avait-elle un sac ?

— Non, non, dit Charlotte, pas de sac. Mais un très joli masque vénitien. Si blanc qu'il en paraissait enfariné.

— Tu confonds, c'était à Carnaval. Quelle pauvre mémoire est la tienne ! Ma sœur veut dire qu'elle avait un réticule avec quelques écus. N'est-ce pas, mignonne ?

L'autre prit un air buté et déçu.

— Si tu le dis.

— Je ne le dis pas, je l'affirme. Ah ! monsieur le commissaire, ma sœur a une tête de linotte. Imaginez, l'autre jour, cela m'y fait penser, son canari, dont on dira ce qu'on voudra, mais je prétends qu'il s'agit d'un serin et, peut-être même, d'un pinson... Que disais-je ? J'ai lu dans un récit de voyage qu'une espèce nouvelle a été découverte, le hochequeue de Kirschner... Mais ce n'est pas la tienne...

Nicolas interrompit de nouveau ces divagations.

— À quelle heure votre nièce vous a-t-elle quittées ?

— Je ne saurais vous le dire. Nos pauvres têtes ! Elle est partie, accompagnée par Miette, notre servante. Nous avons dû enfermer Naganda, le sauvage, qui voulait la suivre. Ensuite, nous sommes restées au logis, où nous avons joué à la bouillotte, soupé légèrement. Nous nous sommes couchées peu avant minuit.

— Et vous, mademoiselle, vous confirmez ?

Charlotte, toujours boudeuse, secoua la tête sans répondre.

Il ne tirerait rien de plus de l'amphigouri de ces deux affolées. Sans doute lui jouaient-elles un tour de leur façon, destiné à l'égarer dans sa recherche de la vérité. L'incohérence et la prolixité de la cadette paraissaient trop naturelles pour n'être pas feintes. Il appela Bourdeau et fit rentrer les Galaine. S'adressant au père, il lui demanda à voir Naganda. L'homme se retira quelques moments et revint l'air embarrassé.

— Monsieur le commissaire, nous l'avions enfermé, et il n'est plus là !

— Cela requiert une explication.

— Je viens de monter, le verrou était fermé. J'ai ouvert, personne ! Il a dû s'enfuir par les toits. Ils sont agiles comme des chats...

— Pas le nôtre, dit Camille. Tu ignores que ce matou...

Nicolas la coupa sans vergogne, peu soucieux du flot de paroles qui allait suivre.

— Montons au grenier, voulez-vous. Montrez-moi le chemin.

Le marchand hésita un instant, puis le précéda dans un couloir au bout duquel aboutissait un escalier. Au troisième étage, que l'on atteignait par une échelle de meunier, une porte ouverte donnait sur une pièce mansardée. Le châssis du toit était ouvert sur un ciel crépusculaire. Une chaise paillée était placée dessous. Nicolas songea qu'il fallait une force considérable pour se hisser à bout de bras et s'extraire par une ouverture si malaisée d'accès. Il avait quelque expérience de ces exercices... L'ameublement était spartiate ; des bottes de paille couvertes d'une grande couverture bariolée aux motifs étranges faisaient office de couchette. Pendus à une corde transversale s'alignaient des vêtements dans un ordre parfait. Beaucoup étaient indigènes, mais il remarqua une houppelande brune auprès de laquelle était accroché un grand chapeau noir à large bord. Charles Galaine avait suivi son regard.

— C'était son habit habituel lorsqu'il sortait. Nous le lui avions imposé pour limiter la curiosité ou la terreur que les tatouages de son visage et ses longs cheveux noirs déclenchaient dans le voisinage.

— Manque-il des vêtements selon vous ?

— Je l'ignore. Je n'ai pas en compte les hardes de ce sauvage que je nourris depuis plus d'un an.

Nicolas continuait à fureter. Il trouva dans un petit coffre en bois quelques amulettes, de petites figures sculptées en os, une poupée à tête de grenouille, divers sachets remplis de matières inconnues, trois paires de mocassins et quelques perles d'obsidienne identiques à celle trouvée dans la main d'Élodie Galaine. Il s'en saisit prestement en veillant à ce que l'oncle ne surprenne pas son geste. Ils redescendirent en silence. Les membres de la famille Galaine, figés tels qu'il les avait laissés, les attendaient. Nicolas les avertit d'avoir à demeurer dans les murs de la capitale : instructions seraient données aux barrières d'avoir à les arrêter s'ils enfreignaient cette défense. Mesure bien illusoire, mais ils n'avaient pas besoin de le savoir.

La nuit tombait quand les deux policiers se retrouvèrent rue Saint-Honoré. Nicolas décida de répondre à l'invitation de la Paulet. Le docteur Semacgus n'avait sans doute pas été informé du report de leur souper, aussi proposa-t-il à Bourdeau de l'accompagner. Celui-ci déclina en souriant, rappelant que Mme Bourdeau l'attendait et qu'il était père d'une famille nombreuse. Il s'étonna cependant auprès de son chef.

— Puis-je savoir pourquoi vous n'avez pas interrogé les domestiques ? Il y a cette Miette, et une vieille cuisinière.

— C'est trop tôt, Bourdeau. N'affolons pas l'ensemble de la maisonnée. La domesticité a toujours beaucoup à dire, mais il faut l'aborder avec prudence et douceur. Notre première récolte n'est d'ailleurs pas si mince...

Bourdeau salua et monta dans le fiacre. Nicolas se dirigea vers le faubourg où se trouvait le *Dauphin couronné*. Une nouvelle fois, ce lieu familier allait être mêlé à une enquête. Qu'avait donc à lui apprendre la Paulet sur la catastrophe de la veille ? Quelle bonne nouvelle avait-elle à lui annoncer ? Il se remémora les interrogatoires et prit, tout en marchant, des notes sur son petit carnet noir. Le fils Galaine ne paraissait pas autrement surpris du meurtre, mais lui seul avait marqué une émotion sincère devant la morte. Le père avait indiqué que les sœurs devaient accompagner Élodie au feu d'artifice ; or, elles n'avaient nullement confirmé ce fait. D'autres allusions l'obsédaient : un masque vénitien, l'évocation d'un mariage qui pouvait être tout aussi bien celui du dauphin que le remariage du marchand pelletier. Enfin, les perles d'obsidienne qui constituaient une présomption bien lourde contre l'Indien Micmac, évanoui dans la ville. Quant à ce dernier, il ne se faisait pas de souci à son propos : s'il errait vraiment dans Paris, on le reprendrait vite dès que le guet et les mouches posséderaient son signalement si particulier. Et, au fait, quelle langue parlait-il ?

Une dernière chose l'intriguait : alors que la cadette était tirée à quatre épingles, l'aînée des sœurs paraissait malpropre et peu soignée. Pouvait-on imaginer une telle différence entre des êtres aussi étroitement liés ? À cela s'ajoutaient le silence de la deuxième épouse et le mutisme général sur l'état d'Élodie. Oui, l'affaire se révélait plus difficile que M. de Sartine ne l'imaginait quand il lui avait octroyé cette enquête pour en dissimuler une autre. Restait aussi la petite Miette. Pourquoi cette crise et cette excitation ? Le temps n'était plus où, quelques années plus tôt, sur la tombe d'un diacre janséniste du cimetière Saint-Médard, les convulsionnaires proliféraient.

IV

MÉANDRES

> Les soins de ce grand homme apaiseront la rage
> De vos fiers ennemis ;
> Et, quoi qu'il vous promette, il fera davantage
> Qu'il ne vous a promis.
>
> RACINE

Quand il se retrouva devant la porte du *Dauphin couronné*, Nicolas leva la main vers le vieux marteau de bronze usé dont l'écho réveillerait comme d'habitude les profondeurs assoupies de la maison de plaisir. Son geste tourna court ; que faisait là cette fonte, rehaussée de fer forgé, où se mêlaient figures de satyres et pampres dorés ? Qu'était devenue la vieille porte de chêne vermoulue, patinée en haut par les poussées et culottée en bas par les projections boueuses de la chaussée ? Une poignée ouvragée se balançait, provocante, qui devait correspondre à un mécanisme intérieur. Tout confirmait une transformation récente des lieux. Il songea que le souper prévu après la fête place Louis-XV devait marquer les retrouvailles avec une vieille complice perdue de vue depuis l'automne de l'année précédente. Après une hésitation, il tira la poignée. Le grelottement d'une sonnette était à peine éteint que la porte s'ouvrit. Une longue silhouette le toisait en souriant. Décidément, songea-t-il, le temps passait. Il avait du mal à reconnaître dans cette apparition la négrillonne d'antan. Une belle jeune fille aux yeux sombres hochait la tête d'un air languide qu'accentuait sa vêture à la turque. Elle le salua d'un gazouillis zézayant qui, lui, n'avait pas changé et s'effaça en s'inclinant. Nicolas allait de surprise en surprise. Le long vestibule avec sa frise géométrique et son grand lustre à pendeloques n'existait plus. Abattues les cloisons, disparu le salon où naguère, dans l'horreur des ténèbres, il avait dépêché son premier mort. Adieu glaces, corniches dorées, ottomanes aux couleurs pastel et gravures grivoises encadrées...

Il se trouvait dans un vaste salon en rotonde, découpé, sur son pourtour, de petites absides plus intimes fermées par de lourds brocarts. Des consoles et des accotoirs étaient harmonieusement disposés çà et là. De petits canapés charmants sculptés de culots de perles et de rubans meublaient les alcôves. Des fauteuils en cabriolets ovales, ornés de moulures profilées, unifiaient l'ensemble par la répétition de leurs motifs fleuris. Nicolas se souvint qu'il avait été clerc de notaire. La pratique des inventaires après décès lui fit estimer le coût de ce mobilier à plusieurs milliers de livres. S'était-il trompé de maison, avait-elle été vendue ? Et pourtant la négrillonne était toujours là. Il s'interrogeait quand une voix connue, grasse et éraillée à la fois, lui parvint.

— Foutre, ma fille, cessez de bayer aux corneilles ! Prêtez-moi un peu d'attention. Je me répète : faire prendre une barrique de vin d'Espagne chez Tronquay. Chez Jobert et Chertemps, vous leur rapportez le bourgogne, il est aigrelet ! S'ils bronchent, ces pendards, dites-leur qu'ils perdront ma pratique. Ces marchands me feront crever !

Il s'ensuivit plusieurs soupirs.

— Voilà pour le vin ! Quel tintouin, j'en mourrai ! Au tour du gantier parfumeur. D'abord, tu me feras prendre de la pommade de moelle de bœuf à la fleur d'oranger pour mes pauvres cheveux. Pour les demoiselles, une douzaine de savons de Naples parfumés et des savonnettes marbrées. N'oublie pas le lait virginal, le bien-nommé ! Comment, tu oses pouffer, canaille ?

Il entendit des coups d'éventail frapper un corps.

— Tu l'as bien cherché. Il faut aussi une bouteille de vulnéraire d'arquebusade pour la Mouchet qui s'est effondrée dans les plumes deux fois la semaine dernière et, pour parfaire, en compagnie d'un crossé ! Il est vrai qu'il lui demandait... Mais ça, tu l'apprendras plus tard. Enfin, restent les petites éponges pour... Je me comprends. Allez file, j'entends quelqu'un.

La servante — une gamine — se retira. Nicolas s'était approché. C'était bien la Paulet, ce monstre de chairs, répandu sur une chaise longue, enseveli dans une robe de soie grise d'où émergeaient ses bras énormes. Son visage semblait rétréci, couvert, comme d'habitude, de céruse et de rouge appliqués à plâtre. Il nota la nouveauté d'une perruque blonde bouclée à rangs serrés.

— Mais c'est notre commissaire ! Ce garnement de Nicolas, ce malappris qui a fait languir sa vieille amie toute la nuit ! Eh ! je gausse, le devoir avant tout et le service de la pousse[1]. Cela vaut mieux que de distraire une vieille décharnée comme moi.

— Moi, j'ai la certitude que vous vous calomniez, dit Nicolas. Le squelette est encore bien en chair, et je vous retrouve dans un palais de splendeurs qui laisse pantois votre serviteur.

Sans l'épaisseur du plâtras qui recouvrait son visage, Nicolas l'aurait vue rougir. Elle minauda.

— Eh ! Eh ! Ainsi, vous avez observé le changement ? Je vis depuis des mois dans un tourbillonnement. Que la peste emporte les corps de métier et les artisans ! J'ai cru vingt fois périr, et quel flot de bon argent pour nourrir toute cette marchandaille ! Mais, je ne suis pas une jocrisse : loin de moi l'idée de laisser les choses se faire dans ma maison sans que j'aie mon mot à dire. C'est pas la Paulet qu'on viendra gruger sur le dos. D'un autre côté, faut ce qui faut !

Elle prit un air docte.

— Mais pour ce que j'en dis... C'est mal juger, dans bien des cas, que de juger d'après soi. Tiens, je vous vois l'œil finaud, tout pétillant et allumé à l'idée de coincer sa vieille amie et de trouver des raisons malhonnêtes à cette prospérité. Oh ! vous pouvez faire votre chattemite, vous ne croyez pas un instant que j'aie découvert le trésor de Col rond.

— Le trésor de Golconde, sans doute pas, sourit Nicolas, mais j'avoue être perplexe devant tant de magnificences.

— Ah ! mon bon monsieur, il y a un Dieu, et il regarde les mains pures et non les plus pleines. Vous connaissez ma douceur et mon innocence. Eh bien, il me les a remplies.

— Quoi ?

— Les mains, les mains ! Souvenez-vous qu'autrefois je vous régalais d'un ratafia des îles, j'en ai encore la papille excitée, qu'une mienne connaissance m'offrait. Vous en raffoliez. C'était quand mon perroquet Sartine — je le pleure encore — mourut de saisissement après les violences dont vous nous victimisiez.

— C'était pour la bonne cause, ma chère.

— Pfuitt, plutôt pour me faire causer. Mais c'est le passé et je ne suis pas rancunière. Je me suis bien trouvée de nos accords et vous témoignerez que je ne les ai pas rompus ; nous en reparlerons.

— Je vous rends ce témoignage bien volontiers. Mais cette fortune ?

— J'y reviens. Cette connaissance de ma jeunesse — Dieu comme je l'aimais alors — était mort et je ne le savais pas. Les communications étaient rompues avec les îles à cause de la guerre avec l'Anglais. Platatim et platatam, il y a six mois un faquin a surgi. Malgré les couches de poudre dont il avait couvert sa perruque et la fausseté empreinte de son visage, il puait l'exploit, la saisie, la lettre de cachet et la fumée des mauvaisetés. Devant ce noirâtre, je me suis dit : « Paulette, voilà les ennuis. » J'ai même envisagé un nouveau correspondant du lieutenant général. Je craignais qu'on m'ait enlevé mon Nicolas, c'est dire !

Elle lui décocha une œillade qui fit tomber deux ou trois morceaux de son maquillage ; son œil droit s'en trouva élargi.

— Bref, je prends mon air le plus avenant. Le quidam ouvre un portefeuille. C'était un notaire, et des plus huppés sur la place comme le prouvait assez son carrosse. Tout de go, il m'annonça, la fortune étant fille de la providence, que mon ami d'autrefois, riche planteur, était mort et que, faute d'oies de sa parentèle, il m'avait constituée sa légataire.

— Oies ? Vous voulez sans doute dire hoir[2] ?

— Peu importe la volaille. Sachant que je ne traverserais pas les mers — j'avais refusé il y a trente ans —, son homme d'affaires avait vendu ses biens et le notaire m'informait qu'une somme énorme était à ma disposition chez un banquier parisien. J'empochai cette aubaine, convaincue que la bonne fortune n'est pas péché et que, pour éviter de devenir avare, il faut savoir dépenser.

— Toujours bonne fille.

— Et plus que vous pouvez croire ! J'ai mon âge, et ça ne s'arrangera pas. Cette maison n'est pas un bimbelot[3], il faut la diriger. De nos jours, les filles n'ont plus le sens de l'autorité. En venez-vous à bléchir[4], tout fout le camp. Le métier a changé et change tous les jours. Jadis, on sortait du ruisseau pour entrer dans la carrière et, avec un peu de tête et de jugeote, on parvenait à une honnête aisance. J'ai commencé bouquetière. Ah ! vous m'auriez vue, une belle fille, enjouée, sachant se faire désirer, discrète quand il le fallait. J'avais vite compris que, si on dispose de deux oreilles et d'une bouche, c'est pour écouter plus que pour parler. Je trouve un bouquin[5] sur le retour, propret, doux et sachant fermer les yeux sur mes godelureaux de cœur.

— Il est vrai, dit Nicolas, que les vieillards ressemblent aux bouquins qui contiennent d'excellentes choses, quoique souvent vermoulus, poudreux et mal reliés.

Ils s'esclaffèrent.

— J'amassais peu à peu pour faire ma pelote. Je multipliais les pratiques discrètes, les plus fortunées. Ainsi, j'ai fini par bâtir cette maison. Mais le vent tourne et le métier, je le répète, n'est plus le même. Nous le sentons bien, nous, les mamans publiques, les mères abbesses. Vous savez bien que les raccrocheuses sont de plus en plus nombreuses, qui travaillent à l'isolée et sont les victimes désignées de la vérole. Nos maisons sont bien tenues et doivent affronter le changement. Les riches pratiques recherchent autre chose. Il leur faut des « nouveautés ». Nos maisons s'appuyaient sur la force de l'habitude ; c'est le luxe et le raffinement qui sont les denrées nécessaires aujourd'hui. J'ai épousé cette façon de voir. J'ai investi une partie de mon héritage à transformer ce lieu au goût du jour. Mais je vieillis, mes jambes toujours enflées ne me portent plus. Je peux veiller aux commencements, faire régner l'ordre parmi les filles de plus en plus endiablées et d'un choix de plus en plus difficile ! J'ai décidé de passer la main, tout en restant dans la maison pour veiller à mon grain.

— Et quel est l'oiseau rare qui vous succédera ? demanda Nicolas d'un ton sévère. Rappelez-vous que nous avons notre avis sur la chose.

— Il m'aurait manqué qu'il ne fasse le méchant comme naguère ! Mais, monsieur le commissaire, je suis bien certaine que mon choix vous comblera. D'ailleurs, elle sera mon héritière et ouvrira mes tiroirs, si elle me satisfait et prend soin de ma vieillesse. Elle aussi, les peines ne lui ont pas manqué ; ce n'est pas une caillette, elle a du plomb en tête. Dieu merci, à brebis tondue, le vent est mesuré. Je crains juste un peu son bon cœur, mais personne n'est parfait et elle s'endurcira. Quant à moi, si tout ce qui est combinable me satisfait, je me retirerai dans ma campagne d'Auteuil, car il faut savoir partir. Mélanger mon expérience et la nouveauté ne serait pas du meilleur tonneau. Touillez ensemble du vin de Suresnes et du bourgogne et je vous garantis une exécrable ripopée[6].

— Allez-vous me dire le nom de votre trouvaille ?

— Elle est derrière toi, fit une voix douce près de Nicolas.

Il reconnut aussitôt le timbre de ce murmure modeste qu'il n'avait jamais oublié. Combien de fois l'avait-il entendu chuchoter des mots éperdus à son oreille ? Le souvenir de la Satin[7] n'avait pas quitté sa mémoire ; il en conservait précieusement la nostalgie. Leur liaison s'était prolongée, avait duré longtemps, mais ses fonctions et le malaise, pour ne pas dire la crainte, que lui inspirait la vie de son amie l'en avaient, au bout du compte, éloigné. Il se retourna. Mon Dieu, qu'elle était belle ! Bien plus encore que dans sa mémoire. Son visage reposé, comme apaisé, se tournait vers lui avec tendresse. Sa chevelure ramassée en boucles soyeuses dégageait le cou et les épaules qu'il avait naguère dévorés de baisers si ardents qu'elle se plaignait des marques qui s'imprimaient dans sa chair. Sa poitrine offerte était ramassée par le haut d'un corsage en dentelle d'Alençon. Une robe à flots de soie bleu pigeon alanguissait une silhouette où il retrouvait le charme d'antan comme épuré. Elle avança vers lui, le prit par le cou. Il frémit lorsque leurs lèvres se joignirent.

— Eh bien, mes colombes, dit la Paulet, ne voilà-t-y pas de gentilles retrouvailles !

Elle frappa dans ses mains. La servante africaine apparut en esquissant un pas de danse et tira les rideaux d'une des alcôves. Une table était dressée, et dans un rafraîchissoir de porcelaine vert amande, des bouteilles de vin de Champagne attendaient. Près de la table, un lit à couronne présageait d'autres gourmandises.

— Mes enfants, reprit la Paulet, je vous laisse et monte soigner mes jambes. Vous avez sans doute beaucoup à vous raconter ! Le service sera bref, mais raffiné. Les friands et les gourmands, comme le dit un duc de mes connaissances[8], ne sont pas les fins gourmets, et rien n'est si funeste au talent d'un cuisinier que la sotte recherche ou la goinfrerie de son maître.

— C'est la sagesse de Comus !

— Pour commencer, du melon nouveau de mon jardin d'Auteuil. Mais pas une de ces choses infâmes, flapies, aux flancs mollassons, de ces pochetées fiévreuses que ton Sartine interdit par placards chaque année. Un de ces miels orangés, juteux et savoureux à souhait. Et puis, oh ! un plat de roi que mon cuisinier parfait à ravir. Cette poularde à l'angoumoise dont vous vous sucerez les lèvres...

Elle eut un rire salace

— J'aimerais connaître le traitement de cette volaille-là ? demanda Nicolas.

— Je le reconnais bien là ! Tu devras te procurer une belle poularde de haute course, élevée avec amour au grain. Toutes les parties charnues, tu les piqueras d'écailles de truffe, sans barguigner. À la main, tu empliras le corps de truffes coupées que tu auras passées à la poêle avec du lard râpé et des épices.

— Et, pfutt, en cocotte ?

— Pas de ça, mon poulet, comme en amour les approches sont essentielles. Cette poularde-là, tu l'enveloppes de papier pour que truffes et épices s'épousent étroitement. Trois jours après, tu ôtes le papier et tu emmaillotes la donzelle ameublie dans des rouelles de veau et des bardes de lard. Alors, et alors seulement, tu la couches, comme une bien-aimée, dans une braisière juste à grandeur, sur un lit de rondelles de carottes, panais, bouquet garni, épices, sel et poivre, de deux oignons piqués de girofle et tu arroses, gaillard, d'une bouteille de malaga. Le tout doit mijoter à petit feu, deux heures au moins. Enfin, tu dégraisses, tu passes, tu parsèmes d'une poignée de truffes hachées fin et tu fais réduire le jus que tu lies avec quelques marrons écrasés. C'est un morceau d'abbé commendataire !

— Et l'entremets ! soupira la Satin.

— De l'ananas glacé venu tout droit des serres de Mgr le duc de Bouillon. Et après… ne faites pas trop de bruit !

— Encore un duc ! On nous a changé notre Paulet !

Nicolas se laissait aller, conscient d'être tombé dans un piège auquel il s'abandonnait sans réagir. L'atmosphère avait changé, la Paulet s'était mise à le tutoyer, assurée de son impunité. Il acceptait une soirée qui s'annonçait si savoureuse, tout attendri de ses retrouvailles inattendues. De fait, depuis longtemps, toute évasion lui était interdite. La permanente tension de sa charge, encore accrue par les obligations quotidiennes du mariage du dauphin, ne lui avait laissé aucun répit. Ce soir, il se laissait aller comme le cavalier harassé au bord du chemin. Un éclair de conscience le redressa pourtant. Il se rappela que Tirepot lui avait laissé espérer des révélations de la Paulet. Celle-ci n'agissait jamais ouvertement ; il fallait toujours lui tirer les vers du nez, soucieuse qu'elle était de monnayer ses services en avantages et privilèges, et pour le plaisir de tenir la dragée haute à la police.

— Tout cela est bel et bon, dit Nicolas, mais avant de vous laisser reposer, j'aimerais vous poser quelques questions. Notre ami Tirepot m'a dit que vous en aviez de belles à me conter.

Elle grimaça et se laissa tomber lourdement dans sa chaise longue.

— Décidément, celui-là ne perd jamais la direction du Châtelet !

— Jamais ! D'autant plus que je suis avide de goûter à vos nouvelles autant qu'à votre cuisine. Plus vite nous en aurons fini, mieux cela vaudra. Contez-moi donc par le menu la soirée de la catastrophe. Les choses vont si vite qu'elles paraissent dater de plusieurs jours, alors qu'il s'agit de la nuit dernière.

— Las, soupira la Paulet, puisqu'il faut en passer par là. Je faisais les préparatifs pour le souper prévu en votre honneur et en celui du docteur Semacgus, quand la sonnette se mit à s'agiter comme si mille diables la tiraient. Tant et si bien que j'ai fini par ouvrir à une trentaine de gardes de la Ville qui menaçaient de tout casser. Ces gros escogriffes, tout enmannequinés dans leurs tenues glorieuses, voulaient faire la fête et baptiser leur nouvel uniforme. Ils réclamaient du vin et des filles, à grands cris. Je n'aime pas qu'on me bouscule…

Elle jeta un regard à Nicolas.

— La Paulet est toute bonne, elle est brave fille, mais il ne faut pas lui agiter le poivre sous le nez ! Leur ayant dit leur fait, mais contrainte de leur servir à boire, je leur ai sorti un bourgogne aigrelet dont la bile a dû les agiter, et…

— Quelle heure était-il ?

— Sur le coup de huit heures, avant le feu d'artifice. Même que je me suis dit qu'ils avaient sans doute mieux à faire avec la fête, la foule et tout ce patatras des Boulevards qu'à gobeloter dans une maison honnête.

— Et cela a duré longtemps ?

— Que oui ! Jusqu'à deux ou trois heures du matin. Mes jambes avaient doublé de volume. Les bougres ont écumé mes dernières réserves de ratafia. Des officiers les avaient rejoints. Même qu'on est venu chercher le major pour le désastre. Il a ricané, disant qu'il en venait et qu'il en avait soupé, et que M. de Sartine serait assez bon pour dépastrouiller la chose.

— Comment était-il, ce major ?

— Grand, gros, rougeaud, avec des petits yeux méchants comme des boutons de bottines. Le ton haut et mordant. Je lui retiens un cadet de ma ratière. Çui-là, je te le retrouverai !

— Ma chère amie, je vous remercie. Ne tardez plus à soigner vos jambes. Il nous faut vous conserver, vous nous êtes trop précieuse.

— Voyez le finaud, le margotin, le doucereux ! Ne le voilà-t-y pas soudain pressé de se débarrasser de la Paulet ! Va, je te comprends, tu aspires à la poularde, hé, hé !

Et, avec un sourire éloquent, la Paulet se dressa et sortit de la pièce en soupirant de douleur à chaque pas. La Satin et Nicolas se regardaient. Comme la première fois, songea-t-il, dans la soupente où il la retrouvait alors qu'elle servait chez la femme d'un président du Parlement. Un viol, une grossesse consécutive — il avait cru un instant être père — avaient fait choir la Satin dans le négoce de ses charmes. Sa chance, au fond, avait été d'échouer chez la Paulet et d'échapper ainsi à la crapule et à l'Hôpital général. Leurs relations s'étaient espacées, et il y avait longtemps que leurs chemins ne s'étaient plus croisés.

— Je ne t'ai jamais perdu de vue, Nicolas, dit la jeune femme. Oh ! tais-toi, je sais ce que tu ressentais… Et pourtant, combien de fois ai-je attendu, cachée sous le porche du Châtelet, pour avoir le bonheur de t'apercevoir une seconde. Tu étais toujours pressé et tu passais comme une ombre…

Il ne trouvait rien à répondre.

— Et ton enfant ?

Elle sourit.

— Il est beau. Il est au collège, pensionnaire.

Ce qui suivit demeura pour Nicolas un entracte heureux. Lui qui vivait sans relâche dans l'attente de l'événement et ne s'accordait que trop rarement un de ces moments de répit entre l'action achevée et l'action à venir s'abandonna à l'insouciance du moment présent. La servante apporta les mets, fit sauter le bouchon du vin qui emplit joyeusement les flûtes puis se retira en chantant une langoureuse mélopée qu'elle accompagnait d'un lent balancement de ses hanches. Nicolas se mit à l'aise. La Satin désossa délicatement la poularde et lui tendait du bout des doigts les bons morceaux. L'air de l'alcôve était saturé des vapeurs parfumées du repas et des corps qui s'échauffaient. Bien avant l'ananas glacé, Nicolas avait entraîné son amie sur le lit. Là, enfoncé dans le duvet, il retrouva les douceurs, les ravines, les chemins mille fois parcourus. L'ardeur de leur désir renouvelé scella cette nuit de retrouvailles avant qu'ils ne sombrent, épuisés, dans le sommeil.

Vendredi 1er juin 1770

Alangui, Nicolas se pressait contre le sable chaud. Il avait dû s'assoupir au soleil sur la grève de Batz. Quelqu'un grondait au-dessus de lui, sans souci de son repos. Au grand dam de son tuteur, le chanoine, toujours inquiet de la nudité des corps et des risques du contact avec l'eau, réputée contenir toutes les maladies et susciter toutes les perversions, l'été, c'était avec allégresse qu'il courait, avec d'autres garnements de son âge, se jeter dans les vagues au milieu des barques des pêcheurs. Il grogna ; une main le secouait. Il ouvrit les yeux, vit la pointe brune d'un sein, un fouillis de draps froissés et, un peu plus loin, le visage goguenard de l'inspecteur Bourdeau. Il se désenlaça des jambes de la Satin qui dormait paisiblement, s'enveloppa dans un drap et considéra l'intrus avec sévérité.

— Pierre, m'expliquerez-vous cette intrusion matinale ?

— Mille pardons, Nicolas, mais le devoir, le devoir ! On a retrouvé l'Indien.

— Diantre, quelle heure est-il ?

— Neuf heures sonnantes.

— Neuf heures ! Ma doué, c'est inouï, j'aurais juré qu'il était minuit ! Je dormais comme un enfant.

— Comme un enfant, vraiment ? fit Bourdeau en coulant un regard sur le corps de la Satin.

— Bourdeau, Bourdeau ! Allons, aidez-moi. Il me souvient d'une fontaine dans la cour arrière de cette maison de perdition.

— Allons, ne médisez pas des bonnes choses !

Nicolas bouscula l'inspecteur en grommelant et alla s'asperger d'eau fraîche à la pompe. Il surprit le regard gourmand de la servante noire qui le lorgnait sans vergogne depuis la fenêtre de l'office. Il agita un index menaçant qui la fit disparaître. Rhabillé, il rejoignit Bourdeau venu en fiacre. Après un moment de silence, comme une porte refermée sur sa nuit, Nicolas interrogea son adjoint.

— J'étais certain que nous récupérerions notre homme sans délai.

— Le hasard nous a servi. Imaginez qu'il voulait regagner la Nouvelle-France — enfin, ce que nous appelions ainsi jusqu'en 1763[9]. Quoi de plus évident pour un naturel candide, que de gagner la rivière pour s'embarquer ? S'étant enfui de la rue Saint-Honoré, il suivait la pente des ruisseaux et s'est rapidement retrouvé, après quelques errements dans les dédales du Louvre, sur le quai de la Mégisserie. Vous connaissez la réputation du lieu ?

— Certes, et le lieutenant général ne cesse de batailler avec les services de la guerre à son sujet. Mais vous n'ignorez pas que c'est le duc de Choiseul lui-même qui tient ce portefeuille. L'ordre, en l'occurrence, nourrit le désordre et nécessité fait loi. Combien de fois ai-je entendu notre chef déplorer les méfaits de ces racoleurs qui, après avoir employé la ruse pour enrôler des jeunes gens sans expérience, ont recours à des violences de toute espèce.

— Tout rustre inexpérimenté qui passe par là et baguenaude sur la rive tombe dans leurs filets. Et c'est la rengaine habituelle…

— « Mon maître a besoin d'un valet, vous êtes d'une riche taille. Je ne doute pas qu'il ne vous prenne à son service, pourvu que vous soyez docile à ses ordres. » L'eau-de-vie aidant, on conduit le malheureux jusqu'à un soldat déguisé qui lui fait signer un enrôlement au lieu d'un engagement domestique.

— On s'y croirait, dit Bourdeau en riant du ton lamentable de Nicolas.

— Riez ! Mon cher, la chose m'est arrivée lors de mes débuts à Paris. Mon accent breton m'aurait perdu, si je n'avais excipé d'une lettre de mission de M. de Sartine. Mais nous nous égarons.

— Notre homme a donc été abordé. Son aspect étrange — il était nu avec un pagne — et son égarement ont attiré un de ces soldats de fortune qui a voulu l'enrôler et lui a offert le passage au Nouveau Monde contre une reconnaissance de dettes. En fait, il s'agissait de l'engagement, et l'oiseau était pris au piège. Lorsque la patrouille a voulu le conduire à la caserne, il a compris son malheur. Cela l'a rendu furieux et, comme il est taillé en hercule, il en mit cinq à terre avant d'être maîtrisé. Le guet, appelé à la rescousse, l'a conduit entravé au Châtelet. Ne vous ayant point trouvé rue Montmartre où tout le monde dormait, sauf Catherine…

Nicolas songeait avec un sourire à l'époque révolue où, encore jeune et enfant chéri de la maisonnée, le moindre retard déclenchait l'inquiétude. Depuis, chacun s'était accoutumé à ses allées et venues erratiques.

Seule, Catherine, dont la fidélité adamantine n'avait d'égale que l'affection qu'elle portait à son sauveur, tremblait toujours pour Nicolas.

— Et votre sagacité vous a conduit jusqu'au *Dauphin couronné* ?

— Je supposais que vous y souhaitiez faire retraite... En compagnie de la mère abbesse.

— Bon, bon, pouffa Nicolas, je n'aurai pas le dernier mot. Le tort est toujours du côté du patient.

Arrivés au Châtelet, ils gagnèrent aussitôt la prison. Un greffier leur ouvrit la porte d'un cachot si obscur que Nicolas réclama un falot. Accroupi sur une couchette sordide de paille pourrie, une forme ligotée se distinguait à peine. Le visage recouvert par de longs cheveux noirs, l'homme n'était vêtu que d'une couverture de jute qui avait dû servir à des générations de prévenus. Ses pieds étaient souillés d'une épaisse couche de boue séchée. Les jambes découvertes semblaient tétanisées et faisaient apparaître, comme sur un écorché, muscles et tendons. Nicolas tendit la main vers l'épaule de l'homme, qui releva brusquement la tête, rejetant la chevelure en arrière. Des yeux d'un noir intense le fixaient sans expression. La stupeur du commissaire fut grande en remarquant les cicatrices régulières qui marquaient le visage aux tempes. La face était allongée, avec un nez busqué et la régularité de traits d'une idole païenne taillée dans la pierre.

— Monsieur, je suis commissaire de police. Je veux vous aider. Me comprenez-vous ?

— Monsieur, les jésuites m'ont éduqué. « S'il a cru les conseils d'une aveugle puissance, Il est assez puni par son sort rigoureux. »

— « Et c'est être innocent que d'être malheureux. » J'ignorais, monsieur, dit Nicolas en souriant, que les vers de M. de La Fontaine fussent si populaires en Nouvelle-France.

Le visage, qui s'était éclairé, se rembrunit.

— Que parlez-vous de Nouvelle-France ? Nous avons été abandonnés par notre roi. Quant à moi, j'ai été honteusement trompé et maltraité ici, dans Paris, par une famille que je veux respecter en souvenir d'un mort. Monsieur, je sollicite votre protection et souhaiterais être détaché et faire toilette. Hélas, j'ai dû quitter une demeure hostile en y abandonnant mes hardes, volées d'ailleurs…

— Cette protection vous est acquise, assura Nicolas, et nous n'avons rien à vous reprocher dans un déplorable incident dont vous avez été la victime. Mais, je dois vous interroger sur autre chose. Greffier, faites détacher cet homme, et apportez-lui un seau d'eau pour ses ablutions. Bourdeau, voyez dans notre cabinet de friperie de quoi le vêtir momentanément.

Ils laissèrent le prisonnier pour gagner le bureau de permanence.

— Voilà un naturel bien urbain ! dit Bourdeau.

— Et un témoin de premier plan. J'ai hâte de l'interroger. L'homme me paraît intelligent. Il reste à déterminer comment aborder le sujet qui nous intéresse.

Nicolas se mit à réfléchir pendant que Bourdeau fouillait les vêtements précieusement amassés par les deux policiers et qui leur servaient à se travestir lorsqu'ils souhaitaient se perdre dans la foule parisienne pour les besoins d'une enquête. L'inspecteur finit par trouver ce qu'il cherchait et disparut, laissant le commissaire à ses réflexions. Le Micmac paraissait déterminé et possédait sans conteste l'usage du français, se disait Nicolas. Il était sans doute habile à dissimuler ses pensées et par là même les vérités gênantes — c'est du moins ce que la rumeur publique rapportait sur les naturels de la Nouvelle-France. Le prendre de front n'aurait pour conséquence qu'un renforcement de ses défenses ; il serait, pour ainsi dire, contraint à taire l'essentiel. Aussi vaudrait-il mieux ne pas diriger l'interrogatoire de manière trop rigide. C'était souvent dans l'à-peu-près, l'incertain, que surgissaient le mot, la phrase ou l'inflexion qui permettaient à l'enquêteur de rebondir, d'assurer sa présomption et d'orienter le cours de l'entretien là où il souhaitait qu'on en vînt, comme une frégate s'apprêtant à l'abordage doit soigner son approche et trouver le point d'accrochage pour ses grappins. Nicolas craignait les témoins trop lisses sur lesquels la rhétorique rigoureuse de ses questions glissait sans réaction — « comme l'eau sur le canard », disait Bourdeau.

Le Micmac fit son entrée. Les hardes lamentables fournies par Bourdeau ne parvenaient pas à dissimuler l'étrangeté du personnage. Il dédaigna le tabouret paillé que lui désignait l'inspecteur et demeura bras croisés, les mains sous les aisselles. Nicolas, toujours attentif à leur langage, s'en agaça. Un silence pesant s'installa.

— Vous avez sans doute, monsieur, bien des choses à nous dire, dit enfin le commissaire.

C'était parler pour parler. Il crut discerner une lueur d'ironie dans les yeux de Naganda, qui répondit :

— Peut-être serez-vous assez complaisant, monsieur le commissaire, pour satisfaire ma curiosité : j'avais le sentiment que vous aviez, vous-même, beaucoup à me dire. Au passage, veuillez croire à ma reconnaissance pour m'avoir tiré de ce mauvais pas, où seule l'ignorance des usages de votre peuple m'a jeté.

— Prenons les choses par le commencement, dit Nicolas. N'y voyez pas malice, mais pourriez-vous nous éclairer sur votre présence à Paris ? Vous voilà bien éloigné des neiges de votre pays !

L'ironie du regard noir s'accentua.

— Je crains que les propos si aimablement divulgués de M. de Voltaire n'aient compromis votre jugement. Si mon pays est « d'arpents de neige », il y fait aussi très chaud l'été. Mais je réponds à votre question. J'avais une douzaine d'années lorsque mon père périt dans une embuscade tendue par les Anglais. Il était le guide de M. Galaine, le frère aîné de M. Charles. M. Galaine était un homme juste et bon. Il se chargea de moi et me fit éduquer à ses frais. Quand les désastres s'accumulèrent, il décida de rentrer en France. Nous devions gagner l'escadre française. Une attaque d'Indiens à la solde des Anglais nous dispersa. Je portais Élodie, la fille de M. Claude. Je parvins à me dissimuler et gagnai Québec, où je pus la confier à des ursulines. Elles me crurent, car j'étais muni de papiers que m'avait confiés son père. Pendant dix-sept ans, j'ai exercé divers métiers ; cela me permit d'amasser la somme d'argent nécessaire pour payer un passage vers la France et ramener Élodie à ses parents, que je croyais encore vivants.

— Quel âge aviez-vous au moment du drame ?

— J'avais quinze ans et Élodie, quelques mois.

— Mais j'ai interrompu votre récit. Poursuivez, je vous prie.

— En dépit de la curiosité qui environnait cet Indien escortant une jeune fille et une vieille religieuse qui revenait en France et que les sœurs m'avaient imposée comme chaperon, le voyage se déroula sans encombre. La famille Galaine nous accueillit sans excès de chaleur. Mais si, par la suite, Élodie parut adoptée, il n'en fut pas de même pour moi. Que pouvais-je faire, seul, isolé, sans appui, sans famille, traité comme moins que rien, tant par les Galaine que par leur domesticité que mon apparence effrayait ?

Il fit un geste vers son visage ; Nicolas nota les poings serrés.

— Je suis fils de chef. Naganda est fils de chef.

Il paraissait vouloir s'en persuader. Il recroisa les bras et se tut. Ce que Nicolas venait d'entendre l'avait touché, le reportant de plusieurs années en arrière, lors de sa propre arrivée dans la capitale du royaume. Lui aussi avait mesuré sa solitude. Un affreux sentiment d'abandon le ressaisit à cette pensée.

— Pourriez-vous maintenant m'expliquer dans le détail comment, à moitié nu, vous en êtes venu à ces mauvaises rencontres sur le quai de la Mégisserie ?

— Naganda n'est pas un élan qu'on enferme. Avant-hier — mercredi, je crois — Élodie m'a annoncé qu'elle voulait assister à la grande fête donnée place Louis-XV en l'honneur des épousailles du petit-fils du roi. Elle souhaitait que je l'accompagne, tout autant pour la protéger — les rues ne sont pas sûres et les jeunes gens bien entreprenants vis-à-vis d'une jeune fille dans une foule aussi mêlée — que parce qu'elle entendait que j'admire pour la première fois ces feux volants dont j'avais entendu parler. Les Anglais les utilisaient pour célébrer leur victoire sur les Français et je n'avais jamais voulu y paraître. Ses tantes se mirent en travers de ce beau projet. Mon devoir, au contraire, était de garder la maison. Élodie eut beau protester, elle n'eut pas le dernier mot. Quant à moi, je m'étais donné comme politique de ne jamais m'opposer aux volontés de sa famille, sachant que je me trouverais aussitôt à la rue et ne pourrais tenir la parole donnée à son père de veiller sur elle. Mais j'étais décidé à outrepasser l'interdiction, à m'échapper discrètement et à la suivre de loin pour garantir sa sécurité.

— Et vos habits ?

— Quels habits ? Après le dîner du midi, je me suis senti fatigué et me suis lourdement assoupi dans le grenier. Quand je me suis éveillé, mes vêtements avaient disparu et j'étais enfermé. Et, surtout…

— Surtout ?

— Surtout, je me suis rendu compte qu'un jour entier s'était écoulé !

— Comment cela ? Expliquez-vous.

— J'ai une montre, ou plutôt j'avais une montre que m'avait offerte M. Claude. Or, l'ayant consultée avant de m'assoupir, elle indiquait trois heures de l'après-midi. Quand je me suis réveillé, il était une heure et plein soleil. J'en ai déduit que j'avais dormi près de vingt-quatre heures. Me croirez-vous si je vous dis que j'ignore encore comment ?

Bourdeau, assis derrière l'Indien, hochait la tête d'un air de doute.

— Vous prétendez nous faire accroire, monsieur, que vous avez dormi tout un jour ?

— Je ne prétends rien, c'est la vérité.

— Nous verrons, dit Nicolas, mais j'aime un peu plus la vérité quand c'est moi qui la trouve que quand c'est un autre qui me la montre. Ensuite ?

— Ensuite, j'ai ouvert le châssis du toit grâce à une chaise sur laquelle je suis monté. À la force des bras, j'ai réussi à sortir et à gagner le haut d'une maison voisine, où j'ai rejoint un ensemble d'appentis plus bas, proches d'un arbre qui m'a permis de me laisser glisser à terre. J'ai longtemps erré, puis j'ai vu des mouettes et j'ai observé la direction de leur vol. Finalement, j'ai trouvé le fleuve, espérant qu'il y avait là des bateaux en partance. Un homme s'est entremis, me proposant un travail qui solderait mon passage. J'ai accepté, et il m'a conduit dans un tripot où un autre homme, tout galonné et fort peu aimable, m'a fait signer un papier. Aussitôt, des soldats ont surgi et m'ont sauté dessus. Je me suis défendu avant de céder sous le nombre. Puis, grâce à vous, j'ai été libéré.

Il salua non sans noblesse, laissant Nicolas interloqué devant ce témoin des deux mondes dont le langage châtié contrastait tellement avec son apparence que cette ambiguïté risquait de fausser le jugement porté sur l'homme. Tout cela était bel et bon, mais ressemblait un peu à un conte oriental.

— Pouvez-vous nous décrire les vêtements qui ont disparu ? demanda Nicolas.

— Des tuniques et des pantalons en peau. Un grand manteau brun et un chapeau noir que j'utilise souvent pour masquer mon aspect effrayant aux yeux des pusillanimes de la rue.

Nicolas tira de sa poche un mouchoir qu'il déplia avec soin sur le bureau. Il en tira la perle d'obsidienne trouvée dans la main serrée d'Élodie Galaine au cimetière de la Madeleine.

— Connaissez-vous cette perle ?

Naganda se pencha.

— Oui, il s'agit d'une perle d'un collier m'appartenant, et auquel je tiens beaucoup. Il m'a été dérobé avec mes habits.

— Et votre montre ?

— Je l'ai retrouvée ; elle était sous ma couchette à portée de ma main.

— Et maintenant, où est-elle ?

— Elle m'a été dérobée par les soldats.

— À vérifier, monsieur Bourdeau. Revenons à cette perle. Le collier a donc disparu ? Soit. Pourquoi y teniez-vous tant ?

— C'était un souvenir de mon père, et M. Claude y avait ajouté une amulette.

— Vous prétendez qu'un talisman vous avait été donné par Galaine l'aîné ? N'était-il pas catholique et bon chrétien ?

— Certes, mais je dis ce qui s'est passé. En me remettant ce petit carré de cuir, il m'avait recommandé de ne jamais m'en séparer. J'ai encore en tête son propos à ce sujet : « Lorsque Élodie se mariera, tu devras ouvrir le sac de cuir et lui donner ce qu'il contient. »

— Ainsi, vous ne l'avez jamais ouvert ?

— Jamais.

Nicolas sentit dans sa poche le collier rompu, retrouvé dans le grenier de la rue Saint-Honoré. Il le prit et le tendit à l'Indien. Naganda fit un geste vif comme pour s'en saisir, et le commissaire n'eut que le temps de reculer sa main.

— Je vois à votre réaction que cet objet ne vous est pas étranger.

— Il m'appartient en effet, et rien ne m'est plus cher pour les raisons que je vous ai dites. Où l'avez-vous trouvé ?

— Permettez, c'est moi qui pose les questions. Ainsi, ce collier est à vous ? Vous le reconnaissez ? Vous êtes d'accord avec moi pour constater que cette perle appartient de toute évidence à ce collier ? Vous en êtes bien d'accord ?

L'Indien hocha affirmativement la tête. Le moment parut venu à Nicolas d'assener la nouvelle de la mort d'Élodie.

— J'ai le regret de vous annoncer que cette perle que vous reconnaissez, partie d'un collier qui est vôtre, a été découverte dans la main crispée de Mlle Élodie Galaine dont le corps mort a été relevé parmi les victimes du grand étouffement de la foule occasionné par la presse de la fête place Louis-XV. J'ai le devoir également de vous signifier que vous êtes l'un des suspects de cette mort, dont tout concourt à prouver qu'elle est la conséquence d'un acte criminel.

Nicolas s'attendait à des manifestations étranges. Un long cri, un pas de danse au son d'une mélopée sauvage, ainsi qu'il l'avait lu dans les descriptions des missionnaires. Il n'y eut rien de cela, le teint de cuivre sembla pourtant virer au gris, les yeux s'enfoncèrent plus profondément dans les orbites, et ce fut tout ce qui trahit l'émotion ou la surprise du Micmac.

— Vous n'éprouvez, semble-t-il, ni étonnement ni douleur ?

La réponse de l'Indien le laissa sans voix :

— « *Quam cum vidisset Dominus, misericordia motus super eam, dixit illi : Noli flere*[10]. »

— Aucun sentiment ne vous anime devant la perte d'un être auquel vous avez consacré une partie de votre vie et que vous entourâtes des soins les plus diligents ?

— « *La douleur qui se tait n'en est que plus funeste*[11]. »

« Quel jouteur ! » pensait Nicolas. Mais tant qu'à citer saint Luc et Racine, il en avait à son service, et n'était pas dupe de ce que ce système de réponse pouvait tenter de dissimuler.

— « *Une loi sévère / Va séparer deux cœurs qu'assemblait leur misère*[12]. » Quelles étaient vos relations avec Élodie Galaine ?

— C'était la fille de mon maître et bienfaiteur. J'avais fait serment de la protéger, j'ai échoué.

Cet homme avait le don de biaiser ses réponses.

— Comment vous considérait-elle ?

— Comme… comme un frère.

Bourdeau et Nicolas avaient levé la tête, sensibles à cette hésitation, une sorte de bégaiement, étrange de la part d'un homme qui ne les avait pas habitués à manifester d'émotion. Le cœur de Nicolas se serra ; le souvenir aigre-doux d'Isabelle de Ranreuil, sa demi-sœur, se rappelait à lui avec douleur.

— Comprenez bien que, tout suspect que vous soyez, vous avez droit à notre protection. En contrepartie, nous espérons et attendons de vous une entière franchise. Si vous savez quelque chose, si vous soupçonnez quelque chose, il faut nous en faire part.

Naganda regardait Nicolas. Il ouvrit la bouche, mais aucun son n'en sortit. Il baissa les yeux.

— Libre à vous de demeurer coi, mais réfléchissez à mes propos. Vous voilà seul, en position de suspect. On va vous reconduire rue Saint-Honoré, où vous demeurerez à la disposition de la justice.

Bourdeau appela un exempt, que l'homme suivit après s'être incliné. Nicolas demeura un moment silencieux.

— Je ne crois pas qu'il mente, mais il cache l'essentiel, dit-il enfin.

— Pourquoi le renvoyez-vous ? demanda Bourdeau.

— Mon ami le père Grégoire m'a jadis expliqué la curieuse propriété de certaines substances mises en présence les unes avec les autres. Les réactions sont des plus étonnantes. Je n'écarte pas un phénomène de ce genre rue Saint-Honoré. Ceux-là voudraient le voir à cent lieues. Eh bien, nous l'allons jeter dans leurs jambes et attendre benoîtement les résultats !

— Que vous en semble de ce conte de sommeil prolongé ?

— Qu'il y a quelque chose de nature trouble et peu crédible que nous allons devoir éclaircir. Vous avez comme moi, je pense, noté au passage les éléments contradictoires avec les autres témoignages. Il conviendra d'approfondir tout cela. Dans l'immédiat et sur l'autre affaire qui nous intéresse, il faut rassembler d'urgence les éléments du rapport demandé par M. de Sartine.

— Nous savons déjà que l'impéritie des gardes de la Ville a laissé la fête abandonnée sans bergers.

— Il faut identifier les responsables et dresser le bilan de tout cela. Le lieutenant général sera reçu dimanche soir, comme à l'accoutumée, par Sa Majesté. Prenez un de nos hommes. Qu'il recueille les informations. Il faut une note adressée aux vingt commissaires de quartier. Il faut consulter les médecins, les apothicaires, les rebouteux, les fabricants de cercueils, les registres des paroisses pour le nombre des convois, les fossoyeurs des églises et des cimetières. Enquêtez, faites interroger. Ne ménagez point les mouches. Que tout cela soit enregistré et me soit communiqué au plus vite.

— En effet, en effet. Et qu'il m'en soit rendu compte au plus vite !

Une voix sèche retentit dans le bureau de permanence. Les deux compères se retournèrent et découvrirent

M. de Sartine revêtu de sa robe noire de magistrat à rabats blancs, la tête ornée d'une perruque à la grenadière, relevée des deux côtés de la queue. Le lieutenant général de police les toisait d'un air gourmé. Nicolas imagina l'effet de cette apparition sur le vulgum pecus à l'aune de sa propre stupéfaction. Tout suave que fût le ton, il savait d'expérience qu'il pouvait dissimuler une âcreté que la réputation d'aménité du puissant personnage ne laissait guère deviner chez ceux qui le connaissaient mal.

— N'avais-je pas bien prévu les choses ? jeta Sartine. N'étaient-elles pas de cristal dans mon esprit ? N'allais-je pas rassotant[13] que vos petites manies engendreraient au moindre, comme à l'accoutumée, du chamaillis et de l'esclandre ? Qu'à trop vouloir décrampiller des écheveaux que vous-même aviez mélangés, vous nous conduiriez à quia ?

— Que me vaut, monsieur, cette volée de bois vert ?

— Et de surcroît, il feint l'ignorance ! Sachez, monsieur Le Floch, que je sors de ce pas du cabinet du lieutenant criminel. Qu'il vient de m'agonir d'un cours de procédure que j'ai dû subir dents serrées. Qu'il ne m'a pas ménagé son amphigouri[14]. Il a lourdement pâturé mes plates-bandes de peur que je ne l'entende point.

— Monsieur…

— Taisez-vous ! Habitué que vous êtes — et je ne suis que trop coupable d'avoir toléré cela, et même d'y avoir prêté la main — à des opérations extraordinaires en marge du formel, à des initiatives personnelles et aventurées, vous vous êtes jeté à corps perdu sans rime ni raison dans une enquête criminelle. Ah ! oui vraiment, que n'ai-je entendu : recel de cadavre, usurpation de procédure, ouverture inique d'un corps enlevé par des galefratiers[15] sans commission, initiative personnelle, menaces sur des bourgeois. Et tout cela pour servir de paravent à une enquête essentielle que je vous avais confiée ! Qu'avez-vous à répondre à cela ?

— Qu'il n'y a rien là qui puisse vous émouvoir, monsieur, et qu'assuré de votre bon droit et de la légitimité de l'action de vos mandataires, vous les avez, comme d'habitude, dûment défendus, opposant vos assurances contre les attaques de M. le lieutenant criminel. Au reste, je crois M. Testard du Lys trop honnête homme pour avoir longtemps résisté à votre benoîte et précise insistance.

M. de Sartine tendait la jambe et admirait la pointe de son soulier dont la boucle d'argent étincelait.

— Ah ! vraiment ? Ma benoîte et précise insistance ? Je suis fort aise du satisfecit que mes subordonnés me concèdent. Soit, ils bénéficieront de mon indulgence pour leur perspicacité. Avez-vous au moins avancé ? Point de discours, des faits, je vous écoute.

— Monsieur, le meurtre de la jeune femme est avéré, et un infanticide est probable. Les circonstances familiales sont extraordinaires et n'interdisent aucune hypothèse. Il serait fâcheux qu'une affaire engagée échappât à votre regard et que des mains maladroites et neuves ne viennent à gâter un début d'enquête prometteur.

— Qu'elle promette, et vite ! Et notre autre sujet d'intérêt ?

— J'avance, monsieur, et tout recoupe déjà ce que nous pressentions.

— Pressentez, pressentez. Je veux un rapport circonstancié demain soir à mon hôtel. J'irai coucher à Versailles où je verrai le roi dans ses petits appartements à l'issue de la messe. Vous m'accompagnerez, Nicolas. Sa Majesté est toujours heureuse de voir le petit Ranreuil[16].

Le lieutenant général de police assura sa perruque, virevolta et sortit avec sa dignité habituelle du bureau de permanence.

— Hon ! fit Nicolas. Je cours chez le lieutenant criminel, et ensuite je verrai mon tailleur.

V

AFFAIRES D'ÉTAT

« L'artifice se dément toujours et ne produit pas longtemps les mêmes effets que la vérité. »

LOUIS XIV

Le cabinet du lieutenant criminel se trouvait dans une autre partie du Grand Châtelet. Nicolas fut aussitôt introduit ; d'évidence, on l'attendait. Un petit homme à perruque grise et au visage chafouin le reçut sans excès de politesse et lui assena un cours de procédure agrémenté d'une variante de jugements aigres-doux sur l'outrecuidance de certains subalternes de la basse police. Cette algarade fut reçue avec froideur, patience et humilité, ce que voyant le magistrat s'adoucit jusqu'à complimenter le commissaire de sa bonne réputation, parvenue jusqu'aux portes du haut lieu de justice où il régnait. Il convint peu à peu que, dans la précipitation d'une enquête, l'urgence ne laissait pas de l'emporter parfois sur le respect absolu des formes légales. Aussi, conclut-il, eu égard aux bonnes relations tissées avec M. de Sartine et dans l'assurance que M. Le Floch ne se livrait à aucune menée hostile à son ministère, il consentait, pour cette fois, à passer sur les impairs constatés et autorisait, à titre exceptionnel, la poursuite de la procédure et des interrogatoires. Désormais, il en était persuadé, le commissaire observerait la prudence nécessaire, le partage de l'information et la révérence obligée que tout pouvoir, toute puissance, toute... Nicolas interrompit l'exorde qui s'amplifiait par une humble révérence et s'enfuit à reculons en maîtrisant à peine un fou rire éclatant. Il dévala de sombres escaliers pour rejoindre la voûte où il se fit appeler une chaise par le gagne-denier de service.

L'été approchait et le beau temps revenu allégeait les pensées toujours en mouvement du policier. Un étal au coin d'une rue lui fit envie : une pyramide de cerises claires à chair jaune s'offrait à la gourmandise des chalands. Une commère lui en servit un quarteron dégusté aussitôt comme un don inattendu de la rue. D'un souffle, il expédiait les noyaux comme, enfant, il avait coutume de le faire ; le sentiment de la dignité de sa fonction l'arrêta bien vite. La saveur de ces « gorges de pigeon » lui parfumait agréablement la bouche. Son fruit achevé, il se retrouva rue Vieille-du-Temple où maître Vachon, son tailleur depuis dix ans — et, accessoirement, celui de M. de Sartine —, tenait boutique et veillait au respect rigide des règles de son métier, tout en épousant bon gré mal gré les modes impérieuses et successives.

Dans son repaire au fond de la cour ovale d'un hôtel décati que le jour éclairait pauvrement, maître Vachon demeurait égal à lui-même. Sa haute silhouette s'était un peu voûtée, mais son visage émacié, plus pâle qu'autrefois, dénonçait toujours la même ardeur à stigmatiser le temps présent et à morigéner ses aides accroupis sur les comptoirs de bois patiné que ses yeux fureteurs ne cessaient de surveiller. Peut-être s'appuyait-il désormais plus lourdement sur sa haute canne surannée.

— Comment va la pratique ? demanda Nicolas.

— Ah ! mon cher commissaire, il me faudrait plusieurs têtes pour parer à toutes ces innovations ! Tenez, voici la dernière.

Il agitait une pièce informe de dentelle.

— Considérez un peu ; la chaleur me monte. À l'élégance simple du fichu pour les femmes, on va devoir ajouter, surajouter, surcharger je dirais ! Beauté du fichu blanc en batiste ou en mousseline, plate ou tuyautée, adieu ! Voici le coqueluchon, qui se tient tout droit sur les épaules. Et comment, me direz-vous ? Au moyen compliqué d'une garniture d'apprêt en forme de cerceau. Vous n'imagineriez pas le nom de cette trouvaille ! On appelle ces fantaisies des *monte-au-ciel*. Plût à Dieu que nous y soyons ! Voilà pour les femmes. Pour nous, l'Allemagne nous inspire et surtout son économie. Pas de manches aux vestes. Voilà le veston et les gilets. La tête me tourneboule. Tout est nouveauté ! Tenez, vous qui êtes classique et aimez le vert, j'ai là un exemplaire indémodable, un habit *à la Sanson*, qui vous irait à ravir…

— À la Sanson ?

— Oui, *à la Sanson*. Ignorez-vous — mais vous me faites jaser, alors qu'il est de vos amis —, qu'il a longtemps lancé la mode ? Avant son mariage, c'était un poupard[1] fort évaporé et très appété[2] aux dames.

L'information surprit Nicolas.

— Charles Henri Sanson, l'exécuteur des hautes œuvres ?

— Soi-même ! s'écria maître Vachon, ravi de pouvoir apprendre quelque chose à un homme réputé et redouté du Grand Châtelet. Il courait le beau monde et se faisait appeler « chevalier de Longval », du nom d'une terre que possédait sa famille. Il nourrissait un goût effréné pour la chasse. Non content d'usurper un nom et un titre incertain, il portait l'épée et se vêtait d'un habit bleu, apanage de la noblesse. On raconte même qu'il aurait été rappelé à l'ordre par le procureur du roi qui lui aurait tympanisé sa condition très subalterne en tant que bourreau. Après cette algarade, Sanson aurait adopté le vert comme couleur et fait tailler ses habits selon une coupe particulière, si étrange qu'elle attira l'attention du marquis de Lestorières qui se panadait[3] d'être à Versailles l'arbitre des élégances. La mode se répandit de s'habiller « à la Sanson ». L'histoire n'est-elle pas plaisante ?

Il ploya son long corps en riant et s'approcha de Nicolas après avoir jeté un regard furibond sur les apprentis qui dressaient l'oreille.

— On dit même qu'il aurait eu un faible pour Jeanne Becu, l'actuelle sultane[4]. L'oncle de la belle, abbé de Picpus, était proche de la famille. Sanson soignait ses rhumatismes avec de la graisse de pendu ! Mais je vous entête avec mes radotages. Que puis-je pour vous ?

Il se précipita vers un de ses aides à qui il tordit une oreille.

— Heu ! Heu ! Je t'y prends, à travailler à grands points. Recommence et tu verras. À l'amende ! À l'amende !

Nicolas sortit un petit objet brillant de sa poche et le tendit à maître Vachon.

— Que vous semble de cet objet ?

L'autre ajusta ses besicles, retourna la chose, l'approcha d'une chandelle et la fit miroiter plusieurs fois.

— Peuh ! dit-il. Un ferret de cuivre destiné à terminer une torsade. Objet de fantaisie pour uniforme du même acabit. D'ailleurs, je parierais…

Il se dirigea vers un meuble composé de tiroirs juxtaposés et fouilla dans l'un d'eux. Il ne fut pas long à en tirer une poignée d'objets semblables.

— J'étais sûr les avoir vus quelque part. Vous êtes bien placé pour savoir que j'ai des pratiques, et des plus huppées, à la cour et à la ville. Eh bien, ce petit article de laiton appartient à une babiole de fantaisie ajoutée, je dirais surajoutée, au nouvel uniforme des gardes de la Ville, si malheureusement porté pour la première fois lors de la fête que le prévôt offrit aux Parisiens, place Louis-XV.

— Voilà qui me satisfait. Pousseriez-vous la complaisance jusqu'à me confier le nom de vos clients pour cet article ?

— Je ne peux rien vous refuser. Voyons, il y avait Barboteux, Rabourdin…

Il consulta un registre écorné.

— Tirart et… Langlumé. Lui, c'était le major, le plus exigeant et le plus… arrogant, je dois le dire.

Nicolas dut encore palper quelques tissus qui venaient d'entrer en boutique et recevoir les offres du maître artisan avant de prendre congé. Puis il marcha, pensif, dans ce quartier qu'il connaissait bien pour y avoir vécu lors de son arrivée à Paris. Il passa devant la maison des Blancs-Manteaux, théâtre de ses premiers exploits. Dieu que cela était loin ! Mais le présent multipliait les surprises. Maître Vachon venait de lui dévoiler un pan ignoré de la vie de Sanson. La police de M. de Sartine ignorait-elle ces choses ou lui-même n'avait-il pas cherché à les connaître ? Les êtres étaient si divers dans l'image qu'ils offraient aux autres. Ils ouvraient des tiroirs différents selon leurs interlocuteurs ; ou, comme des miroirs, reflétaient ce que l'on attendait d'eux. Ainsi, cet homme effacé, aux qualités prouvées, savant et même érudit, pieux, sinon dévot, sensible et pitoyable, cherchant toujours à tirer bénéfice des apports d'une science acquise dans la souffrance des torturés et des condamnés, pouvait aussi se montrer léger et soucieux de son apparence, à l'opposé de l'homme timide en habit puce qui officiait dans la pénombre de la Basse-Geôle. Après tout, chacun avait droit à sa liberté, et Sanson exorcisait peut-être ainsi l'horreur quotidienne de sa tâche. Nicolas s'en voulut soudain de son jugement. Il devait faire crédit à quelqu'un qu'il considérait comme un ami. Ceux qui bénéficiaient de ce qualificatif n'appelaient pas de jugement, il fallait les prendre comme ils étaient, avec leurs lumières et leurs ombres.

Nicolas monta dans un fiacre rue Saint-Antoine. Ainsi, il ne s'était pas trompé ; la petite pièce qui avait bloqué la porte menant aux terrasses de l'hôtel des Ambassadeurs Extraordinaires provenait bien de l'uniforme d'un garde de la Ville. Or, qui d'autre que le major Langlumé pouvait avoir accès à ce bâtiment réservé aux invités de marque du prévôt des marchands ? Lui seul, pour des raisons à éclaircir, aurait pu nourrir le dessein d'enfermer un commissaire dans les combles. Ce n'était pas Nicolas personnellement qui était visé, même si un incident les avait opposés quelques heures plus tôt, mais bien l'envoyé de M. de Sartine, l'œil du lieutenant général de police sur la fête. Entraver le cours normal de la mission d'un magistrat, tel était, simplement énoncé, le résumé de l'acte du major. Il conviendrait d'en découvrir les mobiles, qui n'étaient pas sans rapports avec la suite de la catastrophe. Peut-être les choses auraient-elles tourné différemment si Nicolas, ayant perdu de longs moments à s'évader par la cheminée, n'avait pas été empêché d'agir.

Mais une autre curiosité titillait Nicolas, qui se promit de consulter les archives du Châtelet. Leur collection ne laissait pas de surprendre ses rares lecteurs par la variété de ses informations, les unes colportées par les mouches, les autres extraites des opérations du cabinet noir. Cette idée le tarauda jusqu'à son bureau. À peine arrivé, il alla consulter les vieux registres. Aidé par un antique greffier conservateur des lieux, il tomba rapidement sur une liasse imposante consacrée à la famille Sanson. Documents, extraits et fiches se superposaient en un amas informe et néanmoins chronologique. Il finit par trouver un papier récent qui paraissait résumer l'ensemble :

Charles Henri Sanson, né à Paris le 15 février 1739 de Charles Jean-Baptiste Sanson et de Madeleine Tronson, exécuteur des hautes œuvres. Courtise des femmes et voit des filles. Marque ses prétentions en portant l'épée sous le nom de chevalier de Longval. S'est rangé depuis son mariage. Passe pour sorcier et rebouteux. A rencontré sa femme, Marie-Jeanne Jugier, fille d'un maraîcher du faubourg Montmartre, en allant à la chasse, dont il raffole. Un de ses témoins est Martin Séguin, artificier chargé des fêtes du roi, rue Dauphine, paroisse Saint-Sulpice. Il possède une maison à l'angle de la rue Poissonnière et de la rue d'Enfer et une ferme à Brie-Comte-Robert. A connu J. B. G. D. D. L. d. B. qu'il aurait eue. Très introduit auprès du commissaire Le Floch qui lui réserve ses ouvertures clandestines au grand détriment des médecins en quartier (plaintes jointes au dossier).

Dans tout ce fatras, rien ne surprit Nicolas, qui sourit de s'y voir inclus. Quant aux initiales mystérieuses, elles désignaient à l'évidence Mme du Barry. Rien, non plus, qui fût de nature à déprécier Sanson à ses yeux. Nicolas réfléchit à la vie souterraine des archives qui sous-tendaient et armaient le bras de la police et de la justice. Il travailla tout l'après-midi, méditant et écrivant tout en recevant des émissaires qui lui étaient dépêchés par ses confrères des vingt quartiers de la capitale. Messages oraux et écrits convergeaient vers lui. Les heures passaient sans qu'il s'en rendît compte. La faim qui finit par le tenailler lui fit consulter sa montre. Il rassembla ses papiers et gagna à pied la rue Montmartre.

La nuit tombait sur une ville qui resplendissait. L'année précédente encore, des lanternes mal conçues, suspendues à tout vent au milieu des rues, procuraient aux passants un éclairage médiocre. De plus, les chandelles n'étaient allumées qu'au déclin du jour et jusqu'à deux heures du matin. Ayant beaucoup consulté, M. de

Sartine avait consacré tous ses soins à établir des réverbères. On trouva les moyens de mieux fixer les lanternes et d'améliorer le délicat mélange des huiles afin d'en augmenter la combustion. Les artistes Argant et Quinquet, renommés pour l'invention et la fabrication de lampes servant à éclairer l'intérieur des maisons, avaient participé à l'entreprise. Non seulement l'éclairage durait toute la nuit, mais désormais la grand-route de Paris à Versailles était également illuminée, procurant sécurité et émerveillement aux occupants des carrosses qui circulaient la nuit entre la Ville et la Cour.

Parvenu à l'hôtel de Noblecourt, Nicolas gagna son appartement, agrandi par l'adjonction d'un petit bureau conquis sur une réserve de livres en vrac, qui décoraient maintenant de belles étagères en bois cérusé. D'agréables fumets laissaient présager un souper fin. Il supposa que le maître de maison recevait. En dehors de ces moments privilégiés, le vieux procureur était, plus souvent qu'à son tour, condamné à la portion congrue par Marion, sa vieille gouvernante, soucieuse d'éviter à son maître, si affriandé aux bonnes choses, le réveil de sa goutte. Nicolas soigna sa tenue et enroula autour du cou une fine cravate de dentelle. C'est un homme élégant, reflet du classicisme de maître Vachon, qui se dirigea vers l'étage de M. de Noblecourt.

Il demeura un moment à l'ombre d'une armoire-vitrine afin de se faire une idée des invités du soir, et nota que le vieux procureur s'adressait à l'un des hôtes présents sur un ton plus déférent qu'à l'accoutumée avec ses habituels commensaux.

— Je suis heureux, monseigneur, de vous retrouver en si parfaite condition. La dernière fois que j'eus l'honneur de vous recevoir dans mon humble demeure, vous souffriez d'une montée d'humeurs fort contrariante…

— Plus que cela, cher Noblecourt, beaucoup plus que cela. Une vraie peste, et votre rappel me fait songer que je ne vous demande pas assez souvent à souper. J'étais couvert de dartres. C'est le veau qui m'a sauvé. On m'appliquait cette viande tous les jours. J'y ai ajouté de mon cru des bains de lait d'amande et une bonne cure de tisane de vinache. On disait à Bordeaux que je prenais des bains de lait et que je me faisais tailler le cul pour restaurer mon visage ! Cette charogne m'a purgé pour le reste de mon temps comme un cautère universel que Dame Nature m'aurait fourni. Depuis, je n'ai eu que des indispositions.

— Les années passent sur vous comme l'eau sur l'ardoise. Il n'en est pas toujours de même des hommes de votre âge, reprit Noblecourt en soupirant. Je ne suis votre cadet que de quatre ans, et hélas…

— Mon cher, j'ai la faiblesse d'ajouter foi à une prédiction nourrie de l'examen des astres qui me fait mourir au mois de mars[5]. Comme César, je m'assombris à son approche mais, la limite franchie, je suis assuré d'avoir devant moi une année entière. C'est vous dire que je suis à l'apogée de mon cycle annuel !

Nicolas se décida à apparaître. Il reconnut dans le pétillant vieillard le maréchal duc de Richelieu. Il l'avait croisé bien des fois à Versailles où, premier gentilhomme de la chambre, il faisait partie du cercle intime du roi. Le vieux procureur fit les présentations. Nicolas s'inclina devant le petit grand homme en habit bleu, au visage couvert de céruse et de rouge et à la perruque si poudrée que le moindre mouvement l'environnait d'un léger nuage. Dans la chaleur du cabinet, l'odeur des parfums, dont il était inondé, mélangée aux vapeurs des plats et des vins, tournait à l'écœurement.

— Ah ! le petit Ranreuil, dont le roi est si entiché et qui occupe son temps à aider le Sartine. Ravi de vous voir, monsieur, ravi.

Noblecourt, sans doute inquiet d'une réaction de Nicolas, s'empressa de reprendre la parole.

— Oui, il nous procure la sûreté, preuve de l'excellence de la meilleure police de l'Europe.

Il se tourna vers l'autre convive, un homme vêtu de noir auquel Nicolas n'avait guère prêté attention.

— Monsieur Bonamy, historiographe et bibliothécaire de la Ville et mon compain à la fabrique de la paroisse Saint-Eustachc.

Le maréchal ricana.

— Et un ami du prévôt des marchands, mon compain chez les Quarante de l'Académie française.

— Monseigneur, monsieur, je suis confus de l'honneur qui m'est fait, dit Nicolas, s'inclinant à nouveau.

— Foin de l'honneur ! s'exclama le maréchal. Prenez place, jeune homme, nous en sommes à la viande.

— Monseigneur, dit Noblecourt, m'a dépêché son cuisinier qui use d'une technique particulière pour traiter les viandes. Cela est très digeste.

— Faute d'être savoureux, ne craignez pas de le dire, ajouta le duc en riant.

— Monseigneur, reprit Noblecourt à l'intention de Nicolas, s'est fait confectionner une voiture qu'il appelle « sa dormeuse ». Il peut y reposer comme dans son lit, et comme il n'aime pas manger dans les auberges… non plus que chez ses amis… sa voiture est munie d'une cuisinière attachée sous elle, qui permet de faire cuire, au moyen de briques portées au rouge, fort doucettement les viandes. En vérité, monsieur le duc, on ne vit jamais homme qui a joui avec plus de recherche des commodités de la vie et s'est fait obéir plus ponctuellement que vous.

— Soit, soit, bougonna l'intéressé. Tout me réussit, tout m'obéit et chacun me cède. J'ai la faveur des petits appartements de Sa Majesté, mais moi qui fus page de son aïeul Louis le Grand, je n'ai jamais été admis au Conseil !

— Allons, vous, un héros, êtes au-dessus de ces vanités-là !

— Vanités, vanités, je voudrais vous y voir ! Vous n'y entendez rien, vous n'êtes qu'un robin.

Nicolas souffrit pour Noblecourt qu'il dût avaler cette couleuvre, lui l'homme du monde le plus courtois et le plus généreux. Il savait le maréchal d'un orgueil sans bornes, ne résistant jamais à un mot, fût-il cruel et déplaisant pour ses amis. Chacun connaissait sa secrète ambition d'« être plus Richelieu que le grand Cardinal » et d'ajouter à sa propre gloire militaire le prestige de l'homme d'État en devenant principal ministre. Il poursuivait Choiseul d'une haine implacable, et le disait. Il avait poussé, tout en s'en défendant, la nouvelle favorite et compté que la haine de Choiseul envers les Anglais conduirait le roi à ne pas le maintenir pour éviter une reprise des hostilités. Le vieux monarque était fatigué et encore sous le coup des désastres provoqués par la guerre de 1756. Autant d'éléments sur lesquels le maréchal ne cessait de tabler.

— Alors, reprit le duc, trop fin pour s'appesantir sur sa désagréable remarque et soucieux de changer de cible, Sartine a du plomb dans l'aile ? Belle réussite que celle de ce lieutenant de police qui laisse la moitié de Paris écraser l'autre. Impéritie, incompétence ! Sa Majesté est fâchée et Mme du Barry aime Bignon, le prévôt des marchands. Voilà une belle conjoncture pour l'effondrement d'une puissance.

— Puis-je me permettre, monseigneur, dit Nicolas de constater que le lieutenant général n'était en rien responsable de la sécurité de cette fête ?

M. de Noblecourt jeta des regards inquiets sur ses commensaux et remplit les verres d'un bourgogne bleu cerise sans appeler Poitevin, son laquais.

— C'est bien, approuva le maréchal, le jeune coq défend son chef. J'aime cela, chez un aussi charmant jeune homme.

Il considérait Nicolas avec attention. Le goût des femmes n'excluait pas chez lui celui que le sexe a tant de droits de blâmer et la rumeur rapportait qu'une de ses premières maîtresses, la duchesse de Charolais, lui reprochait de prêter trop d'attention à l'un de ses suisses, jeune et bien fait.

Une petite voix cassée s'éleva.

— Monseigneur, intervint M. Bonamy, je puis vous contredire, vous connaissant depuis plus de quarante ans. La responsabilité du maintien de l'ordre lors de la fête organisée place Louis-XV a été du seul ressort du prévôt. J'ai usé mes pauvres yeux à chercher des précédents que l'on a voulu considérer comme véridiques mais qui, à la vérité, étaient antérieurs à la création de la lieutenance générale de police par le grand roi dont vous eûtes l'honneur d'être le page. Il n'était point besoin pour savoir cela de remonter jusqu'à Charles V.

— Voilà Bonamy qui se mêle de me donner un démenti ! Il y a quarante ans, j'aurais ignoré les édits sur le duel, si tant est que vous eussiez été à même de tenir une épée.

— Il aurait été bien prétentieux de croiser le fer avec le premier homme de guerre de l'Europe, répondit calmement l'historiographe de la Ville.

— Point du tout, Bonamy. Je ne l'étais pas encore à l'époque, et vous oubliez le maréchal de Saxe.

— Seule la vraie gloire sait reconnaître sa sœur, déclara Noblecourt.

— Oh ! dit Richelieu, le jour de la bataille de Fontenoy, le maréchal était bouffi d'un grand remède destiné à purger une vérole opiniâtre et c'est bien le seul général d'armée que la gloire fit désenfler ; toute la maison du roi en fut témoin !

Ils trinquèrent en riant alors que surgissaient les desserts. Le maréchal trempa une cuillère parcimonieuse dans la redoute d'un blanc-manger qu'il arrosa d'une goutte de gelée.

— Je suis heureux de constater, mon cher Noblecourt, que vous en tenez fermement pour les vieilles traditions et que vous n'agacez pas vos fins de souper de ces salades à la crème ou de ces sultanes en sucre filé qui s'attachent aux dents ! Voyez ces insensés entichés de nouveautés qui me paraissent une bêtise amère et où toute chose est historiée au point qu'on n'y saurait démêler ce que l'on mange.

On entendit dans la rue le bruit d'un équipage.

— Mais il se fait tard et il n'est de bonne compagnie qui ne se rompe.

Il se frotta les mains d'un air gaillard.

— La nuit est encore jeune pour un Richelieu ! Mille grâces, Noblecourt, serviteur, monsieur Le Floch. Bonamy, voulez-vous profiter de mon carrosse, je vous déposerai ?

Bonamy s'inclina. Noblecourt saisit un flambeau à cinq branches que Nicolas lui prit aussitôt des mains, de crainte que son poids ne le fît trébucher. La procession raccompagna le maréchal duc jusqu'à la porte cochère où sa voiture avec un cocher et deux laquais attendait le vainqueur de Port-Mahon.

De retour dans ses appartements, Noblecourt s'affaissa dans une bergère. Il paraissait accablé. De longs gémissements se firent entendre ; ils ne dissipèrent pas sa morne méditation. Nicolas ouvrit la porte du cabinet de curiosités et, aussitôt, une pauvre forme hoquetante de reconnaissance se coula sur ses pieds.

— Mais que fait Cyrus enfermé ? dit Nicolas en prenant le chien dans ses bras.

— Le maréchal n'aime pas les chiens, ou plutôt il ne tolère pas les chiens des autres. Et quand je dis qu'il ne les tolère pas…

Noblecourt regarda Nicolas.

— Vous avez dû me trouver bien courtisan et je regrette le spectacle que je vous ai donné. Mais je suis d'une génération où l'amitié — que dis-je l'amitié : le regard jeté — d'un duc et pair faisait partie de l'héritage précieux d'une famille. Il n'est pas si mauvais qu'il veut s'en donner l'air, mais il ne pense qu'à lui. Ce soir, en esprit fort, il nous a imposé de la viande alors que nous sommes vendredi. Il a dédaigné des soles normandes apprêtées divinement par Marion et Catherine. Vous imaginez leur fureur !

— Je le trouve bien insolent.

— Que voulez-vous, il réussissait à faire rire Mme de Maintenon elle-même ! Vous le jugez ainsi parce qu'il a attaqué Sartine. Cependant ce n'est pas après le lieutenant de police qu'il en a, il en veut à l'ami, ou au prétendu ami, de Choiseul. Il ne juge les autres qu'à travers le prisme de ses intérêts et de sa gloire. Même dans sa vie privée, si scandaleuse, l'ostentation écrase le sentiment. Son amour des voluptés est une autre forme de son orgueil, et comme les femmes lui furent toujours d'une générosité sans bornes, elles l'ont toujours conforté dans son système.

Il sonna. Poitevin apparut.

— Qu'on serve les soles à Nicolas. Au moins serai-je assuré qu'elles seront appréciées.

M. de Noblecourt reprenait goût au moment présent.

— En pleine enquête, je suppose, Nicolas ? Tout en mangeant, contez-moi ce que le secret ne vous impose point de celer, cela me distraira.

Nicolas s'attaqua aux poissons qu'il arrosa de vin rouge, la goutte ayant fait proscrire le blanc dans l'hôtel de Noblecourt, en raison du peu de volonté du maître de maison. Il développa par le menu les péripéties des deux enquêtes dans lesquelles il était plongé. Noblecourt demeura pensif un moment.

— Vous voilà à nouveau engagé dans une très délicate affaire. Comprenez bien que vous êtes pris au piège entre des puissances qui s'affrontent. Nul ne peut soupçonner le prévôt des marchands d'avoir lui-même organisé la catastrophe de la place Louis-XV. Mais nul n'est assez sot pour ignorer qu'il fera tout pour charger un autre de la responsabilité du désastre.

— A-t-il vraiment ce pouvoir ?

— Ne vous y trompez pas, la nouvelle sultane, qui est d'autant plus dangereuse qu'elle a en permanence accès au roi et qu'elle se sent menacée par l'arrivée de la dauphine, sa rivale naturelle à la Cour, s'évertuera à accabler tous ceux qui sont censés appuyer Choiseul. Et, malheureusement, Sartine passe, à tort ou à raison, pour son ami.

— Vous savez le prix que j'attache à vos jugements, dont je me suis toujours bien trouvé. Quel est votre sentiment sur le crime de la rue Royale ?

— Votre Indien m'intéresse. Il me plaît que ce naturel des profondeurs sauvages du Nouveau Monde use ainsi de notre langue. Il me paraît de bon aloi, tout en vous cachant sans doute l'essentiel. Pour le reste, les familles sont fréquemment le théâtre de guerres domestiques dont la découverte éclaire soudain d'un jour nouveau le calme apparent des intérieurs. Je vous dirai aussi que les sœurs Galaine me paraissent bien finaudes sous leur excentricité. Voilà mes premières impressions. Sur ce, Nicolas, je vole me coucher ; cette soirée m'a éprouvé. En vous laissant en tête à tête avec les fruits de Neptune, je vous souhaite la bonne nuit.

Cyrus se laissa glisser des bras de son ami et suivit languissamment son maître. Nicolas, éreinté, ne prolongea pas la soirée et, après avoir dépêché les deux soles et vidé la bouteille à la grande satisfaction de Poitevin qui courut apporter la nouvelle aux deux cuisinières, il monta se coucher. Il se retourna longtemps, mêlant les éléments des deux affaires, essayant de se remémorer certains détails qui lui échappaient. Le sommeil le gagnant, tout se confondait dans sa tête, et sa dernière vision fut celle de trois dés roulant et s'entrechoquant sans jamais s'arrêter.

Samedi 2 juin 1770

Après avoir soigné sa toilette et revêtu un sobre mais élégant habit gris foncé, Nicolas coiffa perruque. Il détestait en porter, surtout par ces premières chaleurs. Il déjeuna de pains mollets et d'une bavaroise[6] et s'enquit de la santé de M. de Noblecourt dont l'amertume la veille au soir l'avait frappé. Celui-ci, au dire de Catherine, s'était levé de bon matin et, après une légère collation, avait décidé de suivre les conseils de son médecin. Le fameux Tronchin de Genève, dont Voltaire était le patient le plus connu, avait été consulté par l'intermédiaire du grand homme sur l'état du vieux procureur. Il avait recommandé de venir consulter, mais dans cette attente avait prescrit un régime et une marche quotidienne. M. de Noblecourt avait donc décidé de débuter cet exercice par une déambulation rue Montorgueil, accompagné de Cyrus, pour bayer comme un vrai Parisien aux étals et aux mille scènes de la ville. Marion ne craignait qu'une chose, c'est qu'il ne se laissât tenter par les Ali Babas, délicates pâtisseries parfumées au safran, de Stohrer, pâtissier de la reine. Nicolas prenait plaisir à ces conversations du matin. Il était assis dans l'office quand le marteau de la porte résonna. Bientôt un des laquais de M. de Sartine fut introduit par Poitevin et lui signifia que le carrosse du lieutenant général de police était à la porte, qu'*on* l'attendait et qu'*on* partait sur-le-champ pour Versailles. Nicolas eut juste la présence d'esprit de remonter prendre son tricorne et courut rejoindre son chef.

— J'ai failli attendre, monsieur le commissaire, jeta Sartine en guise de bonjour. Apprenez que nous devons gagner Versailles en grand erre[7]. Que le roi a avancé au samedi matin l'audience qu'il m'accorde habituellement le dimanche soir. Que je n'augure rien de bon dans ce changement d'habitudes chez un homme si attaché à les maintenir. Qu'outre cela, Sa Majesté ayant appris, je ne sais par qui…

Son visage se fit encore plus sévère.

— … qu'un petit commissaire était sur place, il veut vous entendre lui décrire la soirée que vous passâtes, Dieu me damne, une bonne partie au triple fond d'une cheminée ! C'est vous dire que ma patience est mise à rude épreuve, surtout quand je lis libelles et chansons tissus[8] de contrevérités dont on m'accable sans mesure, ces brides-à-veaux[9] qui tentent de persuader les sots par des nouvelles fabriquées à plaisir pour tromper le peuple ! Et, de surcroît, je dois vous attendre rue Montmartre !

Nicolas contemplait et écoutait en souriant le spectacle d'un homme agacé et qui tentait de purger son angoisse par un flot de paroles.

— Monsieur…

— Du tout ! Dois-je vous rappeler, monsieur le commissaire au Châtelet, secrétaire du roi en ses conseils, que vos fonctions imposent goût, aptitude au travail et précision, droiture de l'esprit, équité de l'âme, égalité de caractère, décence dans la conduite… De qui, croyez-vous, que je suis en train de dresser le portrait, monsieur ?

— Mais… de vous-même, monsieur.

Sartine se tourna vers Nicolas et une légère crispation des lèvres dissimula, seule, le rire prêt à sourdre.

— Et en plus, il se paie ma tête ! Mais après tout, Nicolas, vous n'avez pas tort. C'est le portrait des bons policiers, dont je suis, étant leur chef, le modèle.

À la porte de la Conférence, le long du jardin des Tuileries, un rassemblement vociférant de peuple les arrêta. Un charroi avait versé, bloquant le passage.

— Voyez ces gens, les plus aimables de l'univers mais aussi les plus vifs à s'enflammer, dit Sartine pensif. Il nous faut, et vous le faites à merveille, connaître notre territoire afin de mieux contenir les désordres dans lesquels il serait si facile de les entraîner. Il convient surtout de ne pas montrer sa faiblesse là où il est nécessaire de déployer de l'énergie. Mais toujours avec doigté et prudence, sans trop heurter l'opinion générale, en sachant désarmer et maîtriser les passions humaines, si nuisibles à l'ensemble de la société.

Sur ces fortes paroles, le lieutenant général de police présenta sa tabatière à Nicolas, qui remercia. Il n'usait du tabac à priser qu'à l'occasion des ouvertures à la Basse-Geôle, comme d'un expédient. Semacgus, chirurgien de marine, riait de cette habitude reprise des officiers des galères qui, du haut de leur « carrosse[10] », s'écœuraient des lourdes puanteurs montant des bancs de rame. D'un coup d'œil, Nicolas avait noté que la tabatière était un bijou enchâssant le portrait du roi jeune dans un cercle de brillants. Une série d'éternuements suivit, qui parurent procurer la plus grande jouissance à l'intéressé. Un long silence s'établit jusqu'à Sèvres. Ces pauses étaient aussi des marques de confiance et Nicolas les prenait comme telles. En franchissant la Seine et sous la colline du château de Bellevue, le souvenir de Mme de Pompadour s'imposa à lui, comme toujours à cet endroit. La même pensée avait traversé Sartine.

— On a dit de bien vilaines choses à la mort de notre belle amie… S'il vous arrive d'en entendre, ne laissez pas dire. Le roi est un bon maître, nous le devons défendre.

— Je suppose, monsieur, que vous faites allusion à ces accusations d'indifférence lors du transfert du corps de la marquise à l'église des Capucins de Paris. Son cortège passa en vue du château…

— Vous supposez bien. Mais retenez cela : j'ai vu le roi très affligé de cette mort. Il se contraignait avec tout le monde pour dissimuler sa peine. Mais ce soir-là, alors que votre ami La Borde voulait fermer les volets, le roi était déjà avec son autre valet de chambre, Champlost, qui me l'a conté. Il regarda le convoi et demeura là sous la pluie jusqu'à ce que la dernière voiture ait disparu. Il rentra dans la pièce, le visage couvert de larmes — de larmes, pas de pluie —, et murmura : « Voilà les seuls devoirs que j'ai pu lui rendre !... Une amie de vingt ans ! »

Sur cette confidence, Sartine se détourna et ne rompit plus le silence jusqu'à Versailles. Nicolas songea qu'il ne ferait jamais le tour de cet homme.

À peine leur carrosse était-il entré dans la première cour qu'un garçon bleu se précipita pour remettre un pli cacheté au lieutenant général de police. Il devait sans attendre s'entretenir avec M. de Saint-Florentin, ministre de la Maison du roi. Il s'empressa vers l'aile des Ministres, enjoignant à Nicolas de l'attendre à l'entrée des appartements. Celui-ci faisait les cent pas, musant et observant les détails curieux d'architecture de la façade quand il fut tiré par un pan de son habit. Il eut la surprise de découvrir Rabouine, sa mouche, l'épée au côté, et dont le visage maigre grimaçait pour attirer son attention.

— Mais, que fais-tu là, Rabouine ? Et l'épée au côté, de surcroît !

— Ne m'en parlez pas, il a bien fallu que j'en loue une ; on ne me laissait point entrer sans cette lardoire qui, paraît-il, dans ce pays-ci, donne noble mine ! J'enrageais de parlementer, ayant grande crainte de vous manquer, quand je vous vis passer avec M. de Sartine. M. Bourdeau m'envoie avec un message urgent. J'ai galopé à franc étrier avec une carne qui a bien failli me jeter bas vingt fois !

Nicolas ouvrit le pli de son adjoint, qui disait seulement : « Rabouine vous éclairera les faits. » Il interrogea l'intéressé d'un regard.

— Il s'en est passé de belles *Aux Deux Castors*, là où vous enquêtez pour l'heure, commença Rabouine. Des bruits terribles ont réveillé la maisonnée sur le coup de trois heures du matin. Tout le voisinage en a été alerté et s'est rassemblé autour de la maison des Galaine. On a même sonné le tocsin d'une chapelle voisine. La porte du magasin forcée, ceux qui sont entrés ont trouvé la famille à genoux qui priait, alors que la servante dans sa natureté dansait la gigue et bondissait jusqu'aux solives, le corps tout enveloppé d'étranges lueurs. Effarés, les curieux se sont enfuis. Finalement, le curé est venu, a calmé la famille qui criait au miracle, comme jadis avec les convulsionnaires de Saint-Médard[11]. Le guet a dispersé la multitude. Votre collègue du quartier a fait mettre des gardes françaises en faction devant la boutique. Voilà !

Nicolas réfléchit un instant, puis s'assit sur une borne pour écrire un court billet qu'il scella de sa chevalière aux armes des Ranreuil sommées d'une couronne de marquis.

— Rabouine, tu retrouves Bourdeau et tu lui remettras ceci. Mais après t'être restauré.

Il lui lança une pièce, que l'autre saisit au vol.

— Je reste ici avec M. de Sartine, reprit le commissaire. Je devrais rentrer dans la soirée. Autrement, je serai chez M. de La Borde, premier valet de chambre du roi.

Il achevait à peine de noter ces surprenantes nouvelles sur son carnet noir qu'il fut entraîné par un Sartine empourpré vers le « Louvre » et l'entrée des appartements. Il essaya bien d'ouvrir la bouche, mais les yeux de son chef lui intimèrent le silence. Il renonça donc et le suivit dans les dédales du palais. Après avoir gravi un escalier à demi-vis, ils finirent par déboucher dans un vestibule. Sartine, toujours soucieux de montrer une connaissance des lieux dont il tirait quelque vanité, mais aussi conscient de ses responsabilités de mentor, expliquait et commentait avec volubilité :

— Nous montons dans les cabinets du roi, qui étaient naguère les appartements de Madame Adélaïde[12].

Il baissa le ton.

— Quand la nouvelle amie s'est imposée, le roi a transféré sa fille au rez-de-chaussée et a pris cet appartement pour lui-même.

Ils empruntèrent d'étroits couloirs. Parfois, des lucarnes procuraient des aperçus vertigineux sur de grands salons ou sur de petites cours ombreuses. Ils pénétrèrent dans une salle nue à banquettes, que le lieutenant général de police lui indiqua comme celle des baigneurs, sans autres précisions. Sur la gauche, quelques degrés conduisaient vers une pièce d'où venaient des bruits d'eau agitée et la rumeur d'une conversation. Ils s'arrêtèrent et attendirent en silence. Un garçon bleu surgit, qui les considéra d'un air moqueur et disparut sans voir un signe discret de Sartine. Quelques instants après, M. de La Borde apparut, le sourire aux lèvres. Un doigt sur la bouche, il leur enjoignit d'un hochement de tête de le suivre. Passé le degré, une vapeur parfumée les environna. Dans une salle rectangulaire à bout ovale, deux baignoires parallèles occupaient l'alcôve. Des étuveurs tout vêtus de blanc piqué s'activaient autour d'une des cuves de métal dans laquelle un homme, la tête couronnée d'un madras noué, se faisait laver. Un des aides s'approcha avec d'immenses serviettes[13]. M. de La Borde prit un air solennel et s'écria :

— Messieurs, le roi sort du bain !

Sartine et Nicolas baissèrent la tête. Louis XV fut prestement enveloppé et quasiment entraîné vers la seconde baignoire.

La Borde à mi-voix expliqua qu'il s'agissait de rincer Sa Majesté dans une eau propre. Le roi qui, jusque-là, n'avait pas prêté attention à ses visiteurs leva la tête et reconnut Sartine.

— Désolé, Sartine, de vous avoir mandé de si bon matin, mais j'étais impatient de vous voir. Avez-vous suivi mes instructions ? Je ne vois pas le petit Ranreuil ?

— Sire, il est là, derrière moi. Aux ordres de Votre Majesté.

Les yeux noirs du roi cherchaient à travers la buée à reconnaître Nicolas.

— Bien, bien. La Borde, conduisez-les où je vous ai dit.

Nicolas éprouvait toujours la même émotion à se trouver en présence du roi. L'étrangeté du lieu, la rapidité de la scène et la tenue inhabituelle du monarque n'autorisaient pas un examen prolongé. On disait le roi vieilli ; il se promit de le mieux regarder. Ils suivirent M. de La Borde, empruntant d'abord un long corridor puis, après un tournant à angle droit, entrèrent dans un cabinet doré, signalé comme l'ancien salon de musique de Madame Adélaïde. Ils longèrent ensuite un escalier et pénétrèrent dans une pièce étroite éclairée par une seule fenêtre. Elle s'ouvrait sur une garde-robe, après une esquisse de couloir. Ce cabinet, de dimension réduite, procurait une impression d'intimité qui frappa Nicolas. Son manque de clarté était compensé par la blancheur des boiseries rehaussées d'or, décorées de trumeaux peints et éclairés par une grande glace Un secrétaire, une bergère, une paire de chaises et autant de tabourets, ainsi qu'une vitrine remplie de chinoiseries, meublaient l'ensemble. Dans des placards discrètement intégrés au décor et sur des étagères s'alignaient des layettes[14]. Ils attendirent en silence. En face d'eux, une porte dérobée s'ouvrit et le roi parut sortir de la muraille. En habit gris clair et coiffé, il sembla à Nicolas bien voûté. Il avait perdu cette altière prestance qui le faisait reconnaître à cent pas et ressemblait à présent aux gravures de son vieil adversaire, Frédéric de Prusse, le dos arrondi. Le visage toujours régulier était menacé par les ombres et les dévastations de la vieillesse, et marqué durement sous les yeux. Il se laissa tomber dans la bergère et, après un temps, s'adressa à La Borde :

— Veillez à ce que nul ne nous dérange. Personne, même…

La phrase demeura en suspens. Qui pouvait déranger le roi ? Le dauphin, si timide et si paralysé devant son grand-père ? La mutine Marie-Antoinette, si enfant encore ? Mesdames ? Elles étaient bien trop respectueuses de leur père pour se permettre cette incongruité. Restait la favorite, et si cette hypothèse était la bonne, il y avait là une indication précieuse. En dépit de son influence sur le vieux roi, elle n'avait pas accès à certaines affaires. Sans qu'il pût s'expliquer pourquoi, cela réconforta Nicolas. À sa stupeur, le roi s'adressa à lui.

— Ranreuil, savez-vous « jarreter » un lapin sans couteau ?

Nicolas s'inclina.

— Oui, Sire, en lui déchirant seulement les ergots.

— Sartine, il est aussi fort que Lasmatartes, mon premier piqueux.

Le roi parut réfléchir un moment.

— Enfant, j'ai voulu un matin visiter l'Infante. On ne trouvait point la clef de la grande galerie. J'en fis des représentations à M. le maréchal[15], qui la fit enfoncer. On en murmura fort. Qu'en dites-vous ?

— Que nous sommes aux ordres de Votre Majesté.

Le roi semblait rentrer en lui-même, la tête comme affaissée. Sa main droite torturait un bouton de sa manche gauche.

— Qu'on en vienne à prendre mes silences pour des ordres ! Comment va la Ville, monsieur mon lieutenant général de police ?

De sa voix toujours un peu enrouée, le roi avait insisté sur le possessif.

— La Ville, dit Sartine, digère son malheur. Elle a beaucoup pleuré ; elle a un peu conspué votre serviteur, et…

— Le vent a tourné, comme toujours.

— Oui, Sire, et plus vite qu'on pouvait s'y attendre. La présence de M. Bignon dans sa loge de l'Opéra, hier soir, a fait scandale. Il a été sifflé. Ses propos rapportés l'ont condamné dans le public.

— Qu'a-t-il dit ?

— Que s'il y avait eu beaucoup de victimes, c'est qu'il y avait beaucoup de spectateurs, et donc que la fête était réussie.

— Il n'en fera jamais d'autres, son oncle avait raison ! Mais, sur les causes de ce désastre, j'aimerais entendre notre petit Ranreuil.

Dans l'exiguïté du cabinet, Sartine dut s'effacer pour laisser Nicolas face au roi.

Il prit la parole sans émoi particulier. Il avait commencé sa carrière de courtisan par un récit ; il se sentait un homme du roi, qui toujours lui avait manifesté sa bienveillance. Coups d'œil du souverain dans les cérémonies de la Cour, marquant qu'il était reconnu, invitations à courre régulières où son expérience de la chasse et sa prestance à cheval étaient admirées, enfin aujourd'hui participation au secret du roi, dont le symbole était l'accès à ce cabinet si retiré. À cela s'ajoutait l'amitié sourcilleuse de M. de La Borde. Tout concourait à le faire apprécier d'un homme qui, dans son particulier, n'aimait rien tant que la discrétion, la fidélité, une bonne mine et la capacité de distraire. Il mit sans exagérer la verve et le mouvement nécessaires au récit d'un événement tragique. Il entra dans le détail des faits sans insister sur les responsabilités. Le roi, à la fois fasciné et effrayé de la description du désastre, voulut cependant en savoir plus sur les causes réelles. En savoir plus, songeait Nicolas, ou confirmer ses certitudes et la part que lui-même, par sa décision de donner champ libre au prévôt des marchands, pouvait avoir dans les causes de ce désordre.

— Sire, reprit-il, il m'apparaît, nonobstant ma qualité et de toute bonne foi, que la négligence doit être imputée à M. Bignon et aux échevins qui avaient prétendu qu'à eux seuls revenait le droit de police dans tous les lieux adjacents au centre de la fête et des réjouissances.

— Et pourquoi cette prétention ?

Nicolas évita le piège. Sartine lui avait jeté un coup d'œil, inquiet.

— L'argument était que le festoiement du peuple était payé sur la caisse de la Ville.

Cette explication parut rassurer le roi.

— Or, ajouta Nicolas, outre l'incendie de la redoute des artifices et l'encombrement de la rue Royale, la garde bourgeoise aurait dû être plus nombreuse et mieux commandée. Ses chefs jouaient au vingt-et-un dans un tripot voisin plutôt que de remplir leur devoir dans une circonstance aussi intéressante pour la sûreté publique. Mille cinq cents livres, refusées au colonel du régiment des gardes françaises pour la mise en place de mille deux cents hommes aguerris à ce genre de rassemblement, auraient pu faire la différence. Enfin, la faute majeure est d'avoir laisser entrer dans la rue Royale les équipages des invités de l'hôtel des Ambassadeurs Extraordinaires.

— Tout cela est d'évidence, monsieur. Quel est le bilan de ce triste jour ?

Le roi s'était tourné vers Sartine, qui fit signe à Nicolas de reprendre.

— Ainsi que me l'avait ordonné M. de Sartine, j'ai procédé à un dénombrement précis des victimes. Officiellement, cent trente-deux morts. M. le procureur général a procédé parallèlement. Nous avons confronté nos chiffres, attentifs à recueillir les avis de décès des personnes disparues à la suite des funestes événements du 30 mai. La liste se monte à mille deux cents.

— Tant que cela ? dit le roi, accablé.

— Sur cette masse, le décompte a pu déterminer cinq moines, deux abbés, vingt-deux personnes distinguées, cent cinquante-cinq bourgeois, quatre cent cinquante-quatre du menu peuple, quatre-vingts noyés, non compris ceux qui ont été emmenés chez eux ou à l'hôpital.

Le roi, toujours porté aux détails macabres, s'intéressa à l'état des corps retrouvés. Nicolas répondit courtement et Sartine, soucieux comme lui de ne point assombrir le monarque, s'empressa de détourner la conversation. Il rappela le projet soutenu par ses bureaux, qui portait en substance que les pierres dures ne seraient plus taillées ni travaillées dans les rues et places de Paris, mais auprès des carrières, afin d'éviter des encombrements si dangereux. Il ajouta :

— Le roi sait sans doute que Mgr le dauphin m'a fait tenir six mille livres sur la somme que Votre Majesté lui alloue pour ses menus plaisirs. Touché du malheur survenu, il me demande d'en disposer pour les plus malheureux.

— J'aime qu'il soit touché de compassion du sort de mes sujets. Et je sais qu'il vous assure de son estime, ce dont il est d'ordinaire ménager à l'extrême.

Il parut à Nicolas que Sartine rougissait.

— Qu'avez-vous à m'apprendre de moins triste, Sartine ?

— Sire, l'évêque de Tarbes ayant accroché un fiacre, le prélat, jeune et galant, a reconduit l'occupante à son domicile après s'être mille fois excusé. On n'a pu ensuite lui dissimuler que la personne en question était la Gourdan, la première maquerelle de Paris.

— Oh ! fit le roi en riant, je ne parierais pas que certains de ses confrères n'auraient pas reconnu cette entremetteuse ! C'est tout, Sartine ?

— Rien d'autre qui puisse intéresser ou distraire Votre Majesté.

Le roi étendit les jambes. Il se frotta les mains, l'air guilleret.

— Point du tout, Sartine, il y a autre chose dans votre bonne ville. J'apprends qu'on s'agite, que le peuple s'assemble, que l'émotion gagne. Après Saint-Médard, c'est la rue Saint-Honoré.

Il regardait Sartine avec attention. Nicolas, qui se trouvait à nouveau derrière son chef, prit son petit carnet, l'ouvrit et le plaça avec délicatesse dans la main du lieutenant général de police. Ce mouvement n'échappa point au roi.

— Vous avez oublié quelque chose ?

— Non, Sire, dit froidement Sartine. Je vérifiais mes notes au cas où un événement pouvant intéresser Votre Majesté aurait pu m'échapper.

Nicolas, sur le coup, ne comprit pas.

— Ha, ha ! fit le roi. Je vous y prends. Dois-je vous apprendre que des manifestations étranges émeuvent une famille de boutiquiers près de l'Opéra ? Que l'on croit revenus les désastreux scandales qui se multiplièrent autour de la tombe du diacre Pâris. Vous savez comment cela commence… Je vois déjà l'archevêque venir mettre le nez dans l'administration et la police de cette ville, comme il y a peu, quand il sut m'extorquer une lettre de cachet qu'avec raison vous me signalâtes être un empiétement extraordinaire et peu acceptable. Sartine, il nous faut prendre garde à cela. Voici mes ordres. Le petit Ranreuil, qui a encore prouvé sa valeur et son sang-froid, ira loger dans cette maison pour enquêter sur cette prétendue possession. Il m'en fera rapport exact et circonstancié lorsqu'il en aura percé le mystère. Et cela sur-le-champ.

— Il en sera fait selon les ordres de Votre Majesté.

Le roi se leva. Il paraissait rajeuni.

— Cet entretien restera entre nous trois. Vous, Sartine, viendrez à votre audience demain, jour de Pentecôte, et me ferez plaisir de rester à mon souper dans les petits appartements. Quant à vous, Ranreuil, à cheval, taïaut ! taïaut ! Bonne chasse !

Ils s'inclinèrent. Le roi, avec un geste charmant, les salua et disparut vers ses appartements. M. de La

Borde les reconduisit jusqu'à l'escalier des Ambassadeurs, un étage plus bas. Le soleil de la cour d'honneur les éblouit. Nicolas ouvrit la bouche, mais Sartine prévint sa question.

— Je sais ce que vous m'allez dire, Nicolas. Merci d'avoir voulu me tirer de ce mauvais pas. Mais le roi était si content de m'apprendre quelque chose, ou de le croire, que je n'ai pas voulu gâcher son plaisir.

Sur cette leçon de courtisan et de serviteur fidèle, Sartine, rayonnant, quitta Nicolas afin d'aller conter à son compère Saint-Florentin que sa disgrâce n'était pas pour demain.

VI

HANTISES

« Le vrai peut quelquefois n'être pas vraisemblable. »

BOILEAU

Rattrapé par M. de La Borde qui souhaitait l'inviter à souper, Nicolas apprit que le roi n'avait pas tari d'éloges sur ses visiteurs, tant sur Sartine que sur « le petit Ranreuil » qui « chassait de race dans tous les domaines, en bon serviteur », selon ses propres mots. Il déclina l'invitation et informa son ami de la tournure des événements et des ordres reçus. Il demanda de l'aide afin de rejoindre la capitale au plus vite. Le premier valet de chambre l'entraîna aussitôt vers la place d'Armes et, de là, vers la grande écurie où, après quelques conciliabules, un cheval gris pommelé leur fut présenté. Il serait confié à l'hôtel de police et un coursier le ramènerait à Versailles.

Midi approchait. En voiture, deux heures bien comptées s'avéraient raisonnables pour gagner Paris. À franc étrier et avec une bonne monture, la durée du trajet pouvait être réduite. Le hongre se mit de lui-même au trot allongé. Nicolas rêva à la scène qu'il venait de vivre. Les rencontres avec le roi le laissaient toujours ému. L'anecdote de la porte enfoncée de la grande galerie offrait un apologue transparent des regrets d'une autre décision arrachée dont le souverain mesurait l'imprudence. L'exprimer ouvertement n'appartenait pas à ses habitudes, mais l'essentiel suggéré dissipait les doutes à ce sujet. Le roi n'était pas dupe, sauf à vouloir l'être. Il apprenait beaucoup de choses par ses propres canaux, et ces informations affermissaient un jugement équilibré. Cette constatation emplissait Nicolas de joie et renforçait sa fidélité au profil de la monnaie d'or de son enfance. Le roi pouvait descendre de son piédestal sans apparaître en rien diminué, bien au contraire. Il supposa que les événements de la rue Saint-Honoré n'avaient pu être portés à la connaissance de Louis XV que par un de ses proches. L'Opéra n'était pas loin, presque en face de la boutique des Galaine, et il y avait justement bal ce soir-là. Perdu dans ses pensées, il faillit renverser une petite fille qui, au bord du chemin, lui offrait des bouquets de fleurs sauvages cueillis dans les bois environnants. C'est le cheval qui sauva l'enfant en se cabrant après un écart qui manqua désarçonner Nicolas, pourtant bon cavalier. Pour se faire pardonner et calmer l'enfant effrayée, il lui acheta dix fois trop cher toute sa récolte, et c'est chargé de fleurs qu'il franchit, peu avant deux heures, la porte de la Conférence et entra dans Paris.

Rue Montmartre, Marion et Catherine ébahies, couvertes de leur moisson, M. de Noblecourt, mis au fait de la situation, la maisonnée fut dûment avertie de ne se point inquiéter, l'absence de Nicolas ne devant durer que quelques jours au plus. Il rassembla dans un porte manteau quelques rechanges et objets de toilette, un falot et un pistolet miniatures, chefs-d'œuvre de précision offerts jadis par Bourdeau. Puis il conduisit son cheval rue Neuve-Saint-Augustin, et, à pied, il emprunta la rue d'Antin et la rue Neuve-Saint-Roch pour gagner la rue Saint-Honoré.

Le sanctuaire lui remémora une enquête récente sur une situation intrigante, mais de peu d'importance. Un quidam avait trouvé un singulier expédient pour être de noce tous les jours de sa vie. Une bonne mine, un visage avenant et un habit noir de cérémonie lui permettaient d'être assidu aux mariages dans les grandes paroisses où il se mêlait à la foule. À l'issue de la messe, il suivait les invités chez le traiteur. Les invités des deux familles se rencontrant souvent pour la première fois, il passait inaperçu. Dans ce rôle équivoque, il faisait grande chère, distribuant de part et d'autre compliments et souhaits. Un notaire, ami de M. de Sartine, l'ayant remarqué pour la quatrième fois, signala le fait. Nicolas l'accompagna lors d'un grand mariage à Saint-Roch. « L'habit noir » fut repéré et le notaire s'avisa de lui demander « de quel côté il était ». « Du côté de la porte », répondit l'homme en prenant la poudre d'escampette. Le commissaire l'intercepta. Sévèrement tancé, il dut promettre de s'amender et finit par devenir mouche au service de la police. Sa mine distinguée et son usage du monde firent merveille, en particulier au bal de l'Opéra.

Chez les Galaine, Nicolas trouva porte close. Deux gardes françaises montaient la garde en somnolant. Sept heures était un moment décent pour souper en famille chez un bourgeois de Paris. Il dut heurter le marteau de la porte cochère. Après quelques instants, il entendit un pas traînant, et une vieille servante apparut en tablier. Elle redressait la tête comme les tortues du Jardin du roi. Des mèches de cheveux jaunasses s'échappaient de sa coiffe. Des rides profondes qu'encrassaient les ombres de la vieillesse sculptaient un visage affaissé aux yeux pâles. La poitrine tombait en débordant sur l'enflure du ventre. Aux taches qui souillaient le tablier, Nicolas supposa qu'il se trouvait devant Marie Chaffoureau, la cuisinière du logis. Miette n'était sans doute pas assez rétablie pour venir ouvrir aux visiteurs.

— Que nous veut-on à c't'heure ? Si c'est la charité on a déjà donné et il n'y a plus de regrat dans cette maison, hélas !

Il nota la remarque.

— Pouvez-vous avertir votre maître que le commissaire Le Floch souhaite l'entretenir ?

Le vieux visage se chiffonna en une manière de sourire.

— Fallait le dire primement, mon bon monsieur ! Donnez-vous la peine d'entrer. Je vas prévenir not'maître.

Ils pénétrèrent dans une cour contiguë et parallèle au bâtiment principal. Elle avait connu de meilleurs jours ; l'herbe poussait entre les pavés inégaux. De vieilles caisses moisies finissaient de pourrir. La cuisinière surprit son regard.

— Ça n'est plus comme avant. Je veux dire, du temps du père de Monsieur. Alors, on avait un équipage, et tant et tant...

Marie Chaffoureau se dirigea vers une porte ouverte qui donnait dans un petit couloir et lui désigna le bureau où s'était tenue la première rencontre avec le marchand pelletier. Elle disparut en marmonnant quelques mots incompréhensibles. L'attente ne fut pas longue, agrémentée par le murmure sourd et les éclats d'une querelle proche. Il y eut un claquement de porte ; et Charles Galaine entra dans la pièce. Il avait l'air de fort méchante humeur.

— Non seulement, monsieur le commissaire, vous ne respectez pas notre deuil, mais vous vous présentez à une heure où toute famille honorable est rassemblée pour...

— Vous prêchez un convaincu, monsieur. Mais si je suis ici ce n'est ni sur ordre de la police ni sur décision de justice...

— Mais alors...

— Je suis ici par ordre personnel du roi pour y poursuivre mon enquête et pour faire rapport à Sa Majesté…

Nicolas ne croyait pas outrepasser ses instructions en liant son enquête criminelle aux événements de la nuit dernière.

— Le roi ! murmura Galaine, éberlué. Mais comment le roi connaîtrait-il… Et puis, ce n'était rien qu'une crise de nerfs.

— Le roi sait tout ce qui s'est passé cette nuit dans cette maison. Cela, et aussi le scandale et le tumulte que la folie de votre servante a suscités. Sachez qu'il est hors de question d'autoriser dans la capitale de tels désordres, sources d'émotions et d'agitations chez un peuple toujours prompt à s'enflammer pour des prétextes ou de mauvaises causes. Et était-ce pour rien que vous et les vôtres étiez tombés en prières ?

— Monsieur, que prétendez-vous faire ?

— Toujours selon mes ordres, vous demander l'hospitalité quelques jours.

Galaine fit un mouvement.

— Oh ! rassurez-vous, il est hors de question que vous me nourrissiez gratis. Je paierai ma pension. Croyez-vous le roi si pauvre qu'il ne puisse défrayer ses serviteurs ? Vous voulez en parler, allons-y. Un bon hôtel, c'est quatre à cinq livres par jour.

— Je ne dispose que d'un méchant réduit où nos pauvres servantes installent une couchette…

— Cela va. Donc, le logis quatre livres, plus deux livres pour la table, cela fait six livres. Monterons-nous jusqu'à huit ? Cela vous convient-il ?

Un peu de rouge était venu aux joues de Galaine.

— Serviteur, monsieur. Voulez-vous partager notre souper ? Nous allions commencer.

Nicolas s'inclina et suivit le marchand pelletier.

La partie privée de la maison se trouvait derrière la boutique en façade et à gauche des bureaux de Charles Galaine. La mode avait peu à peu gagné, dans la bourgeoisie marchande parisienne, de consacrer une pièce aux repas. Ils pénétrèrent dans une salle à manger sans fenêtre. Un œil-de-bœuf donnant sur l'office devait, en plein jour, diffuser une médiocre lumière. Ce lieu renfermé, éclairé de mauvaises chandelles, jeta aussitôt Nicolas dans le malaise. Il fut présenté sans excès d'amabilité à la famille et six paires d'yeux se fixèrent sur lui. Le maître de maison prit place au haut de la table entre Camille et Charlotte, ses sœurs. À l'autre bout se tenait Mme Galaine avec, à sa droite, Jean, son beau-fils, et à sa gauche un blondin qu'on présenta comme Louis Dorsacq, commis de boutique. À droite de son demi-frère, une petite fille de sept à huit ans, à la figure anguleuse, se penchait sur son assiette et paraissait bouder. On apporta un couvert supplémentaire et Nicolas fut sèchement invité à prendre place en face de l'enfant.

Après une soupe claire, trempée de pain sec, un plat de pigeons aux fèves fut apporté. Les chétifs volatiles paraissaient avoir rétréci à la cuisson. À la visible irritation des époux Galaine, l'aînée des sœurs, Charlotte, appuyée par le pépiement excité de sa cadette, entreprit de vitupérer le train de la maison en général et le plat présenté en particulier. Jamais, disait-elle, on n'aurait vu pareille chose du vivant de leur père. Il avait accru le pré carré de la famille et n'avait pas livré son négoce aux aventureuses spéculations et à la fortune de mer. Ah ! c'était une honte de devoir, devant un étranger, rappeler tant de préceptes utiles. Elle jeta un regard vipérin sur le commis et, changeant de chapitre, rappela les devoirs des garçons de boutique, tant en gros qu'en détail, et comment ils se devaient comporter. Il fallait pour cet office un garçon consciencieux, sage, fidèle et qui ne s'amusait pas tant à friponner, car ceux qui le font sont cause de la perte et de la ruine des marchands. Enfin, en toutes choses le commis devait s'appliquer à bien faire son devoir et à ne donner que de la satisfaction à son maître. Le coup de grâce fut porté par sa cadette, qui émit l'idée que, pour cette place, un godelureau blondin était le contraire du bon serviteur.

Nicolas considérait avec inquiétude le pigeon qui se trouvait dans son assiette, qui résistait en glissant dans sa pauvre sauce aux tentatives de désarticulation. Les deux sœurs l'observaient en se gaussant. Charlotte reprit la parole sans que son frère daignât lever la tête. Quant à sa femme, elle poursuivait avec le commis une de ces conversations de bas-bleu. Il était question de comparer la nouvelle salle de l'Opéra et celle de Versailles, où on faisait manœuvrer les chevaux à la petite écurie. La voix grinçante de Camille domina à nouveau le souper. Qu'étaient-ce que ces ombres de pigeon ? À n'en pas douter, des exemplaires de ces oiseaux urbains qui entêtaient le Parisien par leurs envols et leurs ordures. Pris au filet, ils étaient engavés par des hommes qui leur soufflent avec la bouche de la vesce[1] dans le jabot. Quand on leur coupe le col, on reprend cette même vesce à demi digérée et la même bouche la resouffle aux pigeons qui ne seront tués que le surlendemain. La police étant chargée de la surveillance des approvisionnements, Nicolas n'était que trop informé de cette pratique. Charlotte, sans raison, se mit à réclamer du perroquet. La petite Geneviève se leva, la main sur la bouche, repoussa sa chaise qui tomba, et disparut en courant. Charles Galaine releva la tête, assena un formidable coup de poing sur la table. Deux verres tombèrent, imbibant de vin la nappe qui, dégouttant sur le parquet, forma une sinistre tache rouge, semblable à du sang.

— Cela suffit, mes sœurs, c'en est trop ! Regagnez vos chambres !

Il était formidable d'autorité dans sa colère de timide. Chacun se leva. Camille et Charlotte d'abord, l'air offensé, puis Jean Galaine, le regard perdu. Charles

Galaine salua le commissaire, le pria d'excuser ses sœurs ; la cuisinière lui indiquerait sa chambre. Mme Galaine échangea quelques mots avec le commis et disparut sans un regard ni un mot au commissaire. Le commis ne dormant pas à la maison, mais dans un garni voisin, allait se retirer quand Nicolas le retint.

— Monsieur, je souhaite avoir un entretien avec vous.

La bouche se fronça en une vilaine moue.

— Demain si vous le voulez, monsieur. Ce soir je suis attendu.

Nicolas le prit fermement par le bras, ouvrit la porte donnant sur la boutique et l'entraîna à sa suite.

— Il y a le temps : nous en étions au début du repas. Vous paraissiez fort disert sur les loges du nouvel Opéra. Oh ! je suis de votre avis, la salle a essuyé beaucoup de critiques. Orchestre sourd, voix affaiblies, décorations mesquines, mal coloriées et peu proportionnées aux dimensions du théâtre. Et ces fameuses loges. Ah !… ces loges !

Nicolas ponctuait ses propos de bourrades de plus en plus fortes qui finirent par faire tomber le jeune homme sur une chaise de la boutique.

— Les premières sont peu élevées, reprit Nicolas, Et, notons-le, peu avantageuses pour les femmes. Quant au vestibule… Ah ! le vestibule : tout à fait indigne de la majesté du lieu. Vous ne trouvez pas ? Avec ses escaliers roides et étroits. Aucun espace. Au fait, contez-moi donc par le menu votre emploi du temps du 30 au 31 mai, plus précisément du 30 à quatre heures au 31 à six heures du matin. C'est tout simple. Ne regimbez pas. Plus vite nous en aurons fini, plus vite vous serez autorisé à nous abandonner.

— Qu'en sais-je, monsieur, et que vous importe ?

— Il m'importe beaucoup. Allons, je vous écoute, ou devrais-je vous conduire au Grand Châtelet ? Puis-je vous aider ? Dites-moi simplement à quelle heure vous avez quitté votre travail le 30 mai, jour de la fête place Louis-XV.

— À six heures, cela je puis bien vous le dire.

— Dois-je comprendre que vous me dissimulez d'autres choses ?

Il n'obtint qu'une moue pour toute réponse.

— Était-ce là l'heure habituelle ?

— Non pas. Mais M. Galaine m'avait autorisé à quitter plus tôt la boutique pour pouvoir assister à la fête.

— Et alors ?

— Alors, j'ai quitté la boutique pour me mêler à la foule.

— Que s'est-il passé ?

— Rien, la presse était si grande que je me suis éloigné de la place pour rejoindre les Boulevards par les Feuillants.

— Donc avant la catastrophe ?

— Sans doute, je ne sais.

Le commis paraissait soudain hésitant.

— Naturellement, reprit Nicolas, vous auriez pu gagner les Tuileries par le pont tournant, qui était ouvert.

Le piège était grossier, mais l'enjeu valait le risque.

— Oui, je crois, en effet que j'ai emprunté le pont tournant pour ressortir aux Feuillants.

— Et ensuite ? poursuivit Nicolas avec suavité. Vous avez bénéficié des distributions de victuailles offertes par notre bon prévôt ?

— Certes, mais il était difficile d'approcher.

— On m'a rapporté que le vin se goûtait fort, gouleyant à souhait. M. Bignon ne s'est pas moqué des Parisiens !

Ces détails matériels et la conversation qui dérivait autour conduisaient à faire baisser les armes du commis. Nicolas décida de pousser une pointe.

— Et là, vous êtes parti à votre rendez-vous ? N'est-ce pas ?

Le visage du blondin s'empourpra.

— Je n'en dirai pas davantage.

Il hésita.

— Il y va de l'honneur d'une dame.

— Ah ! certes, dit Nicolas, l'honneur des femmes a bon dos quand un homme peut se réfugier derrière...

Il choisit de jouer la provocation.

— L'attitude est d'autant plus facile que personne ne s'est trouvé là à l'heure dite.

Dorsacq le regarda, l'air égaré. Il fit demi-tour, claqua la porte et sortit de la boutique. Nicolas renonça à le rattraper. Leur entretien lui avait permis de désarçonner un adversaire au demeurant peu habile et sans défense. Mais il savait que cette apparence pouvait n'être qu'un leurre. Des deux jeunes hommes de la maison, celui-ci mentait avec effronterie et le fils Galaine continuait à envelopper de flou son emploi du temps, la nuit du drame. Quant à Naganda... Nicolas regagna la salle à manger où la vieille cuisinière débarrassait la table. Machinalement, il empila des assiettes sales et la suivit dans la cuisine. La corbeille de pain le tenta, il prit un quignon qu'il dévora. La vieille femme le regardait.

— Quel appétit ! Je vous dis pas d'en revenir aux pigeons. Pour moi, c'est la honte d'apprêter ces volatiles. C'est pas du temps du père de Monsieur, qu'on aurait traité un invité comme cela, diable non !

Elle se déplaça en se massant les reins vers la porte du couloir, prêta l'oreille aux bruits de la maison, la referma et tira le verrou.

— Voilà, serons plus tranquilles. Je m'en vas vous faire une omelette, mais auparavant, je bois ma bière. La chaleur des potagers vous assèche et vous assoiffe.

C'te boisson amère coupée d'eau est souveraine contre la pépie.

Elle remplit un pot de grès à un petit tonnelet placé sur la paillasse. Nicolas s'assit et la regarda. Le saindoux grésillait dans la poêle où elle jeta quelques morceaux de lard et de petits morceaux de pain. Elle battit les œufs avec deux fourchettes en aérant l'ensemble jaune paille de plus en plus haut. Elle le versa dans la graisse, fit tournoyer la poêle tout en dégageant les bords avec une cuillère en bois. Quelques secondes après, elle déposait devant Nicolas une omelette odorante. Il se jeta sur le tout, qui fut dévoré de belle façon.

— Quelle bonne chose ! dit-il, la bouche pleine.

Le visage épais se plissa dans un sourire de satisfaction.

— Vrai, vous faites plaisir à voir !

— Je suppose qu'il y a longtemps que vous cuisinez chez les Galaine.

— Oh ! mon bon monsieur, plus de quarante ans ! Et j'ai quasiment élevé les enfants. Enfin, M. Claude et M. Charles. Charlotte et Camille avaient perdu leur mère, vous comprenez, ça n'était pas tous les jours facile.

— Des caractères différents, sans doute ?

— Ben, oui ! L'aîné, Claude, était du vif-argent, trop peut-être. Son père l'adorait. Il avait sa préférence en dépit de mes cris d'alarme. Quand on veut unir ses fils, on les traite sur le même plan, autrement…

— Autrement ?

— Autrement, le trop donné à l'un est du moins ressenti par l'autre et le lait tourne !

— Voilà qui est sagesse.

Elle sirotait sa bière, les yeux dans le vague. Nicolas eut des doutes sur le coupage de la boisson.

— C'est pour cela qu'il est parti en Nouvelle-France ?

Elle sursauta.

— Ce jour-là, le malheur est entré dans cette maison. Not' Claude, il a voulu voler de ses propres ailes. Ce faisant, il a tué son père. L'aîné parti, il se mit à dépérir, se désintéressant de son négoce, n'ayant plus goût à rien. Charles, le cadet, a pris les rênes de la maison. Mais que voulez-vous, il a toujours été dominé par ses femmes. C'est un monde ! La première, dépensière et légère, est morte en couches à la naissance de Jean. La deuxième…

Elle posa son pot de grès si brutalement sur la table qu'il se brisa, laissant échapper un flot de liquide ambré.

— Celle-là… C'est du pareil au même. Elle méprise la boutique. Elle en voudrait plus. Elle considère son mari comme un pantin qu'elle agite à sa convenance. C'est elle qui a ruiné son négoce en le poussant à des affaires avec les sauvages du Nord où il a perdu son pécule.

— Les sauvages du Nord ?

— Oui, les Moscovites. Les peaux n'arrivaient plus de Nouvelle-France ; il a cherché d'autres fournisseurs. Mais il s'est fait gruger par un beau parleur qui, pour toute quittance, lui a laissé un échantillon de zibeline avec lequel on ferait pas même un mouchoir !

— Et les sœurs ?

— Elles n'ont pas le sens commun. Surtout la cadette, Camille.

Nicolas tressaillit. Son sentiment premier l'aurait plutôt incité à douter de la raison de l'aînée.

— Elle idolâtre son frère et tyrannise sa sœur. Personne ne trouve grâce auprès d'elle. Inutile de vous dire qu'elle déteste sa belle-sœur, autant que la première d'ailleurs. Quant à l'aînée, la pauvre se réfugie dans ses rêves pour échapper à cette perpétuelle obsession.

Décidément, songea Nicolas, il avait eu raison de garder la cuisinière pour la bonne bouche. Chaque élément prenait place dans un tableau construit. Il se rappela toutefois que des témoins plaident pour leur clocher dans le sens de leurs préjugés, dont la route ne croise pas forcément celle de la vérité.

— Et Jean Galaine, il m'apparaît bien mélancolique ?

— Il tient de son oncle. Il aime son père, mais s'opposera tôt ou tard à lui. Hélas, sa mélancolie s'explique : il était affolé par sa cousine ! Elle jouait avec eux comme une chatte avec une pelote. Et que de coups de griffes !

— Elle était comme cela ?

Il réfléchissait soudain que personne ne lui avait parlé encore de la victime.

Elle parut se murer dans un silence bougon et marmonna :

— Non. On ne dit pas du mal des morts. Surtout pas en ce moment.

— Pourquoi spécialement en ce moment ?

Elle poussa son tabouret près de lui.

— Parce qu'il s'en passe de drôles, ici. Et vous me faites parler comme une vieille bête. Mais, je sais bien, moi, que vous êtes ici pour cela. On ne couche pas un commissaire, même pour un crime. Faudrait ben quelque chose de plus grave. C'est vraiment vrai, le malheur est sur cette maison ; j'en ai la chair de poule. C'est pas rien de voir la Miette en crise : elle a le diable au corps. J'en tremble d'avoir à remonter me coucher dans une chambre voisine de la sienne.

Elle se signa.

— Qu'arrive-t-il à cette pauvre fille, selon vous ?

— Oh ! Elle broyait du noir depuis quelque temps. Je sais pas ce qu'elle nous couve. C'est moi qui l'ai formée au métier et c'est une lamentation de la voir ainsi. Je vous dis, moi, c'est pas une mauvaise, mais il y a quelque chose dans tout ça que je démêle point. Elle a du courage, en dépit que Madame la désespère. C'est sa tête de Turc ; elle se passe ses humeurs dessus.

Après la mort de Mlle Élodie, la Miette n'avait plus sa tête. Il est vrai qu'elles s'entendaient toutes les deux comme larrons en foire. C'était des niches et des fous rires à ne pas savoir qu'en faire. Leur âge les rapprochait… J'ai le cœur serré de penser à tout cela.

Elle mit la main droite le long de sa joue comme si la vie venait de la gifler.

— Je sens venir des choses terribles, monsieur le commissaire ! J'en ai le frisson. Fallait voir la Miette au plafond, au milieu du feu du ciel !

Son menton s'effondra sur les replis de son cou. Une mèche grise s'échappa de sa charlotte. Elle se mit à geindre doucement, puis à ronfler. Nicolas toussa, elle s'éveilla l'air hagard.

— Ne m'en veuillez pas, dit-il, mais le commis dans tout cela ?

— Le Dorsacq ? Un mauvais drôle qui tire la langue après le premier cotillon venu.

— Ce jeune homme au visage innocent ?

— Innocent, çui-là, qui n'arrête pas de fricoter et ne pense qu'à godelurer ? M'est avis, monsieur le commissaire, qu'on le voyait bien trop souvent autour de Mlle Élodie.

— Et avec Madame ?

— Peuh ! De la parlote, du grain pour la poulaille. De la poudre aux yeux pour tromper son monde. Il ne s'intéresse qu'aux friponnes.

— Avant que nous n'allions dormir, pouvez-vous me donner votre emploi du temps détaillé le soir du feu d'artifice ?

— Rien de plus simple. L'après-midi j'ai préparé le souper pour ceux qui restaient à la maison.

— C'est-à-dire ?

— Charlotte et Camille, la petite Geneviève souffrante, qui devait rester sous la garde de ses tantes, et le… sauvage.

— Naganda ?

— Oui. Oh ! il n'est pas méchant, mais son visage m'effraie. Monsieur l'enferme dans sa soupente depuis qu'il est revenu. On le nourrit deux fois par jour.

— Et ce souper consistait en quoi ?

— Un peu de bouilli avec des légumes et du pain au lait sucré.

— Et ensuite ?

— Vers six heures, je suis partie pour passer la soirée avec mes commères à quelques maisons de là. On est trop vieilles pour ces marées de gens. Ah ! j'ai eu du nez, vu ce qui s'est passé. On a joué à la bouillotte en buvant du café au lait froid et en mangeant des oublies[2]. Je suis rentrée vers dix heures, et au lit aussitôt. Je ne suis plus si vaillante et les journées sont longues.

— Rien de particulier n'a frappé votre attention ?

— Non... Ou plutôt si, une chose sans importance. J'avais préparé des assiettes creuses. Y en a rien qu'une qu'on a touché. Cela m'a semblé curieux.

— C'est tout ?

— C'est bien suffisant. Le lendemain matin c'était l'affolement général.

— Vous n'avez pas vu Naganda quand vous êtes rentrée la nuit ?

— Il marchait de long en large dans sa chambre.

— Vous êtes allée écouter ?

— Que non ! répondit la cuisinière avec un regard scandalisé. Ma chambre est sous le réduit où il dort. Les lattes du parquet craquaient.

— Êtes-vous sûre qu'il ne s'agissait pas d'un hibou ?

Nicolas songeait au grand-duc qui, à Guérande, avait hanté ses nuits d'été par ses pas solennels et ses appels sinistres.

— Monsieur le commissaire, dit Marie Chaffoureau indignée, je sais encore reconnaître le pas d'un homme de celui d'un oiseau.

— Bref, ce jour-là vous n'avez pas vu Élodie ?

— Pas plus ce jour-là que les jours précédents. On la disait souffrante. Les deux sœurs veillaient sur elle.

— Merci grandement de vos remarques qui m'ont prodigieusement intéressé, dit Nicolas. Auriez-vous l'extrême obligeance de me montrer ma chambre ?

— Elle jouxte celle de notre pauvre Élodie. Parfois, Miette y couchait.

Elle lui tendit un bougeoir qu'elle venait d'allumer. Nicolas nota que la chandelle était si petite qu'elle ne lui permettrait pas de lire bien longtemps. Il faudrait se pourvoir de bougies. Il la suivit. Elle gravit l'escalier, marche à marche, en soufflant, ouvrit une porte qui donnait sur un étroit cabinet et lui donna le bonsoir après s'être à nouveau signée.

La pièce était moins sinistre que prévu, même s'il ne s'agissait que d'un petit boyau avec une fenêtre pareille à une meurtrière. À droite, une couchette garnie de sa paillasse et d'un matelas de laine recouvert de toile à carreaux était surmontée d'un traversin et d'une couverture marron. L'ensemble prenait la moitié de l'espace. Les autres meubles consistaient en une petite table sur laquelle étaient posées deux girandoles de cuivre, un miroir de toilette bordé du même métal, un pot à eau et une cuvette de faïence. Un fauteuil de commodité tapissé de drap rouge et muni de son pot de chambre occupait la place restante près de la fenêtre. Deux draps de lin épais gisaient sur la couverture. Il posa son bougeoir sur la table et remarqua une porte dérobée dans les boiseries que seul son bouton révélait.

Après s'être déshabillé, il s'enveloppa dans un drap comme un ancien Romain ou une momie égyptienne. Des expériences cuisantes l'avaient mis en garde contre la vermine qui élisait domicile dans la plupart des bois de lit d'occasion : à peine l'obscurité faite, les punaises sortaient de leurs repaires et se jetaient sur les proies allongées. Ne pas laisser la moindre part de peau libre était la parade de Nicolas contre cette engeance. Il souffla la chandelle qui répandit une odeur infecte.

Ne pouvant trouver le sommeil, il réfléchissait aux désordres de la maison Galaine. Charles Galaine était un faible, dominé par les femmes et malheureux en ménage. Ses sœurs avaient les travers des vieilles filles et tout ce qui les concernait était trouble et incertain. Chacun mentait sans vergogne : l'épouse, le fils, le commis et Naganda. Il songea qu'il devrait parler à la petite fille. Sans le vouloir, les enfants dévoilaient parfois des vérités dissimulées. Quel dommage de ne pouvoir interroger Miette, plongée dans l'abrutissement de sa folie ! Proche d'Élodie, elle était peut-être détentrice de secrets ouvrant d'autres perspectives.

Sur cette pensée, il s'endormit.

… Le condamné s'était longtemps débattu avant que le bourreau en habit bleu ne réussisse à le fixer sur la roue, secondé par ses aides. Pourquoi, diantre, pensait Nicolas, cet habit bleu si peu conforme aux règles et usages de son état ? L'habit rouge sang était de rigueur pour les exécutions. Sanson paraissait changé, sa bouche se tordait en un rictus atroce ; il leva sa barre. Nicolas ferma les yeux, attendant le bruit infâme, assourdi par les chairs, du craquement des os. Ce fut une sorte de roulement sourd qui lui parvint, suivi par trois coups secs comme au théâtre… Il ouvrit les yeux, mais au lieu de la place de Grève noire de peuple, il reconnut la chambrette obscure de la maison Galaine. Il était mouillé de sueur, enveloppé dans son grossier drap protecteur. Il mit quelques minutes à recouvrer ses esprits. Ce rêve ressemblait si exactement à la réalité qu'il ne parvenait pas à déterminer si ce réveil ne participait encore du songe. Plusieurs piqûres de punaises à la cheville le convainquirent qu'il était bien revenu à la réalité. Il appréhendait de bouger et de battre le briquet pour allumer la chandelle, tant il craignait d'avoir le spectacle de la vermine grouillant dans la paillasse, quand à nouveau trois coups distincts se firent entendre, frappés d'évidence à la porte dérobée.

Qui, à cette heure, pouvait se trouver là et chercher à le réveiller ? Il se leva, prit un briquet dans son portemanteau et alluma la chandelle qui se mit à filer en exhalant son âcre remugle. Il s'approcha de la porte et tenta de tourner le bouton qui résista ; elle était bel et bien fermée. Il décida de se recoucher. Sans doute son rêve avait-il été à l'origine de cette hallucination sonore. Ces vieilles demeures craquaient toujours, en particulier aux changements de saison. Le bois des charpentes continuait longtemps à vivre, se resserrant et se dilatant au gré des températures, de l'humidité ou de la sécheresse. À moins qu'il ne s'agît d'un de ces rats qui pullulaient dans la ville. Leur nombre surpassait ce que la raison pouvait imaginer. Des armées entières vivaient dans les profondeurs du sous-sol et remontaient le soir dans les maisons. La domesticité était contrainte de mettre les aliments et les réserves de chandelles à l'abri de leur insatiable voracité. La mort-aux-rats arsenicale répandue dans les logis occasionnait mille drames. Parfois, au cimetière des Innocents, où cinquante mille crânes étaient rangés en amphithéâtre, une tête de mort se mettait à rouler toute seule. C'était un rat, logé dans ce crâne, qui, incapable d'en ressortir, déclenchait ce prodige. Amusé par cette image, Nicolas allait sombrer dans l'inconscience quand trois nouveaux coups résonnèrent, cette fois à la porte donnant sur le palier.

Il bloqua sa respiration pour mieux guetter les bruits de la nuit, mais il n'y avait pas de bruit. Son cœur lui faisait mal. Il se glissa hors de la couchette, puis se jeta sur la porte qu'il ouvrit avec brutalité. Personne ! Pour le coup, il était pourtant sûr de n'avoir pas rêvé. Il fit quelques pas sur le palier, tâtonnant le long des murs, regagna la chambre, alluma la chandelle, ressortit et examina la porte voisine, celle de la chambre d'Élodie. Il l'ouvrit. La lumière vacillante éclaira une chambre de jeune fille tapissée d'une toile à motifs fleuris. Il repéra aussitôt la porte qui donnait sur son réduit. Au moment où il s'en approchait, celle-ci fut ébranlée par trois nouveaux coups. Il repartit en courant dans l'autre pièce, assuré de surprendre le mauvais plaisant qui se moquait de lui, mais le lieu était vide. Aucun bruit ne troublait le repos de la maison Galaine. Le marchand pelletier et sa femme n'étaient, à l'évidence, aucunement troublés par les coups, et pourtant leur chambre se trouvait à quelques pas de là.

Que se passait-il donc ? Par quel étrange phénomène ces bruits entêtants le poursuivaient-ils ? Nicolas en venait à douter de ses propres sens. Son esprit fatigué lui créait-il des apparences favorisées par les événements étranges déjà survenus ici ? Pour la première fois de sa vie, Nicolas, toujours guidé par la raison, la mettait en question. Il réfléchit longuement à ce qui lui arrivait, sans parvenir à trouver une explication acceptable ou simplement plausible. En désespoir de cause, il finit par se recoucher, les muscles noués comme dans l'attente d'un coup. Ce qu'il venait d'éprouver entachait de doute tout ce à quoi il croyait. Il cherchait avec une sorte de désespoir maniaque à trouver des explications, des causes cachées, des hypothèses auxquelles il n'aurait pas songé. Revenaient à sa mémoire les histoires de son enfance, glanées lors des veillées, quand Fine, en faisant griller les châtaignes, égrenait à voix basse les contes de la vieille contrée celtique. Il écoutait avec une horreur mêlée de plaisir la description méticuleuse des supplices et le dernier voyage des âmes des revenants, emprisonnées dans des corps de chiens noirs et précipitées dans le *youdic*, le Styx breton. Les hurlements du vent et le craquement du feu accompagnaient ces récits au bout desquels sa vieille nourrice prenait plaisir à rassurer l'enfant. Ce souvenir l'apaisa et il s'endormit. Il songea que seules les enfances heureuses resurgissaient ainsi, avec les visages aimés des êtres disparus.

Dimanche 3 juin 1770, jour de Pentecôte

Vers quatre heures, la lueur de l'aube l'éveilla. Il avait la bouche sèche et les yeux douloureux. Heureusement, dans son linceul de lin, il avait échappé à la vermine. Aucun bruit n'arrivait jusqu'à lui de la rue Saint-Honoré, la chambrette donnant sur la cour. Il s'étira comme un chat. La fatigue disparaissait au fur et à mesure qu'il reprenait conscience du monde extérieur. Il lui sembla percevoir dans le lointain un battement sourd, accompagné d'une mélopée répétitive. Il trouva un peu d'eau dans le pot, qu'il but avidement. Elle n'avait pas très bon goût, mais elle le rafraîchit. Il chantonna en riant :

L'hypocrite, en fraudes fertiles,
Dès l'enfance est pétri de fard
Il sait colorer avec art
Le fiel que sa bouche distille.

Il s'habilla en fredonnant, décidé à s'asperger à grande eau à la pompe de la cour. L'angoisse de la nuit l'avait abandonné, laissant la place à une volonté déterminée de débrouiller les énigmes de cette affaire, même celles qui dépassaient l'humain entendement. Il sortit sur le palier sans faire de bruit, de crainte d'éveiller les Galaine. Là, il perçut plus distinctement la mélodie dont le lointain écho l'avait alerté. Elle provenait du haut de la maison. Il gravit l'escalier, et plus il montait plus elle se faisait distincte. Mais ce qui le frappa dès l'abord fut l'odeur d'un parfum suave qui embrumait le grenier comme un nuage d'encens dans un sanctuaire.

Cette odeur étrange l'intrigua. La clé était sur la porte de la soupente de Naganda ; il la tourna.

À même le sol, accroupi en tailleur sur une natte, le Micmac, vêtu de son seul pagne effrangé, oscillait d'avant en arrière, ses mains frappant alternativement une sorte de tambourin. Il paraissait adorer la statue d'une idole dont les traits grossiers avaient frappé Nicolas lors de sa première perquisition. Devant elle rougeoyait une cassolette emplie de charbons ardents sur lesquels se consumaient des herbes sèches. C'était un spectacle à la fois sauvage et serein. Les lueurs de l'aube qui entraient dans la mansarde incendiaient peu à peu le dos de l'Indien dont la peau passait du rouge sombre à l'ambre éclatant. Nicolas se décida à avancer et à porter la main sur l'épaule gauche de l'homme. Naganda ne frémit même pas. Nicolas le contourna. Le visage impassible paraissait concentré sur une idée lointaine, les yeux ouverts poursuivaient un inaccessible rêve.

Ces phénomènes n'étaient pas inconnus à Nicolas. Sartine lui avait raconté le cas étrange d'un homme endormi qui s'était levé, avait pris son épée et traversé la Seine à la nage en pleine crise de somnambulisme. Il s'était rendu rue du Bac pour tuer un homme qu'il avait menacé et promis d'assassiner la veille. Son crime consommé, il était revenu au logis où il s'était mis au lit sans s'éveiller. Il fut convaincu de ce meurtre, car il répéta la même action la nuit suivante et fut surpris par la famille en deuil qui veillait sa victime.

Nicolas hésita à secouer l'Indien, ayant entendu parler du danger de réveiller ceux que la transe saisit. Il allait pourtant s'y résoudre quand un cri strident se fit entendre dans toute la demeure. Ce cri n'avait rien d'humain et se prolongeait sur un registre si aigu qu'il perçait les tympans. Naganda n'avait pas cillé, et continuait à psalmodier des mots incompréhensibles dans lesquels Nicolas remarqua la répétition du terme *gluskabe*. Il rebroussa chemin, referma la porte à clé et descendit en hâte l'échelle du grenier. Il tomba presque dans les bras de Charles Galaine et de son fils qui, en robe de nuit, arrivaient effarés sur le palier. Marie Chaffoureau, à genoux, pressait ses vieilles joues dans ses mains en marmonnant des oraisons. Le cri provenait de la pièce où Miette reposait. Ils enfoncèrent la porte.

La scène qui se déroulait là dépassait tout ce que Nicolas avait pu voir jusqu'alors. Sur sa paillasse lacérée dont la paille s'échappait, Miette dépoitraillée, la chemise relevée, demi-nue, maintenait son corps arcbouté sur ses mains et sur ses jambes. L'ensemble offrait l'image d'une tension extrême. Les veines et les tendons ressortaient comme sur une pièce anatomique. Ce corps au paroxysme rappela à Nicolas les cires atroces des « théâtres de la corruption » du cabinet de curiosités de M. de Noblecourt[3]. Miette hurlait à la mort, comme un loup au clair de lune. Mais ce qui frappa les témoins d'effroi, c'était de voir le châlit qui tremblait et se soulevait à quelques pouces du sol, comme porté par une houle et agité par d'invisibles mains. Nicolas dut prendre sur lui-même pour agir. Il ordonna aux Galaine de l'aider à maintenir le lit sur le sol. Ils eurent l'impression de pousser le bois d'une barque à la surface de l'eau. Brutalement, le lit retomba avec un claquement sec, mais leur stupeur fut encore accrue d'observer le corps tendu de Miette s'élevant insensiblement au-dessus de sa couche. Nicolas s'empara des deux pieds et les Galaine des mains ; la chair de la jeune fille était brûlante et dure sous leurs doigts. Ils pesèrent sur elle de tout leur poids. Cette grappe humaine mue par la servante ondulait, malgré tous leurs efforts, comme une vague. Au bout d'un long moment, elle finit toutefois par retomber lourdement, cessa de hurler, son corps s'amollit, sa respiration se calma. Ils s'attendaient à voir le phénomène recommencer, mais rien ne vint. Nicolas demanda alors à la vieille Marie Chaffoureau de demeurer près de la Miette et de les avertir au moindre accès nouveau de celle qu'il continuait à nommer « la malade », malgré les doutes qui commençaient à le saisir devant la multiplication des manifestations incompréhensibles de cette demeure. Le père et le fils ne pipaient mot, et il dut les pousser, hébétés, dans l'escalier ; il lui restait encore une chose à faire.

Il remonta au grenier et rejoignit Naganda. L'étrange cérémonie avait cessé. L'Indien était assis, ses bras entourant ses jambes, le menton posé sur ses genoux. Il considéra Nicolas avec un sourire ironique.

— Monsieur le commissaire, je vous devine errant sur le rivage de la vérité sans parvenir à la trouver. Me tromperais-je ?

— J'ai encore quelques questions à vous poser.

— Ce n'est pas de questions dont vous avez besoin, mais plutôt de réponses.

Nicolas ne se sentait pas d'humeur à entrer dans ce jeu.

— Justement, vous pouvez peut-être m'aider dans ce domaine. D'abord, que faisiez-vous il y a quelques instants ?

Il désigna la cassolette où les charbons finissaient de se consumer.

— Ainsi, vous m'avez espionné ? Peu importe. J'implorais les esprits de mon peuple pour qu'ils accueillent Élodie dans les grands territoires des trépassés.

— Vous paraissiez endormi.

— C'est la vertu de simples dont l'inhalation prolongée plonge le sujet dans un monde intermédiaire. Son esprit s'envole et entre en contact avec les dieux. Mon père n'était pas seulement chef, mais chaman, c'est-à-dire prêtre et guérisseur. Un sorcier, comme vous dites.

— Ce *gluskabe* dont je vous ai entendu citer le nom à plusieurs reprises, qui est-il ?

— *Kluskabe* est un grand guerrier du monde des dieux, notre héros tutélaire.

— C'est une statue hideuse.

— Ce n'est pas lui qu'elle représente, elle figure le monstre-grenouille qui avait arrêté l'écoulement des eaux sur la terre. Vaincu, l'esprit du héros est passé dans sa représentation. Elle facilite la divination.

Ce fut au tour de Nicolas de marquer son ironie.

— Et ainsi, vous avez eu des révélations ?

— La grenouille sacrée m'a annoncé ma mort. *Seul le fils de la pierre pourra me sauver.*

Il avait dit cela sur un ton égal, avec une mimique mélancolique.

— Sauriez-vous par hasard de quelle pierre il s'agit ?

— Hélas, non ! J'aurais pourtant quelque intérêt à élucider cette prophétie. Mon pouvoir m'autorise à recevoir des avertissements, mais non à les déchiffrer ! C'est la situation habituelle des Cassandre !

— Rassurez-vous, la justice protège celui dont la voie est honnête. À ce propos, que diriez-vous si je vous apprenais que, la nuit durant laquelle vous prétendez avoir été plongé dans un sommeil profond, un témoin a entendu marcher dans votre grenier ?

— Je dirais, monsieur le commissaire, que la forme de votre question appelle naturellement ma réponse. Cela n'a rien d'improbable, il a bien fallu qu'on vole mes effets à un moment ou à un autre.

La réponse était venue tout de suite, et elle parut recevable à Nicolas. Naganda soutenait son regard avec fermeté, sans le moindre signe d'embarras ou de confusion. Une statue de bronze.

— Je vous laisse à vos réflexions, dit Nicolas. Et je vous enferme, non que je me défie de vous, mais par mesure de protection. Soyez patient, la vérité finira par éclater. Si vous êtes innocent elle ne doit pas vous faire peur.

En descendant l'escalier, Nicolas se heurta à une grande masse sombre qui le gravissait comme à l'assaut. C'était le docteur Semacgus qu'il n'avait pas reconnu, ne distinguant dans l'ombre que le triangle gris de son chapeau.

— Eh bien, Guillaume, où courez-vous si vite ? On vous croirait à l'abordage !

— Diantre, répondit Semacgus, lorsqu'un ami fait appel à moi, j'accours aussitôt. Bourdeau m'a fait passer votre message. J'ai quitté Vaugirard avant l'aube. Point de commissaire rue Montmartre, où j'ai réveillé et effrayé toute la maisonnée, mais ils m'ont renseigné et me voici.

— Entrez là, dit Nicolas en poussant son ami dans la chambrette.

Ils se partagèrent le tabouret et la couchette. Le commissaire rendit compte de la tournure que prenait son enquête, ne dissimulant pas que les plus hautes autorités du royaume s'intéressaient désormais de près à la chronique de la maison Galaine. Il décrivit les événements étranges de la nuit, la léthargie de Naganda, et surtout la terrible crise de la Miette.

— Si je ne vous connaissais pas aussi bien, dit Semacgus, et ne vous savais ami de la raison et des lumières, je craindrais que les sortilèges romanesques de votre Bretagne natale ne vous soient montés au cerveau.

Il hocha la tête avec un soupir.

— Encore que... Ce que vous me racontez me fait penser à des phénomènes que j'ai pu observer au cours de mon temps de service sur les vaisseaux du roi. Je fus témoin, dans nos comptoirs des Indes, mais également en Afrique, de scènes bien intrigantes. Rappelez-vous la bonne Awa, vaticinant en crise — vous me l'avez vingt fois conté — sur la mort de mon fidèle Saint-Louis[4]. Que vous dire ? Il faudrait tout d'abord que j'examine cette servante. Cela pourrait nous en apprendre sur cette prétendue diablerie !

— Vous y êtes autorisé. Elle repose dans la pièce au dessus, veillée par la cuisinière.

Ils se rendirent dans la mansarde. Serrée contre le mur, Marie Chaffoureau égrenait un chapelet dont elle baisait la croix après chaque oraison. Nicolas la fit sortir. Semacgus s'approcha du corps étendu et le considéra longuement. Il prit le pouls, souleva une paupière, écarta les jambes. Nicolas le vit soulever la chemise. Le chirurgien demeura immobile, tête baissée, avant d'entraîner Nicolas à l'extérieur et d'inviter la cuisinière à reprendre sa veille. Le grand visage sanguin de Semacgus se redressa, les yeux pétillaient d'ironie et l'air moqueur.

— Vous me la baillez belle avec vos pucelles ! Nicolas, savez-vous ce qu'a cette pauvrette ? Elle est en mal d'enfant.

Semacgus se frappa l'intérieur de la main avec son poing. Et, comme Nicolas ne paraissait pas comprendre, il cria presque :

— Enceinte, oui, enceinte, d'au moins cinq mois déjà !

VII

PENTECÔTE

« Je ne m'entretiendrai plus beaucoup avec vous, car il vient, le Prince de ce monde. »

Évangile selon saint Jean, XIV, 30.

Semacgus se frottait les mains de jubilation devant la mine stupéfaite de Nicolas.

— Ainsi donc les deux jeunes filles de la maison avaient été engrossées ! L'une a péri dans des circonstances non encore élucidées, et l'autre, qui dissimulait sans doute son état ou l'ignorait, se trouve plongée dans…

Il hésitait sur le mot à employer.

— … un état indéfinissable que rien n'est venu jusqu'alors expliquer.

— Ne laissez pas votre esprit battre la campagne, dit le chirurgien de marine, redevenant sérieux. Vous avez mieux à faire. Il n'est point de phénomènes que la raison ne puisse ou ne doive éclaircir. Ainsi, votre servante volante, elle ne s'élève pas comme un miracle ambulant !

— Mais, la chronique des saints…

— Ah ! le Breton resurgit, le fils adoptif d'un chanoine ! Vous n'allez pas me mettre en avant des histoires de bonnes femmes ou de frocards. Je considère ces faits apparemment inintelligibles d'une autre manière. Nous autres, docteurs en médecine — si je puis usurper ce titre que certains me disputent[1] —, avons de tout temps observé des crises identiques chez des sujets frustes ou peu doués, comme l'est votre souillon. Pour nommer les choses par leur nom, votre patiente souffre d'hystérie, dont les manifestations passaient jadis pour des interventions du malin.

— Je n'ignore pas ce terme, dit Nicolas, mais vous n'avez pas vu le lit se soulever.

— Allons, cessez de tirer votre poudre aux oiseaux[2]. Au siècle dernier, Charles Lepois plaçait déjà l'origine de ce mal dans le cerveau. À la même époque, l'Anglais Thomas Sydenham mettait au point un remède à base d'opium, appelé laudanum, qu'il estimait calmant et résolutif de ces crises. Paracelse, avant eux, expliquait ces délires par des déviations de l'imagination. Je suis de leur avis, l'homme est un monde à lui-même. Son esprit se joue de sa nature physique, et non le contraire. Quant au reste, je rejette toute influence néfaste qui s'exercerait à broyer les cœurs et à animer les corps. Mais je dois vous avouer que je trouve cette maison malsaine et comprends qu'elle vous tourneboule la tête.

Le discours académique de Semacgus laissait Nicolas perplexe. Son ami, qui n'avait pas connu les affres de la nuit écoulée, ne pouvait mesurer son désarroi et ses interrogations. Il fit front.

— Quoi qu'il en soit, Guillaume, tout doit être mis en œuvre, pour élucider ces mystères. Si vous en avez le loisir, faites-moi la grâce de retourner rue Montmartre et de prier de ma part M. de Noblecourt de me confier son chien Cyrus pour la nuit prochaine. Si je suis éprouvé et ameubli au point d'entendre ce qui n'est pas et de voir ce qui n'existe pas, je suppose qu'une vieille bête innocente n'en éprouvera, elle non plus, aucune impression et que sa passivité confirmera votre diagnostic. Et comme j'entends m'entourer des conseils de mes amis, quand vous reviendrez je vous laisserai de garde près de la Miette pendant que j'irai visiter le père Grégoire au couvent des Carmes déchaux. Il sera heureux de me revoir, je l'ai quelque peu négligé.

Semacgus lisait dans la pensée de Nicolas. Il leva les bras au ciel.

— Après la médecine des corps, la médecine des âmes. Vous voilà bien mal engagé... Enfin, je demeure à votre disposition et ne désespère pas de vous récupérer dans les légions de la nature et de la vérité. Sur ce, je cours me restaurer, et m'est avis que vous devriez en faire autant.

— Vous avez bien raison, depuis vingt-quatre heures je n'ai qu'une omelette sur l'estomac.

— Ce n'est pas très grassouillet, comme disait votre amie, la bonne dame de Choisy[3]. Je vous rappelle qu'un esprit attentif et perspicace exige un ventre plein. Veillez-y.

Son ami parti et après un dernier coup d'œil à la Miette qui reposait paisiblement, Nicolas descendit dans la salle à manger où Mme Galaine, en chenille, servait le café à l'ensemble de la famille. Les deux sœurs paraissaient calmées. Charles, sans sa perruque, révélait une calvitie avancée qui le vieillissait. Après un temps d'hésitation, il s'adressa à Nicolas.

— Monsieur le commissaire, j'ai une requête à vous soumettre. Dans la situation où nous sommes, il m'apparaît important que ma famille et moi-même puissions assister à l'un des offices de la Pentecôte sur le banc habituel de notre paroisse. Cela fera taire les commérages et le Seigneur répondra peut-être à nos prières de voir la paix réintégrer cette demeure.

Nicolas acquiesça tout en pensant que la paix reviendrait le jour où le coupable du meurtre d'Élodie serait découvert. Il indiqua qu'il veillerait la Miette et qu'ainsi tous, y compris Marie Chaffoureau, seraient à même de remplir leurs devoirs religieux en ce jour solennel. Resté seul, il entreprit de boire une tasse de café au lait que son estomac ne parvint pas à accepter, une peau s'étant formée à la surface du liquide, chose que, depuis sa plus tendre enfance, il ne pouvait supporter. La pompe de la cour lui procura, par cette belle matinée de fin de printemps, la joie et la renaissance d'un ébrouement requinquant. Au fond, Semacgus avait peut-être raison : le bien-être du corps dépendait de la pacification de l'esprit et n'impliquait aucune autre cause. Mais qui pouvait savoir ? Il remonta se raser et se coiffer. Sur le coup de neuf heures, la cuisinière passa la tête, lui annonçant le départ de la famille pour l'église Saint-Roch. Il les accompagna, tous vêtus de deuil, jusqu'à la porte de la boutique qui fut fermée à clé de l'extérieur. Le commissaire décida d'accomplir une opération dont l'idée avait germé lorsqu'il s'était rendu compte qu'il était libre de ses mouvements dans une maison où Naganda était enfermé dans sa soupente et la Miette sans conscience sur sa couche. Jamais pareille occasion ne se représenterait de chercher des indices. Il décida de commencer sa perquisition par la chambre du couple Galaine.

Elle était ouverte. Le lit, sous un ciel de velours d'Utrecht poussiéreux, était défait ; des vêtements de nuit en désordre gisaient épars sur la courtepointe. Deux bergères garnies du même tissu, un tapis usé, un guéridon portant une carafe d'eau et deux gobelets d'argent, et une armoire dont la haute silhouette touchait presque les solives en constituaient le décor suranné et quelque peu austère. Seule concession aux modes du temps, un petit secrétaire en bois de citronnier détonnait, par sa splendeur, dans cet ensemble vieillot. Nicolas était toujours surpris par la visite des intérieurs. Après dix ans de carrière, d'innombrables perquisitions lui offraient un catalogue complet de modèles qu'il parvenait maintenant à ordonner et classifier, mais qui ne correspondaient pas toujours aux caractères ou aux situations.

Nicolas s'attela à sa tâche avec la détermination méthodique d'un chasseur en traque. Il s'attaqua d'abord au secrétaire. Rien n'était clos ; les tiroirs et l'écritoire coulissante contenaient des papiers de commerce, factures et correspondances. Il y trouva aussi des bijoux de femme, des parures et des boucles de souliers d'homme. Rien d'intéressant. Le commissaire caressait le bois précieux tout en réfléchissant. Il finit par sortir un tiroir et plongea le bras dans le cœur du meuble. Il tâtonna longuement et sentit sous ses doigts une petite pièce de bois articulée. Il la manipula avec précaution, un double déclic se fit entendre, deux garnitures étroites en colonnes, à l'arrière de l'écritoire, s'ouvrirent, laissant jaillir deux petits tiroirs oblongs. L'un contenait quelques louis d'or, l'autre, symétrique, une lettre au cachet rompu représentant deux castors accolés par leur queue, enseigne de la maison de pelleterie familiale.

Il s'en saisit, le cœur battant. Deux impressions se combattaient en lui : la curiosité propre à son état et le scrupule de l'honnête homme conduit à plonger dans le secret des familles. La frontière franchie, rien ne permettait de revenir en arrière et toute innocence s'évanouissait. Il s'assit dans une des bergères et déploya la lettre. Son émotion était telle que les caractères dansaient devant ses yeux et qu'il ne parvenait pas à se concentrer sur les lignes d'une petite écriture pointue mais volontaire, dont l'encre commençait à pâlir avec le temps.

Louisbourg, ce 5 décembre 1750

Mon frère,

L'annonce de la mort de notre père me fait mesurer le malheur d'être éloigné de sa famille et de n'y pouvoir compter désormais que sur la froideur d'un frère dont rien ne justifie l'hostilité constante qu'il m'a toujours manifestée. Je souhaite que le temps aplanisse un différend que je n'ai jamais voulu et qu'il ne m'est pas possible d'évoquer sans une sensible peine.

Cela étant, je dois vous annoncer mon mariage et la naissance de mon premier-né. C'est une fille qui porte le second prénom de notre mère, Élodie. Quel que soit notre éloignement, moi, en Nouvelle-France, et vous si distant et si peu soucieux de sentiments fraternels, je vous confie votre nièce si la guerre qui s'aggrave venait à nous emporter, mon épouse et moi. Un jeune Indien recueilli, Naganda, élevé dans mes factoreries et qui a toute ma confiance, a reçu mes instructions afin de tout tenter pour reconduire notre fille en France.

Les dernières années ont été fructueuses et vous avez eu votre large part de notre négoce et de son succès. Sachez que je laisserai, d'une manière ou d'une autre, traces de mes volontés dernières. Notre notaire en sera informé, au cas ou je devrais périr dans les événements qui s'annoncent.

Embrassez nos sœurs. N'oubliez pas que je vous confie Élodie. Votre malgré tout très affectionné frère,

Claude.

Nicolas recopia soigneusement le texte dans son petit carnet noir, replia la lettre avec soin avant de la réinsérer dans le tiroir secret. Il repoussa tout le système dans le placage de bois précieux, replaça le grand tiroir dans son réceptacle et referma le secrétaire. La suite de ses recherches se révéla infructueuse. Successivement, la chambre d'Élodie — curieusement vidée de tout objet intime ou personnel — et celle de Jean, le fils aîné, n'apportèrent pas de résultats tangibles. Dans la chambrette de Geneviève, Nicolas découvrit, au milieu de poupées, une feuille de papier chiffonnée sur laquelle une main malhabile avait dessiné une scène étrange. Deux personnages vêtus d'une grande cape et d'un haut chapeau, l'un serrant une sorte de mannequin et l'autre tenant une pelle, paraissaient danser une espèce de gigue. Pour le coup, il serra cet étrange tableau dans son habit. L'homme deux fois représenté était-il Naganda ? Tout le laissait penser.

Il acheva son inspection par la chambre commune des sœurs Galaine. Deux lits rapprochés n'en formaient qu'un, occupant presque tout l'espace d'une pièce encombrée d'objets de piété, de deux prie-Dieu et de tableaux à motifs religieux. Outre une petite commode, une sorte d'alcôve servait de cabinet de toilette, le linge et les vêtements étant rangés dans des placards creusés dans la masse du mur. Çà et là, des oiseaux naturalisés demeuraient figés en des pauses fatiguées et ajoutaient une note sinistre et poussiéreuse à cet ensemble ranci.

Soudain Nicolas entendit craquer le parquet du corridor. Qui pouvait bien arriver ? Il supposa que la Miette s'était réveillée et levée, mais le bruit de pas approchait et les intervalles séparant les craquements indiquaient plutôt les pauses d'une très prudente progression. Son premier réflexe fut de chercher autour de lui une cachette. Le placard aux robes ? Certainement pas : le refuge le plus classique était toujours le plus risqué. La cheminée ? Beaucoup trop étroite pour s'y dissimuler. Ce qu'il entrevit en un éclair, ce fut le dessous des deux lits et le tissu de perse fané qui tombait jusqu'au parquet. Il s'y glissa prestement, et se tenait désormais à plat ventre, son dos touchant les bois du lit. Sa respiration déjà accélérée par l'émotion se trouvait encore gênée par une masse de tissu sur laquelle il reposait. Le bruit de pas n'avait pas repris. Le sang qui battait à ses oreilles l'assourdissait. À quelques pouces de son visage, il découvrit une colonne de minuscules fourmis que les tissus semblaient attirer. Beaucoup de maisons, en plus des rats, de la vermine et des puces, étaient fréquentées l'été par ces insectes.

Le bruit reprit, plus proche, très proche… Dans son champ de vision autorisé par les ondulations du tissu, Nicolas vit apparaître deux pieds nus et bruns qui avançaient avec précaution. Ce ne pouvait être que Naganda ; et il devina que le visiteur se livrait lui aussi à une fouille en règle de la chambre. Aurait-il l'idée de regarder sous les lits ? Nicolas frémit quand il le vit s'approcher sur la droite. Le dessus-de-lit remonta, on fouillait brutalement la literie, puis un peu de jour apparut par les crailles du bois : on avait soulevé le matelas. L'Indien piétina encore longtemps dans la pièce, puis finit par s'éloigner. Nicolas attendit un moment que le silence revînt à l'étage. M. Galaine enfermait Naganda, mais oubliait que l'Indien s'était déjà échappé par le châssis du toit et que rien ne lui interdisait de recommencer. Une porte ou une fenêtre mal fermée lui permettait de pénétrer dans la maison. Que pouvait-il chercher, sinon ce fameux talisman, cette pièce secrète accrochée à son cou, dont la perte l'obsédait et dont une perle s'était retrouvée dans la main crispée du cadavre d'Élodie ?

Nicolas espérait que ses propres recherches aboutiraient à quelque chose, même après le passage de Naganda. Il s'y astreignit avec toute la technique d'un professionnel, ce que n'était pas l'Indien. Bien lui en prit, car, en passant la main sous le dessous du tiroir de la commode, il sentit un petit papier légèrement collé par un pain à cacheter. Il le détacha délicatement et lut ce banal billet :

N° 8

Reçu en gage un lot pour une valeur remboursable de dix-huit livres, cinq sols, six derniers.

À échéance d'un mois. Ce trente et unième de mai 1770.

Signé : Robillard,
Fripier, rue du Faubourg-du-Temple.

Un prêteur sur gages ? Un usurier ? Un moyen pour les sœurs Galaine de se faire des ressources supplémentaires ? Ce n'était pas tant la nature du billet que sa date qui intriguait Nicolas. Le 31 mai 1770 était le lendemain de la catastrophe de la place Louis-XV. Cela ouvrait bien des voies. Il recopia aussi le reçu, puis le recolla à sa place dans la commode en mouillant de salive le petit rond de pain à cacheter. Au fond du placard, il trouva une paire de chaussures de femme souillées, dont l'empreinte portait des taches de charbon ou de bois brûlé ainsi que de fins morceaux de paille. À laquelle des deux sœurs appartenaient-elles ? À Charlotte, l'aînée, ou à Camille, la cadette ? Sans raison apparente, la présence des fourmis lui revint à l'esprit. Il replongea sous le lit et en sortit des bandes étroites de lin souillées de traînées jaunâtres où couraient encore quelques insectes. Les ayant approchées de son nez, il eut un haut-le-cœur en respirant une forte odeur de lait tourné. Pourquoi les sœurs conservaient-elles ce chiffon souillé ? Cela éveilla pour lui une idée lointaine à laquelle il se promit de réfléchir. Il laissa le tout en place et sortit de la chambre.

Miette dormait toujours, elle n'avait pas bougé. Nicolas passa dans la chambre d'Élodie pour observer de la fenêtre la perspective de la rue Saint-Honoré qui s'emplissait de Parisiens endimanchés. Il vit ainsi revenir la famille Galaine. Leur deuil paraissait incongru sous ce soleil éclatant, mais ces règles étaient intangibles et impératives. Chacun connaissait dans la bourgeoisie boutiquière le strict protocole des tenues et des parures à réserver pour ces circonstances. Prendre ou non le bonnet d'étamine noire ou le fichu de gaze sombre participait de la bonne éducation. Seul le roi portait le deuil en violet, et la reine en blanc. Et encore, les Galaine, dans l'affolement d'un drame et en l'absence d'un corps toujours en dépôt à la Basse-Geôle, n'avaient pas arrêté les pendules, ni tendu de noir les meubles ni voilé les miroirs.

Il entendit bientôt le pas traînant de la cuisinière venue reprendre sa veille auprès du lit de la servante. Il en profita pour s'échapper un moment, car il lui restait une personne à interroger. Il l'entendit chantonner dans sa chambre, insensible à la tristesse ambiante. La petite Geneviève l'accueillit avec une moue qui la fit ressembler à son père. Assise sur un petit tabouret d'enfant elle tortillait une de ses boucles.

— Bonjour, mademoiselle, dit Nicolas.

— Je ne suis pas mademoiselle. Mademoiselle, c'était Élodie. Moi, c'est Geneviève. Et toi ?

— Nicolas. Vous étiez malade, je crois ?

— Oh ! oui. Mais pas comme Miette.

— Vous l'aimez bien, Miette ?

— Oui, mais elle pleure trop. J'aime pas Élodie.

— Ta cousine ? Et pourquoi ?

— Elle ne veut jamais jouer avec moi. Miette est très malade. Je crois que c'est à cause du monstre.

— Le monstre !

Elle s'approcha de lui et lui prit la main.

— Oui, le monstre qui l'a emmenée voir la fête.

— Où avez-vous pris cela ? Vous étiez malade et couchée.

— Non, non ! Je me suis levée, j'ai glissé sur le parquet, j'ai écouté et je sais tout. Je sais tout ! C'est comme cela. J'ai vu la Miette partir avec un monstre au visage blanc. Il avait un grand chapeau noir, et après, les autres…

— Quels autres ?

— Les mêmes.

— Vous voulez dire qu'ils sont revenus après être partis ?

Elle se mit à le frapper de ses petits poings.

— Non, non, tu ne comprends rien, il fallait compter…

Mme Galaine surgit à la porte.

— Que faites-vous à ma fille, monsieur ? demanda-t-elle sèchement. Non content d'imposer votre présence, vous torturez cette enfant !

— Je ne torture personne, madame. Je parlais à votre fille, et c'est une conversation que j'aurai à reprendre tôt ou tard, ne vous en déplaise.

Indifférente à ces éclats, Geneviève se mit à nouveau à chantonner les lèvres serrées, les yeux perdus dans le vague, sautillant d'un pied sur l'autre.

Nicolas considérait Mme Galaine. Le mystère de cette femme n'était pas le moindre de cette enquête. Elle était encore jeune, mais d'une beauté déjà voilée, comme troublée par l'expression d'une angoisse. D'où venait l'ombre qui pesait sur ce visage ? S'agissait-il de la conséquence d'un mariage mal assorti, dans lequel la mésestime à l'égard du mari nourrissait la frustration d'une âme délicate ? De quoi était fait ce caractère presque violent, qui se manifestait dans la défense de son enfant ou dans son refus obstiné de répondre aux questions, au risque de laisser peser sur elle les plus graves soupçons ? Oui, se répétait Nicolas, seul un lourd secret pouvait justifier cette attitude rageuse de bête traquée. Il fit une dernière tentative.

— Madame, songez que vous n'avez rien à redouter de moi ; je puis tout entendre, tout comprendre et vous aider. Mais, de grâce, parlez si vous savez quelque chose ou, du moins, défendez-vous et confiez-moi l'emploi de votre temps la nuit de la catastrophe. Votre silence, autrement, ne pourra s'apparenter qu'au mensonge et à la dissimulation.

Elle le scruta avec une intensité presque palpable. Elle ouvrit la bouche ; il crut qu'elle allait parler. Une vive rougeur lui montait aux joues ; elle porta ses deux mains à sa face empourprée, dont l'expression se durcit à nouveau. Il sentit qu'elle avait failli baisser la garde et céder, mais qu'elle s'était aussitôt refermée. Elle serra convulsivement sa fille contre elle et recula en jetant à Nicolas un regard presque haineux.

Dans le corridor, il croisa Charles Galaine et supposa qu'il avait entendu cet échange sans vouloir intervenir. Il lui demanda à brûle-pourpoint de lui communiquer le nom du notaire de la famille. L'autre cilla, interdit et hésitant. Devant l'insistance du commissaire, il finit par lui indiquer qu'il s'agissait de Maître Jame, rue Saint-Martin, en face la rue aux Ours. À ce moment, Semacgus réapparut, un panier d'osier au bras et tenant Cyrus en laisse, tout rajeuni et frétillant de cette sortie inattendue.

— Quel équipage ! dit Nicolas, alors que Charles Galaine s'esquivait. Vous voilà chargé comme une mule !

— Faites le bien à vos amis, voilà comme ils vous traitent ! En revenant je suis passé à l'hôtel d'Aligre. Mais descendons…

Dans l'office, il lui découvrit ses trésors : un chapon au gros sel, des langues de Vierzon, un flacon de bourgogne. Du pain et des croquets complétaient ce festin. Ils s'attablèrent sans vergogne. Le chirurgien tenta une nouvelle fois de mettre Nicolas en garde contre les inconvénients qu'entraînerait un constat officiel du caractère extraordinaire des phénomènes observés. Que diable, ajoutait-il, nous ne sommes ni au fond de l'Afrique ni dans nos comptoirs de l'Inde pour en juger autrement ! Pour dérider Nicolas que ces propos assombrissaient, il lui raconta le dernier « miracle » observé à Paris, une dizaine d'années auparavant. Le peuple, lors d'une procession au faubourg Saint-Antoine, avait imaginé qu'une statue en plâtre de la Vierge, placée dans une niche, tournait la tête pour saluer le passage de son divin fils. Le lendemain, cinquante mille personnes obstruaient la chaussée et allumaient des cierges aux pieds de la statue. Ce concours de peuple devint si considérable que la police ne sut comment le disperser.

— Et alors ? demanda Nicolas, amusé.

— Alors, on remarqua que la statue était adossée à la boutique d'un marchand épicier dont le principal négoce était de vendre des cierges. En effet, il eut bientôt vidé son magasin ! Finalement, on enleva la Vierge qui fut transportée et enfermée dans un lieu retiré et secret.

— Cela me fait penser, dit Nicolas, que M. de Sartine m'avait dépêché, le 25 avril dernier, aux cérémonies de la Sainte-Chapelle, la nuit du Vendredi saint. Il fallait veiller à ce que rien de fâcheux n'arrivât, là aussi, à la foule qui s'y assemble. Vous savez que la tradition veut que tous les possédés se rendent dans cette église pour se guérir des diables qui les tourmentent. On les touche alors avec des reliques de la vraie croix. J'ai observé que leurs hurlements cessent aussitôt et que leurs contorsions se calment. Ils sortent du sanctuaire ayant recouvré leur état normal. M. de Sartine m'a expliqué, en ricanant, que ce sont des mendiants que l'on paie pour jouer ce rôle ! Mais comment croire que des prêtres respectables accepteraient de se prêter à une si indécente comédie ?

— Il n'en démord pas, le bougre ! Les prêtres en ont fait bien d'autres ! Et, au reste, qu'est-il besoin de créer des possédés ? L'espèce est si commune qu'il n'est pas nécessaire d'en fabriquer de factices. L'un des vices de votre raisonnement est de confondre les choses avec leurs caricatures, et la religion avec la superstition, si tant est que la religion…

Pour finir, ils trinquèrent en riant. Semacgus aurait tout le loisir d'examiner la patiente en attendant le retour de Nicolas qui sortit chercher une voiture afin de se rendre au couvent des Carmes déchaux, rue de Vaugirard. Mais en ce jour de fête, les familles se visitaient de quartier en quartier et les fiacres étaient rares.

Il dut attendre un long moment, place du Palais-Royal devant le Château d'eau, entre les rues Fromenteau et Saint-Thomas-du-Louvre, qu'un cocher voulût bien s'arrêter. Il eut tout loisir de considérer cet édifice à deux étages, avec son monumental porche ovale. Cette construction, au demeurant factice, servait de vis-à-vis en trompe l'œil au Palais-Royal. Une plaisanterie parisienne consistait à envoyer un nouveau domestique, fraîchement émoulu de sa province, chercher une place chez le suisse du Château d'eau. En réalité, le bâtiment dont la fonction correspondait à cette dénomination se trouvait sur le boulevard du Temple, face à la rue des Filles-du-Calvaire. Il comprenait quatre pompes actionnées par quatre chevaux relevés toutes les deux heures. Ces machines emplissaient un bassin et l'effet de chasse d'eau servait à nettoyer deux fois par semaine, le lundi et le jeudi, le grand égout entre la Bastille et l'ouest de la ville[4], lieu où les immondices se déchargeaient en aval dans la Seine. Ces indications avaient été fournies à Nicolas par les services de la lieutenance générale de police en charge de la voirie.

Quand il arriva rue de Vaugirard, le grand office de Pentecôte était achevé. Il jeta un œil à l'intérieur de l'église, tout embrumée d'encens, en songeant au corps disloqué de la comtesse de Ruissec retrouvé au fond du puits des morts[5]. Désormais, ses souvenirs s'accrochaient trop souvent aux visages d'êtres disparus. Son travail consistait à apaiser les mânes irrités des victimes en retrouvant leurs meurtriers. Il reprit sans hésitation le chemin si souvent parcouru qui conduisait à l'apothicairerie. Depuis quelque temps, le père Grégoire vieillissait et il ne quittait plus son laboratoire, où il poursuivait ses études sur les simples, qu'à l'heure des offices réguliers. Par autorisation spéciale du prieur, il s'y était fait installer une couche où ses nuits d'insomnie se déroulaient en prières et en méditation. Nicolas pouvait être assuré de le trouver dans ce lieu, à l'écart de la vie du couvent.

Quand il entra dans la vaste salle voûtée, tout enveloppée de vapeurs et d'arômes, avec ses étranges cornues où clapotaient à petit feu des préparations et des mixtures dont les couleurs passaient du blanc opalescent au vert émeraude profond, il reconnut son vieil ami assoupi dans un grand fauteuil du dernier règne, recouvert d'une tapisserie représentant une forêt de fougères. Il fut frappé des changements opérés en peu de temps sur le visage du moine. Les effets de la maladie avaient comme décapé son visage plein, dégagé les méplats, à présent comme taillés à coups de serpe, et faisaient ressortir le nez pincé, à l'arête aiguë. Du religieux replet de jadis, il ne restait plus aucune trace. Nicolas se trouvait en face d'un ascète et soudain la vérité du religieux apparaissait, transfigurée. Les mains croisées sur le devant de sa robe de bure, diaphanes et ivoirines, semblaient celles d'un gisant. Il priait sans doute plus qu'il ne dormait et, ayant senti une présence humaine, il ouvrit des yeux encore vifs qui s'adoucirent et se voilèrent quand il reconnut Nicolas.

— Mon fils, voilà bien le miracle de ce jour de gloire où le Seigneur appela l'Esprit-Saint sur ses disciples. Le vieil homme reçoit ta visite !

Il leva la main droite et le bénit.

— Je n'ai plus beaucoup de temps à vivre, reprit-il. Chaque visite est une joie que Dieu m'accorde encore.

— Avez-vous consulté la Faculté ?

— Mon fils, la Faculté n'a rien à voir à cela, et chacun se termine. Les simples que j'ai toujours aimés me soutiennent et m'aident à attendre la fin. Je prie le Seigneur, s'il daigne m'en juger digne, de m'envoyer ses anges porter mon âme en paradis. Mais toi qui demeures dans le siècle, comment vas-tu ?…

Il sourit avec une espèce de finesse, tout en tapotant de ses doigts sur les accoudoirs de son fauteuil.

— Tu n'es pas seulement venu me saluer, tu as besoin de mon aide. Parle sans crainte de me fatiguer. Le silence me pèse quelquefois et j'ai droit à la grâce de la parole, d'autant que cette rencontre sera sans doute la dernière, mon bon Nicolas.

Nicolas sentit l'émotion le gagner. La voix assourdie du père Grégoire lui rappelait deux autres voix révérées, celle du chanoine Le Floch et celle du marquis de Ranreuil. De ces trois hommes qui avaient marqué sa vie, deux n'étaient plus que des ombres, le troisième s'éloignait peu à peu du monde des vivants.

Nicolas se reprit et tenta d'exposer, sans excès de sensibilité, le drame de la rue Royale, le meurtre d'Élodie, les soupçons qui pesaient sur les membres de la famille Galaine et les manifestations étranges qui s'étaient multipliées. Il ne cacha ni son trouble, ni son désarroi, ni les hypothèses auxquelles il s'était raccroché afin de jeter un peu de raison raisonnante sur l'incompréhensible. Le père Grégoire l'écouta les yeux fermés ; à l'énoncé de certains détails, ses lèvres se serraient jusqu'à blanchir comme si une invincible douleur le poignait. Il resta un moment silencieux, puis désigna à Nicolas un petit flacon posé sur un bahut proche. Il le porta à ses lèvres, et peu à peu les couleurs lui revinrent.

— C'est une thériaque[6] de ma composition, précisa-t-il. Elle m'offre l'illusion de quelques instants d'apaisement.

Il prit sa respiration.

— Mon fils, aucun conseil n'est plus difficile à donner que celui que tu sollicites, ni plus périlleux… Combien de fois ai-je été le témoin de cas où tout laissait supposer l'action du mal et qui, au bout du compte, se révélaient une hasardeuse conjonction de faux-semblants ! Or, le mal existe en fonction du bien. Héroïque ou futile, le croyant qui se vanterait de n'avoir jamais éprouvé le moindre frisson à la pensée du démon.

Il se signa.

— Les Écritures sont catégoriques à cet égard. Ce n'est pas pour rien que saint Jean nous avertit que Satan séduit le monde entier, que saint Pierre nous conseille, face à cet adversaire qui rôde autour de nous comme un lion rugissant, de résister ferme dans la foi. Quelle que soit notre intrépidité ou notre aveuglement, nous avons tout lieu de redouter ses embûches. C'est pour lutter contre l'ange déchu que le fils de Dieu a paru.

Une porte claqua violemment dans le lointain. Il semblait à Nicolas que le liquide des cornues s'activait avec une énergie renouvelée.

— Mon père, comment puis-je être juge de la véracité et de la sincérité de ces manifestations ? Comment démêler la réalité incompréhensible, mais naturelle, de la trouble séduction ?

— Il y faut tout d'abord une âme sereine. Le pur seul peut combattre l'impur. Il faut ensuite savoir reconnaître l'assaut des dominations diaboliques. Écoute la parole séculaire de l'Église : les signes de la possession sont connus, vérifiés et immuables : « Parler en langue inconnue ou la comprendre, dévoiler des choses éloignées ou secrètes et manifester des forces au-dessus de son âge ou des conditions de la nature. » Tu dois avoir ces trois signes constamment présents à l'esprit. Si tu les croises, mets-toi en garde, recommande ton âme à Dieu, le doute n'existe plus, tu es bien en présence d'un être possédé.

— Jusqu'à présent, je n'ai constaté de mes yeux et de manière indubitable que le troisième de ces signes.

— Alors, attends et observe et, si tu parviens à les réunir ensemble, combats.

— Mais comment lutter ?

— Seul le recours à un prêtre habitué à traiter ces questions délicates et autorisé à le faire par son évêque est licite. Lui seul peut pratiquer l'exorcisme qui chassera la bête infâme. Quand le mal a envahi la victime, l'a réduite à l'impuissance absolue et s'est emparé de sa volonté, il n'y a rien d'autre à faire, car le démon est maître désormais de l'esprit et du corps du possédé ; il parle avec sa langue et entend avec ses oreilles.

— Si les phénomènes s'aggravaient autour de la servante et dans la maison Galaine et si les signes se révélaient indubitables, qui pourrait m'aider ? Vous, mon père ?

— Tu ne vois donc pas mon état ! soupira le père Grégoire en levant les deux mains. L'exorcisme exige une force spirituelle que Dieu m'accorde encore, mais aussi une résistance et une ardeur que je n'ai plus. Seul le prêtre chargé de ces cérémonies dans le diocèse de Paris a le droit d'opérer. Trop d'abus passés ont imposé ces précautions nécessaires. Cependant, pour qu'il intervienne, il te faut obtenir l'autorisation de Mgr Christophe de Beaumont, archevêque de Paris. Tu dois l'avoir rencontré dans tes fonctions...

— Je l'ai aperçu à la Cour à deux reprises. Sa Majesté le tient en lisière, l'ayant souvent exilé[7].

— Hélas, c'est le drame de notre Église... Je le connais de longue main depuis un séjour à Blois, où il était vicaire général. L'homme est poli, exact, mais c'est un doux entêté, méfiant, opiniâtre, emporté par des préventions excessives et trop sensible aux conseils de son entourage. Sa finesse consiste à n'en point avoir, et ainsi sa franchise frise trop souvent la maladresse. La Cour est un pays étranger où il ne pouvait réussir.

— Mais encore ?

— Il n'avait jamais souhaité son élévation ; c'est un calice qu'il a longtemps repoussé, satisfait qu'il était de son évêché de Vienne. Il vivait saintement, réglé dans ses mœurs et en bonne intelligence avec ses chanoines. À la mort de son prédécesseur, personne n'aurait pu imaginer qu'il fût sur les rangs et tous ses amis ont été dans un étonnement indescriptible lorsqu'il fut nommé.

— Et il a fait taire ses scrupules ?

— Sa Majesté intervint en personne et lui écrivit une lettre de sa propre main, après laquelle il n'était plus possible de reculer. Il n'avait pas l'usage du monde et sa prestation de serment à Versailles frôla le ridicule. La tradition voulait qu'il saluât Mesdames et leur baisât la main, mais sa timidité et son embarras furent tels qu'il recula au fur et à mesure qu'elles avançaient sur lui.

— Dans mon souvenir, il se déplace avec difficulté.

— Sa santé n'est guère plus satisfaisante que la mienne, dit le père Grégoire avec un pauvre sourire. Gravelle, diurie et pierre l'accablent en crises successives depuis son élévation. La lutte contre les jansénistes et l'expulsion des jésuites l'ont peu à peu miné. Isolé, il s'est parfois livré à des chimères comme le montrent des prétentions avouées à descendre d'une illustre lignée. Je puis m'entremettre auprès de lui, mais il serait sage d'obtenir avant toute audience le *nihil obstat* de M. de Sartine, c'est-à-dire du roi. Il reste que défenseur de la compagnie, il devrait être sensible à ton éducation par les bons pères.

— Et qui occupe aujourd'hui la charge d'exorciste du diocèse ? demanda Nicolas.

— Le père Guy Raccard, confrère étrange et savantissime, murmura le carme en hochant la tête.

Tout avait été dit. Les incertitudes de Nicolas n'étaient pas dissipées par cet entretien, mais une marche à suivre lui avait été indiquée. Il suffirait d'attendre la suite des événements. Il prit congé avec effusion du père Grégoire qui se souvint, au moment des adieux, d'avoir à lui remettre une lettre de Pierre Pigneau de Behaigne[8], missionnaire apostolique en Cochinchine. Venu du fond de sa Thiérache natale pour suivre les études au séminaire des Trente-Trois à Paris, il s'était lié à Nicolas. Ils fréquentaient tous deux les concerts spirituels du Louvre et les délices de la pâtisserie Stohrer[9], rue Montorgueil.

Nicolas décida de rentrer à pied ; il avait besoin de réfléchir et le grand air favorisait cet exercice. Si les paroles du père Grégoire avaient tracé une voie, elles n'avaient pas calmé une angoisse que l'état du religieux avait au contraire augmentée. Il se rendait compte que la génération qui avait entouré ses jeunes années allait disparaître, et il songea avec regret que ses amis les plus proches étaient aussi les plus âgés. Même l'inspecteur Bourdeau aurait pu être son père. Restaient M. de Sartine, plus jeune qu'on ne le supposait, La Borde, à peine plus âgé que lui, et le cher Pigneau, maintenant bien loin de France. Il décacheta la lettre toute tachée et jaunie par le voyage et en prit connaissance tout en marchant.

À Hon-dat, ce cinquième de janvier 1769

Mon cher Nicolas,

Vous avez dû être surpris de mon mystérieux départ en septembre 1765. Appelé au dur et fécond labeur de l'apostolat, je n'ai prévenu ni famille ni amis, au premier rang desquels vous demeurez, connaissant ma faiblesse et leur amitié. Il m'en a beaucoup coûté de prendre ce parti sans vous en avertir.

Je me suis embarqué à Lorient sur un des navires de la Compagnie des Indes. Je suis arrivé à Hon-dat, petite île du golfe du Siam, après bien des aventures que j'espère vous conter un jour. Au début de janvier 1768, les Siamois nous ont envahis et j'ai eu le bonheur de passer le saint temps du carême en prison, condamné à la cangue, c'est-à-dire portant au cou une échelle d'environ six pieds. J'y ai attrapé une fièvre de quatre mois dont je suis pour l'heure guéri.

Je prie le Seigneur qu'il me fasse la grâce de rentrer bientôt en prison et d'y souffrir et mourir pour son saint nom. Souvenez-vous de moi qui ne vous oublie pas.

Pierre Pigneau
miss. apost.

Que pesaient ses propres tourments au regard d'une telle foi et d'une aussi sublime abnégation ? Nicolas mesura soudain à quel point cet ami des premiers temps lui manquait. Il héla une vinaigrette[10] et décida de se faire conduire au Grand Châtelet. Semacgus patienterait bien jusqu'à son retour. Il voulait s'entretenir avec Bourdeau pour lui confier diverses missions destinées à vérifier les constatations faites au cours de sa perquisition de la maison Galaine. Mais l'inspecteur était introuvable et le père Marie, ahuri, lui fit remarquer que c'était dimanche, jour de Pentecôte, et qu'en cette fête carillonnée Bourdeau se consacrait à sa nombreuse famille. Déçu, Nicolas reprenait le chemin de la rue Saint-Honoré quand il fut retenu par la manche de son habit par Tirepot.

— Te sauve pas, Nicolas ! Tu vas pouvoir rebaudir[11], j'ai travaillé pour toi. Bourdeau m'avait décrit votre sauvage. Je le connais bien. Pas difficile à repérer avec son drôle d'accoutrement. Il avait coutume de musarder dans le quartier avec sa figure ombreuse.

— Avant le jour de la fête place Louis-XV ?

— Bien avant ! Durant des mois. Un flandrin comme ça, tu parles qu'on le rate pas. Le soir de la catastrophe, je l'ai vu deux fois.

— Deux fois ?

— Comme je te le dis, et pas au même endroit.

— Cela n'a rien d'extraordinaire.

— Tu plaisantes ! Si je te vois au bord de la Seine, immobile près du parapet, et que je te croise vers la ville et qu'à cent toises, je te voie marcher sur moi, je suis autorisé à penser que tu es un fantôme qui joue à cligne-musette[12] ou que vous êtes deux. Si tu trouves ça normal, je m'incline bien bas devant ta judicière.

Il s'inclina et les deux seaux qu'il portait suspendus en équilibre sonnèrent sur le pavé.

— Bon, soit. Il était seul ?

— Non, la première fois avec une fille en guenille, et la deuxième avec une fille en jaune. Et c'est pas tout. Le même soir, des habits bleus — des gardes françaises, quoi —, qui fréquentaient mes seaux pour avoir trop fessé la bouteille, devisaient gaiement. Ils décrivaient le sauvage et son chapeau, entraînant une égueulée en robe jaune pâle dans une grange à foin près des jardins des religieuses de la Conception. Pour sûr, disaient-ils en riant, il avait basculé la poulette dans la paille et devait prendre du bon temps.

— Une égueulée ? Qu'est-ce à dire ?

— Paraît qu'elle se débattait et qu'elle ne se lassait pas de hurler des injures.

Nicolas réfléchissait, les idées se bousculaient dans sa tête. Il tenait là un premier fil d'Ariane qui lui permettrait, peut-être, de sortir du lacis des présomptions pour trouver des preuves. Les remarques et le dessin de Geneviève, dépourvus de sens au premier abord, prenaient soudain un autre poids, une signification particulière. Il fallait serrer la vérité, la circonscrire, la réduire à des faits précis inscrits dans l'écoulement du temps, puis recouper, comparer et finalement découvrir.

— Jean, reprit Nicolas, à quelle heure la première apparition ?

— Je suis pas trop sûr, mais, en tout cas, avant le feu d'artifice, et comme je sens que tu vas me demander la deuxième, je dirais quelques instants après.

— Es-tu certain que ce n'était pas la même personne ?

— Non, non ! Le premier sauvage était plus petit que le second.

— Bon, je résume. Tu as vu deux individus ressemblant au sauvage accompagnés de deux filles habillées différemment. Tu m'assures que ce ne pouvait être les mêmes. Et les gardes françaises ? À quelle heure ontils eu recours à tes services ?

— Après la fête. Le bruit courait déjà que ça n'avait pas fusé trop bien sur la place. Mais je crois surtout qu'ils évoquaient une égrillardise qui datait déjà. À ce moment-là, il était deux heures avant minuit, tout au plus.

— Merci, Jean. Tout cela me sera fort utile.

En lui serrant la main, il lui glissa un écu de cinq livres qui fit grimacer Tirepot de plaisir. Nicolas poursuivit son chemin. Quel malheur, songeait-il, que Miette n'ait pas repris connaissance et qu'il soit impossible de l'interroger ! Il lui avait bien été précisé qu'elle accompagnait sa jeune maîtresse à la fête. Que s'était-il passé ? Et que dissimulait cet imbroglio insensé qui doublait les apparences de Naganda, alors que lui-même était drogué dans sa soupente et qu'on lui avait volé ses vêtements ?

Nicolas s'accorda un certain temps avant de rejoindre les *Deux Castors*. Il avait besoin de faire le vide en lui afin de permettre à sa réflexion de mieux intégrer les éléments confus et contradictoires que l'enquête ne cessait de lui apporter.

Quand il arriva rue Saint-Honoré, la famille Galaine s'apprêtait à souper. Il déclina l'invitation du maître de maison, tout en le rassurant sur la continuité de la pension qu'il lui versait. Il retrouva Semacgus dans la chambre de Miette. Le chirurgien de marine s'interrogeait sur la nature d'une torpeur qu'il était dans l'impuissance de dissiper. Il confia Cyrus à Nicolas et l'avertit, goguenard, qu'il comptait passer la soirée, et sans doute la nuit, chez la Paulet, au *Dauphin couronné*. Ainsi ne serait-il guère éloigné et il accourrait aussitôt si Nicolas l'envoyait chercher.

Dans sa chambrette, le commissaire considéra les restes du repas apporté par Semacgus. Il n'avait pas faim et en fit profiter Cyrus, à qui il versa aussi un peu d'eau dans une écuelle. Heureusement, son ami avait songé à lui apporter des bougies de bonne cire. Dès que le jour tomba, il les alluma, se déshabilla et s'allongea sur la couchette afin de se consacrer à la lecture. M. de Sartine l'autorisait à emprunter des livres dans la bibliothèque de l'hôtel de Gramont, privilège d'autant plus précieux qu'il collectionnait les ouvrages interdits ou saisis. Il se plongea dans l'*Essai sur les gens de lettres et sur les grands* de d'Alembert. Le philosophe y opposait les vaines prétentions de la noblesse et du sang aux vertus du talent et de l'égalité. Pour lui, la société devait désormais êtrc organisée autour du progrès de la science et du commerce. Bientôt, le livre lui tomba des mains. Il entendit les Galaine rejoindre leurs chambres respectives. Il revécut sa journée et songea au pauvre visage ravagé du père Grégoire, auquel son esprit fatigué surimposa soudain celui du roi. Lui aussi avait bien vieilli. Les chagrins ne lui manquaient pas. La piété de sa fille Louise venait de lui inspirer le projet de se retirer chez les carmélites. En avril, elle avait cédé à sa vocation et, avec l'agrément de son père, s'était enfermée dans le couvent de Saint-Denis, se séparant de tout ce qui pouvait tenir au monde et à sa dignité. Le chagrin du roi, selon La Borde, perdurait, et seules les fêtes du mariage de son petit-fils l'avaient quelque peu atténué, mais la catastrophe du 30 mai risquait de le ranimer.

Cyrus s'était hissé sur le matelas et dormait, confiant, une patte sur la jambe de son ami ; Nicolas l'écarta avec douceur. Avant de s'endormir, il lui restait une dernière chose à faire. Il prit une boîte de poudre à perruque dans son nécessaire de toilette et, sur la pointe des pieds, ouvrit la porte de son réduit, sortit dans le corridor et répandit une demi-circonférence de la substance tout autour de l'entrée. Ainsi, si l'on voulait vraiment lui jouer un tour, le coupable laisserait les empreintes de ses pas. Il regagna son lit et observa les mêmes précautions que la veille contre l'engeance rampante et piquante. Bercé par la calme respiration de Cyrus, il s'endormit aussitôt, non sans avoir au préalable récité les prières de son enfance apprises de la bouche du chanoine Le Floch et de sa nourrice. Celle-ci lui avait conseillé de ne jamais les oublier, sous peine de donner prise au démon.

Lundi 4 juin 1770, trois heures du matin

Des coups violents frappés à la porte le firent se dresser sur son séant. Haletant et en sueur, il écoutait le silence revenu, attentif au moindre mouvement suspect. Mais ce qui le fit encore davantage frissonner, ce fut le pauvre Cyrus, réveillé lui aussi, et qui tremblait de peur en poussant de plaintifs gémissements. Le doute n'était plus possible. Au moment où Nicolas commençait à se ressaisir, une volée de coups retentit. Il se produisit une série de bruits désordonnés, rumeurs claquantes, sifflantes et raclantes qui laissèrent soudain la place à un cri sourd qui se transforma à son tour en un rire moqueur. Nicolas battit le briquet et alluma sa bougie, puis se dirigea d'un pas décidé vers la porte qu'il ouvrit. Personne. Il s'accroupit pour éclairer l'entrée de la chambre : la couche de poudre était intacte. Derechef, il entendit à l'intérieur de la pièce comme un bruit de tempête, et il reçut le pauvre Cyrus dans les jambes. Le chien, fou de terreur, cherchait une issue pour s'enfuir. Il s'aplatit sur le sol et s'oublia. Puis, Nicolas sentit comme un vide : les présences responsables de ce tumulte s'étaient éloignées. Le monde extérieur reprit ses droits et, dans le jardin voisin, un oiseau de nuit jeta un cri qui résonna comme une libération. Devait-il faire chercher Semacgus ? Il doutait que celui-ci fût davantage convaincu par ces nouveaux phénomènes ; il se contenterait de morigéner à nouveau Nicolas en émettant des vérités premières sur la faiblesse de l'esprit humain et les lumières de la raison.

Nicolas se recoucha, mais ne put se rendormir. Vers cinq heures, un cri bestial retentit dans la maison. Il se rhabilla en hâte et gagna la chambre de Miette, suivi par les hommes de la maison. Devant la porte, ils trouvèrent Marie Chaffoureau étendue sur le sol, sans connaissance. Dans la chambre elle-même, la Miette, quasiment nue, sa paillasse ondulant à quelques pouces du sol, paraissait subir des tortures insupportables. Complètement muette et la bouche grande ouverte, elle se déchirait avec les ongles et, les lèvres couvertes de bave, se débattait avec une force inouïe contre un adversaire invisible. Nicolas, Charles Galaine et son fils se précipitèrent. Ils luttèrent longtemps, au risque de se faire éborgner eux-mêmes, pour empêcher la jeune fille de se blesser à la figure ou à la poitrine. Aussitôt qu'on lui saisissait un membre, il se raidissait et devenait dur comme une barre de fer ; à peine était-il lâché qu'il retrouvait toute sa souplesse. Elle finit cependant par retomber dans son immobilité première. Nicolas constata avec stupeur que la sueur et la bave dont elle était recouverte refluaient et disparaissaient comme les flots de la marée au jusant, ou comme l'eau qui s'évapore d'un plat chauffé à blanc. Il posa la main sur un des bras et dut la retirer aussitôt : c'était un brasier. La sensation s'apparentait à celle d'une froideur brûlante, comme celle ressentie l'hiver quand on a laissé la main trop longtemps sur la glace d'une mare. La respiration de la Miette, au bord de la suffocation durant le paroxysme de la crise, retrouvait un rythme normal.

À bout de forces, les assistants reprenaient, eux aussi, leur souffle. Le fils Galaine frappa Nicolas par son apparence de bête traquée ; il ne cessait de regarder autour de lui comme s'il appréhendait d'être l'objet d'on ne savait quelle agression. Nicolas s'apprêtait à prendre de nouvelles dispositions, estimant que, la crise du matin terminée, rien ne devrait se passer tout de suite et que la Miette, prostrée, attendrait l'aube du prochain jour pour se manifester, si toutefois son état devait se maintenir. Ainsi en allait-il de certaines fièvres tierces ou quartes dont les accès frappaient à intervalles réguliers.

Il s'apprêtait à porter secours à la cuisinière toujours évanouie, quand la Miette releva la partie supérieure de son corps à angle droit, les deux bras tendus devant elle. Ses paupières s'ouvrirent avec lenteur, comme celles d'un automate de M. de Vaucanson. Sa tête pivota latéralement, par à-coups, comme mue par un invisible mécanisme intérieur. Les yeux aux pupilles dilatées apparurent à Nicolas avoir changé de couleur ; le bleu-gris terne dont il avait le souvenir avait pris une teinte verte, mordorée, profonde, semblable au liquide des cornues du père Grégoire, et dans laquelle flottaient d'inquiétantes paillettes pourpres. Le mouvement de la tête s'arrêta soudain ; le regard, d'une intensité éprouvante, s'était fixé sur Nicolas. Devant les trois spectateurs stupéfaits, la langue de la jeune fille sortait en un mouvement reptilien, s'allongeait démesurément avant d'être sinueusement ravalée dans la gorge. Nicolas se souvint d'un autre regard et, comme si le souvenir avait déclenché un irrésistible engrenage, il entendit avec horreur la Miette proférer, d'une voix d'homme, des paroles qui le figèrent d'effroi.

— Alors, monsieur le Breton, je vois que tu m'as reconnu ! Oui, tu ne rêves pas, ce sont bien les beaux yeux verts, mes yeux de couleuvre, comme tu le pensais il y a neuf ans, dans l'escalier du Châtelet. Oui, tu peux frémir ; c'est bien moi que ton épée a transpercé[13].

Nicolas résista à l'envie de s'enfuir et de mettre ses mains sur ses oreilles pour ne plus entendre cette voix sarcastique venue d'outre-tombe. C'était la voix de Mauval, le sicaire au visage d'ange du commissaire Camusot, que Nicolas avait tué en état de légitime défense dans le salon du *Dauphin couronné*. Il eut la force de crier :

— Qui es-tu ?

— Ah ! ah ! *antichristos*, la contrefaçon de l'agneau ! Celui qu'ont annoncé Irenée, Hippolyte, Lactance et Augustin.

— Tu es un démon ?

— *In Ja und Nein bestehen alle Dinge !*

— Je ne comprends pas cette langue, dit Nicolas.

— C'est de l'allemand, dit Charles Galaine d'une voix éteinte. Cela signifie que « toutes choses consistent en oui et non ».

— Au nom de Notre-Seigneur, fit Nicolas en se signant, retire-toi !

Il se souvint un peu tard des conseils du père Grégoire quant à la prudence qu'il convenait d'observer avec ces entités. Or, tout portait à croire que ce qui parlait par la voix de la Miette appartenait à l'ordre des choses indicibles. La Miette oscilla comme une statue qu'on ébranle et cracha un long trait de bave. Nicolas, fasciné malgré tout ce qu'il éprouvait, comprit que la « chose » se modifiait, que la pauvre défroque de la servante allait servir, comme un habit cédé à un fripier poursuit son existence sur des dos différents, à abriter une autre apparence fallacieuse.

— Tu me menaces, prononça une autre voix d'homme, comme tu m'as un jour bravé, toi qui as tenté de séduire ma fille, ta propre sœur.

Nicolas fléchit sur ses genoux : la Miette parlait désormais avec la voix de son parrain, le marquis de Ranreuil, son père.

— Oui, ton père, reprit la voix impitoyable. Et l'homme qui te prête le chien, je le vois frappé, à ta place.

Après ce dernier trait, la Miette retomba. Ils demeurèrent de longs instants immobiles, incapables de se regarder ou de dire un mot. Nicolas ne cessait de s'interroger ; pourquoi cette « chose » — il ne pouvait plus la nommer autrement — s'en prenait-elle à lui, dévoilant des secrets de sa vie passée que lui seul connaissait, qu'il conservait enfouis au fond de son cœur comme une blessure toujours ouverte ? Il devinait vaguement que toute cette frénésie devait être liée à sa visite au père Grégoire, que la créature qui s'exprimait par l'intermédiaire de l'enveloppe corporelle de la Miette avait reconnu en lui son principal adversaire, celui par lequel surgirait peut-être le trait fulgurant destiné à la rejeter dans les ténèbres extérieures. Il frémit de la malédiction lancée contre le vieux procureur de la rue Montmartre, son ami et son hôte.

Un bruit de voix et des pas précipités provenaient de l'escalier ; ils s'y jetèrent tous. Un vieil homme montait vers eux, suivi de Mme Galaine. Ses cheveux blancs ébouriffés, la respiration sifflante et la livrée en désordre, Poitevin, le vieux valet de M. de Noblecourt, tomba dans les bras du commissaire.

— Oh ! monsieur Nicolas, Dieu soit loué, je vous trouve ! On a assassiné M. de Noblecourt.

VIII

CHRISTOPHE DE BEAUMONT

Mar quirit pidi evidomp
Birniquen collet ne vezomp

Si tu veux bien prier pour nous
Nous ne périrons jamais

ANONYME BRETON

Nicolas s'efforça de maîtriser l'émotion qui le submergeait. Lui, quelquefois si pusillanime dans la prémonition des événements à venir, dans la construction dramatique des conséquences, possédait au plus haut point le sang-froid et la rapidité de décision qui s'imposent dans les graves occurrences. Après l'avoir laissé reprendre souffle, il interrogea Poitevin. M. de Noblecourt était sorti très tôt, accoutumé à faire sa marche matinale, depuis que M. Tronchin, son médecin de Genève, lui avait prescrit cet exercice destiné à combattre son embonpoint et à fluidifier ses humeurs. À peine avait-il franchi la porte cochère que plusieurs individus — le détail de l'agression avait été rapporté par le mitron de la boulangerie du rez-de-chaussée — s'étaient jetés sur lui, le rouant de coups. M. de Noblecourt s'était effondré et sa tête avait heurté une borne. Le mitron ayant donné l'alarme, on avait porté le vieux magistrat dans sa chambre et appelé un docteur du voisinage. Catherine avait demandé à Poitevin d'aller quérir en voiture Nicolas, rue Saint-Honoré. Il était dans l'incapacité de donner de plus amples détails sur l'état de son maître et suppliait M. Nicolas de venir à son chevet.

— Il va t'accompagner sur-le-champ ! s'écria une voix forte.

Semacgus venait de faire son entrée. Il s'inclina devant Mme Galaine qui le considérait avec irritation.

— Mille pardons, madame, je me suis cru autorisé d'entrer, la porte étant ouverte.

Il se tourna vers Nicolas.

— J'ai jugé bon, après les occupations heureuses de la nuit, de venir vérifier si les vôtres vous avaient tout autant satisfait.

Nicolas l'entraîna à l'écart.

— Guillaume, la nuit a dépassé tout ce que je vous ai conté hier. Vacarme dans ma chambre et crise terrible de la Miette. Elle a parlé avec la voix des morts.

— Des quoi ? Que me chantez-vous là ?

— Je n'ai guère le temps de vous détailler la chose. Qu'il vous suffise de savoir que par la voix de cette servante, Mauval — vous vous souvenez ? — et mon père, le marquis de Ranreuil, m'ont parlé ! Et de surcroît, ces voix ont révélé des secrets connus de moi seul.

— Diable ! Diable ! fit Semacgus. Quel mistigri vous a-t-on repassé là ! Et Cyrus, au fait ?

— Il en a éprouvé une peur extrême. Je n'ai pas le temps d'en discuter. Je dois aller rue Montmartre. Je vous demande de rester ici. Je crois qu'en premier lieu la cuisinière requiert vos soins ; nous l'avons trouvée sans connaissance. Pour la Miette, la journée est calme, d'habitude. Eh oui, nous en sommes à l'habitude !

— Comptez sur moi, dit Semacgus, courez chez notre ami, je suis tout aussi impatient que vous de connaître son état.

Nicolas annonça aux Galaine son absence momentanée et les pria de s'en remettre au docteur Semacgus pour tout ce qui intéressait l'état de la Miette. Charles Galaine parut vouloir lui parler, mais se ravisa. En bas de l'escalier, Nicolas heurta la petite Geneviève, assise sur la dernière marche dans sa longue robe de nuit.

— La Miette est bien méchante, dit-elle. Elle m'a réveillée. J'ai eu très peur avec ses cris.

— Ma foi, vous écoutez et entendez tout, ici !

— Ce serait difficile de ne pas l'entendre.

— Vous êtes une petite fille très intéressante, mais je dois vous quitter.

— Tu as tort ; je connais des choses. Tu les sauras pas, tu les sauras pas !

Nicolas hésita, partagé entre l'urgence de l'heure et le risque de passer à côté d'informations utiles.

— Écoutez, si vous connaissez des choses, je vous écoute, et tout cela restera entre nous.

La précision était habile, mais il ressentait avec amertume la tromperie de son propos.

La petite se leva, se haussa et glissa à l'oreille de Nicolas :

— Voilà, j'ai entendu. J'ai entendu la Miette dire à Élodie qu'elle ne voulait pas s'engeancer d'un fardeau qui la ferait jeter dehors si on venait à le découvrir.

— Et alors ? Qu'a répondu Élodie ?

— Qu'il y avait moyen d'y pourvoir et qu'elle l'y aiderait.

— Et ensuite ?

— C'est tout. Quelqu'un est venu et je me suis sauvée.

— Et vous ne l'avez dit à personne ?... À vos parents ?

— Non... non.

Il perçut une hésitation chez l'enfant.

— Oui, je comprends, mais vous me devez tout dire.

— Je l'ai dit à tante Camille et à papa.

Elle parut contrite d'avoir laissé échapper cet aveu.

— C'est bien naturel, la rassura Nicolas. Y a-t-il autre chose ?

— Élodie, elle mangeait beaucoup. Elle emportait des choses dans sa chambre, même que ça attirait les souris. Elle grossissait beaucoup, beaucoup. Je l'ai vue un jour en jupons. Elle m'a frappée en me menaçant si j'en parlais.

— Et tu en as parlé ?

— Oui, à papa.

— Et la pelle ? demande Nicolas, qui savait choisir le moment opportun qui surprend le témoin.

Effarée, la petite rougit jusqu'à la racine des cheveux.

— C'est toi, méchant, qui a pris mes dessins !

— La question n'est pas là. Vous dessinez très bien. Que représente ce personnage qui tient une pelle ?

Elle hésita un court moment et se jeta à l'eau.

— C'est le sauvage. Je le préfère sans sa tenue, tu sais, sans son manteau et son chapeau. Autrement, on ne voit plus son visage et cela me fait peur. Une nuit, j'ai entendu le bois craquer.

— Le bois ?

— Le parquet. J'ai ouvert la porte et suis allée voir en glissant. Le sauvage descendait vers le rez-de-chaussée, un paquet à la main, en manteau et en chapeau, et avec une grande pelle.

— Mais il faisait nuit noire !

— Non, la lune éclairait l'escalier.

— Vous l'avez suivi ?

— Ah ! non, j'étais trop effrayée. Je suis vite rentrée dans ma chambre. Déjà que je l'avais entendu souffler avec Élodie. Sûr qu'il lui faisait mal, elle gémissait.

— Quand cela ?

— Un après-midi, ils soufflaient très fort tous les deux.

Nicolas n'insista pas, mais il se devait d'éclaircir un détail.

— La nuit de la pelle, c'était quand ?

— La nuit.

— Oui, je sais, mais par rapport à aujourd'hui ? Il y a deux jours, une semaine, quinze jours ?

— Je crois… je crois une grosse semaine.

— Merci, Geneviève, dit Nicolas. Vous m'avez été très utile, mais il faut me promettre de ne parler de notre conversation à personne.

— Même à tante Camille et à papa ?

— Même à eux. À personne. Je ne voudrais pas que quelqu'un d'autre vous écoute comme vous le faites quelquefois vous-même. Comprenez-vous ? C'est très dangereux.

Lentement elle abaissa la tête à plusieurs reprises en reniflant. Nicolas songea que l'innocence de cette enfant était déjà bien compromise, mais s'agissait-il encore d'innocence ? Cette maison était tellement emplie de délires et de faux-semblants qu'on pouvait s'attendre à tout. Poitevin trépignait à la porte ; ils s'engouffrèrent aussitôt dans la voiture. Il observa que les deux gardes françaises en faction n'avaient pas été remplacés. Estimait-on que cette protection recelait plus de périls que de sûreté et qu'elle attirait l'attention du peuple ? Apparemment, les désordres de la nuit n'avaient pas dépassé cette fois les frontières du domestique. Le quartier demeurait paisible et se réveillait sans trouble ni interrogation. Nicolas ne se faisait d'ailleurs guère d'illusions : le *tu* et le *dissimulé* finiraient par franchir les murs de la demeure et bientôt la rumeur gonflerait les inquiétudes et ensuite nourrirait la colère contre l'inconnu qui le menaçait. Rien ne saurait demeurer secret dans la capitale du royaume. Il savait que tout était vite surpris dans des maisons trop ouvertes et trop transparentes, qui laissaient sourdre tout le détail des intérieurs et des intimités. Le *dehors* et le *dedans* s'entremêlaient sans limites clairement marquées.

Les révélations de Geneviève s'imposèrent de nouveau à sa réflexion ; elles le laissaient pantois[1]. Si elles étaient exactes, de nouvelles pistes s'ouvraient. Mais rien ne pesait encore sur le fléau de la balance dans un sens ou dans un autre. Les membres de cette famille — y compris le commis et Naganda qui n'en faisaient pas partie — paraissaient tous, sans exception, susceptibles d'alimenter soupçons et présomptions. De sa conversation avec l'enfant, il découlait que Naganda et Élodie pouvaient avoir été amants et que le Micmac jouait un rôle central dans le drame de la rue Saint-Honoré.

Le mal de tête le gagnait. Il était urgent de laisser reposer tout cela, comme le levain dans la pâte. Il respira profondément et Poitevin, sensible à son malaise, lui pressa amicalement le bras. Il semblait croire que la simple présence de Nicolas réglerait la question, que le salut de son maître en dépendait. Nicolas frappa au fenestreau pour faire presser le cocher. Les abords de la halle commençaient à se remplir de peuple. Ils tournèrent si brutalement à l'angle de la rue des Prouvaires que le coffre se souleva avant de retomber et que le vieux serviteur fut précipité sur Nicolas.

Rue Montmartre, Nicolas bondit du fiacre, laissant à Poitevin le soin de régler la course. Il fut reçu comme un sauveur par Marion et Catherine éplorées qui n'osaient monter dans la chambre de M. de Noblecourt où se trouvait le docteur Dienert qu'on était allé chercher, rue Montorgueil. Ce médecin, régent de la faculté de médecine de l'université de Paris, était des plus réputés. Mais, pour Nicolas, les titres ne faisaient rien à la chose et son expérience de la profession lui laissait toujours craindre le pire. C'est avec appréhension qu'il s'approcha de la chambre. Ce qu'il vit en entrant le rassura aussitôt. M. de Noblecourt, sans perruque ni chapeau, était assis dans son fauteuil préféré. Une bande de tissu taché de sang lui enveloppait le crâne. L'air hilare, il trinquait d'un verre qu'au vu de la bouteille Nicolas sut être du malaga, avec un personnage bedonnant, rougeaud et bonhomme. Quand il vit Nicolas, le vieux procureur le désigna d'une main.

— Voilà M. le commissaire Le Floch, je suis sauvé ! Comme vous voyez, Nicolas, tout ceci n'est qu'une mauvaise plaisanterie. Après les pieds, la tête, je m'en vais doucement, goutte à goutte.

— Nous le garderons, il gausse, dit une autre voix, celle d'un homme en retrait que Nicolas n'avait pas remarqué et en qui il reconnut son collègue Fontaine, l'un des commissaires du quartier.

— Oh ! dit Noblecourt, c'est une équivoque que j'ai empruntée à M. le marquis de Bièvre[2] ! Je l'ai entendu lire des extraits de sa grande pièce *Vercingétorix*, qu'il écrit « Vercingétorixe » afin, dit-il, qu'on ne le prononce pas comme « perdrix ». C'est le grand spécialiste du calembour. Et que dites-vous de ces deux vers que je m'applique bien volontiers ?

Je sus comme un cochon résister à leurs armes
Et je pus comme un bouc dissiper vos alarmes.

« C'est exécrable, je le crois bien, mais c'est l'excès de mauvais goût qui me réjouit. Allons, ne faites pas cette tête, Nicolas, je ne divague pas sous mon turban. Je sais que je l'ai échappé belle, j'en suis bien conscient.

— Vous prenez tout cela trop à la légère.

— Vous préféreriez que je le prenne à la lourde ? J'ai toujours rêvé une vie aventureuse : militaire, corsaire ou commissaire, mais, hélas, je n'ai jamais donné l'assaut qu'à des dossiers et n'ai jamais tranché que des gigots. Enfin, il m'arrive quelque chose ! À mon âge ! Je consens à offrir en sacrifice quelques palettes de mon sang.

— Il suffira, dit le médecin, de cette potion pour vous rétablir, et de quelques onctions de graisse de castor camphrée pour les bleus dont vous êtes couvert.

Le médecin offrit un verre à Nicolas.

— Mais vous, monsieur le commissaire, buvez cela. Par ma foi, vous êtes plus pâle qu'un procureur assommé !

— Je reconnais bien là son affection, dit Noblecourt en riant. Cela est bien plaisant de mourir pour de faux ; on reconnaît ses amis. Mon cher Nicolas, je vous promets de vous avertir le cas échéant.

— Nous n'allons pas vous fatiguer. Il vous faut du repos et du calme pour savourer votre… médicament. Je dois repartir, mais je souhaiterais, Fontaine, m'entretenir avec vous, si vous le voulez bien. Docteur, je vous salue et je vous confie notre ami.

M. de Noblecourt agita la main avec gaieté et tendit son verre vide au docteur Dienert, ravi de cette affaire qui l'autorisait, avec la bénédiction de la faculté, à renouer licitement avec des gourmandises que sa goutte proscrivait.

Sous la voûte de l'entrée, Nicolas informa le commissaire de ce que lui avait confié Poitevin. Il alla frapper à la porte du fournil et revint avec un mitron d'une douzaine d'années, pieds nus, tout enfariné, et embarrassé de ses mains couvertes de pâte à pain.

— Jean-Baptiste, commença Nicolas, Poitevin m'a dit que tu avais été témoin de l'agression contre M. de Noblecourt. Peux-tu nous conter cela ?

— J'attendais Pierre qui avait du retard. C'est le garçon boulanger…

Le gamin s'arrêta et regarda derrière lui pour s'assurer que personne ne les écoutait.

— Il arrive toujours ivre le matin, et je le conduis à la pompe pour le réveiller. Enfin, je l'attendais. J'ai entendu la porte de l'escalier s'ouvrir. À cette heure matinale, j'ai bien cru que c'était vous, monsieur Nicolas, qui descendiez. Or, c'était le vieux monsieur qui chantait à mi-voix. À ce moment, trois hommes ont jailli de l'ombre. Ils l'ont frappé à coups de canne. Le vieux monsieur les a cramponnés. Ils l'ont repoussé et il est tombé sur cette borne.

Il la désigna du doigt.

— Il semblait mort. Celui qui les commandait et qui avait un uniforme leur a dit : « Bon Dieu, c'est pas le bon ! C'est pas le commissaire. »

Nicolas fureta tout autour de l'entrée, une main dans sa poche. Soudain, il se baissa et ramassa quelque chose sur le sol. Il tendit au commissaire Fontaine un petit objet brillant.

— Ceci pourrait bien appartenir à l'un des agresseurs. Noblecourt l'aura sans doute accroché et arraché en tombant.

— Curieuse chose. Avez-vous idée de ce que cela peut être ?

— Oh ! Une sorte d'ornement, de parure... Jean-Baptiste nous parlait d'un uniforme.

Fontaine rendit l'objet à Nicolas.

— Je présume, mon cher confrère, qu'il vous revient de suivre cette affaire ? Elle vous concerne à plus d'un titre. Il y a eu erreur sur la personne, et c'est vous qui étiez visé.

— Vous êtes trop aimable, je vous en remercie. Je vous tiendrai au courant.

— À charge de revanche, et saluez M. de Sartine de ma part.

Nicolas sourit. On lui prêtait une influence dont il n'avait pourtant jamais usé, ni au bénéfice ni au détriment de ses collègues. Il remonta dans le fiacre qui avait attendu et ordonna qu'on le conduisît rue Neuve-Saint-Augustin, à l'hôtel de police. Rassuré sur l'état de M. de Noblecourt, il devait maintenant voir le lieutenant général de police, lui expliquer les circonstances et le convaincre d'obtenir l'aval du roi afin que soit saisi l'archevêque de Paris et mis en branle le processus qui conduirait l'Église à décider des mesures rituelles contre un cas de possession avéré. La nature même de sa pensée le frappa, comme si son propre siècle, celui de Voltaire et des encyclopédistes, se dissipait soudain en illusions, rejetant la ville et ses habitants dans des temps révolus. Et pourtant, il n'avait pas rêvé ce qu'il venait de vivre rue Saint-Honoré. Ses muscles lui faisaient encore mal des efforts prodigués pour maîtriser la Miette sur sa paillasse soulevée.

Il revint sur l'attentat perpétré contre le vieux procureur. Tout cela coulait de source. Le major Langlumé lui vouait une solide rancune, sans aucun doute accrue par les premières conséquences de l'enquête sur la catastrophe de la place Louis-XV, et il avait décidé de se venger. Nicolas avait feint de trouver par terre le ferret recueilli dans la serrure de la porte des combles de l'hôtel des Ambassadeurs Extraordinaires. La fureur qui le soulevait à la pensée que l'inoffensif Noblecourt se trouvait mêlé à cette affaire et y avait risqué sa vie lui avait inspiré ce tour de bonneteau qu'une candide morale réprouvait. Sa seule justification résidait dans l'impossibilité de confondre Langlumé d'une autre manière. N'empêche, il devait se souvenir, afin de ne point se charger l'âme d'un remords inutile, que M. de Noblecourt avait échappé de peu à la mort et que si sa tête avait frappé un peu plus durement la borne, c'eût été d'un crime que le major des gardes de la Ville aurait eu à répondre.

Tout alla très vite. À l'hôtel de police, Sartine était absent et ne reviendrait que le lendemain à Paris. Nicolas récupéra le hongre prêté par la grande écurie de Versailles et qu'aucun coureur disponible n'avait encore reconduit. Il prit le temps d'écrire une courte note à Bourdeau pour le charger de diverses missions. Il franchit ensuite la Seine jusqu'aux Carmes déchaux, où il conta au père Grégoire horrifié les péripéties de la nuit passée. Convaincu par son récit, celui-ci rédigea un billet destiné à l'archevêque de Paris, dans lequel il lui recommandait Nicolas et se portait garant de la sincérité de ses propos. Il bénit une nouvelle fois Nicolas avant de se mettre en prières devant la Vierge de marbre blanc, orgueil du sanctuaire.

Nicolas rejoignit la route de Versailles par Meudon et Chaville à travers bois et jaillit sur la place d'Armes sur le coup d'une heure. Il était aussi fourbu que sa monture qui, écumante, hennissait de plaisir à retrouver son écurie. Après l'avoir confiée à un palefrenier, il se dirigea aussitôt vers l'aile des Ministres, persuadé que M. de Sartine devait y travailler avec M. de Saint-Florentin, ministre de la Maison du roi. Il ne s'était pas trompé, un commis lui confirma la chose au milieu du vacarme des solliciteurs venus en foule dans l'espoir d'une audience ou d'un mot bref accordé entre deux portes. Nicolas était réputé comme apprécié du ministre et tous les barrages s'ouvrirent devant lui. Après une courte attente, il fut introduit. M. de Saint-Florentin et le lieutenant général de police, accoudés à une petite table à jeu, examinaient une pile de documents dans lesquels Nicolas reconnut les rapports de la haute police sur les étrangers séjournant à Paris.

— Comment, comment, dit M. de Saint-Florentin, voilà notre bon M. Le Floch ! Je suppose vraiment, vraiment, que vous ne nous dérangez pas pour rien ? Quel mauvais vent vous conduit ici ?

Nicolas savait rester clair tout en étant concis. Le ministre l'écoutait, le regard perdu dans le vague et le menton dans son poing. Sartine, en apparence impassible, ne parvenait cependant pas à maîtriser l'agitation de son pied droit.

— Ainsi, conclut Nicolas, je souhaiterais avoir licence et autorisation de saisir de ce cas exceptionnel Sa Grandeur, l'archevêque de Paris. Si je puis me permettre…

— Permettez, permettez.

— Si nous n'agissons pas ainsi, la chose n'étant déjà plus secrète, nous risquons de voir l'Église s'arroger le droit de régler l'affaire seule, sans contrôle.

— Bien vu cela, bien vu. Qu'en pensez-vous, Sartine ?

— J'ai tendance à penser qu'une fois de plus M. Le Floch prend les vessies pour des lanternes, mais comme chaque fois tout s'organise, au bout du compte, pour lui donner raison, j'incline à lui donner, si le roi l'ordonne, carte blanche sur cette affaire. De plus, ajouta-t-il avec un geste significatif, si cela tourne mal, nous n'aurons pas l'archevêque contre nous, car il sera obligé de faire front commun. Cette raison seule me convainc, car, pour le reste, je ne crois pas au diable et à toutes ces momeries. Cependant, si l'eau bénite les dissipe, il ne faut pas gâcher notre plaisir ! Toutefois, je me méfie du personnage. Souvenez-vous de l'affaire de la *Gazette ecclésiastique.*

— Je ne me souviens que de cela, mais rappelez-nous les faits pour l'édification — le mot est juste — de notre commissaire.

Nicolas se garda de dire qu'il avait déjà entendu son chef raconter l'affaire à de nombreuses reprises.

— C'est un fait, reprit Sartine, que j'avais trouvé le moyen de m'attacher un écrivain employé par cette feuille périodique. Il m'apportait les épreuves d'imprimerie dans lesquelles il faisait rayer les passages trop satiriques. Mgr de Beaumont parvint à intercepter une de ces épreuves et découvrit mon affidé serviteur. Il fit demander au roi un ordre d'arrestation, l'obtint, et la lettre de cachet expédiée sur-le-champ lui fut remise. Il la fit exécuter à Paris par un huissier de son officialité. Je l'appris aussitôt et courus m'en plaindre au roi. Je lui avouai que c'était par l'entremise de la personne emprisonnée que l'on évitait que la *Gazette ecclésiastique* ne devînt, dans nos troubles religieux, un canal de fermentation tant parmi les jansénistes que dans le parti moliniste[3]. Je lui représentai surtout le danger qu'il pouvait y avoir à remettre dans d'autres mains qu'en celles du lieutenant général de police, qui en était regardé comme responsable, l'exécution des lettres de cachet dans Paris.

— À l'instant, à l'instant, le roi me fit appeler, intervint Saint-Florentin, et m'ordonna d'expédier une autre lettre de cachet afin de libérer le prisonnier, tout en me mandant de veiller à ce que, dans l'avenir, les exécutions de ses ordres fussent exactement observées dans les règles. Enfin, pour cette affaire-ci, nous avons pris une position qui me paraît de bonne politique. Reste à trouver le roi. Il chassait ce matin dans le grand parc. Je dispose de toute une ligne de relais en chaîne pour m'avertir à tout moment de son retour.

Il agita une petite sonnette. Un commis surgit, à qui il donna des instructions. Sans plus se préoccuper de Nicolas, il se remit à l'examen des documents que lui tendait Sartine. Il soulignait sa lecture par de brefs commentaires que le lieutenant général de police relevait la plume à la main. Ainsi, toute la vie secrète de la capitale était-elle passée en revue — en particulier la présence dans les garnis et les hôtels d'étrangers qu'on soupçonnait toujours d'avoir partie liée avec des puissances étrangères. Le commis revint et susurra quelques mots à l'oreille du ministre.

— Bon, bon, Sa Majesté passe la grille des Réservoirs. Je crois, dit-il en se levant, que nous pourrons lui glisser un mot au débotté.

En bas des escaliers, ils furent entourés par une nuée de solliciteurs qu'un huissier à verge tentait d'écarter d'un air gourmé. La tête de M. de Saint-Florentin disparut un instant sous une envolée de placets qui environnèrent sa perruque comme un vol de papillons blancs. La cour de Marbre franchie, ils pénétrèrent dans les grands appartements. Lors de sa première visite à Versailles en 1761, Nicolas avait emprunté le même parcours quasi initiatique. Il avait traversé cette jetée de marches, ce vestibule, ces longs corridors et ce dédale de couloirs, pour enfin parvenir, comme aujourd'hui, dans une salle de vastes dimensions qui donnait de plain-pied sur le parc. Elle s'emplissait peu à peu de courtisans, de garçons bleus et de valets portant des serviettes dans une nef d'osier. M. de La Borde les accueillit. Le roi approchait et une rumeur confuse de pas, de cris et d'avertissements solennels montait comme une marée, répercutée par les échos du palais. Le premier valet de chambre s'informa des raisons de cette apparition inhabituelle du ministre et de ses gens. Nicolas lui conta l'affaire en deux mots. La Borde fit la grimace ; Mme du Barry attendait son maître dans le petit cabinet. Il rappela à son ami que la nouvelle sultane était d'une autre trempe que la Pompadour, belle, jeune et plus *tempéramenteuse* que la Marquise. Elle attendait du roi des attentions que l'excitation de la chasse favorisait davantage que les suites alourdies des médianoches. Aussi, le roi n'aimait-il pas être dérangé à cette heure d'intimité privilégiée. La paisible conversation et les rafraîchissements d'antan avaient fait place à d'autres jeux. Le monarque apparut enfin, dans son habit bleu galonné d'or. Il se frappait la cuisse avec le manche de son fouet. Apparemment la chasse avait été bonne, il souriait. Mais Nicolas, une fois de plus, constata la voussure du dos. Marqué par ses soixante-dix ans, le roi, maintenant, portait vieux et ses proches s'inquiétaient des excès que la jeunesse ardente de sa maîtresse faisait éprouver à un organisme fatigué et usé.

Le cérémonial habituel commença à mesure que le calme revenait. Louis XV fit un signe à Saint-Florentin qui s'approcha et haussa sa petite taille afin de lui parler à l'oreille, assez longuement. Le roi cligna les yeux et regarda successivement le lieutenant général de police puis Nicolas, à qui il adressa une gracieuse mimique, de celles réservées au petit Ranreuil, reconnu au hasard des défilés de la galerie des Glaces, lorsque le cortège royal gagnait la chapelle Saint-Louis. Le ministre acheva son aparté. Le roi leva la main ; La Borde s'approcha pour prendre les ordres.

— Sa Majesté souhaite rester seule, dit La Borde en désignant le petit groupe composé du ministre et de ses deux adjoints.

La foule des courtisans hésita. Un sourd murmure plana sur l'assistance déconcertée. Le roi fronça les sourcils, l'air impérieux. Le flot se retira avec des regards curieux ou hostiles sur les privilégiés en faveur desquels l'habituel protocole était bouleversé.

— Toi, tu restes, dit le roi à un petit vieillard fardé perché sur ses talons rouges, en qui Nicolas reconnut aussitôt le maréchal duc de Richelieu. Là où il y a des diableries, tu as ta place réservée !

— Sire, les Bourbons ont toujours eu peur du diable, c'est de notoriété.

— Baste, reprit le roi, c'est qu'ils ne l'ont pas vu comme toi !

Le vieillard s'inclina en ricanant.

— Eh oui, messieurs, étant ambassadeur à Vienne, mon cousin[4] que voici et qui, notez-le bien, me représentait, eut la coupable fantaisie de se faire initier dans la société de quelques méchants nécromanciens qui promirent de lui montrer Belzébuth.

Le roi baissa la voix et se signa.

— Sire, le nommer c'est l'appeler.

— Tais-toi, libertin ! Il donna donc dans cette chimère, messieurs. Il y eut une assemblée nocturne, mais certains assistants parlèrent. L'affaire éclata, et Vienne tout entière se partialisa sur ce scandale. Or, Richelieu, le petit Ranreuil que voilà…

— Que je connais, fit le maréchal, souriant de toutes ses fausses dents.

— … a vu, de ses yeux vu, d'étranges manifestations et des crises de possession. Il me demande d'autoriser que l'archevêque de Paris ordonne un exorcisme. Qu'en dis-tu, Richelieu ?

— Je prétends qu'entre un cas avéré, laissé sans secours ni remède, et une tentative licite et autorisée par l'Église, mieux vaut choisir la seconde voie, si incertaine qu'en soit l'issue. Autrement, l'archevêque en embuscade va croquer le marmot[5] et s'essaiera à tout coup de nous damer le pion. J'ai eu semblable problème à régler en mon gouvernement de Guyenne. J'ai étouffé dans l'œuf, par l'eau bénite et la cire des cierges, la rumeur et l'émotion du peuple.

Le roi continuait à manier son fouet, il paraissait assailli de pensées contradictoires.

— Ranreuil, l'avez-vous vraiment vu ?

— Sire, je demande pardon à Votre Majesté, qui ?

— Le... enfin, votre paillasse ne bougeait pas toute seule !

— Je puis affirmer qu'elle flottait, agitée avec violence au-dessus du sol, et qu'on aurait pu y passer quatre mains dessous, que la jeune fille parlait latin et allemand, et que...

— Et que ?

— Que le marquis de Ranreuil, votre regretté serviteur, a parlé par sa bouche, évoquant des secrets de moi seul connus.

— Soit ! dit le roi. Puisqu'il nous faut en passer par là, je vous autorise à poser la question à l'archevêque. Saint-Florentin, faites le nécessaire, vous disposez de suffisamment de lettres signées en blanc. Que M. le commissaire Le Floch puisse avoir facile accès auprès de Sa Grandeur de Paris. Mais Ranreuil, vous me devrez un récit circonstancié, vous racontez si bien.

Sur cet aimable propos le roi leur tourna le dos, s'abandonnant aux mains de ses valets. Nicolas accompagna ses chefs dans l'aile des Ministres. M. de Saint-Florentin écrivit quelques mots sur un blanc-seing, le scella, puis moula soigneusement la suscription. La cire à peine sèche, il remit la missive sans un mot. Nicolas allait quitter la cour du château quand Sartine, essoufflé, le rattrapa. Son chef lui répéta qu'il souhaitait être tenu au fait de l'affaire et lui recommanda de veiller à la sagesse de ses initiatives en une conjoncture si délicate. D'évidence, pour Sartine, la collusion avec l'Église ne pouvait que conduire à des achèvements risqués même si les commencements portaient l'accord, rare, entre le pouvoir civil et le magistère spirituel. Il lui enjoignit de ne pas oublier pour autant, quelque prenante que soit cette crise, les retombées de l'enquête sur la catastrophe de la place Louis-XV. Nicolas saisit l'occasion d'informer son chef de l'agression perpétrée sur la personne de M. de Noblecourt. Elle scandalisa Sartine tant et si bien que Nicolas se crut autorisé à lui dévoiler l'affaire du ferret. Le lieutenant général demeura silencieux, considérant son adjoint avec curiosité. Nicolas ajouta qu'il était conscient d'avoir dépassé les bornes en oubliant ce que M. de Sartine lui avait inculqué lors de son entrée dans la police, à savoir « que, de son exactitude, dépendraient la vie et l'honneur d'hommes qui, fussent-ils de la plus basse canaille, devaient être traités selon les règles », et qu'en conséquence, conscient de sa faute, il remettait sa charge à disposition du roi, une fois élucidée l'affaire dans laquelle il était engagé.

Sartine souriait. Certes, il comprenait les scrupules de Nicolas et même ils augmentaient l'estime qu'il lui portait, mais tout cela n'était qu'enfantillage. Comment pouvait-on réserver un traitement équitable à un homme responsable de l'impéritie de la municipalité et de tant de morts innocents et auquel le hasard seul avait évité de devenir le meurtrier d'un vieillard ? Disposait-on d'un moyen de le confondre, oui ou non ? Il fallait en user, quel qu'en soit le prix, c'était une justice à rendre, et, lui, lieutenant général de police, en prenait la responsabilité, déchargeant Nicolas de toute faute et de tout remords. Il l'engagea fermement à arrêter le major Langlumé, dont le ferret retrouvé aiderait certainement à prouver la culpabilité, à tout le moins aux yeux des juges.

C'est donc le cœur léger que Nicolas reprit le chemin de Paris, après que la grande écurie l'eut pourvu une nouvelle fois d'une monture — une jument isabelle robuste et fringante. Le parcours s'effectua sans encombre ; Nicolas ne sentait plus ni sa fatigue ni sa faim. À cinq heures, il franchissait la porte de la Conférence. À la demie, il abandonnait sa monture aux bons soins du *vas-y-dire* de service au Châtelet. Il laissa aussitôt à sa droite les maisons du pont au Change et s'engagea sur le quai de Gesvres. Ce remblai au-dessus du fleuve, porté sous une voussure, rejoignait le pont Notre-Dame. C'était un cloaque affreux où quatre égouts versaient leur fange, où aboutissait le sang des tueries et dans lequel toutes les latrines répandaient leurs immondices. Nicolas dut se mettre un mouchoir sur le nez pour éviter de respirer ces exhalaisons perfides. Les chaleurs de la saison estivale commençaient et la rivière, délestée des crues de printemps, n'arrosait déjà plus les arches fétides de ce pont. Il prit pied dans le quartier de la Cité qui demeurait encore, au grand dam de M. de Sartine, « la réunion imprévue d'un grand nombre de maisons »... Aucune n'était alignée, et leur agencement multipliait les angles, les détours et l'étranglement des issues. Les voitures avaient peine à tourner dans les rues. Nicolas traversa la place étroite du parvis de Notre-Dame et souleva le marteau d'une porte renforcée de clous et de barres de fer qui donnait accès à l'archevêché, demeure médiévale accolée à sa tourelle, située sur le flanc sud de la cathédrale.

Un valet en livrée lui ouvrit et l'interrogea sur les motifs de sa visite. Il eut comme un haut-le-cœur quand il apprit le vœu de Nicolas de rencontrer son maître sur-le-champ. Il s'apprêtait de toute évidence à l'éconduire quand un personnage fluet en habit court de clerc sortit de l'ombre du vestibule. C'était un des secrétaires du prélat, et Nicolas ne crut pas devoir lui celer ses qualités et au nom de qui il se hasardait à venir troubler la sérénité de l'occupant des lieux.

— Avez-vous quelque marque ou preuve de votre mission ? demanda le secrétaire.

— J'ai deux plis à l'intention de Sa Grandeur.

L'autre tendit la main avec la feinte innocence de celui qui risque un coup sans trop y croire.

— Monsieur, dit froidement Nicolas, ils ne seront remis qu'en main propre à leur destinataire. Mais je consens à vous laisser entrevoir le sceau de l'un d'eux.

Il lui montra le pli du roi scellé des trois fleurs de lis des armes de France.

— Monsieur, reprit le secrétaire, considérez qu'il est fort tard, que vous survenez à l'improviste sans être annoncé et que Monseigneur est très fatigué des cérémonies de la Pentecôte. Aussi, je vous incite à laisser vos lettres. Je les lui remettrai demain et nous verrons ce qu'il est bon d'aviser.

— Monsieur, je suis au désespoir, mais je dois voir l'archevêque. C'est un ordre du roi.

Le visage fluet s'empourpra. Nicolas lisait à livre ouvert les interrogations qui se succédaient dans l'esprit de son interlocuteur. Il est vrai que Mgr de Beaumont avait déjà été exilé trois fois et qu'il était licite, dans ces conditions, de tout appréhender…

— Il ne s'agirait pas, monsieur, de…

Nicolas ne le laissa pas achever.

— Rassurez-vous, monsieur, je puis vous dire qu'il n'est question que d'une affaire qui ressort au magistère spirituel de votre maître et qu'il n'est en rien menacé, si c'est cela que vous supposez.

— Dieu soit loué ! Soit, je vais voir si Monseigneur peut vous recevoir. Il était sur le point de souper en compagnie d'un visiteur.

Le petit clerc se retira, laissant Nicolas face à un valet maussade et soupçonneux. L'attente ne fut pas longue et on l'invita sans un mot à gravir un grand escalier de bois sombre. Au premier étage, une vaste antichambre, aux murs ornés des portraits de cardinaux et d'archevêques qu'il supposait être ceux des prédécesseurs, tenait lieu de salle d'attente. Le secrétaire gratta à l'huis d'une porte, l'ouvrit, murmura quelques mots et s'effaça pour laisser entrer le commissaire.

Nicolas fut frappé par le décor à la fois austère et somptueux d'une salle peu meublée. Les plafonds à poutres armoriées se perdaient dans l'ombre. Une cheminée à motifs Renaissance flamboyait d'un feu hors de saison. Une immense descente de Croix que Nicolas, amateur de peintures et visiteur inlassable des églises, jugea être du dernier siècle, écrasait la pièce de ses clairs-obscurs. Un tapis oriental aux tons rouges couvrait le sol. L'archevêque était assis dans un vaste fauteuil au coin du feu, près d'une table où trônait un grand chandelier d'argent allumé. Un autre fauteuil lui faisait face. Nicolas estima un peu théâtrale la pose du prélat. En soutane violette, cravate à rabats, le haut du corps à demi recouvert d'une douillette, il fixait le feu, sa main gauche soutenant son visage et sa dextre caressant la croix de l'ordre du Saint-Esprit, dont le grand cordon bleu moiré, passant sous les deux ailes du rabat, lui entourait le cou. Il la portait comme s'il s'était agi d'une croix pectorale. Il se tourna vers Nicolas qui remarqua son visage presque blafard. Les yeux clairs étaient rougis. Deux grands plis d'amertume encadraient une bouche aux lèvres bien dessinées et au menton un peu sec, qui contrastait par sa mollesse et sa fossette avec la hauteur du front et une chevelure naturelle, presque blanche, coiffée sans excès d'apprêt. Il tendit la main à Nicolas, qui s'inclina et la baisa.

— On me dit, monsieur le commissaire Le Floch, que vous avez des ordres du roi à me remettre.

Cela était dit d'un ton d'évidence, avec beaucoup d'ironie dans le ton.

— Monseigneur, je n'ai à remettre à Votre Grandeur que deux plis. L'un vient de Sa Majesté, et l'autre du père Grégoire, carme déchaux, rue de Vaugirard. Je ne vous dissimulerai pas qu'ils portent tous les deux sur le même préoccupant objet.

Il les tendit au prélat, qui chercha dans sa manche une paire de besicles et ouvrit les deux lettres, en commençant par celle du roi, qu'il replia aussitôt et plaça dans sa manche. Celle du père Grégoire fut lue très vite et jetée au feu.

— La lettre du père Grégoire aurait suffi, dit l'archevêque. J'ai pour lui la plus grande estime et il me procure souvent des remèdes efficaces pour mes infirmités. Beaucoup plus efficaces, je dois le dire, que ceux dont m'assomment ces messieurs de la Faculté. Monsieur le commissaire — ou plutôt dois-je dire monsieur le marquis ? — je prends comme une aimable attention que Sa Majesté vous ait dépêché auprès de moi.

Nicolas s'abstint de répondre, connaissant la manie nobiliaire du prélat et son orgueil des origines antiques de sa famille — les Beaumont de Repaire — qu'il faisait, disait-on, remonter quasiment au déluge.

— Mais Sa Majesté, reprit l'archevêque, peut-elle croire que j'ignore cette affaire ? Le curé de Saint-Roch l'a portée à la connaissance de mes gens. Le roi n'aurait-il pas décidé d'agir pour le bon ordre de sa ville que je l'eusse fait moi-même, pour la tranquillité de mes ouailles.

Il ajouta, comme s'il se parlait à lui-même :

— Siècle de consomption où ce pauvre peuple égaré, détourné par tant d'exemples condamnables, cherche la voie sans la trouver et n'écoute plus le bon berger ! Hélas ! la charité se refroidit et les dissensions troublent l'Église. Où donc la vérité serait-elle tout à fait à couvert ? Et quant à l'obéissance... Dans les désordres d'un État, le bon parti est toujours celui du roi, dans les troubles de l'Église et en matière de doctrine, le bon parti est toujours celui du corps des évêques.

Le regard qui s'était à nouveau perdu dans les flammes dansantes revint se poser sur Nicolas.

— Examinons par ordre, s'il vous plaît. Et pour mieux éclaircir le point dont il est question, je me dois de vous mieux connaître. Vous avez reçu jadis une bonne éducation à Vannes dans une maison réputée.

Nicolas ne prit pas cela pour une question.

— Croyez-vous au diable, mon fils ?

— Je crois aux enseignements de la sainte Église. Mes fonctions m'appellent à constater le mal. Or, ce qui s'est passé rue Saint-Honoré bouleverse toutes mes certitudes et dépasse l'humain entendement.

La main de l'archevêque se serra sur la colombe du Saint-Esprit.

— Dieu se sert, parfois, de ce qu'il y a de plus bas, de plus méprisable dans l'univers et même des choses qui ne sont point, pour détruire celles qui sont[6].

Il se dressa. Nicolas ne l'imaginait pas si grand. Sa masse, dans l'apparat des habits épiscopaux, en imposait. Cependant, le haut du corps et le cou faisaient un angle curieux avec le reste ; l'effort du prélat visait à se tenir plus droit, mais ses efforts infructueux procuraient cette étrange impression. Sa démarche elle aussi était marquée par des douleurs sensibles. Il se suspendit, plus qu'il ne la tira, à une longue bande de tapisserie. Un timbre lointain grelotta. Mgr de Beaumont vint se rasseoir en laissant échapper un soupir de soulagement.

— Mon opinion était faite sur cette affaire avant votre arrivée. Je souhaitais simplement savoir si le roi déciderait l'intervention de ses gens, et qui serait désigné pour ce faire.

Nicolas pressentait derrière ces paroles toute la puissance d'une Église, comme si son existence au service de la police du royaume avait été regardée, jugée, décryptée.

— Le père Grégoire se porte garant de votre... honnêteté, pour utiliser un terme du monde. Il m'assure que vous aborderez cette grave et troublante affaire en conjuguant les forces de la raison et l'obéissance aux préceptes de notre sainte Église. Je n'espérais pas votre venue ce soir, mais je savais que vous aviez parlé au roi au débotté de sa chasse du jour.

Nicolas goûta la délicatesse du propos. Comment pouvait-on mieux signifier que l'archevêque avait des yeux et des oreilles en tout lieu, y compris à la Cour, et cela jusque dans l'entourage immédiat du souverain ?

— Aussi, ajouta l'archevêque, avais-je pris les devants. Lorsque mon secrétaire m'a annoncé votre présence, j'étais sur le point de souper avec le père Raccard, mon bras armé dans les régions ténébreuses, l'exorciste du diocèse.

À ce moment, le secrétaire surgit d'une autre porte dissimulée par une tapisserie, qu'il tint relevée pour laisser entrer un homme de haute taille, qui paraissait être une véritable force de la nature. Nicolas estima que l'homme approchait la cinquantaine. Des cheveux grisonnants, tirés en arrière, dégageaient une figure plus militaire qu'ecclésiastique. De toute évidence, son aspect extérieur laissait le père Raccard indifférent comme le prouvait une soutane si usée, si souvent lavée et repassée qu'elle se moirait de reflets verdâtres et que les lisérés montraient le cordonnet par endroits. Les manches un peu courtes laissaient entrevoir des vestiges de manchettes de dentelle déchirées et jaunâtres qui attiraient le regard sur des mains épaisses aux phalanges couvertes de touffes de poils bruns. Le personnage évoquait pour Nicolas un bûcheron qui travaillait dans le parc du château de Ranreuil et dont l'aspect l'effrayait lorsqu'il le croisait. Des yeux bruns empreints de douceur se fixèrent sur le commissaire et la bouche esquissa un sourire qui atténua le saisissement que suscitait l'apparence de l'exorciste.

Le prélat fit les présentations. Il paraissait souffrir de plus en plus et s'affaissait dans son fauteuil, montrant par là que son attitude hiératique tenait à un effort douloureux de volonté.

— Mes fils, je vais vous laisser préparer votre combat. Il impose et exige une âme claire, mais également la force simple de la vérité. Recevez ma bénédiction.

Sa main droite s'éleva et il prononça avec une réelle majesté les paroles sacramentelles. Raccard prit Nicolas par l'épaule et l'entraîna vers la porte. Le prélat paraissait endormi mais la crispation de ses traits prouvait qu'une crise douloureuse le tenaillait. Le secrétaire s'empressait, sans plus s'occuper des visiteurs. Ils se trouvèrent sur le parvis Notre-Dame déjà plongé dans la nuit.

— Voulez-vous que nous gagnions la rue Saint-Honoré ? demanda Nicolas. Je vous exposerai en chemin mes observations.

— Que non, vous m'avez privé du souper de l'archevêque ! À vrai dire, je n'ai rien perdu. Sa santé ne lui autorise que racines et verdures. Or, sachez bien que la tâche qui nous incombe demande qu'on ne maltraite pas son corps. L'exorcisme, qu'au demeurant nous ne pratiquons que rarement, tant les cas extrêmes sont l'exception, requiert une force physique et une endurance à toute épreuve. Voilà ce que je vous propose. J'habite à quelques pas : je nous fricoterai quelque chose. Cela dit, mon cher commissaire, il faudra fermer les yeux sur mon désordre.

Le père Raccard entraîna Nicolas jusqu'à la rue aux Fèves, où ils pénétrèrent dans une maison toute de guingois. Les marches de l'escalier craquaient et l'obscurité était totale, tant on craignait l'incendie dans ces vieilles demeures qui prenaient feu comme de l'étoupe. Nicolas entendit une clé grincer dans une serrure. Le père frotta une allumette ; la flamme fragile traversa une pièce et se posa sur une chandelle. Le commissaire eut le souffle coupé devant le spectacle qui s'offrait à ses yeux. Un désordre monstrueux régnait dans une chambre, longue et inégale comme une coursive de bateau. Le plafond, avec ses poutres incurvées par l'âge, faisait ventre, et aucune ligne n'était parallèle ou perpendiculaire. Cela tenait de l'intérieur d'une caverne dont les parois auraient été tapissées de rayonnages remplis de livres innombrables, dont certains paraissaient très vieux. Sur une table aux pieds contournés couverte de manuscrits et de papiers, un chat noir montait la garde. Ses yeux verts fixèrent Nicolas avec une placide indifférence. Le père Raccard disparut et commença à s'agiter afin d'allumer son potager. Sous le regard de son hôte, il fit fondre du fromage de Piémont qu'un ami dominicain de Turin lui adressait régulièrement par la malle-poste. Il ajouta du beurre, du poivre broyé et en tartina de larges tranches de pain. Il courut dans la pièce dégager un rayonnage de ses livres, dévoilant ainsi une cachette emplie de flacons poussiéreux. Il repartit dans le réduit où se tenait son potager et fit réchauffer une soupe dont le commissaire se régalerait, composée qu'elle était de légumes cuits au milieu d'un confit de canard venu de sa province, à laquelle il ajouterait un soupçon de vieille prune pour lui donner, disait-il, du corps et de l'accent.

La bienfaisance d'un souper que Nicolas ne s'attendait pas à trouver si délicieux dans un endroit aussi étrange se fit bientôt sentir. Le vin vieux y était aussi pour beaucoup, un bourgogne chaleureux des hospices de Beaune. Nicolas proposa au père Raccard de le laisser se reposer et de se retrouver le lendemain, rue Saint-Honoré. L'exorciste écarta cette proposition ; le démon, si c'était bien lui, n'attendait pas. Plus vite le combat s'engagerait, plus les chances augmenteraient de limiter l'infestation. De surcroît, Sa Grandeur souhaitait que l'affaire fût réglée au plus tôt avant qu'elle ne jette le trouble parmi les fidèles, avec les conséquences désastreuses que ces manifestations déclenchaient toujours. Il fallait « courir sus », et puisque la possession se propageait la nuit et au petit matin, il entendait être sur place dès le soir. Il sortit d'un placard un portemanteau dans lequel il empila un gros bréviaire, son étole, une bouteille d'eau bénite, un crucifix et une petite boîte d'argent, ainsi qu'un rameau de buis et des cierges.

— Cela est nécessaire, mais point suffisant, déclara-t-il. Tout est là.

Il désignait sa tête et son cœur.

— Êtes-vous en situation d'affronter le démon ? A-t-il moyen de vous surprendre, de vous désarçonner, de vous faire perdre contenance en vous révélant des faits enfouis ou des actions oubliées ?

— Cela s'est déjà produit, mon père, répondit Nicolas. Cela m'a convaincu de sa puissance, mais non de son influence sur moi.

— Bien, mais pas d'orgueil non plus. Il s'insinue par toutes nos failles y compris par nos vertus. Si vous ne vous sentez pas de force, abandonnez, ou, comme Ulysse, bouchez-vous les oreilles avec de la cire ! Encore que je suppose le démon capable de parler à l'intérieur de nous-mêmes. Réciter ses prières, c'est encore la meilleure protection.

Ils s'enfoncèrent dans la nuit en marchant d'un bon pas, sans trouver de voiture. Ils louèrent les services d'un porte-falot qui éclaira leur chemin. Nicolas, avec un peu de fatuité, ne résista pas à l'envie d'apprendre à son compagnon que c'était à son initiative que M. de Sartine, en 1768, avait créé un service de jour et de nuit de porte-parapluies et de porte-falots. Les gagne-denier qui en assuraient la charge portaient une lanterne sur la porte de laquelle était découpé leur numéro. Évidemment, ils étaient enregistrés au bureau de sûreté et, le commissaire ne le cacha pas, servaient d'utiles auxiliaires à la police. Quai de la Mégisserie, deux ou trois malandrins les suivirent quelque temps, mais la stature du religieux et l'épée de Nicolas, s'ajoutant à l'arrivée d'une patrouille du guet, les dissuadèrent de tenter l'aventure. Rue Saint-Honoré, Semacgus vint leur ouvrir, le teint encore plus animé que de coutume.

— Vous tombez bien ! s'écria-t-il. Je prenais un peu de repos dans votre chambrette, quand j'ai entendu un vacarme étrange. Peu après, la Miette est entrée en crise.

Le chirurgien paraissait vieilli et égaré.

— Elle a parlé avec la voix de Mme Lardin[7] ! reprit-il. Nous avons dû la sangler sur sa couchette.

IX

EXORCISME

> « Dans ce combat, le Christ ne se tient pas dans l'entre-deux, Il est tout entier nôtre. Quand nous sommes entrés en lice, Il nous a oints et a enchaîné l'autre. »
>
> Saint JEAN CHRYSOSTOME

Semacgus décrivit les événements du début de la nuit. Il corroborait les récits précédents de Nicolas. Le chirurgien était si éprouvé par ce qu'il avait constaté qu'il en venait à douter de lui-même et parlait de consulter un confrère pour vérifier son état de santé. Il s'égarait en conjectures plus invraisemblables les unes que les autres afin de trouver une explication qui soulageât son angoisse et ses interrogations. Nicolas se garda bien de triompher devant ce retournement, heureux et rassuré de partager désormais ce poids d'incertitude avec son ami. Quant au père Raccard, il se frottait les mains avec une sorte de jubilation, comme un vieux soldat qui s'apprête à monter à l'assaut de la redoute. Sa bonne humeur agit comme un stimulant sur l'accablement du chirurgien de marine. Nicolas, plus attentif aux avertissements de ses sens toujours en éveil, percevait à nouveau, depuis son entrée dans la demeure des Galaine, le bruit lointain du tambour de Naganda.

L'idée l'effleura, sans qu'il s'y arrêtât, d'un lien entre ces pratiques sauvages et le drame qui se répétait dans la chambre de la Miette, soumettant le corps et l'esprit de la servante aux tourments d'une force obscure et menaçante.

Des cris parvinrent du second étage. Bientôt, le fils Galaine, en sueur, les cheveux collés et la chemise déchirée, dévala l'escalier. Il hurlait plus qu'il ne parlait. La Miette s'était détachée. Une force inconnue avait rompu les sangles qui la tenaient liée sur sa couche. Le père Raccard calma son monde. Il ouvrit son portemanteau, en sortit son étole — qu'il embrassa et passa à son cou — puis la bouteille d'eau bénite et les autres objets liturgiques. Il alluma les cierges et les distribua aux assistants, qui avaient été rejoints par les autres membres de la famille. Le marchand pelletier et la cuisinière étaient demeurés devant la porte de la mansarde de la Miette, où plus personne n'osait pénétrer. L'exorciste demanda une assiette dans laquelle il versa un peu d'eau bénite. Il se mit en prières, puis trempa le rameau de buis et aspergea les quatre points cardinaux. Il ordonna que chacun s'agenouille. D'une voix forte et déterminée, il lança une première admonestation.

— Je t'adjure, antique serpent, par le juge des vivants et des morts, par le créateur du monde qui a le pouvoir de te précipiter dans la géhenne, va-t'en sur-le-champ de cette maison. Maudit démon, Il te le commande. Celui à qui obéissent les vents, la mer et la tempête, Il te le commande. Celui qui, du haut des cieux, t'a précipité dans les abîmes de la terre, il te le commande. Celui qui a la puissance de te faire reculer, Il te le commande. Écoute donc, Satan, et tremble. Sors d'ici, vaincu, rampant et adjuré au nom de Notre-Seigneur Jésus-Christ qui viendra juger les vivants et les morts. Amen.

Il continuait ses aspersions et fit réciter à tous le Pater. D'épouvantables hurlements ponctuaient le sourd murmure des prières. À leur tour, Charles Galaine et la cuisinière, épouvantés, rejoignirent le groupe. Le religieux demanda des braises qu'on courut chercher dans le potager de l'office et qu'on rapporta sur un petit réchaud de terre cuite. Il disposa dessus, en forme de croix, l'encens qu'il tira de la petite boîte en argent. Le rez-de-chaussée s'emplit de fumée.

— Est-ce que vous exorcisez à distance ? demanda Semacgus.

— Nullement. Je tente d'assainir cette maison. Ensuite, nous procéderons sur la patiente.

Il joignit les mains, et reprit :

— Je t'adjure, démon, de sortir de ce lieu, de n'y jamais revenir, de ne plus faire peur à ceux qui y demeurent et de n'y lancer aucun maléfice. Que le Dieu tout-puissant, créateur de toute chose, sanctifie cette demeure avec toutes ses dépendances, que tout fantôme en disparaisse, toute méchanceté, toutc astuce, toute ruse diabolique et tout esprit immonde.

Il se remit à bénir la maison.

— Par ce signe, nous lui faisons commandement de cesser à l'instant et pour toujours toutes ses vexations, que disparaissent ses prestiges et fantasmagories et qu'à jamais s'évanouisse la terreur de ce venimeux serpent. Par Celui qui viendra juger les vivants et les morts et, par le feu, purifiera le monde. Amen.

Il semblait que, là-haut, des meubles volaient et heurtaient les murs de la maison. De grands coups sourds ébranlaient la maison.

Le père Raccard se frottait les mains.

— Il réagit, le bougre ! Voilà un bon préambule. Vous tous, rejoignez votre chacunière. Je vais officier là-haut en la seule présence de M. le commissaire et de M. … ?

Il désignait Semacgus. Nicolas fit les présentations.

— La Faculté, reprit Raccard, ne sera pas de trop dans le chamaillis que va sans doute nous occasionner l'innommable. M. Le Floch m'avait signalé votre scepticisme. Soyez notre conscience raisonnable, maintenant que vous voilà convaincu de la réalité des phénomènes.

— Vous pouvez compter sur moi, mon père, dit Semacgus avec fermeté.

Nicolas se sentit rassuré de voir les deux hommes, l'un ami de longue date, et l'autre de connaissance plus récente, se rapprocher sans effort. Le docteur Semacgus reprit un meilleur visage et ajouta en riant :

— Il vaut mieux chasser le loup en meute.

— S'il ne s'agissait que d'un loup ! Mais le diable est un sinistre farceur, pétri de haine. Il se moque éperdument des pauvres humains et s'amuse à faire le patelin et l'imbécile pour mieux égarer ses victimes. Père du mensonge, son nom est légion et il veillera à tendre des pièges et à brouiller les pistes ! Mais je vous promets de lui tenir la dragée haute.

Il ressembla ses instruments et confia le réchaud à Semacgus.

Ils montèrent tous les trois et trouvèrent la cuisinière plaquée contre le mur du palier, qui regardait, hébétée, la Miette assise dans le vide au-dessus de sa couche, et dont les yeux rougeoyants et brillants les considéraient, un sourire méchant aux lèvres.

— Oh ! la vilaine ! dit le père Raccard. Comptez sur moi pour lui faire passer cet air-là !

Il s'approcha de la Miette dont le regard pétrifié le suivait, la tête tournant comme celle d'un mannequin de quintaine. Il lui posa la main sur la tête. Le corps oscillait telle une bulle de savon entre deux courants d'air. Elle se mit à geindre sourdement, comme une bête qui retiendrait sa rage.

— Oui, oui, apprête-toi à reconnaître ton maître et à lui obéir, crois-moi.

La Miette ouvrit la bouche et lui lança un long crachat. Sans marquer d'émotion, le prêtre s'essuya d'un revers de sa manche. Le petit corps supplicié laissait maintenant échapper une voix d'homme.

— Frappart[1], tu me fais rire ! Souviens-toi que tu n'as aucun pouvoir sur moi.

Imperturbable, le père disposait une nouvelle fois le contenu de son portemanteau sur une petite table. Semacgus y posa le fourneau rempli de braises. L'odeur sacrée de l'encens emplit la pièce. Les grondements de la Miette montaient en crescendo jusqu'à des aigus assourdissants. Sa tête se courba en arrière, presque à la perpendiculaire du corps. Elle hurlait à la mort, comme pour lutter contre l'envahissement entêtant du parfum.

— Cela n'est pas possible ! dit Semacgus. Regardez comme les muscles et les chairs se distendent.

— Oh ! j'ai vu pire que cela ! gronda Raccard. Des possédés qui s'allongeaient tellement qu'ils arrivaient à en gagner le quart de leur taille.

— Est-cc là illusion ou faux-semblant ? Sommes-nous soumis à une influence qui nous fait prendre des vessies pour des lanternes ?

— Que non ! Il s'agit de phénomènes inquiétants, spectaculaires, mais bien réels, devant lesquels nous devons conserver la tête froide.

Il prit son étole qu'il passa sur le visage de la Miette. Les mains de la jeune fille, repliées comme des pattes griffues, tentèrent de la saisir. Les ongles crissèrent sur la soie du tissu, égratignant au passage une croix surbrodée d'argent. Le corps retomba lourdement sur le lit.

— Cela te fait de l'effet, hein, coquine ? dit l'exorciste. N'aie crainte, nous allons te soulager de ton visiteur.

Nicolas admirait le calme de l'officiant qui, dans ces circonstances hallucinantes, conservait sang-froid, humour et courage. Seuls, les yeux mobiles, perçants, demeuraient en perpétuelle surveillance, comme ceux d'un chasseur sur le qui-vive qui traque un gibier dangereux et anticipe ses tours et détours.

— Vous deux, tenez-la fermement en pesant sur elle de tout votre poids. Peu importe qu'elle se débatte et soit un peu froissée. Évitez surtout qu'elle échappe à votre étreinte.

Semacgus et Nicolas se disposèrent de chaque côté de la Miette. Sa chair parut glacée à Nicolas, qui la supposait brûlante de fièvre. Elle gémit doucement. Le père remit son étole et reprit le rituel. Il éleva la voix après plusieurs minutes de prière silencieuse.

— Seigneur, Dieu de vertu, recevez les prières que nous vous offrons, quoique indigne, pour votre servante Ermeline, afin que vous daigniez lui accorder la rémission de ses péchés et l'arracher au démon qui l'assiège et l'opprime. Dieu saint, père éternel, jetez un regard propice sur votre servante en proie à une douloureuse affliction…

Un râle profond venu de l'intérieur de la Miette se fit entendre. Par extraordinaire, il se confondit un instant avec le gémissement précédent, puis s'enfla, le surmontant en puissance. À l'effarement des assistants, le corps en souffrance produisait deux cris différents, l'un grave et l'autre aigu. Le père Raccard vit ses aides au bord de la panique. Il reprit ses aspersions d'eau bénite.

— Recule, recule, bête immonde, rentre dans ton antre ! Arrière, arrière, arrière !

Il regarda Nicolas et Semacgus.

— Et vous, ne vous troublez pas, il ne s'agit que de quelques-uns de ses tours préliminaires qui viennent battre nos défenses, user notre volonté et abuser notre foi. Souvenez-vous que le règne, la puissance et la gloire sont en nous !

Maintenant, la Miette n'émettait plus aucun cri, mais une bave abondante, qui rappela à Nicolas l'image incongrue des escargots plongés dans les orties par Catherine en sa cuisine de la rue Montmartre, coulait comme un fleuve ininterrompu et inondait peu à peu sa pauvre poitrine.

— Je t'adjure, démon, reprit Raccard, par Celui qui est ressuscité le troisième jour, d'avoir à sortir et à fuir de cette servante de Dieu, avec toutes tes iniquités, tes maléfices, tes incantations, tes ligatures et toutes tes actions. Ne demeure point ici, esprit immonde. Il est venu pour toi le jour du jugement éternel où toi et tes anges apostats seront précipités dans un brasier ardent pour l'éternité.

Soudain, les deux amis furent rejetés contre les murs de la mansarde. Les deux bras fluets de la Miette, ayant acquis la rigidité de l'acier, s'étaient gonflés sous leurs doigts, et ils avaient senti une force invraisemblable les écarter.

— Il résiste, il résiste ! hurlait Raccard.

Bien que son existence ait été pourtant fertile en drames et spectacles d'horreur, la scène qui suivit allait demeurer à jamais dans la mémoire de Nicolas, qu'elle hanterait jusqu'à sa mort. Le père Raccard ahanait comme un bûcheron entamant un grand arbre, luttait et mettait toute sa force à maîtriser et à chasser le démon qui possédait la Miette. Il semblait que les muscles et les tendons se multipliaient et cuirassaient le corps de la servante. Le visage du prêtre était écarlate, la sueur lui coulait dans les yeux, les veines du front et des tempes gonflaient, bleuâtres, prêtes, semblait-il, à éclater. Et, tout au long de ce combat, la chose déversa d'une voix grinçante un flot d'obscénités qui laissèrent Raccard impavide, mais qui épouvantèrent Nicolas et Semacgus. Maintenant, le prêtre hurlait pour couvrir la voix du démon.

— Qui que tu sois, être superbe et maudit, qui, malgré l'invocation du Nom divin, ne cesses tes vexations contre cette créature et vomis des ordures, ne te crois pas à l'abri de la colère du Très-Haut, car le feu, la grêle, la neige, la glace et l'esprit des tempêtes seront ta part de calice !

La Miette ahanait désormais comme une bête à bout de souffle, aux abois. Le père Raccard redoubla d'efforts. Il lui tendit le crucifix. Au fur et à mesure que l'objet sacré approchait de son visage, la servante s'enfonçait dans sa couche, sifflant et crachant comme un chat, en répandant une odeur infecte.

— Je t'exorcise, esprit immonde ! Sors de cette créature de Dieu ! Ce n'est pas moi, pécheur, qui te commande, mais l'agneau immaculé. Ils accourent, triomphants de toi, les archanges et les anges, les apôtres, les martyrs, les confesseurs et les vierges. Tes forces diaboliques s'effondrent. Rends à ta victime la force de ses membres et l'intégrité de ses sens. Ne surviens ni dans sa veille ni dans son sommeil et ne la trouble pas dans sa recherche de la vie éternelle. Satan maudit, reconnais ta sentence. Je te chasse et t'extirpe du corps de cette servante. Dieu tout-puissant, faites que ce corps obsédé du démon soit, par votre grâce, entièrement délivré dorénavant de la méchanceté diabolique. Par Jésus-Christ, Notre-Seigneur, qui viendra juger les vivants et les morts et le siècle par le feu. Amen.

Le père Raccard, épuisé, se laissa aller en arrière contre le mur. Les assistants éprouvèrent comme le passage d'un souffle brûlant et fétide. Le carreau de la petite fenêtre éclata et le silence retomba sur la mansarde. La Miette reposait, apaisée, apparemment délivrée de l'oppression qui avait été son ordinaire depuis des jours. Les excrétions dont elle avait été couverte au paroxysme de sa crise disparaissaient comme évaporées. Nicolas nota que le tambour de Naganda avait cessé de battre de son rythme obsédant. La Miette bougea soudain, les yeux fermés. Le corps rigide, elle se leva et, sans un regard vers les trois hommes, ouvrit la porte, s'engagea sur le palier et descendit l'escalier. Nicolas saisit un bougeoir et se précipita à sa suite, engageant les autres à l'accompagner et marquant d'un doigt sur ses lèvres d'avoir à observer le plus grand silence. Il entendait éviter de troubler ce qui maintenant apparaissait comme une crise de somnambulisme, sans doute consécutive à la possession ou à ce qui en avait tenu lieu.

Ils ne croisèrent aucun membre de la famille, qui demeurait claquemurée dans ses chambres. Au rez-de-chaussée, la servante pénétra dans l'office et ouvrit une porte en demi-cintre de bois ajouré qui donnait sur un raide escalier. Ils se retrouvèrent tous dans une cave de belles dimensions, emplie de ballots de toile de jute qui devaient contenir, au jugé de l'odeur fauve qui accablait l'atmosphère, des peaux destinées au négoce de la maison Galaine. La Miette s'arrêta devant l'un d'eux, tomba à genoux et se mit à pleurer en joignant les mains comme si elle priait puis, brusquement, s'effondra inanimée. Le prêtre et Semacgus coururent lui porter secours. Nicolas poussa le ballot ; dessous, le sol en terre battue avait été récemment remué, sans doute creusé, puis aplani. Il se chercha un outil, mais ne trouva que son canif de poche. Il gratta la terre encore assez meuble à l'endroit suspect, avant d'en dégager quelques boisseaux avec ses mains. Ses doigts sentirent bientôt un morceau de tissu, et une odeur de décomposition s'exhala. Elle monta vers lui et surmonta l'âcre parfum des peausseries. Il poursuivit avec précaution son travail de dégagement pour mettre finalement au jour une petite masse oblongue et légère, enveloppée de chiffons : le corps déjà abîmé d'un nouveau-né, recroquevillé dans ses langes.

La Miette avait repris connaissance, mais selon Semacgus, toute raison s'en était échappée. Elle restait incapable de parler, et encore moins de répondre aux questions posées. Il fallait aviser, et jamais Nicolas n'était plus à l'aise que dans ces moments de désordre où un semblant de raison devait être rétabli dans un univers déconcerté. D'abord, le père Raccard reconduirait dans sa chambre la Miette, pour laquelle il n'y avait rien à faire dans l'immédiat. L'exorcisme avait réussi ; il fallait laisser reposer la malade plongée dans son marasme et s'en remettre à la douce pitié du Seigneur. Peut-être la raison lui reviendrait-elle. Semacgus examinerait le cadavre de l'enfant après les premières constatations ; il serait par la suite déposé à la Basse-Geôle, où Sanson procéderait à l'autopsie. Ils étaient seuls au courant de cette découverte. Deux morts suspectes dans la maison, c'était trop ; il fallait arrêter toute la maisonnée et les mettre au secret à la prison du Châtelet, séparés les uns des autres. La cuisinière et Geneviève, la petite fille, seraient seules autorisées à rester au logis. Dorsacq, le commis de boutique, serait appréhendé à l'aube.

Nicolas entendit soudain par le soupirail au ras de la rue Saint-Honoré une voix qui appelait ; il reconnut Bourdeau. L'inspecteur possédait la qualité précieuse et quasi magique d'apparaître toujours au moment où sa présence était le plus nécessaire. Nicolas remonta et courut l'accueillir. Bourdeau paraissait pressé de lui communiquer diverses informations, mais Nicolas l'interrompit dans ses explications et le mit brièvement au courant des événements extraordinaires survenus dans la maison. Bourdeau, l'air faraud et moqueur, clignait des yeux, ce qui eut le don d'irriter Nicolas, qui le bouscula quelque peu et lui ordonna d'appeler le guet, d'établir un cordon autour de la maison, de convoquer des voitures et de conduire les Galaine au Châtelet. Dorsacq devait être saisi au saut du lit et rejoindre les autres sur-le-champ. Quant au reste, il serait bien temps de l'examiner plus tard. Et, ajouta le commissaire, les moqueurs feraient bien de s'abstenir, n'étant au fait de rien, n'ayant pas vu ce qu'il avait vu et qu'on ne vienne pas, pour couronner le tout, lui apprendre, tout quinaud, que l'un ou l'autre des suspects s'était homicidé. Il fallait les surveiller tous étroitement. Bourdeau, riant sous cape, fit remarquer avec un air benoît que certains adjoints prenaient de plus en plus le ton de leur chef, et que le commissaire Le Floch se mettait à *sartiniser* avec la plus grande aisance et volupté. Cela eut le don de détendre l'atmosphère et un fou rire nerveux s'empara de Nicolas sous le regard effaré de Semacgus qui les rejoignait, portant le petit cadavre dans ses bras.

Bourdeau disparut pour exécuter les instructions reçues. Le corps du nouveau-né lui avait été confié pour son transfert à la Basse-Geôle. Nicolas songea à nouveau à Naganda. Une sourde prémonition le tenaillait. Pourquoi le tambour s'était-il arrêté ? Une voix intérieure lui conseillait de ne pas s'inquiéter, qu'il avait cessé simplement parce que le rituel auquel se consacrait l'Indien avait pris fin. Il voulut en avoir le cœur net et fit signe à Semacgus de le suivre. Ils remontèrent au grenier. La clé était toujours sur la porte de la soupente. Nicolas l'ouvrit et éleva le bougeoir dont il s'était muni. Le corps inanimé de Naganda gisait sur le sol, un couteau planté dans le dos. Semacgus se précipita, s'agenouilla et lui prit le pouls. Il releva la tête, souriant.

— Il vit, il vit ! Il respire. Il faut le tirer de là, l'arme ne paraît pas avoir touché d'organe noble. Elle est maladroitement plantée de biais. Le risque serait que la pointe ait porté au poumon gauche et qu'il s'ensuive une effusion sanguine qui risquerait d'asphyxier notre homme. Aidez-moi, Nicolas.

Ils relevèrent le grand corps et l'installèrent sur la paillasse. Semacgus était transformé. Il ôta son habit et son gilet.

— Trouvez-moi un bout de tissu et du vin ou du vinaigre.

Nicolas redescendit dans sa chambre et revint l'instant d'après, tenant à la main une des petites fioles d'eau des Carmes dont le père Grégoire le fournissait avec une touchante régularité. Semacgus se lava les mains.

— On ne fera jamais le compte exact de tous nos soldats et marins péris d'avoir été manipulés par des mains sales. On ne sait trop comment l'expliquer, mais c'est ainsi.

Il s'agissait d'ôter l'arme sans aggraver les lésions possibles et sans susciter d'hémorragie qui noierait le poumon de la victime. À la lueur de la chandelle, l'opération se déroula sans difficulté, facilitée par la perte de connaissance de Naganda. La lame avait traversé un muscle, puis buté sur une côte. Une chemise neuve de Nicolas, déchirée, fit un pansement provisoire honorable. La plaie ne saignait plus. Leurs bras disposés en berceau, ils retournèrent le blessé qui revenait à lui. Le chirurgien versa sur ses lèvres quelques gouttes d'eau des Carmes qui le firent grimacer et le réveillèrent tout à fait.

— Je… fit-il en maîtrisant un cri. Que m'est-il arrivé ?

— C'est plutôt à nous à vous poser la question, dit Nicolas.

— J'ai senti une forte douleur dans le dos, et puis plus rien.

— On vous a proprement planté un couteau entre les omoplates. Vous étiez sans doute dans l'une de vos étranges cérémonies et j'ai entendu votre tambour s'arrêter. Cela m'a intrigué et m'a paru bizarre. Comme une intuition…

— Il était écrit que vous seriez la main du destin et que vous me sauveriez la vie. La grenouille sacrée l'avait prévu. C'est sans doute vous, sans le savoir, qui êtes *le fils de la pierre.*

— Votre sauveur, le voici, c'est le docteur Semacgus.

— Je crois, Nicolas, dit l'intéressé, que vous mésestimez votre capacité à prévoir les événements. Si nous n'étions pas intervenus, monsieur serait mort. Et *le fils de la pierre* s'applique à vous comme un gant.

— Comment cela ?

— Ne m'avez-vous pas raconté que le chanoine Le Floch, votre tuteur et père adoptif, vous avait découvert sur la pierre tombale du gisant des seigneurs de Carné, dans la collégiale de Guérande ? Voilà une énigme fort claire présentement résolue. Nous continuons, pour le coup, à vivre dans l'inexplicable. Cela devient une habitude. On s'y fait, ma foi !

— Naganda, soupçonnez-vous quelqu'un en particulier ? demanda Nicolas.

— Je n'ai jamais rencontré dans cette demeure autre chose qu'hostilité et menaces, répondit l'Indien.

— N'avez-vous rien à ajouter à ce que vous m'avez déjà confié ?

— Non, rien.

— Il est essentiel de tout me dire. Si la mémoire vous revenait de quelques faits intéressants, n'hésitez pas à m'appeler. À propos, vous prétendez toujours être demeuré, près d'une journée, drogué et endormi ?

— Je le maintiens.

— Soit. J'ai le regret de vous annoncer — et cela n'a aucun lien avec notre conversation — que les occupants de cette maison seront placés au secret dans une prison d'État.

Semacgus fit un mouvement de dénégation en désignant du doigt la blessure.

— Compte tenu de votre blessure, poursuivit Nicolas, vous serez transporté à l'Hôtel-Dieu afin d'y recevoir les soins qu'elle nécessite. La vérité désormais ne devrait pas être longue à apparaître. Disposez-vous d'une pelle ?

Naganda le regarda dans les yeux.

— Je n'en ai pas, mais vous en trouverez une dans l'appentis de la cour, avec les ustensiles de jardin et une brouette qui sert à transporter les ballots de peaux à leur arrivée.

Nicolas laissa l'Indien aux bons soins de Semacgus. Il redescendit dans la boutique pour réfléchir et attendre Bourdeau, le guet, les exempts et les voitures.

C'était la première fois qu'il pouvait faire le point sur les événements de la nuit. Il ne parvenait pas encore à surmonter le choc de circonstances d'une intensité telle que leur caractère insensé continuait à s'imposer à son esprit. Il ne savait plus que penser de la tempête levée dans cette maison par la possession de la Miette. Au fur et à mesure que se dissipait la fièvre de la crise, la raison lui revenait, et avec elle les arguments de la logique et les suggestions du scepticisme. Certes, il n'avait pas rêvé, et ses compagnons non plus, mais il fallait reprendre pied sur la terre ferme, celle des faits, des preuves et de la vie humaine au quotidien.

Il restait que la crise de la Miette, quelle qu'en fût l'origine, avait entraîné son enquête dans une direction nouvelle, en faisant découvrir ce qui apparaissait bel et bien comme un infanticide. On pouvait supposer que les crises de la Miette avaient pour origine la conscience troublée d'une jeune fille en situation intéressante et qui avait peut-être donné la main à l'assassinat d'un nouveau-né. Ceci expliquait cela, et Nicolas était assez enclin à estimer que la complicité dans un acte aussi barbare pouvait conduire à un délabrement de l'âme et aux manifestations étranges qui en étaient la conséquence. Encore fallait-il être assuré que le nouveau-né avait subi des manœuvres dolosives qui avaient conduit à son décès. Seule l'ouverture du corps pourrait en apprendre davantage. Ainsi, paraissait-il assuré qu'Élodie, fille légère, entourée de multiples soupirants, avait récolté le fruit de ses égarements. Avait-elle décidé elle-même ce crime, s'était-il accompli à son insu, et qui pouvaient en être les instigateurs ou les complices ?

Mardi 5 juin 1770

Nicolas s'était assoupi dans un fauteuil de la boutique. Bourdeau le réveilla une heure plus tard en frappant à la devanture. La maison connut aussitôt une vive agitation. On apporta deux brancards, l'un pour Naganda et l'autre pour la Miette, que Nicolas ne souhaitait pas laisser derrière lui, avec l'espoir qu'elle pourrait recouvrer ses esprits et apporter son témoignage. Il faudrait, dans ce cas, veiller avec le plus grand soin à ce qu'elle n'ait de contacts qu'avec la police. La famille Galaine, terrée dans ses repaires, fut rassemblée. Un exempt arriva bientôt avec Dorsacq, habillé en désordre et le cheveu ébouriffé. Nicolas leur tint un petit discours sans évoquer ni les résultats de la séance d'exorcisme ni la macabre découverte de la cave. Il leur signifia qu'au point où son enquête était parvenue, il jugeait essentiel pour la manifestation de la vérité qu'ils fussent séparés les uns des autres et placés au secret dans une maison de force jusqu'au terme de ses investigations. Ceux qui n'avaient rien à se reprocher ne pouvaient que se satisfaire d'une mesure qui accélérerait sans aucun doute la marche et le dénouement de cette affaire. Quant aux autres... Devant le silence de son mari prostré, Mme Galaine se fit l'avocat de la famille, vivement soutenue par ses deux belles-sœurs. Elle cria au déni de justice et protesta avec énergie de l'arbitraire du commissaire dont le parti pris éclatait aux yeux de tous en cette circonstance. Elle en appelait aux magistrats et engageait les siens à ne se point laisser faire et à résister à leur scandaleux enlèvement. Il lui fut répondu qu'on avait tout pouvoir pour décider de leur sort, et que ce qu'elle nommait arbitraire n'était autre que la volonté du roi, agissant par son commissaire, et que toute discussion s'apparenterait à de la sédition.

Le départ fut tumultueux au milieu des cris et des protestations. Une longue théorie de fiacres et deux fourgons qui contenaient les malades prirent la direction du Châtelet et de l'Hôtel-Dieu. Avant de quitter à son tour la rue Saint-Honoré, Nicolas s'entretint un moment avec la cuisinière, à qui il confia Geneviève. Elle l'assura de son savoir-faire, lui rappelant qu'elle avait déjà élevé le père et les tantes. La brave femme craignait de demeurer seule dans une demeure agitée par le malin depuis plusieurs jours, mais Nicolas finit par la convaincre que tout danger était passé et qu'un de ses hommes serait en permanence à proximité pour parer à toute éventualité. Son besoin de s'épancher et son souci de retarder le départ de Nicolas la conduisirent à s'étendre avec attendrissement sur le passé sans qu'il songe à l'interrompre, et à enchaîner quelques anecdotes sur l'enfance de Camille et de Charlotte. Enfin, emportée par ses souvenirs, elle lui apprit que, dans leur jeunesse, un grave différend les avait dressées l'une contre l'autre. Il s'agissait d'une rivalité amoureuse, et leur opposition véhémente avait fini par dégoûter leur prétendant commun.

Nicolas monta ensuite voir Geneviève, qui ne dormait pas. Assise dans son lit, elle serrait contre son cœur un pantin de chiffon, et de grosses larmes coulaient sur ses joues. Il tenta de la consoler, lui expliquant la situation avec des mots simples et sans entrer dans les détails. Il la borda et elle s'endormit presque aussitôt. Cyrus, qui avait accompagné le commissaire, jouait languissamment avec une boulette de papier, la mâchouillant de ses vieilles dents. Intrigué, Nicolas la lui tira de la bouche et, après l'avoir dépliée, l'approcha de son bougeoir. Il découvrit avec stupeur et une espèce de jubilation une écriture qu'il connaissait. C'était celle de Claude Galaine, le père d'Élodie, mort en Nouvelle-France. Il s'agissait de ses dernières volontés écrites sur un parchemin de petit format, plié et replié. Elles portaient clairement que toute sa fortune, énumérée en bas du document et qui consistait en une masse considérable de capitaux placés et de propriétés, devait revenir à sa fille unique, Élodie. Toutefois, elle n'en aurait que l'usufruit, dans l'attente de son premier-né mâle qui en serait l'héritier : Si par malheur elle venait à décéder fille, l'héritage reviendrait au premier-né mâle de Charles Galaine. Voilà qui ouvrait d'intéressantes perspectives. L'essentiel, à présent, était de savoir qui détenait ce document et qui avait pu en prendre connaissance. Nicolas fouilla dans les jouets de la petite fille, et il tomba sur un collier de perles noires, identiques à celle trouvée dans la main d'Élodie, le tout provenant sans conteste possible de l'objet volé à Naganda. Sans doute, Geneviève, séduite par ces perles, les avait-elle renfilées pour se constituer un bijou.

Nicolas était au désespoir d'avoir à la réveiller. La fillette s'étira avec une moue chagrine. Interrogée, elle commença par se taire, puis se mit à pleurer. Oui, elle avait trouvé ce papier et les perles dans la boîte à ouvrage de ses tantes. La boîte contenait un œuf en bois d'acajou pour repriser, et cet objet lui plaisait beaucoup, car il était creux et on pouvait le dévisser. D'habitude, ses tantes y plaçaient des épingles et des aiguilles. La dernière fois qu'elle l'avait ouvert, elle avait trouvé un papier tout plié et des perles noires. Nicolas essaya de savoir à quand remontait cette découverte. Un jour ou deux, la petite ne se souvenait plus vraiment. Nicolas était cependant intrigué par un fait, il avait fouillé la chambre des deux sœurs et n'avait point remarqué ce petit meuble. Il exigea des précisions. Il apprit qu'il n'était pas toujours dans la chambre, mais suivait les pérégrinations des travaux de couture dans les différentes pièces et étages où se trouvaient Camille et Charlotte. Il calma l'enfant, et ne la laissa qu'une fois endormie.

Nicolas remonta dans sa chambre prendre son portemanteau. Il n'y avait plus trace ni de Semacgus ni du père Raccard dans la maison ; sans doute avaient-ils accompagné leurs patients. Bourdeau, toujours prévoyant, lui avait réservé une voiture. Nicolas ordonna qu'on le conduisît rue Montmartre. Il souhaitait à la fois ramener Cyrus au bercail — le vieux chien, au demeurant folâtre et gaillard, méritait un bon repas et un peu de tranquillité —, faire toilette et prendre des nouvelles de M. de Noblecourt. Quand il arriva sous le porche du vieil hôtel, la boulangerie exhalait la réconfortante odeur de la première fournée. Passé la porte cochère et après avoir prié la voiture de l'attendre, il entendit une petite voix timide le héler. C'était le jeune mitron.

— Monsieur Nicolas, j'ai à vous dire qu'en balayant ce matin j'ai trouvé une chose en métal, la même que celle que vous avez ramassée hier. Je l'ai gardée, pensant qu'elle vous intéresserait.

Il lui tendit un petit ferret doré identique à celui trouvé dans la serrure des combles de l'hôtel des Ambassadeurs Extraordinaires.

— Tu ne pouvais me faire plus grand plaisir ! s'exclama Nicolas.

Il fouilla dans sa poche, en tira une poignée de liards et les offrit à l'enfant qui les reçut en rougissant.

— As-tu déjà monté les petits pains à M. de Noblecourt ?

— Pas encore. Je m'y apprêtais en guettant votre retour.

— Veux-tu parfaire mon contentement ? Ajoute aux pains mollets quelques croissants et brioches. Aujourd'hui, je dévorerais bien la boutique et le mitron avec !

Le garçon s'enfuit en riant. Le jour qui se levait mettait dans la vieille cour une lueur indécise. Le carré de ciel virait du bleu-noir au gris perle. Des oiseaux pépiaient et s'ébrouaient près d'une flaque. Un jour nouveau succédait à l'horreur des ténèbres. Ferait-il éclater la vérité ? Permettrait-il de confondre les coupables en faisant le lien entre les éléments composites et péniblement rassemblés au cours de l'enquête ? Serait-il illuminé par une vision fugitive et irraisonnée qui mêlerait les informations comme les dés dans le cornet puis les rejetterait dans un ordre nouveau en faisant éclater la solution ? La découverte d'un nouveau ferret écartait tout scrupule de l'esprit de Nicolas. En dépit du *nihil obstat* de M. de Sartine et de son absolution administrative, il n'était pas convaincu jusque-là que l'acte destiné à confondre Langlumé n'appartenait pas à ceux dont on garde le souvenir amer tout au long de sa vie. La providence, cette justice immanente, venait d'en décider autrement. Ce ne serait pas seulement l'attentat contre un vieil homme que la loi punirait, mais aussi l'offense faite à un magistrat, c'est-à-dire au détenteur d'une partie de l'autorité royale.

La maison Noblecourt était déjà en pleine effervescence. Après une bonne nuit, le vieux magistrat s'était éveillé à l'aube, juste un peu moulu suite à l'agression de la veille, mais ragaillardi et affriandé à l'idée de pouvoir faire une pause, avec la bénédiction de la Faculté, dans son austère régime habituel. Il avait commandé son chocolat et attendait ses pains mollets. Lorsque Nicolas entra dans sa chambre, le vieil homme, revêtu d'une robe en perse amarante et la tête enveloppée dans un madras qui cachait ses pansements, surveillait avec impatience les pas menus de Marion et les grandes enjambées de Catherine qui dressaient toutes deux le couvert près de la fenêtre donnant sur la rue. Cyrus, jappant et gémissant, se précipita aux pieds de son maître.

— Ah ! mon vieux compagnon, dit Noblecourt mi-ironique, mi-ému, tu as dû vivre de bien terribles aventures avec Nicolas ! Tu pars sans un regard mais tu reviens content de te retrouver céans !

Il se tourna vers Nicolas en désignant sa tenue d'un geste théâtral.

— Ne me trouvez-vous pas grand *Mamamouchi*, ainsi ? *Quid novi*, mon bon ami ? Vous paraissez fatigué. Prenez place, asseyez-vous et contez-moi tout par le détail.

Catherine posa un grand plateau avec le chocolat, les tasses, les pains, rejoints par les croissants et les brioches, et trois pots de confiture.

— Je crois qu'il faut d'abord demander à Catherine de préparer une bonne pâtée pour Cyrus, qui n'a pas fait grande chère rue Saint-Honoré.

À ces mots, le chien s'agita et fila sur ses vieilles pattes vers l'office.

— Et de surcroît, vous me l'avez affamé ! Mais que vois-je ? Des croissants et des brioches !

Catherine grommela.

— C'est bour Nicolas, bas bour vous, monsieur. Soyez raisonnable. Les betits bains suffisent.

— Bien, bien. Tu peux disposer.

Mécontent, il la chassa comme s'il écartait une mouche. À peine eut-elle le dos tourné que sa main s'arrondit sur une brioche qu'il emplit, après l'avoir ouverte, d'une large cuillerée de confiture de cerises sous le regard sévère de Nicolas, qui commença son récit. Quand il se tut, le vieux magistrat, rassasié, se recula dans son fauteuil et, après un regard sur la rue Montmartre, joignit les mains.

— Un autre que vous m'aurait conté cela, je ne l'aurais jamais cru, dit-il. Certes, notre foi nous impose de porter créance à mille récits de la vie des saints. Se peut-il qu'existent un autre versant, un revers à la médaille, un reflet néfaste et ténébreux de notre propre existence ? L'Église, c'est vrai, nous incite à le croire et il me plaît d'apprendre que l'homme chargé des exorcismes, ce père Raccard, soit d'évidence un homme raisonnable et non un de ces petits esprits rancis et rétrécis qui regrettent l'Inquisition et n'auraient de cesse de jeter la pauvre victime en proie à ces folies dans les flammes du bûcher. Il faudra me le présenter. On invitera le maréchal de Richelieu et quelques beaux esprits et on dissertera devant quelques fines bouteilles. Quelle soirée en perspective !

Tout en parlant, il tordait sournoisement la corne d'un croissant.

— Vous êtes-vous posé les questions essentielles ? reprit-il. Soit la fille était proprement possédée, et pourquoi cet excès d'indignité ? Soit il s'agissait d'une malade comme notre ami Semacgus en eut l'intuition première, et alors qu'apporte sa « crise » dans le cours de votre enquête ? Dans le premier cas, pourquoi le malin se serait-il intéressé à une pauvre servante ? Si nous nous plaçons du point de vue de l'Église, c'est sans doute parce qu'elle avait offert l'occasion au démon de s'emparer de son âme. Et si tel est le cas, tirez-en immédiatement les conséquences. Cette Miette se trouve au centre de votre enquête. Dans le second cas, si la pauvrette est malade, les conclusions que son état inspire nous dirigent vers la même explication. Quels faits épouvantables, quelle responsabilité insupportable ou quelle lourde complicité ont-ils pu la mener à cet état de délabrement mental ? Pour moi, elle est au centre de tout. Faites-la parler.

— Hélas, soupira Nicolas, elle a perdu la raison et rien ne dit qu'elle la recouvrera. Voilà bien mon souci, et vous avez mis le doigt à l'endroit exact où nous achoppons. Si un certain nombre de faits s'accumulent, je suis, en dépit de tout, contraint de lâcher les chiens en des directions opposées et moi, je routaille[2] derrière l'un ou l'autre des suspects. Bien des éléments me manquent encore, mais tout conspire à les soupçonner tous. Aucun, à vrai dire, ne possède d'alibi pour le moment concernant le meurtre d'Élodie. Quant à l'infanticide, si tant est qu'il soit prouvé, il sera difficile de parvenir jusqu'à son auteur.

— Et votre si étonnant naturel de la Nouvelle-France ? Le voilà hors de cause, si je ne m'abuse ; on a tenté de l'assassiner. Vous ne m'allez tout de même pas affirmer qu'il demeure sur la liste de vos suspects ?

— Oh ! que si ! Sa blessure ne prouve rien, on l'a très maladroitement servi, pour parler comme un veneur. Raté, à peine blessé ! N'est-ce pas étrange ? Même si l'attentat perpétré contre sa vie est réel, il prouve tout et ne prouve rien. Il est possible qu'un sien complice ait voulu se débarrasser de lui. Or, j'ai des doutes sur l'alibi de Naganda, tant je le soupçonne d'avoir lui aussi des motifs pour souhaiter la disparition d'Élodie.

— Ne vous laissez pas entraîner dans des embrouillements infinis. Je m'en voudrais que mes questions alourdissent votre réflexion dans une affaire déjà trop chargée d'hypothèses. Tout crime, je le sais d'expérience, est une machine complexe à trois ou quatre centres de mouvements. N'écartez rien, mais restez simple et ouvert à l'évidence. À qui profite le crime ? Quels sont ses ressorts habituels ? Bien sûr, l'intérêt et la passion. Démontez vos suspects comme vous le feriez d'une pendule ; la pièce qui manque se retrouvera naturellement.

— Vous avez raison, murmura Nicolas. Plus on disserte sur une affaire, plus on lui ajoute d'éléments confus et plus elle devient inextricable.

— Voilà ! Le flambeau de la vérité s'obscurcit lorsqu'il est agité trop violemment. Pressez-vous, à partir de ce que vous savez, d'établir un plan de bataille. Écoutez votre intuition. J'observe, depuis des années, qu'elle vous guide plus souvent qu'elle ne vous égare. Le cœur est ému chez vous avant que l'esprit réfléchisse.

La deuxième corne du croissant disparut prestement engloutie. Le reste allait suivre quand Cyrus, revenu, s'en saisit sous le regard courroucé de son maître.

— Ah ! le petit coquin ! s'esclaffa Nicolas en riant. Il brave une disgrâce tant il a soin de la santé de son maître. Je vais faire de même et vous laisser reposer.

Il se leva et, après avoir souhaité un prompt rétablissement à M. de Noblecourt, qui le salua d'un petit geste menaçant, il prit ce qui restait de croissants et de brioches et regagna son appartement. Quelques instants après, alors qu'il allait repartir, Bourdeau frappa et passa sa figure rougeaude et réjouie. Nicolas pensait souvent que rien, dans l'apparence de son adjoint, ne pouvait donner la mesure de sa profondeur et de sa finesse. L'inspecteur baissait rarement la garde et préservait son quant-à-soi. Rares et précieux étaient les moments où il avait découvert à Nicolas les aspects secrets d'une personnalité attachante et complexe.

— Tout est en ordre, fit-il. Chaque membre de la famille Galaine est au secret. Six cachots sûrs à trouver, ce ne fut guère facile.

— Ils sont « à la pistole[3] » ?

— Rien du tout. Cela signifierait allées et venues incessantes. Ils sont « à la dure », mais cela ne créera pas de difficultés, vous en aurez fini bien avant.

— Merci pour la confiance ! Notre système de prison est insupportable et ne concourt point à la manifestation de la vérité. Les vrais maîtres des lieux sont le concierge, les geôliers et leurs valets, et les guichetiers avec lesquels les prisonniers sont en relations quotidiennes. Je ne parle pas des commissionnaires qui vont et viennent entre le dedans et le dehors. J'ai jeté quelques idées à ce propos sur un papier à l'intention de M. de Sartine. Un de ces jours, je les lui soumettrai. Et la Miette ? Et Naganda ?

— Le second, à l'Hôtel-Dieu. Mais il a fallu que j'élève la voix. Les malades y sont quatre par lit, se passant leur vermine. J'ai dû lâcher quelques écus afin d'obtenir une méchante pièce pour l'Indien. J'y ai laissé un exempt. Tout cela va faire des frais…

Il agita un papier.

— Préparez-moi un mémoire que je signerai. Vous savez combien les Duval, ces harpies du bureau du cabinet de M. de Sartine, sont tatillons sur le sujet, aussi bien le fils que le père.

— La France périra des paperassiers !

— Et la Miette ?

— Impossible de la mettre à l'Hôtel-Dieu. Charenton et Bicêtre bien trop loin. Je l'ai fait conduire avec des instructions au couvent des Lazaristes, rue du Faubourg-Saint-Denis. Là aussi, dépense à prévoir : une religieuse la surveille.

— Provisoire, très provisoire. Du moins je l'espère. Confrontation et crise finale approchent.

— Quant au reste, j'ai des choses importantes à vous dire que vous m'avez rentrées dans la gorge rue Saint-Honoré.

— Urgence, mon cher, urgence ! J'avais bien noté votre souhait et suis toute curiosité de ce que vous m'allez apprendre.

— Rabouine a bien fait la commission à son retour de Versailles. Je me suis rendu, muni du billet que vous aviez joint à vos instructions, chez Robillard, fripier rue du Faubourg-du-Temple. Bouge immonde et galeux au dernier point. Là échouent toutes les défroques hors d'âge des garnis. J'ai dû le secouer un peu, et il a fini par me sortir les garanties du billet à terme. Un drôle de lot qui ne va pas manquer de vous intéresser.

— Je vous écoute, ne me faites pas languir.

— C'est pour mieux vous satisfaire à la fin, dit Bourdeau en riant. Il m'a sorti deux manteaux sombres, deux chapeaux et deux masques en papier mâché blanc. Et, j'oubliais, un flacon de verre d'apothicaire. Cet ensemble hétéroclite lui avait été apporté en toute hâte dans la matinée du 31 mai, dès les premières heures du jour. C'est-à-dire le matin même de la catastrophe de la place Louis-XV.

— Et qui le lui avait apporté ?

— Un jeune homme.

— Sans d'autres précisions ?

— Non. Vous paraissez déçu.

— Aucunement. Mais tout se complique une nouvelle fois. Avez-vous au moins relevé un quelconque signalement ?

— La banalité même. L'échoppe est sombre, peu éclairée le matin, et le Robillard n'a rien vu. D'ailleurs, son métier incite à la discrétion, car de fripier à receleur il n'y a pas loin. Tout s'est déroulé très rapidement. Ce qui était surprenant pour lui, c'était d'avoir à traiter avec un personnage trop bien pour son négoce et qui a abandonné, sans discuter la somme, des vêtements de bonne qualité qui valaient beaucoup plus.

— Ainsi, ce serait un homme... fit Nicolas, songeur. Après tout, pourquoi pas ? Ou une femme déguisée en homme. Tout est possible.

— Vous me voyez désolé, reprit Bourdeau, de n'être pas porteur de plus éclairantes nouvelles.

— Point du tout, Pierre, vous n'y êtes pour rien. Le carton que j'avais découpé ne s'adapte plus à l'ensemble du jeu, c'est tout. Il ne faudra pas oublier de faire examiner ce flacon. Cet objet a contenu quelque chose. Nul doute que Semacgus pourrait nous aider utilement dans ce domaine. Quant aux autres pièces à conviction, veillez à les tenir enfermées dans notre bureau de permanence du Châtelet. Et quoi encore ?

— En sortant des *Deux Castors* cette nuit, je me suis heurté à M. Nicolas qui surveillait la maison.

— M. Nicolas ? Depuis quand me donnez-vous du Monsieur Nicolas ?

— Non, pas vous, bien sûr. Vous le connaissez, cet imprimeur qui écrit lui-même et qui brave en permanence les censeurs.

— Ah ! Restif, Restif de La Bretonne ! Il a longtemps intrigué le bureau des mœurs. C'est un sacripant très luxurieux, insatiable même.

— Vous savez qu'il n'a rien à nous refuser, et qu'à l'occasion il nous sert d'informateur bénévole. Nous fermons les yeux sur bien des choses... Je lui ai demandé ce qu'il faisait là. Il a paru gêné, a désigné la boutique et a pris la poudre d'escampette en ricanant. Je n'avais guère le loisir de le poursuivre avec toute cette caravane de voitures à ébranler. Mais je reste persuadé d'un mystère à éclaircir et je n'écarte pas, le connaissant, qu'il ait tissé quelque intrigue avec une occupante de la maison Galaine.

— Vu la réputation du personnage, cela me paraît en effet vraisemblable. Pierre, retrouvez-moi son adresse. Il loge, si je ne m'abuse, pas très loin de la rue de Bièvre. Le jour, on peut le pincer chez lui, car il ne sort que la nuit. Est-ce tout ?

— Que non pas ! J'ai consulté le notaire de Galaine. Lui aussi fermé comme une huître. Mais ces tabellions-là, ça ne résiste pas à une parole un peu forte. Des plumassiers !

— Monsieur l'inspecteur, dit Nicolas d'un ton noble, vous vous oubliez. Savez-vous que vous parlez à un ancien clerc de notaire ?

— Dieu merci, vous vous en êtes sorti ! Bref, l'homme a parlé. Aucun testament n'a été déposé à son étude, mais il dispose d'une lettre de Claude Galaine qui l'avertit que ses dernières volontés se trouveront entre les mains innocentes — il a insisté sur ce qualificatif — d'un Indien de la tribu des Algonquins qui, le moment venu, sera chargé de les rendre publiques.

Nicolas se frottait les mains. À la grande surprise de Bourdeau, il sortit de sa poche un petit papier plié qu'il agita victorieusement.

— Le testament, le voici ! Il était dans l'œuf et, auparavant, au cou de Naganda.

Il pirouetta, prit l'inspecteur par l'épaule et l'entraîna dans l'escalier.

X

LUMIÈRE ET VÉRITÉ

« Et le dernier, de faire partout des dénombrements si entiers, et des revues si générales, que je fusse assuré de ne rien omettre. »

DESCARTES

Rue Montmartre, Nicolas, en équilibre sur le marchepied du fiacre, expliqua à Bourdeau son plan de bataille. Il devait d'abord rencontrer le lieutenant criminel pour parer à tout retour de bâton sur une enquête si peu habituelle. Sans doute ne pourrait-il pas rencontrer M. de Sartine, qui avait passé la nuit à Versailles et serait sur le chemin du retour. Paré de ce côté, il comptait ensuite se rendre au couvent des religieuses de la Conception, là où deux gardes françaises avaient situé le récit d'une scène entre une fille en satin jaune et un personnage qui pouvait être Naganda. Avec un peu de chance, il espérait y trouver quelque indice, si menu soit-il, qui contribuerait à faire progresser les choses.

Pendant ce temps, Bourdeau tâcherait de retrouver Semacgus. Celui-ci ne devait pas être bien loin, possédé lui aussi par le besoin de savoir. Il faudrait également convoquer Sanson à la Basse-Geôle pour l'ouverture du nouveau-né. Le chirurgien de marine ne serait pas de trop pour cette opération. Le bourreau devant effectuer une exécution, le matin même, place de Grève, cela les mènerait jusqu'au milieu de l'après-midi. Resterait à Nicolas à rendre compte à Sartine revenu de Versailles, puis, avant la nuit, d'aller interroger Restif de La Bretonne dont le logis, au dire de l'inspecteur, était situé dans un garni de la rue de la Vieille-Boucherie, sur la rive gauche. Il regretta que, dans tout cela, ne figurât aucun moment disponible pour appréhender le sieur Langlumé, major des gardes de la Ville.

Nicolas se fit conduire au Grand Châtelet. Il fut introduit dans le cabinet du lieutenant criminel, qui enfilait sa tenue de parade. L'une des charges de ce magistrat consistait en effet à assister aux exécutions capitales. Son humeur se ressentait de cette perspective et il reçut Nicolas le visage chaviré ; l'angoisse visible qui le tenaillait fit remonter le personnage dans l'estime de Nicolas, persuadé qu'un être que la mort d'un autre bouleversait ne pouvait pas être tout à fait mauvais. Il ne parut pas scandalisé par les explications de Nicolas. Son seul commentaire fut que « la volonté du roi prévalait sur les règles et usages, que, de toute façon, chacun en faisait à sa tête, que l'ordre normal des choses était bouleversé et qu'il n'avait plus son mot à dire dans une procédure si extraordinaire que, de sa vie, il n'en avait connu de semblable ».

S'échauffant progressivement, il en vint à tenir des propos peu amènes mais, se rendant compte aussitôt qu'il s'adressait à quelqu'un de l'entour du roi, il ravala son exorde, s'adoucit, mit son irritation sur le compte d'une fatigue et d'un énervement passagers. Bref, il finit par donner son aval à tout ce que lui proposait Nicolas, tant sur l'affaire criminelle de la rue Saint-Honoré que sur le cas de Langlumé. Le commissaire obtint ainsi qu'une séance, dont la date restait à fixer, serait organisée avec la famille Galaine dans la salle d'audience du lieutenant général de police, au cours de laquelle, il s'en portait garant, les coupables seraient désignés et formellement convaincus. Compte tenu du caractère particulier de l'enquête et des actes sacramentels autorisés par Sa Majesté et par l'archevêque de Paris, il entendait tenir cette séance à huis clos, afin de ne laisser filtrer aucune information susceptible de troubler le peuple et de menacer l'ordre public.

M. Testard du Lys acquiesça aussi à cette proposition, rappelant doctement, comme pour se justifier à ses propres yeux, que l'aïeul du roi avait créé à la fin du siècle dernier, alors qu'une contagion effroyable d'empoisonnements bouleversait la cour et la ville, une juridiction spéciale, appelée Chambre ardente, qui avait eu à connaître de ces cas auxquels s'ajoutaient, dit-il en baissant la voix, de terribles accusations contre la maîtresse du roi, soupçonnée d'avoir prêté la main, et cela n'était que figure de style, à la célébration de messes noires. Nicolas le laissa gloser tout à loisir, estimant que les deux situations n'avaient de commun que le souci d'entourer de silence le déroulement d'une procédure criminelle touchant à des matières scandaleuses.

Sur la fin, le lieutenant criminel se radoucit, s'attendrissant sur la chance d'avoir, à la lieutenance générale de police, des magistrats si soucieux de quêter son avis. Il recommanda à Nicolas de persévérer dans cette voie et ajouta qu'ainsi il aurait toujours son oreille et serait assuré de sa bienveillance. Ils se quittèrent très satisfaits l'un de l'autre.

Alors que Nicolas sortait du cabinet, le père Marie, hors d'haleine, l'intercepta. L'huissier lui signifia que M. de Sartine, revenu à l'improviste dans la nuit, souhaitait le voir sans délai. Il fit mettre le cap à sa voiture sur l'hôtel de police où, dès son arrivée, un laquais nerveux lui confia que l'humeur du maître était des plus sombres. Il se rassura à la vue du spectacle qu'offrait son chef, assis derrière son grand bureau. Il maniait ses perruques, ce qui était réconfortant. Cet exercice propitiatoire augurait souvent de la dominante de la journée. Pour l'heure, il roulait dans ses doigts une boucle d'un modèle de perruque grise à reflets plus sombres qui se reformait à chaque étirement et reprenait sa forme comme un ressort bien conditionné.

— Voyez, mon cher Nicolas, cet extraordinaire modèle de cheveux artificiels. Il me vient de Palerme, où un ex-jésuite, expulsé du Portugal, a réussi à mettre au point ce modèle. Reste à voir s'il tient la route et si son usage répété et sa coiffure quotidienne permettent de conserver la qualité initiale.

Sartine reposa l'objet, et se tourna vers Nicolas.

— Alors, monsieur le commissaire, où en êtes-vous avec l'archevêque et avec les cérémonies grotesques que vous demandâtes l'autorisation d'organiser ? Tout cela traîne, et Sa Majesté, que je viens de quitter...

Il soupira comme si cette constatation d'évidence l'attristait, car elle laissait entendre qu'une fois de plus le vieux roi avait festoyé tard dans la nuit.

— Bref, le roi m'a encore bien recommandé de faire diligence dans une affaire qui intéresse l'État, et dans laquelle le magistère spirituel ne doit interférer qu'autant que dans les limites imparties, et tout cela devant rester enveloppé du secret le plus épais. Qu'un folliculaire épris de scandale s'en saisisse, et aussitôt ce sont toutes les officines et imprimeries clandestines de France, de Navarre, et surtout de Londres et de La Haye[1], qui se mettront à composer pamphlets et chansons.

Nicolas saisit au vol l'idée qui transpirait du propos de son chef. Cependant, il était nécessaire d'aborder la décision souhaitée de manière à laisser à M. de Sartine le sentiment qu'il en était l'auteur, et même plus, qu'il l'imposait à des subordonnés bornés qui n'en comprenaient ni l'intérêt ni la nécessité.

— Monsieur, j'ai la satisfaction de vous annoncer que l'exorcisme a été accompli. Avec succès, je crois.

Il a conduit à la découverte d'un corps de nouveau-né dans la cave de la maison Galaine. L'infanticide est présumé et je poursuis mes dernières investigations. Je ne désespère pas d'aboutir aujourd'hui et de confronter publiquement les suspects à mes conclusions, en votre présence et celle du lieutenant criminel.

Le « publiquement » jeté sans insister fit l'effet d'une mèche sur une poudrière.

— Comment « publiquement » ! Vous divaguez, monsieur ! N'entendez-vous pas ce que je viens de vous dire ? Est-ce à vous, qui avez vogué tant d'années sur la mer agitée du crime, qu'il faut mettre les points sur les *i* ? Ne sauriez-vous plus consulter la boussole et manier le gouvernail dans une affaire si délicate ?

— Je comprends, monsieur, que vous souhaitez une séance toutes portes fermées. Mais vu le nombre des suspects, votre salle d'audience au Châtelet est de rigueur. Et il serait souhaitable de ne pas prévenir le lieutenant criminel…

— Il récidive ! Ne pas inviter M. Testard du Lys, c'est violer les règles d'une procédure qu'il nous a lui-même, euh… lui-même… autorisé à… entourer de libertés extrêmes.

Soudain, son visage sévère s'éclaircit et il se mit à rire tout en bouleversant une partie des boucles de la perruque qu'il continuait à triturer.

— Par Dieu, je m'étonnais bien un peu de propos par trop stupides auxquels vous ne m'avez pas accoutumé ! Je vois que nous sommes d'accord, monsieur le sournois. Séance à huis clos dans ma salle d'audience avec le lieutenant criminel qui, j'espère, nous épargnera de trop longs commentaires et se contentera de tenir séance.

— C'était pour la bonne cause, dit Nicolas en riant.

— Monsieur le commissaire, je ne vous en veux pas. Les vérités que l'on aime le moins à entendre sont celles qui importent le plus de savoir. Pour en revenir à notre affaire, le temps me manque pour vous écouter et en discuter. Vous m'assurez que demain nous aboutirons et que le démon — ou ce qui en tenait lieu — ne sera pas de la partie. Voyez l'effet dans ma cour, même portes closes !

— Monsieur, il n'y a que l'ignorance qui assure. Pour ma part, j'espère être en mesure d'aboutir et d'achever.

— Bien, monsieur le rhéteur. Où vous mènent vos pas ?

— Dans une grange, et puis à la Basse-Geôle où nous vérifierons qu'il y a bien eu infanticide.

— Monsieur de Paris va vous prêter la main, je suppose ? Il exécute en ce moment même.

— Nous l'irons chercher au pied de l'échafaud !

— À demain donc, cinq heures de relevée[2]. Soyez exact et prenez toutes dispositions nécessaires. Ensuite, si tout se passe comme vous l'espérez, le roi attend un récit circonstancié, de vive voix. D'ailleurs, vous y excellez.

La bonne humeur de M. de Sartine éclatait à présent au grand jour. Nicolas supposa que le souper de la veille, dans l'intimité royale, y était pour beaucoup. Sans plus se préoccuper de lui, le lieutenant général s'empressait d'ouvrir une boîte oblongue dont il retira avec soin, tout enveloppée de papier de soie, une magnifique perruque aux tons fauves, disposée sur une tête de velours lilas. Tout à sa passion, il la désigna à Nicolas.

— Une splendeur ! C'est une spécialité de Friedrich Strubb, un maître d'Heidelberg. Quel éclat ! Quelle légèreté ! Toute volupté ! Bonne chasse, Nicolas.

Le commissaire se retira, satisfait d'avoir obtenu gain de cause sur tous les plans. Il sortit de l'hôtel de police en sifflant l'air d'un opéra du vieux Rameau. Il fit quelques pas, suivi par sa voiture. La journée promettait d'être radieuse et ce quartier riche de Paris, où la verdure abondait, respirait un air de jeunesse et d'insouciance, rehaussé par les couleurs des marchandes de fleurs. Le parfum qu'exhalait leur commerce combattait les senteurs toujours fortes de la ville, dont on percevait dans le lointain la rumeur matinale des quartiers plus animés. Il était trop tôt pour rejoindre la Basse-Geôle. Le plus sage était de prendre au plus court afin de rejoindre les abords de la rue Royale, où se situait le vaste quadrilatère du couvent des religieuses de la Conception. Il musarda encore un temps entre les hôtels neufs du quartier, puis remonta dans sa voiture.

Un grand mur de clôture annonça le couvent recherché. Nicolas en fit le tour ; dans l'enceinte s'inséraient d'anciennes maisons avec des impasses. Au bout d'un étroit chemin de terre bordé de lilas en fleur apparut enfin une vieille grange à demi effondrée, appuyée sur un bâtiment encore plus antique. Unc barrière en bois donnait sur un potager qui s'achevait aux lisières d'un bouquet d'arbres. Ce lieu champêtre, préservé par miracle en pleine ville, était empli du chant des oiseaux. La porte en bois de la grange s'ouvrit en grinçant. Il y avait là des instruments de jardinage, une vieille charrette et les restes d'un tas de foin de la dernière saison. La chaleur du milieu du jour, le silence de l'endroit n'évoquaient aucune image de sang ou de mort. Nicolas s'assit sur un billot de bois et, ayant ramassé une brindille, se mit à dessiner sur le sol des formes géométriques. Son esprit vagabondait. Soudain, les extrémités de la petite branche s'accrochèrent dans le sol jonché de foin à un morceau de tissu maculé qu'il souleva délicatement. Il s'agissait d'évidence d'un mouchoir de fine percale. Nicolas entreprit de le secouer afin de faire choir la terre et les débris végétaux qui le couvraient. Sous ses doigts, il sentit les fines nervures d'une broderie. Le tissu portait deux initiales entrecroisées qui formaient un *C* et un *G*. Se pouvait-il que ce mouchoir eût appartenu à la famille Galaine dont plusieurs membres possédaient les mêmes initiales : Claude, mort en Nouvelle-France (auquel cas l'objet pouvait appartenir à sa fille Élodie), Charles Galaine, le maître marchand pelletier et les deux tantes de la victime, Camille et Charlotte ?…

Cet indice, retrouvé à l'endroit où des témoignages approximatifs mais dignes de foi avaient placé l'incident d'une Élodie furieuse, entraînée par un personnage qui pouvait être Naganda, devenait par là même une pièce à conviction d'importance. Nicolas la recueillit précieusement avant de se mettre à genoux pour passer le sol au peigne fin et examiner chaque arpent de la grange, mais ne découvrit rien d'autre. Il consulta sa montre. Il était plus que temps de rejoindre le Châtelet pour l'ouverture du nouveau-né, dont il attendait beaucoup. Il retrouva son cocher, endormi sous le chaud soleil de juin. Le cheval s'était écarté de la voie vers le fossé en entraînant la voiture, et décapitait avec appétit un massif de pissenlits en bourgeons.

À la Basse-Geôle, Nicolas surprit Bourdeau et Semacgus devisant à mi-voix. Il ne fut guère surpris de les entendre disserter d'un petit vin des coteaux de Suresnes dont une guinguette des barrières faisait sa spécialité du côté de Vaugirard. Sur la table des ouvertures, gisaient, sous un petit morceau de toile, les pauvres restes retrouvés dans la cave de la rue Saint-Honoré. Bourdeau annonça que Sanson ne saurait tarder : informé du service qu'on attendait de lui, il avait promis de couper court — le mot fit s'esclaffer Semacgus — aux formalités qui suivaient nécessairement une exécution, et de les rejoindre sans traîner.

À peine l'inspecteur achevait-il sa phrase que le bourreau apparut. Nicolas éprouva l'impression, ou l'illusion, de se trouver devant un autre homme. Subissait-il encore l'influence de ce qu'il avait découvert sur son ami ? Peut-être cela tenait-il à la tenue traditionnelle de son état : Sanson était revêtu de la veste rouge brodée d'une échelle et d'une potence noires, de la culotte bleue, et portait un bicorne incarnat et l'épée au côté. Son visage, d'ordinaire pâle, semblait livide et durci, apparence que renforçaient encore des yeux perdus dans le vague. Prenant conscience de leur présence, il s'ébroua comme s'il sortait d'un cauchemar et les salua tous sur son habituel ton cérémonieux.

Nicolas, comme à l'accoutumée, esquissa le geste de lui tendre la main, mais un regard à la fois impérieux et pitoyable, dans lequel il lut une forme de supplication, l'incita à s'abstenir. Les assistants virent avec un serrement de cœur Sanson se laver longuement les mains à une fontaine de cuivre. Rasséréné, il se tourna vers eux avec un pauvre sourire.

— Pardonnez ma réserve, mais c'est une journée particulière…

Nicolas prit la parole.

— Nous sommes d'autant plus reconnaissants à votre amitié d'accepter de consacrer vos talents à une œuvre de justice.

Sanson agita la main comme on chasse une mouche importune. Nicolas regretta aussitôt le mot employé.

— Oh ! mes talents… Si Dieu avait pu me faire la grâce de ne me consacrer qu'à ceux-ci… Mais voyons plutôt le cas qui vous intéresse.

— Un enfant nouveau-né ou un fœtus mort-né, retrouvé dans une cave, enveloppé de linges et enterré. Sans doute depuis plusieurs jours. Disons, entre huit et quatre.

— Je vois. L'objet de cette ouverture est, je suppose, de déterminer s'il y a eu infanticide.

— C'est notre but, en effet.

— L'essentiel, dit le bourreau, est d'abord de s'assurer que le fœtus a vécu après l'accouchement. Est-il nécessaire de vous faire sentir toute l'importance de cette question ?

— Certes, mon cher confrère, intervint Semacgus. Ne voit-on pas qu'il est impossible de soupçonner que le crime a été commis après la naissance s'il est prouvé que l'enfant n'a point vécu ? Ici, vivre et respirer se confondent. Il faudra donc établir que le fœtus a respiré.

— Autrement, dit Bourdeau, sur un ton sentencieux, nous pouvons toujours réserver l'hypothèse de manœuvres abortives accomplies juste avant terme.

— Messieurs, reprit Sanson de sa voix douce, la solution de ces deux pertinentes questions repose tout entière sur l'examen du thorax et des poumons et, accessoirement, du cœur, des canaux artériels et veineux, de l'état du cordon ombilical et du diaphragme.

— Messieurs, messieurs, s'écria Nicolas, vous parlez d'or, mais vos connaissances ne sont pas les miennes ! Simplifiez, de grâce, votre propos pour le pauvre auditoire que je suis.

— Voyez-vous, Nicolas, dit Semacgus, les poumons respirant prennent du volume. Ils changent de situation et de couleur et repoussent le diaphragme. Leur poids se trouve augmenté par le sang qui les parcourt et leur pesanteur spécifique est moindre, parce qu'ils sont dilatés par l'air. Je vous passe les détails et l'étude approfondie du phénomène. Nous allons procéder. Ma trousse étant à Vaugirard, j'ai emprunté celle du chirurgien de quartier au Châtelet. Bon gré, mal gré, il me l'a prêtée, l'évocation du nom du commissaire Le Floch ayant fait merveille !

Il désigna un coffret de cuir qui, ouvert, scintilla à la lumière des flambeaux. D'un sac en tissu noir, il sortit un récipient en verre gradué sur le côté. Puis il mit bas son habit tandis que Sanson retirait son bicorne et sa veste d'apparat et que Bourdeau allumait sa pipe. Nicolas, presque instinctivement, sortit de sa poche une petite tabatière et assista avec horreur au début de l'ouverture. Quiconque l'eût observé n'aurait pu manquer de noter l'émotion qui le poignait. Ces deux hommes, qu'il connaissait trop bien, avec leurs qualités, leurs travers et même leurs vices, s'agitaient au centre de ce caveau sordide, penchés sur une pauvre chose pourrissante, en murmurant des paroles incompréhensibles. Il ferma les yeux quand de minuscules organes furent extraits, pesés, disséqués et examinés. Enfin, au terme d'une recherche qui lui parut interminable, et après que les poumons de l'enfantelet eurent été plongés dans le récipient rempli d'eau, les deux hommes se lavèrent les mains et échangèrent encore quelques remarques à mi-voix, avant de se tourner vers le commissaire.

— Alors, messieurs, dit Nicolas, que concluez-vous, si toutefois l'examen autorise une conclusion ?

Semacgus répondit :

— Le fœtus a respiré, nous en sommes convaincus.

— Nous écartons, poursuivit Sanson, la possibilité qu'il soit mort en naissant.

— Les poumons dans leur totalité sont d'un rouge peu foncé, mais plus léger que l'eau.

— Bien, je vous entends tous les deux. Mais si tout porte à croire que le fœtus a vécu après la délivrance de la mère, pouvez-vous déterminer si la mort est naturelle ou si elle peut être attribuée à quelque violence et, dans ce cas, quelle en est l'espèce ?

Après un long silence, Sanson croisa les mains.

— Nous avons écarté la monstruosité, source fréquente de décès, car l'enfant était normal et même bien constitué. Nous ignorons les conditions et la difficulté de l'accouchement, mais il n'y paraît rien sur un corps dont l'état n'est pas parfait. Il n'y a pas non plus présomption d'asphyxie.

— Alors ?

— Alors… Nous présumons une hémorragie ombilicale. On ne ligature pas le cordon et cela entraîne la mort. La jurisprudence considère que celui qui s'y risque encourt l'accusation d'infanticide. Nous croyons même que la ligature a été pratiquée par l'assassin, après avoir laissé couler le sang pour mieux donner le change. Ainsi s'expliquerait que vous n'ayez pas découvert de linges ensanglantés ni de traces de ce fluide dans la terre où le corps reposait et dans laquelle vous l'avez retrouvé.

— Tout cela est horrible, dit Nicolas.

Semacgus hocha la tête.

— Certes, oui. Mais, dans un esprit dérangé, c'est n'être point coupable que de laisser le nouveau-né se vider de son sang. Le criminel a le sentiment de laisser faire la nature et non pas d'effectuer un geste atroce. Pour notre part, nous estimons qu'un infanticide a bien été commis sur un nouveau-né qui avait respiré.

— Messieurs, je vous remercie encore une fois. Avant de nous quitter, un dernier service. Bourdeau, avez-vous apporté le flacon d'apothicaire retrouvé chez le fripier ?

L'inspecteur fouilla la poche de son habit et en tira l'objet.

— Vous serait-il possible, demanda Nicolas, de me dire ce qu'il a bien pu contenir ?

Semacgus se saisit du flacon, en ôta le bouchon de verre, le porta à ses narines. Son grand nez se fronça d'attention tandis qu'il le respirait. Il le tendit à Sanson, qui fit de même.

— C'est évident, murmura le bourreau.

— Des cristaux subsistent, imperceptibles. Avec un peu d'eau, peut-être...

Semacgus se dirigea vers la fontaine et fit couler un mince filet d'eau sur un doigt. Quand il n'en demeura plus que quelques gouttes, il les fit descendre le long de la paroi de verre. Il agita le flacon et le referma. Il demanda alors à Bourdeau d'activer le fourneau de sa pipe. Quand le tabac fut rouge, il y plaqua le fond du flacon pendant quelques instants.

— Cela va activer la décoction et l'amalgame.

Il rouvrit le flacon, le respira, le passa à Sanson qui hocha la tête affirmativement.

— Laudanum.

— Suc du pavot blanc, narcotique et soporatif, fit Semacgus en écho.

— Les risques ? demanda Nicolas.

— Divers. Sommeil profond de durée variable selon la quantité absorbée. Un excès peut conduire à la mort. Tout abus répété, à l'abrutissement.

Semacgus consultait du regard Sanson, qui opinait du chef. Il poursuivit :

— Tout dépend évidemment de l'âge et de l'état de santé de la personne qui en use.

— Tout est très clair, mes amis. Vos conclusions et vos dernières précisions éclairent ma lanterne. Je vais devoir vous quitter, la suite de l'enquête m'appelle sur d'autres terrains. Bourdeau, demain à cinq heures de relevée, comparution générale à huis clos dans la salle d'audience de M. de Sartine en présence du lieutenant criminel. Qu'on y transporte Naganda et la Miette. Il serait bon aussi que Marie Chaffoureau, la cuisinière, y comparût.

— Nicolas, suggéra Semacgus, si nous allions nous restaurer dans une de ces gargotes qu'affectionne notre bon Bourdeau ?

— Gargotes, peut-être, répondit Bourdeau, piqué, mais on y dîne proprement et agréablement. Vous en fîtes souvent l'expérience, docteur.

— Certes ! Ne prenez pas mon propos en mauvaise part. Je vous en sais gré, ayant la reconnaissance du ventre. Alors, Nicolas ?

— Je vous reconnais bien là, mon cher Semacgus, mais le temps me presse. Il me faut coincer un quidam avant la chute du jour. Après, ce serait le diable pour le retrouver avant l'aube.

Nicoias tendit la main à Sanson qui, cette fois, la lui serra sans réticence. Sur le seuil, il se retourna pour rappeler à Semacgus et à Bourdeau qu'il comptait sur eux le lendemain, lors de la grande séance. Il eut quelques difficultés à retrouver son cocher, parti se restaurer et qui, fatigué, s'était endormi le nez dans son plat. Le gamin de service alla le quérir et le ramena en profitant de l'occasion pour le houspiller. Il se vit aussitôt promettre quelques cinglants coups de fouet comme châtiment de son insolence. La présence silencieuse et sereine de Nicolas ramena le calme. La voiture prit la direction de la rue Saint-Honoré.

Nicolas voulait vérifier un point auprès de la cuisinière des Galaine. La confirmation de l'infanticide ne le surprenait guère. Quant au flacon qu'il sentait dans sa poche, sa dissimulation et sa mise en gage chez un fripier disaient assez son importance. Il crevait les yeux que cet indice était à mettre en relation avec l'état étrange dont Naganda s'était plaint. Quelle vérité, cependant, pouvait-on retenir des propos d'un témoin dont tout conduisait à penser qu'il mentait, dissimulant des faits et travestissant ses actions sans rendre un compte exact de son emploi du temps ? La boutique à l'enseigne des *Deux Castors* fut bientôt en vue. La cuisinière vint lui ouvrir et, sans doute privée d'interlocuteurs depuis l'aube, donna libre cours à son bavardage.

Il n'était pas aisé, expliquait-elle, de garder une petite fille aussi avancée pour son âge, qui ne répondait pas aux questions posées, mais en décochait elle-même de bien fâcheuses. Son attitude lui rappelait ses tantes au même âge. Certes, Camille et Charlotte n'étaient pas aussi malignes et l'une d'entre elles avait mis des années à savoir faire un nœud, encore n'y parvenait-elle qu'en le nouant à l'envers, travers qu'elle avait conservé depuis lors. Nicolas la laissait parler sans marquer d'impatience. Il l'interrompit seulement quand elle affirma avoir dû, au petit matin, et devant l'impossibilité dans laquelle se trouvait l'enfant de s'endormir après cette nuit terrible dont elle conservait une sorte d'horreur, lui servir un peu de lait sucré avec une bonne cuillerée d'eau de fleur d'oranger. C'était un remède souverain pour calmer les angoisses et faire dormir, dont usaient d'ailleurs ses tantes qui se fournissaient chez un apothicaire du voisinage. Il lui demanda à voir le flacon. Il était en tout point identique à celui retrouvé chez le fripier. Toutefois, comme il n'y avait pas d'étiquette, rien ne permettait de le différencier d'un flacon issu d'une autre provenance. Il demanda laquelle des deux sœurs était accoutumée à cette médication. Marie Chaffoureau lui assura qu'il s'agissait de Camille, la cadette. Il nota le fait dans son petit carnet, ayant observé que la mémoire pouvait faillir sur des détails d'apparence aussi minime. Nicolas remercia la cuisinière et lui demanda d'être présente au Grand Châtelet, le lendemain. Il la sentit bouleversée. Elle s'inquiétait de laisser Geneviève seule au logis. Ce n'était guère un problème, et il estima, tout bien réfléchi, que la présence de l'enfant pouvait également être utile. Il promit d'envoyer une voiture et remercia encore la cuisinière pour son omelette du samedi.

Les indications recueillies lui permirent de trouver sans difficulté la boutique de l'apothicaire qui bénéficiait de la pratique de la famille Galaine. Elle se trouvait à quelques pas de là, à l'angle de la rue de La Sourdière et de la rue Saint-Honoré. La porte poussée déclencha un timbre lointain. La boutique lui apparut immense. Au centre trônait un comptoir monumental de bois sculpté. Des étagères grimpaient à l'assaut des murs jusqu'au plafond, supportant des rangées de récipients divers parmi lesquels dominaient les pots de faïence richement décorés et pourvus d'inscriptions en latin. Il admira également des vases en ivoire, marbre, jaspe, albâtre et verre coloré. Après de longues minutes, un petit homme dans la cinquantaine surgit, vêtu de serge de soie noire et portant une perruque grise poudrée. Sous de gros sourcils passés au noir, de petits yeux bleus le fixaient, sans expression.

— Monsieur désire ? Pardonnez cette attente, je surveillais un commis qui dorait les pilules[3]. C'est là une opération délicate qui requiert toute mon attention.

— Il n'y a pas offense. Nicolas Le Floch. Je suis commissaire de police au Châtelet et souhaiterais obtenir de votre obligeance quelques lumières utiles à une enquête que je poursuis.

L'œil de son interlocuteur s'alluma.

— Clerambourg, maître apothicaire pour vous servir. Il m'est revenu qu'il y aurait des désordres chez un de mes voisins, maître marchand pelletier…

Il exprima cette hypothèse sur le ton d'une constatation regrettable.

— Mais vous n'êtes pas en robe ? observa l'apothicaire.

— Que non, vous n'êtes pas suspect. Il s'agit d'une conversation amicale. Je voudrais vérifier un détail.

— Lequel, monsieur ?

Nicolas sortit le flacon de sa poche et le tendit à l'apothicaire qui le saisit avec deux doigts, comme s'il s'était agi d'une bête venimeuse.

— Et alors, monsieur le commissaire ?

— Et alors, ce flacon provient-il de votre officine ?

— Je suppose qu'on vous l'a affirmé.

Nicolas ne répondit pas. L'apothicaire retourna l'objet.

— Je crois que oui.

— Pouvez-vous être plus précis ?

— Rien de plus aisé ! Il s'agit d'un exemplaire d'une série de flacons qui sont spécialement soufflés pour moi. Ils possèdent un petit bourrelet de verre qui ne trompe pas et que vous ne rencontrerez nulle part ailleurs chez mes confrères.

— Et le pourquoi de ce bourrelet de verre ?

— Justement, monsieur le commissaire… J'utilise ce modèle pour les produits délicats, dont l'usage interne pourrait se révéler dangereux.

— Mais pour de tels produits la médication n'est-elle pas d'habitude le fruit de la consultation précise du praticien et de l'apothicaire, de laquelle résultent l'ordonnance et ensuite une préparation portée par l'un de vos aides au patient ?

— Il est vrai que, d'habitude, nous procédons ainsi. Cependant, le patient réclame souvent de lui-même des produits dangereux... et la pratique est la pratique. Et de plus, nous ne sommes pas les seuls à lui en fournir. MM. les épiciers...

Le ton devenait aigre et acrimonieux.

— ... prétendent faire négoce de nos préparations. Ils vendent des produits tout aussi dangereux et même homicides. Nous sommes en procès avec eux depuis des années devant les cours royales.

Nicolas l'interrompit.

— Je vous entends. Quant à notre flacon, que contenait-il et qui vous l'a acheté, si votre souvenir vous permet de vous y retrouver ?

— Le dernier achat de la famille Galaine, car je suppose que c'est d'elle qu'il s'agit, concernait un produit qui, utilisé avec modération et raison, ne génère pas de danger particulier.

— De quelle substance s'agit-il ?

L'apothicaire eut un bref instant d'hésitation.

— Une substance nouvelle, le laudanum. Extrait travaillé du suc de pavot blanc. Il calme la douleur, l'endort et apaise le malade.

— Peut-il le plonger dans une prostration prolongée ?

— Certes oui, d'autant plus que la dose prescrite sera dépassée.

— Pour en revenir à notre propos, qui vous l'a acheté ?

L'apothicaire tira de dessous son comptoir un grand registre relié en veau qu'il consulta en mouillant son doigt à chaque page tournée.

— Hum ! Voilà ! Le 27 mai dernier. Pour le délicat, tout est noté, voyez-vous. Le 27 mai, M. Jean Galaine, un flacon de laudanum. Je me rappelle très bien que le jeune homme m'a affirmé vouloir calmer une rage de dents. Ce sont des voisins et Charles Galaine est un négociant honorable, fort considéré dans le petit monde des grands corps, encore que des rumeurs courent sur des embarras d'argent, passagers sans doute. J'espère que vous êtes satisfait, monsieur le commissaire. Nul, plus que moi, n'est soucieux du bon ordre de notre ville.

— Je vous en remercie. Vos indications me seront précieuses.

Dans sa voiture qui suivait les quais en direction du Pont-Neuf, Nicolas mesurait l'apparition d'un nouvel élément venant charger l'un de ses suspects. Ce Jean Galaine, ce fils de famille à l'attitude fuyante, dont les rapports avec sa cousine restaient environnés d'ombre et qui ne pouvait justifier de son emploi du temps dans la nuit du crime, était donc celui qui avait acheté le produit destiné à droguer Naganda. L'idée le traversa que tous ces Galaine étaient de mèche les uns avec les autres dans l'accomplissement de leur œuvre de mort et pour recouvrir leur forfait du voile patiemment tissé des contrevérités et des fausses pistes. Qu'allait bien pouvoir lui apprendre Restif de La Bretonne, dont il demeurait persuadé que la présence devant les *Deux Castors* n'était pas fortuite ?

Place du Pont-Saint-Michel, Nicolas fit obliquer le cocher sur la gauche pour emprunter la rue de la Huchette. La proposition de Semacgus lui revenait en mémoire et déclenchait une petite faim d'autant plus sensible qu'elle avait été contenue jusque-là. Nicolas, grand connaisseur de la capitale, n'ignorait pas qu'à toute heure du jour et de la nuit, on pouvait se procurer des volailles cuites dans cette artère. Des tournebroches éternels, pareils à des damnés à la chaîne, entretenaient des braises et le rôtissage. La fournaise des cheminées ne s'arrêtait que pendant le carême. M. de Sartine, toujours aussi soucieux des risques et des moyens d'y parer, prophétisait souvent que, si le feu prenait dans cette rue étroite, et d'autant plus dangereuse par ses anciennes maisons de bois, l'incendie serait inextinguible. La dernière ambassade de la Sublime Porte avait trouvé la rue charmante en raison des parfums délicieux qu'elle exhalait.

Nicolas fit arrêter son fiacre, baissa la glace, et commanda à un jeune marmiton qui admirait son équipage un demi-poulet qu'on lui apporta aussitôt sur un papier huilé avec un peu de gros sel et un oignon nouveau. Il éprouva un plaisir singulier à le dévorer et, songeant aux goûts de son chef, vérifia qu'en effet les ailerons du poulet, congrûment rôtis, constituaient un plat de roi. Une fontaine, à l'angle de la rue du Petit-Pont, l'abreuva et le dégraissa tout à la fois.

La rue de la Vieille-Boucherie, en revanche, demeurait introuvable dans ce dédale de ruelles, de collèges et d'impasses. Nicolas abandonna sa voiture pour continuer ses recherches à pied. Il se perdit, on l'égara, il parvint enfin au but. On lui indiqua une maison de piteux aspect où une maritorne lui apprit que le vaurien qu'il recherchait logeait désormais au collège de Presles, à quelques rues de là, dans le quartier des Écoles. Il finit avec peine par découvrir un bâtiment presque en ruine. Un vieillard qui crochetait de vieux papiers dans la cour écarta les cinq doigts de sa main gauche à sa demande de renseignements sur l'étage où demeurait « Monsieur Nicolas ». L'ascension des marches branlantes, au milieu des détritus, le mit hors d'haleine. La porte ouverte d'un garni offrait une vue en perspective sur une pièce presque nue, dont tout l'ameublement ne comprenait qu'un lit de sangles, une table et une chaise paillée. Une jeune fille, presque une enfant, en chenille, se lavait les jambes dans une cuvette ébréchée. Elle lui jeta un regard à la fois mutin et interrogateur.

— Vous cherchez papa Nicolas ?

— En effet, mademoiselle. Vous êtes sa fille ?

Elle pouffa.

— Oui et non, et beaucoup d'autres choses encore.

Voilà, songea-t-il, qui correspondait bien à certains échos malveillants parvenus jusqu'aux oreilles de la police, et notamment à celles de l'inspecteur chargé du département des mœurs à la lieutenance générale.

— Vous ne le trouverez pas céans, il est déjà parti.

— Et où pourrais-je le trouver ? Auriez-vous l'obligeance de me le dire ?

— Pourquoi pas ? Vous me le demandez si gentiment. Il est convié par Mlle Guimard, qui donne ce soir une grande fête à la Chaussée-d'Antin. Mais il ne doit s'y trouver que vers dix heures, ayant de nombreuses courses à faire en ville auparavant.

— Abuserais-je de votre bonté en vous demandant s'il compte rentrer cette nuit ?

— Abusez, abusez, j'ai l'habitude... Je ne crois pas... J'en suis même certaine. Il va sûrement trouver une autre paire de petits petons...

Elle rit avec espièglerie.

— Ce qui signifie ? dit Nicolas.

— Rien, je me comprends. Il ne rentre jamais au logis avant l'aube. Nous pourrions l'attendre ensemble...

Cela fut dit sans insister, avec une œillade et un balancement de hanches engageant.

— Hélas ! fit Nicolas. Mes affaires sont par trop urgentes, mais je vous sais gré de la proposition.

Elle esquissa une révérence, comme une comédienne saluant à l'issue du spectacle, et, sans un mot, se remit à sa toilette.

Nicolas reprit à l'envers son périple dans le méandre des ruelles pour retrouver son cocher. La demie de quatre heures venait de sonner et retrouver Rétif tenait pour le moment de la gageure. S'il avait annoncé qu'il se rendait chez la Guimard, la plus célèbre danseuse de l'Opéra, Nicolas était persuadé qu'il répondrait effectivement à l'invitation d'une déesse si considérable, toujours entourée d'une cour de dévots et d'adorants. Il se remémora mentalement la fiche de la dame, consultée il y avait peu, par simple curiosité, après avoir appris par un rapport que son ami La Borde protégeait la danseuse. Il est vrai que le premier valet de chambre du roi nourrissait un goût soutenu pour les sujets jeunes et jolis de l'Académie royale de musique. Marie-Madeleine Guimard avait débuté comme ballerine et, depuis une dizaine d'années, faisait les beaux soirs de l'Opéra. Quelques puissants, l'évêque d'Orléans, le maréchal de Soubise — le vaincu de Rossbach — s'étaient ruinés pour elle. On disait qu'elle avait commandé à l'architecte Ledoux les plans d'une maison et d'un théâtre privé sur un site long et étroit donnant sur la Chaussée-d'Antin. On pourrait y admirer une frise représentant le couronnement de Terpsichore, la muse de la danse, en procession sur un char tiré par des cupidons, des bacchantes, des grâces et des faunes. L'affaire n'étant pas entamée ni le permis accordé, Nicolas supposa que la Guimard offrait une réception sur l'emplacement choisi de son hôtel.

Après mûres réflexions, il décida de rentrer rue Montmartre pour se changer et rejoindre ensuite la Chaussée-d'Antin où la probable présence de M. de La Borde faciliterait son introduction. Il eut un moment la tentation d'occuper le temps qui s'offrait à lui pour appréhender le major Langlumé, mais rien ne prouvait qu'il le trouverait au logis et il se soupçonna de vouloir, ce faisant, satisfaire une rancune et une animosité toutes personnelles. Rue Montmartre, il apprit que M. de Noblecourt, fatigué, avait consenti à répondre aux objurgations réunies de Marion et Catherine et qu'une bonne tisane dépurative lui avait été imposée afin de combattre les conséquences du régime outrancier autorisé par un médecin que les deux commères vouaient aux gémonies. Elles profitaient de cette tranquillité pour préparer des confitures de cerises dont le parfum aigrelet flottait dans tout l'hôtel. Nicolas qui, enfant, adorait écumer les bassines regretta de ne pas en avoir le loisir. Il les prévint qu'il allait se laver à grande eau à la fontaine de la cour dans sa natureté. Elles protestèrent, arguant qu'il outrageait la pudeur et allait prendre malmort[4] à ces pratiques insensées. Seul Poitevin, habituellement silencieux, le soutint en prétendant que ce qui était bon pour les chevaux ne saurait être mauvais pour les humains. On rit beaucoup de cette sortie et Nicolas quitta la cuisine, chassé par les deux femmes mi-ravies, mi-furieuses.

Après son ébrouement, il remonta s'habiller. Il se considéra un moment dans un miroir. Le jeune homme de ses débuts avait forci. Son visage s'était durci sans s'empâter. Les cicatrices qui le marquaient depuis l'adolescence et d'autres plus récentes soulignaient le sérieux d'une physionomie amène où des rides commençaient à surgir. La trentaine n'avait pas modifié l'apparence de jeunesse ; il offrait désormais l'image d'un homme à peine effleuré par les épreuves traversées. Un fil blanc dans sa chevelure le frappa cependant comme une incongruité. Il choisit avec soin un habit de satin prune et une cravate de dentelle de Bruges dont il laissa couler avec plaisir le flot dans ses mains pour en apprécier la légèreté. Il noua ses cheveux avec un ruban assorti à la couleur de son habit et orna ses souliers de boucles d'argent étincelantes. Après tout, il n'était pas invité et il n'était pas question de paraître dans une tenue qui ne plaiderait pas en sa faveur. La présence de La Borde justifiait ce redoublement de soins ; il ne souhaitait pas faire honte à un ami, arbitre des élégances à Paris et à Versailles.

À dix heures, Nicolas retrouva son cocher qui avait pris du repos et changé la monture de l'attelage. La Chaussée-d'Antin ne se trouvait pas éloignée de la Comédie Italienne où une enquête, déjà ancienne, l'avait conduit. Le quartier vers les Porcherons, au sud de la butte Montmartre, demeurait encore campagnard. La Chaussée-d'Antin prenait tout juste son essor sur des sites libérés par la vente de biens appartenant à des ordres religieux. Ce n'était encore qu'un vaste espace autour de maisons éparses au milieu des jardins et des marais. Mais elle attirait désormais l'opulence qui tendait à y fixer ses brillants domiciles.

Il erra assez longtemps avant d'être attiré par une cohue de voitures et de laquais portant des flambeaux. Le long de la chaussée, au milieu d'un verger, un long bâtiment de bois avait été édifié avec des décorations en trompe l'œil. Sous le porche à l'antique, des Noirs enrubannés éclairaient l'entrée des invités. Une foule silencieuse, tenue à distance par des valets, considérait ce déploiement de splendeurs. Nicolas descendit de sa voiture et s'approcha. Un majordome recueillait les invitations reliées par des rubans mordorés. Il considéra Nicolas avec circonspcction. Celui-ci ne voulut pas exciper de sa fonction et lui demanda si M. de La Borde était présent. Cette requête, renforcée par l'élégance de sa tenue, parut constituer un sésame suffisant et l'homme le laissa entrer. Le pavillon comportait plusieurs salons richement meublés et décorés de fleurs. En deux arcs de cercle, ils conduisaient vers une vaste salle de réception ouverte sur le jardin, ce que permettait la clémence de cette nuit de juin. De somptueux buffets offraient des mets variés et des pyramides de fruits. Une armée de valets, accroupis devant des rafraîchissoirs, ouvraient des bouteilles de champagne ou de vin à la Romanée et tendaient flûtes et verres aux convives qui se pressaient autour d'eux. Au milieu de cette foule qui criait et riait, Nicolas finit par repérer un cercle déférent qui entourait une déité en robe de soie diaphane constellée d'or. Il reconnut la Guimard. Au premier rang de ses courtisans, M. de La Borde recevait en maître de maison. Il poussa un cri de joie en apercevant Nicolas.

— Cher Nicolas, je rêve ! Madeleine ne m'avait point annoncé votre venue. Quelle heureuse surprise !

— Hélas, mon cher, je ne suis pas invité et me suis introduit ici sur ma bonne mine et votre nom. Je recherche un homme que je désire interroger. Vous le connaissez sans doute. Un homme étrange, auteur, imprimeur, marcheur impénitent et bien d'autres choses encore.

— Je ne connais que lui ! C'est Restif. Il est convié ce soir pour donner du piment à la fête, étant fort disert et original dans sa conversation, qui l'emporte de beaucoup sur son apparence.

La danseuse s'approcha avec une moue mi-souriante, mi-irritée.

— Mon ami, vous me négligez.

Elle salua Nicolas.

— Le bonsoir, monsieur. C'est à vous que je dois cet abandon ?

— Ma mie, je vous présente Nicolas Le Floch, le bras droit de M. de Sartine. Le roi en raffole.

— Que ne le disiez-vous ! Je connais monsieur de réputation. Le maréchal de Soubise, naguère…

La Borde fit la grimace.

— … qui connaissait son père, le marquis de Ranreuil, en disait le plus grand bien. Feu la marquise de Pompadour lui était redevable, disait-on, de signalés services.

Nicolas s'inclina.

— Madame, vous êtes trop indulgente…

— Je l'ai invité, dit La Borde. C'est un homme à ne pas négliger.

— Que ne l'ai-je fait moi-même ! Vous êtes le très bienvenu, monsieur.

— Je vous remercie, mademoiselle. J'ose avouer vous admirer depuis longtemps. Votre charme en scène, comme à la ville, et le goût parfait de votre jeu sont inimitables.

Elle lui sourit en lui tendant les deux mains qu'il baisa. M. de La Borde le remercia d'un regard, le pria de l'excuser et la suivit.

Le temps ne parut pas long à Nicolas qui circulait au milieu des groupes, recueillant des propos et croisant d'illustres invités. Une jeune fille s'accrocha à son bras. C'était une camarade cadette de la Guimard. Elle lui confia sans excès de vergogne qu'elle espérait un protecteur, riche, c'était entendu, mais aussi jeune et de bonne mine. Il dut la décevoir. Il restait à proximité du salon qui donnait sur l'entrée. Vers la demie de onze heures, il aperçut un curieux personnage correspondant à l'image qu'on lui avait dressée de M. Nicolas. Un homme entra, un peu bossu, dont le maintien était si gauche et si concentré qu'il en paraissait hagard. À la fois gras et maigre, marchant mal, l'œil vif avec des sourcils épais qui lui donnaient l'air rébarbatif, le visage long, un nez un peu crochu et une barbe fournie et déjà grise constituaient un ensemble disparate, égayé par une bouche vermeille. Quant à l'habillement, il n'était ni propre ni sale, entre gris et noir. Un contremaître de manufacture du faubourg Saint-Antoine, c'est ainsi que l'homme apparut à Nicolas. Il se planta devant lui ; le personnage, effrayé, recula.

— Monsieur, point de scandale, dit le petit homme. Je paierai, on peut toujours trouver des accommodements.

— Il n'est pas question de cela. Êtes-vous M. Nicolas Restif de La Bretonne ? Je suis commissaire de police au Châtelet et vous demande, monsieur, de m'accorder un entretien que j'estime nécessaire.

Restif soupira et parut tout à fait rassuré par l'énonciation de la qualité de Nicolas, qu'il entraîna vers deux bergères dorées damassées de gris.

— Vous savez bien que je n'ai rien à refuser à la police.

— Nous le savons. C'est pourquoi nous attendons beaucoup de vous. Vous vous êtes évanoui bien curieusement, ce matin, quand l'inspecteur Bourdeau vous a entrevu devant la boutique d'un marchand pelletier, rue Saint-Honoré. Bien étrange attitude, dont nous attendons quelques explications.

— Puis-je user avec vous de la plus grande ouverture ?

— Je vous le recommande et vous y engage.

— Eh bien ! Eh bien ! J'affectionne les femmes, vous le savez.

Il parut songeur, comme s'il se parlait à lui-même.

— Qu'y a-t-il de plus charmeur qu'un petit pied de femme dans sa mule ? Oui, dans sa mule. Elle avait de si beaux pieds et se prêtait si bien. Je voulais la revoir ; c'est pourquoi je guettais devant sa maison. Voilà, monsieur. C'est tout.

— Bien. Mais de qui me parlez-vous ?

— Mais, de la marchande, bien sûr, Mme Galaine. Elle avait voulu cacher son nom. Je l'avais suivie et découverte. Je le lui ai d'ailleurs révélé lorsque nous nous sommes revus.

— Ainsi, vous reconnaissez avoir entretenu une relation avec cette femme ?

— Certes oui, monsieur. Je n'ai pas entretenu. J'entretiens, j'entretiens. Et dans tous les sens du terme. Au moins depuis quelques mois, après une maladie qui m'avait éloigné du théâtre de mes plaisirs. Je ne suis d'ailleurs pas le seul à entretenir.

— Vous me signifiez par là, monsieur, que vous en étiez à payer les… services de Mme Galaine ?

— Monsieur le commissaire, je ne vais pas vous apprendre la vie.

— Diriez-vous qu'elle se… sacrifiait par goût ou par lucre ?

— Mais par lucre, bien sûr ! Ou plus exactement — car elle me l'a confié un jour dans un torrent de larmes — par sa volonté d'amasser de l'argent pour sa petite fille, dans une situation où son époux roulait sans ressort vers une faillite assurée. Je n'exigeais pas beaucoup, elle me passait mes petites manies. Elle avait d'ailleurs d'autres pratiques, ce qui fait qu'elle grossissait peu à peu sa pelote. Quel ange ! Quel dévouement !

Nicolas ne s'était certainement pas attendu à cela.

— Une question importante, reprit-il après un silence. Le soir de la catastrophe de la place Louis-XV, où étiez-vous ?

— Avec elle, dans mon galetas du collège de Presles. Nous avons d'abord dîné à une table d'hôtes et sommes revenus chez moi. Après... elle s'est endormie et m'a quitté très tard ou, pour mieux dire, très tôt le lendemain matin.

— De quelle heure à quelle heure ?

— Entre la demie de six heures et trois heures du matin.

— Une dernière question, monsieur. Vous ne paraissez pas rouler sur l'or. Comment pouviez-vous aider cette femme ?

— Pourquoi suis-je si pauvre, voilà la réponse ! Je ne dépense que pour mes plaisirs, monsieur.

Des cris et des vivats les interrompirent. Ils suivirent un mouvement de la foule qui les entraîna dans la salle de réception. M. de La Borde, en chemise, monté sur une table, un verre à la main, terminait la lecture d'un poème de son cru en hommage à la Guimard[5] :

Ésope avec raison disait
Qu'un arc qui toujours banderait
Sans doute se romprait
Si le nôtre se repose
Mesdames, c'est à bonne cause
À ce qu'il nous paraît
De ce repos vous verrez les effets
Nous ferons des après
Pour de nouveaux succès
Et nous le détendons exprès
Pour mieux le tendre après.

Un tonnerre d'applaudissements éclata et la fête repartit de plus belle, en prenant çà et là des tours plus scabreux.

— Voyez, dit Restif, désignant l'assemblée, voyez, monsieur le commissaire, ce qui gouverne le monde. Puis-je rejoindre cette belle là-bas ?

— Vous êtes libre, monsieur. Courez vous divertir.

Nicolas s'enfuit, n'en voulant voir ni entendre davantage. Il se retrouva dans la rue où le peuple continuait à dévorer la fête des yeux. La fatigue le conduisit à de tristes pensers. Cette époque risquait d'être condamnée, car il n'y avait point d'intérêt qu'on ne méprisât, point d'honneur qu'on ne foulât, point de dignité qu'on ne sacrifiât, point de devoir qu'on ne salît pour satisfaire ses passions. La fuite en avant dans le divertissement déshonorait les meilleurs. Il songea que l'exemple venait de haut. Et qu'était-il lui-même pour juger les autres et ses amis, alors qu'un destin particulier le conduisait dans les bras d'une fille galante aujourd'hui entrée dans la carrière des maquerelles, où elle prendrait la glorieuse succession de la Paulet ? Oui, pour qui se prenait-il, pour se permettre de jeter la pierre aux errements humains ?

XI

COMPARUTION

« C'est dans la personne seule de Sa Majesté que réside la plénitude de la Justice, et les magistrats ne tiennent que d'Elle leur état et le pouvoir de la rendre à ses sujets. »

MAUPEOU

Mercredi 6 juin 1770

Nicolas se leva de bon matin. Il souhaitait s'isoler un moment afin de rédiger un court mémoire explicatif dont deux exemplaires seraient portés, l'un au lieutenant général de police et l'autre au lieutenant criminel. Il occupa une bonne partie de la matinée la bibliothèque de M. de Noblecourt et, vers onze heures, sa tâche accomplie, il décida de prendre l'air afin de réfléchir à la séance décisive de la soirée. La marche déterminait toujours chez lui une exaltation de pensée à la fois passionnée et inconsciente, dont les résultats ne devaient pas être utilisés sur-le-champ mais délibérément emmagasinés, prêts à resurgir à la moindre injonction, comme des munitions de réserve disponibles à tout moment dans le terrible travail qui conduisait à confondre le crime. Il se dirigea à grands pas vers les Tuileries, laissant jouer une imagination que favorisait le spectacle varié de la rue.

Le jardin offrait un coup d'œil agréable par ce beau jour de juin. La grande allée était bordée de deux rangées de jeunes femmes en tenues claires avec, çà et là, des enfants qui jouaient à se poursuivre. Depuis peu, les policiers du bureau des mœurs observaient les filles publiques qui occupaient sur les chaises louées des points stratégiques. De là, elles raccrochaient le passant par des regards qui faisaient baisser les yeux aux plus hardis comme aux plus pudiques. Elles attendaient avant midi que quelqu'un leur offrît à dîner, et elles manquaient rarement leur coup. Le commissaire du quartier s'en était ouvert à Nicolas, tout en lui précisant que l'enclave des Tuileries échappait à sa juridiction, les jardins royaux dépendant de la prévôté de l'Hôtel. Or, les agents de cette institution paraissaient infiniment moins sévères que les hommes de la police. Le bruit courait en effet qu'ils se laissaient facilement corrompre et ne dédaignaient pas de prélever leur tribut de plaisir gratuit en acceptant de fermer les yeux sur la coupable industrie des servantes de Vénus.

Ces réflexions le ramenèrent à ses conversations avec Restif de La Bretonne et à son étonnante confession. Ainsi, Mme Galaine en était venue à se livrer, elle aussi, à ce commerce ! L'honorable épouse d'un maître marchand pelletier n'avait trouvé que cet expédient déshonorant pour sauver l'avenir de son enfant du naufrage attendu de sa maison. Nicolas ne parvenait pas à s'en persuader, néanmoins son informateur, que des liens si étroits attachaient à la police, se révélait, par ses habitudes et ses vices, un témoin qu'on ne pouvait récuser. Nicolas soupçonna sa propre candeur native, pourtant battue et rebattue depuis des années par le contact obscène avec la réalité, de lui jouer un de ces tours où elle misait sur sa petite part d'innocence préservée. Mais le fait était que Mme Galaine, fraîche encore, pouvait, en une industrie régulière et paisible, procurer des plaisirs à toute une foule de bons bourgeois tranquilles que le tapage et la vulgarité de ses consœurs rebutaient. Elle devait rassembler de la sorte une clientèle d'habitués et, semaine après semaine, arrondir benoîtement son bas de laine. Le couple Galaine allait d'évidence à vau-l'eau ; le mari ne prêtait guère attention aux absences régulières de sa femme. Des sorties au théâtre ou à l'Opéra, dont les débours ne l'inquiétaient pas puisqu'on ne lui demandait rien, permettaient de justifier les absences nocturnes de l'épouse. Quant à Dorsacq, le commis dont il faudrait éclaircir le rôle dans tout cela, au mieux il jouait le rôle ingrat d'un sigisbée, au pire, maquereau mondain, il racolait pour la belle moyennant finances et peut-être faveurs. Il résultait de cette nouvelle étonnante que Mme Galaine, l'un des suspects, possédait pour le coup un alibi, mais celui-ci n'impliquait pas forcément que la boutiquière fût pour autant innocente des crimes perpétrés rue Saint-Honoré. Il y avait des complicités pires que des actes.

La pensée de Nicolas continuait à vagabonder, entraînée par les petits nuages blancs qui filaient vers les Boulevards au-dessus de la place Louis-XV où les vestiges de l'incendie du pavillon des artifices avaient presque disparu. La forme d'un nuage, plus effilé que les autres, ramena sa pensée à l'attentat commis sur Naganda. Il revit l'arme précautionneusement retirée par Semacgus du dos de l'Indien, un de ces couteaux de cuisine appelés « eustaches », comme on en vendait par centaines autour de la Halle ; son manche de bois et son unique rivet étaient reconnaissables. Dans le désordre de cette nuit insensée, il se reprochait de ne pas avoir enquêté plus avant sur un acte qui, bien que sans conséquence pour la vie de Naganda, n'en constituait pas moins un crime, et s'inscrivait dans la suite des actes commis chez les Galaine depuis la disparition d'Élodie.

À y bien réfléchir et sous réserve de vérifications, Nicolas jugeait que la tentative de meurtre devait être concomitante avec l'arrêt du tambour servant aux curieuses cérémonies du Micmac. Mais il ne parvenait pas à déterminer clairement la place des uns et des autres à ce moment-là. Après le premier exorcisme au rez-de-chaussée, le père Raccard avait recommandé à chacun de regagner sa « chacunière » : l'expression, peu usuelle, avait alors frappé Nicolas. Ainsi, une fois de plus, tous les membres de la famille Galaine pouvaient être soupçonnés d'une incursion fugitive dans le grenier et pendant que lui-même, Semacgus et l'exorciste entouraient la possédée, n'importe lequel d'entre eux avait pu poignarder Naganda. L'arme provenant sûrement de la cuisine, il faudrait interroger Marie Chaffoureau afin de vérifier ce point particulier.

La préparation de la séance au Grand Châtelet le préoccupait. Il ne suffisait pas de faire comparaître les suspects ; il fallait également veiller à la mise en scène des pièces à conviction. Cela nécessiterait quelques courses, le recours aux bons soins du père Marie, l'huissier, et à Bourdeau. Nicolas répertoria les pièces à exposer, elles participeraient de la grand-messe judiciaire qu'il entendait organiser et dont l'effet sur les assistants n'était pas à négliger. Il faudrait tout d'abord rassembler les effets d'Élodie Galaine : sa robe de satin jaune à dos flottant, son corsage jaune paille, son corset en soie blanche, deux jupons, des bas de fil gris, ainsi que la perle noire trouvée dans sa main et des vestiges de foin. À quoi il conviendrait d'ajouter les deux tenues de sortie de Naganda, le flacon d'apothicaire, les bandages trouvés sous le lit des deux sœurs Galaine, le mouchoir aux initiales *CG* découvert dans la grange du couvent des Filles de la Conception, la lettre de Claude Galaine à son frère, le testament, le collier de pierres noires renfilé et, enfin, le couteau de cuisine ayant servi à blesser Naganda. Il réfléchit qu'un ou deux mannequins de couturière apporteraient une touche incongrue, une fois revêtus des tenues de la jeune femme et de l'Indien, et concourraient à ébranler les caractères les mieux trempés.

Pour la première fois depuis l'exorcisme, le souvenir des manifestations insensées dont il avait été le témoin s'imposa à Nicolas. Jusque-là, il avait tenté de le refouler, de faire comme si rien de tout cela n'appartenait au monde réel. Une partie de lui-même refusait l'existence de ces manifestations, dont la seule évocation risquait de rallumer la hantise. Le risque existait aussi de voir la Miette retomber dans son état précédent. À quelle force ou influence s'était-il donc trouvé confronté ? Ce qu'il avait ressenti dans sa chambre, rue Saint-Honoré, lui semblait être associé à un avertissement, à une incitation à poursuivre son enquête, alors que les manifestations de possession de la Miette révélaient de manière plus évidente la présence du mal et ne visaient en rien la résolution de l'énigme. Preuve en était, d'ailleurs, qu'une fois l'exorcisme accompli, c'est une Miette apaisée, libérée et somnambule — état étrange, certes, mais naturel —, qui d'elle-même les avait entraînés dans la cave vers l'endroit où était dissimulé le nouveau-né assassiné.

Peu à peu, le soleil de juin pénétrait Nicolas. Il s'était assis sur la terrasse des Feuillants. Une commère joufflue était venue exiger les deux sols de la location de sa chaise. Maintenant, il s'engourdissait, les yeux fermés, dans le roucoulement des pigeons des grands marronniers et les cris aigus des enfants couvrant le bruit lointain des équipages qui traversaient à grand trot la place Louis-XV. Cet état, qui exprimait aussi la fatigue accumulée de journées sans relâche et de nuits sans sommeil, le conduisit bien au-delà de la méridienne. Il retraversa les jardins pour rejoindre les quais et gagna le Grand Châtelet.

Il retrouva le père Marie dans sa soupente du vieux palais médiéval, dînant seul d'une pièce de veau entourée d'un fricot fumant d'œufs au lard dont il étalait les ingrédients sur de larges tranches de pain frais. Il engagea le commissaire à partager son repas, ajoutant, pour l'appâter, qu'il serait arrosé d'une bière nouvelle qu'une buvette des alentours venait de recevoir. Nicolas se laissa vite convaincre et s'amusa à écouter les doléances de son hôte, persuadé que la longe de viande, portée le matin même dans son plat de terre au four du boulanger voisin, avait perdu en poids et quantité et qu'il soupçonnait la fraude en cette affaire. Nicolas le rassura, se rappelant que sa nourrice Fine, à Guérande, disait la même chose chaque fois qu'elle portait cuire, dans les mêmes conditions, son plat fameux de canard aux pommes. Il consola le vieil homme en observant que rien ne valait, pour ces plats rustiques, la chaleur intense mais régulière du four à pain et que le résultat méritait bien quelques inconvénients au reste largement imaginaires. Ils évoquèrent leur Bretagne natale et le père Marie voulut, à tout prix, qu'ils trinquent avec son fameux contrecoup, ce « lambig » vénérable qui titrait fort, enflammait les entrailles et réveillait les morts. Nicolas ne put qu'accepter, de peur de le vexer ; il réussit cependant à en renverser subrepticement une partie sur une tranche de pain. Il prit ensuite les dispositions nécessaires avec l'huissier pour que les pièces à conviction, entreposées dans une armoire du bureau de permanence, fussent disposées comme il le souhaitait. Le père Marie connaissait un petit atelier de travailleuses à la toilette qui accepteraient moyennant une honnête rétribution de leur prêter deux mannequins.

Bourdeau survint à l'improviste. Nicolas l'informa des derniers éléments de l'enquête et le pria de faire conduire à l'audience le fripier chez lequel des pièces à conviction avaient été mises en gage. Puis, son petit carnet noir à la main, il alla méditer dans la salle d'audience du lieutenant général. Il souhaitait réfléchir sur la manière d'aborder la séance et d'aboutir à un résultat. Sa croyance en la raison lui donnait la certitude que la clé de l'affaire surgirait du déploiement des résultats de l'enquête. Toutefois, il était conscient que le cadre étroit des investigations ne permettait pas d'enfermer les nuances du vivant et de l'humaine condition. Il le savait : seule l'intuition — ce qu'il éprouvait comme une personnelle et particulière connaissance des suspects qui n'excluait pas sympathie et compréhension — pourrait apporter la vérité.

Vers la demie de quatre heures, on vint allumer les flambeaux dans la grande salle gothique où le jour ne parvenait que par d'étroites verrières. Une vieille tapisserie usée figurait les armes de France et, sur une estrade, deux fauteuils attendaient les magistrats. Gardés par des exempts, les suspects prendraient place sur le côté gauche. Nicolas, en robe noire et perruque, se tiendrait face à eux, devant une table rassemblant les pièces à conviction, entouré de deux mannequins portant les défroques de Naganda et d'Élodie. Les ombres mouvantes de ces silhouettes épousaient les vacillements des flammes, offrant une image inquiétante.

Les prévenus arrivèrent, l'air morne et silencieux. Seules les deux sœurs paraissaient outrées de se trouver là et arboraient un air de suffisance. Une fois assises, elles ne cessèrent de toiser Nicolas tout en pérorant à voix basse comme s'il s'était agi de le provoquer. Mme Galaine promenait son air d'indifférence habituel avec le sérieux d'une croyante écoutant un sermon ennuyeux. Les Galaine père et fils baissaient la tête, accablés. La Miette, presque belle, qui se déplaçait seule désormais, souriait comme un séraphin avec un visage restauré dans sa simplicité, et sur lequel l'empreinte du mal avait disparu. Naganda, lui aussi rétabli bien qu'un peu gêné dans sa démarche, observait la scène avec la curiosité d'un voyageur qui découvre des coutumes étrangères et incompréhensibles. Marie Chaffoureau se serrait les mains d'angoisse, ses petits yeux se portant sur tous les coins de ce théâtre sans jamais se fixer sur aucun. Dorsacq tentait de s'éloigner des Galaine comme s'il voulait se désolidariser de la famille. Bourdeau et Semacgus demeuraient debout au fond de la salle, où ils furent bientôt rejoints par le père Raccard.

Un peu avant cinq heures, les portes de la salle furent closes. Le père Marie, en tenue noire d'huissier, annonça les magistrats qui prirent place. Ils étaient tous les deux en simarre, avec les bandes d'hermine dont Nicolas se rappela qu'elles évoquaient, morceaux symboliques du manteau du sacre, l'autorité royale. M. de Sartine, après un regard au commissaire, prit la parole.

— Je déclare, au nom du roi, ouverte cette séance d'enquête, convoquée devant ma cour, en présence du lieutenant criminel de la vicomté et généralité de Paris. Cette procédure exceptionnelle a été requise et ordonnée par Sa Majesté, compte tenu des circonstances à bien des égards extraordinaires qui ont entouré cette délicate affaire dans laquelle je rappelle qu'un meurtre et une tentative d'homicide ont été commis. Monsieur le commissaire au Châtelet, secrétaire du roi en ses conseils, vous avez la parole.

Sartine avait soigneusement évité d'évoquer l'infanticide, dont la nouvelle n'avait pas été répandue. Tous les regards se tournaient déjà vers Nicolas quand, se levant tout à trac, Charles Galaine prit la parole sur un ton strident.

— Monsieur le lieutenant général, je tiens à présenter devant votre cour une solennelle protestation en mon nom et en celui des miens, face à une procédure aberrante dans laquelle ma famille, incarcérée sans raison, se voit appelée devant vous, sans savoir ni comprendre ce qu'on lui reproche et sans pouvoir espérer le recours et le secours d'aucun conseil. J'en appelle à la justice du roi !

On sentait dans ces propos le caractère procédurier d'un représentant d'un grand corps du négoce parisien, habitué aux débats et procès des jurandes et soutien de la fronde des parlements contre le pouvoir. Les deux sœurs se levèrent à leur tour et vociférèrent en même temps, proférant des propos et des menaces qu'on ne parvenait pas à comprendre. M. de Sartine frappa du plat de la main sur l'accoudoir de son fauteuil. Son visage, ordinairement pâle, s'était empourpré.

— Monsieur, répondit-il sur un ton égal, votre protestation n'est pas recevable. Le roi agit par sa seule justice, nous en sommes les garants et les exécuteurs. Les droits que vous réclamez vous seront accordés à vous ou à ceux qui seront convaincus des crimes dont il est question, lorsqu'une certitude nous aura été apportée sur la culpabilité de l'un ou de l'autre d'entre vous, ou lorsque votre innocence aura été prouvée. Ma présence et celle du lieutenant criminel confirment suffisamment le sérieux et l'équanimité de cette audience préliminaire. Le cours naturel de la procédure reprendra à l'issue de cette séance et tiendra compte de ses résultats.

Les deux sœurs Galaine continuaient de hurler.

— Je vous prie, monsieur, reprit Sartine, de bien vouloir calmer vos sœurs avant que je prenne d'autres mesures pour rendre à cette audience le caractère de dignité qui s'impose.

— Cependant…

— Il suffit, monsieur Galaine. La parole est au commissaire Le Floch. Puissent les débats qui s'ouvrent nous éclairer sur cette ténébreuse affaire.

Nicolas croisa les mains, prit son inspiration et tourna la tête vers les deux magistrats.

— Nous comparaissons aujourd'hui, commença-t-il, pour écrire le dernier acte d'une tragédie domestique liée à la catastrophe de la place Louis-XV. Aux victimes innocentes de l'impéritie et de la fatalité s'est ajouté le cas particulier d'Élodie Galaine, retrouvée morte parmi les restes de tous les Parisiens péris dans la nuit du 30 au 31 mai 1770. Il s'agissait, à l'évidence, de maquiller un crime. Reconnu par Charles Galaine, son oncle, et par son cousin germain, Jean Galaine, le corps fut porté sur mon ordre à la Basse-Geôle, où des praticiens expérimentés constatèrent que la jeune fille avait été étranglée et qu'elle venait de surcroît d'enfanter. Immédiatement, sur ordre du lieutenant général de police, une enquête commença à son domicile rue Saint-Honoré, où son oncle possède une boutique de marchand pelletier. Dès l'abord, il apparut qu'aucun des habitants de la maison, parents ou proches, ne pouvait justifier de son emploi du temps à l'heure approximativement fixée de l'assassinat. De ce fait, chacun d'eux avait été en mesure d'attenter à la vie d'Élodie Galaine.

Une nouvelle fois, Charles Galaine se leva.

— Je réitère ma protestation. De la déclaration même du commissaire Le Floch, il appert qu'il se trouve dans l'incapacité de fixer de manière précise l'heure du meurtre supposé de ma regrettée nièce. Dans ces conditions, comment cette séance, hors du droit commun, pourrait-elle conduire à la vérité et préserver les droits de ma famille ?

— Monsieur, fit Sartine, vous aurez toutes occasions d'intervenir, d'interroger et d'être interrogé, de prouver et de contre-prouver, d'attaquer et de contre-attaquer. Pour le moment, je vous ordonne de laisser le commissaire Le Floch exposer devant cette cour les éléments constitutifs d'un dossier délicat et d'une enquête difficile.

Nicolas poursuivit en détaillant par le menu les résultats de ses investigations. Sans se prononcer sur les constatations énoncées, il les énumérait sur un ton régulier, comme un triste inventaire des turpitudes humaines. L'information sur la maternité récente d'Élodie, ou sur celle, présumée, de la Miette, ne déclencha aucune réaction parmi les assistants. Les sœurs Galaine s'étaient calmées et leur frère avait retrouvé son attitude première après ses sursauts initiaux de révolte. Chacun écoutait avec attention le long prologue dans un silence tel qu'on entendait, lors des pauses de l'orateur, le grésillement des torches et des chandelles dont les fumées noirâtres montaient en volutes vers la voûte. Nicolas se garda bien de parler de la possession de la Miette, dont l'évocation risquait de faire sortir des voies de la raison la suite logique de cette audience.

— Messieurs, dit-il enfin sur un ton plus haut, je vais procéder avec votre permission à un ultime interrogatoire des témoins et suspects.

— Procédez, monsieur le commissaire, répondit Sartine après un coup d'œil de courtoisie au lieutenant criminel.

— Je vais naturellement commencer par Charles Galaine, le chef de la famille et le tuteur d'Élodie, fille de son frère aîné, Claude, disparu en Nouvelle-France. Monsieur, avez-vous des déclarations complémentaires à nous présenter sur votre emploi du temps durant la nuit du 30 au 31 mai 1770 ?

Charles Galaine se leva lourdement.

— Je n'ai rien à ajouter ni à retrancher à mes déclarations. Je persiste à protester sur ce qui m'est imposé.

— Libre à vous. Reconnaissez-vous avoir été informé des intentions de votre frère de prévoir la disposition de sa succession par la lettre retrouvée et déposée parmi les pièces à conviction ?

— Il s'agit d'une correspondance privée.

— J'en prends donc acte ; vous les connaissiez. Avez-vous lu le testament de votre frère et, si oui, à quel moment et par qui en fûtes-vous informé ?

Galaine jeta un regard à sa femme et à ses sœurs.
— Non.
— Saviez-vous que votre nièce était enceinte ?
— Jamais je ne m'en serais douté.
— Comment est-ce possible ?
— Les filles, de nos jours, sont capables de bien des choses. Les mauvais exemples abondent. La vêture et la toilette peuvent, je suppose, dissimuler ce qui autrement serait évident.
— Et connaissiez-vous l'état de votre servante ?
— Pas plus.
— Comment expliquez-vous leur situation ?
— Pour l'une, par une éducation négligée dans un pays à demi sauvage où elle fut sans doute livrée à tous les mauvais exemples et aux plus fallacieuses influences.
— Vraiment ? Chez les religieuses qui l'élevèrent à Québec ?
Le marchand ne répondit pas.
— Et l'autre ? poursuivit Nicolas.
— Elle ne sera pas la première servante à avoir jeté sa vertu par-dessus les moulins. C'est chose malheureusement fréquente de nos jours.
— Vous m'avez affirmé que vos sœurs avaient accompagné Élodie à la fête. Maintenez-vous cette déclaration ?
— Certes oui.
— Et pourtant, elles vous démentent.
— L'émotion, sans doute. La mort de leur nièce les a beaucoup touchées.
— Ainsi, monsieur, point d'alibi. Une nuit où personne n'est capable de témoigner en votre faveur, une nuit environnée de mystères où nul ne vous a rencontré, où vous aviez tout le loisir d'assassiner votre nièce, d'abandonner son corps dans le désordre de la catastrophe, puis d'aller innocemment aux nouvelles. Monsieur, vous êtes suspect à plus d'un titre. Vous, le fils mal aimé, qui avez souffert de la préférence de votre

père pour votre aîné, plus brillant, plus entreprenant et plus séduisant. Vous, le timide aux accès de violence, toujours dominé par les femmes de votre entourage : mère, nourrice, vos deux épouses successives. Vous qui m'avez dissimulé la lettre de votre frère, ce frère détesté. Vous qui saviez, ou pressentiez, que l'étui porté au cou par Naganda contenait une pièce importante. Vous à qui votre petite fille Geneviève, l'esprit circulant de la maisonnée, instrument innocent de la perversion, répétait ce qu'elle voyait et entendait. Oui vraiment, tout vous accuse, monsieur !

— Je proteste ! Quel mobile aurais-je eu pour assassiner ma nièce ?

— Mais, justement, l'intérêt, l'intérêt ! Voilà un marchand honorable d'un des grands corps, réputé sur la place, lancé dans des spéculations hasardées avec la Moscovie et sur le point de faire faillite, d'entraîner sa maison et sa famille dans sa débâcle.

Charles Galaine tenta de protester.

— Taisez-vous, monsieur ! Informé que votre frère a laissé en France fructifier une fortune importante et qu'entre cet argent et vous-même seule une pauvre jeune fille fait obstacle, résistez-vous à la tentation ? Elle est sans appui ni conseil, quasiment entre vos mains. N'est-ce pas là un mobile suffisant ? Nous savons, par le testament, que le premier enfant mâle de cette fille sera l'héritier de Claude Galaine.

Galaine murmura :

— Mais si j'avais songé à cette fortune, il aurait suffi que mon fils épouse Élodie !

— Épouser Élodie ! Fi ! monsieur, fi ! Vous faites bon marché des recommandations de notre sainte mère l'Église. Un cousin germain ! Et de surcroît, une fille mère qui allait accoucher…

— Et qui vous dit que cet enfant n'est pas celui de mon fils ?

Jean Galaine se leva, blême.

— Non, mon père, pas ça, pas vous !

— Voyez, dit Nicolas, même votre fils, que j'ai toujours pensé être amoureux de votre nièce, proteste contre cette idée. Et, de surcroît, il ne vous est pas venu à l'esprit que l'enfant à naître pouvait témoigner contre cette proposition ?

M. de Sartine intervint.

— Que voulez-vous insinuer, monsieur le commissaire ?

— Rien d'autre, monsieur, que le nouveau-né ne pouvait témoigner de son origine, mais, qu'en grandissant, il serait sûrement apparu comme ne pouvant pas avoir été engendré par un Jean Galaine ou tout autre jeune homme de Paris.

— Et le pourquoi de cette affirmation ?

Nicolas lança sa première carte dans le jeu compliqué de l'audience.

— Parce que tout laisse présumer que l'enfant d'Élodie était aussi celui de Naganda. Une enfance partagée, les épreuves subies ensemble, une longue traversée de l'océan au milieu des périls de la guerre et de la fortune de mer, puis l'hostilité dont ils furent, sans relâche, entourés dans la maison Galaine les avaient rapprochés au point... Après tout, elle n'avait pas vingt ans et lui en a trente-cinq. Y voyez-vous un obstacle dirimant ? De plus vertueux n'y eussent pas résisté.

Nicolas et les deux magistrats furent seuls à remarquer les larmes qui coulaient sur le visage impassible de l'Indien.

— Nous y reviendrons et nous aurons à demander, à exiger même, des explications circonstanciées à Naganda. Mais, pour le moment, attachons-nous à la famille Galaine. Réservons pour la suite votre cas, monsieur. Considérons celui de votre fils. Voici les mêmes enténèbrements de raisons, la même impossibilité de fournir un récit cohérent de cette nuit fatidique où se bousculent les détails d'une aventure dans les bras d'une fille galante, de rencontres imprévues avec des compagnons de débauche, d'un trou de plusieurs heures et, enfin, d'un retour tardif au logis. Que d'incertitudes, que de parts d'ombre qui ne peuvent que susciter le doute et le soupçon ! Je vous entends penser tout bas, messieurs : « Mais quel serait le mobile de ce jeune homme, et quel motif aurait pu le conduire à vouloir briser le destin de sa cousine ? » Est-il coupable d'un tel acte ? Ces mobiles existent, bien forts et bien pesants. Mais, au préalable, je voudrais poser une question au suspect. Jean Galaine, étiez-vous amoureux de votre cousine, Élodie ? Ne vous précipitez pas pour me répondre, car de votre sincérité dépendra presque assurément votre salut, sauf, à Dieu ne plaise, que je ne me sois fourvoyé.

Jean Galaine se dressa et répondit d'une voix presque inaudible, qui finit par se briser tout à fait :

— Monsieur le commissaire, je dois reconnaître en conscience que j'ai nourri depuis le premier jour pour Élodie un amour démesuré, mais rien ni personne n'aurait pu me conduire à lui vouloir du mal.

— Et pourtant, monsieur, repartit Nicolas, quelle situation que la vôtre ! Fils aîné d'un premier lit, vous détestez votre marâtre qui vous le rend bien, sous couvert de son indifférence. Désespérément amoureux de votre cousine germaine, cet amour impossible vous mine et vous détruit. Votre union, si tant est qu'elle accepte de jeter un regard sur vous, exigerait une dispense que l'on octroie quelquefois à de grandes et nobles maisons qui ont un prince de l'Église dans leur manche. Amour délirant qui se nourrit d'images et de frustrations ! Amour d'autant plus douloureux que vous avez pu connaître ou deviner les liens qui — supposons-le toujours — unissaient Élodie et l'Indien. La passion peut mener au crime et quand, à ce puissant mobile, s'ajoute celui de l'intérêt, car vous aviez, comme votre père, le même avantage à la voir disparaître, tout est alors possible. Mais, à votre décharge, je vous ai vu, avec un autre, le seul dans cette maison vraiment touché par la mort de votre cousine. J'ai même traversé votre esprit lorsque, regardant votre père, vous l'avez soupçonné d'être le coupable de ce meurtre.

— Monsieur le commissaire, s'écria Sartine, veuillez rester dans les limites de votre dossier, sans faire intervenir l'intime conviction que vous pouvez nourrir !

— Je m'y attache, monsieur, mais la vérité ne peut éclater que dans le croisement fécond des faits rationnels et des intuitions incertaines. Ainsi, le doute demeure autour de Jean Galaine.

Nicolas reprit son souffle, traversa la pièce et s'approcha de Mme Galaine.

— Madame, vous compliquez la tâche ingrate qui est la mienne. Quel destin que le vôtre ! Il semble que cette maison de la rue Saint-Honoré favorise les fausses positions. De fait, vous êtes la maîtresse de maison. Vous aidez et suppléez votre époux dans les affaires de son négoce. Vous lui avez donné une fille. Mais il paraît que vous êtes une étrangère dans votre propre demeure. Vous ne bénéficiez ni de l'affection, ni même de l'indulgence des autres membres de la famille. Votre beau-fils ? Hostile. Vos belles-sœurs ? Haineuses. Naganda ? Pour vous, c'est un meuble, vous ne le voyez même pas. Dorsacq, le commis de boutique ? Vous menez avec lui un jeu de coquetterie et de femme savante dont il paraît esclave. Que d'angoisse pour vous, dans cette maison ! Vous songez chaque jour à ce qui vous attend, auprès d'un mari incertain et veule, que vous n'estimez point et qui reste soumis à l'influence pernicieuse de ses sœurs. Vous avez découvert qu'il mène son affaire à la ruine, menaçant votre survie mais surtout celle de votre fille, Geneviève, dont l'avenir vous tient à cœur, car vous êtes une bonne mère. Il existe bien une espérance, celle de la fortune de Claude Galaine. Or, il y a un obstacle entre celle-ci et votre mari : la pauvre Élodie. Là encore, madame, que dire de votre obstination à dissimuler sans raison ni prétexte l'emploi du temps d'une nuit décisive ? Une dernière fois, je vous adjure solennellement de décharger votre conscience.

Mme Galaine le regarda sans répondre.

— Madame, veuillez réveiller votre mémoire, insista Nicolas. Il ne faut pas sortir du collège d'Harcourt *ou de Presles* pour revivre un passé si proche !

— Qu'est donc ce collège de Presles que je ne connais point ? demanda le lieutenant criminel.

Mme Galaine se leva, empourprée ; le subterfuge de Nicolas avait touché son but, et elle avait immédiatement saisi ce que son propos énigmatique suggérait.

— Madame, il ne tient qu'à vous, reprit Nicolas. Si vous souhaitez confier quelque chose à M. le lieutenant général de police, plaise à lui de vous faire approcher et de vous entendre.

Intrigué, M. de Sartine consulta son voisin et fit signe à Nicolas de les rejoindre.

— Que signifie, monsieur le commissaire ? Votre mémoire, pourtant si précis, ne laissait pas attendre de telles ambiguïtés.

Nicolas se rapprocha encore des deux magistrats, dont les têtes se penchèrent vers lui.

— Cela signifie, messieurs, que l'alibi de cette femme tient à une pratique déshonorante qu'elle ne peut avouer publiquement. C'est pour cette raison que je souhaite que vous l'entendiez en confidence.

Le lieutenant général invita Mme Galaine à s'avancer et celle-ci, les yeux gonflés de larmes, révéla à voix basse ce que le commissaire avait déjà découvert lors de sa rencontre avec Restif de La Bretonne. Elle regagna sa place sous les regards intrigués du mari et soupçonneux de ses belles-sœurs. Après un encouragement de M. de Sartine, le commissaire reprit la parole.

— Messieurs, vous jugerez après la confidence que vous venez de recevoir que Mme Galaine ne saurait être matériellement soupçonnée du meurtre de sa nièce par alliance, même si rien ne l'exonère d'une éventuelle complicité dans la préparation de cet acte criminel. Et puisque nous parlons de Mme Galaine, ne serait-il pas opportun d'examiner le cas de M. Dorsacq, commis de cette boutique de la rue Saint-Honoré ? Il fait ouvertement profession d'être le chevalier servant de la dame en question. Certes, il n'est pas de la famille, mais son emploi l'entraîne à en être le commensal obligé. Voilà un jeune homme qui, d'évidence, bénéficie de la confiance de maître Galaine. Il peut nourrir de grandes espérances. Il est intime avec sa patronne, il l'accompagne, l'escorte, sort au spectacle et communie avec elle dans la chronique de la cour et de la ville, et cela avec l'assentiment tacite du mari qu'il décharge ainsi d'un rôle qui lui pèse. Nourrit-il quelques sentiments indiscrets à l'égard de la maîtresse de maison ? Je ne le crois pas. J'estime au contraire que leurs attitudes se complètent naturellement et qu'elles participent de dissimulations. Ainsi feint-il de faire la cour à sa patronne…

— Monsieur, s'indigna Charles Galaine, vous m'outragez ! Comment pouvez-vous supposer…

— J'ai dit : *il paraît*, répliqua Nicolas. Entre l'apparence et le fait matériel, il y a une différence que vous franchissez bien aisément — ce que moi, je ne fais pas. Il paraît, disais-je, faire la cour à sa patronne, comme pour mieux dissimuler autre chose de moins publiable. Je le suppose, à ses mauvais rôles, engagé dans diverses aventures. Est-il amoureux d'Élodie, la jeune fille de la maison ? Est-il conscient de l'intérêt à pousser sa cause de ce côté-là ? Cela lui permettrait de s'introduire dans la famille, d'y faire sa place. A-t-il eu vent des espérances d'Élodie ? Tout est possible et le soupçon pèse également sur lui. En réponse à nos interrogations, il persiste à camper sur une attitude affectée de souci de l'honneur d'une dame. Cela tient-il, lorsqu'on se trouve sous la menace d'une inculpation pour un crime capital dont la seule issue sera un supplice en place de Grève ? Et pourtant, on ne veut pas révéler l'emploi de son temps dans cette même nuit. Permettez-moi, messieurs, de me livrer devant vous à une petite confrontation qui ouvrira, je l'espère, de nouvelles perspectives à notre affaire.

Nicolas appela Bourdeau et lui donna ses instructions. L'inspecteur se dirigea vers un exempt, le plus jeune. Il lui fit ôter sa perruque et sa veste et le plaça sur le parquet, face aux deux magistrats, puis, il invita Jean Galaine et Louis Dorsacq à se tenir de part et d'autre.

— Messieurs, reprit Nicolas, plaise à vous d'autoriser la comparution d'un témoin.

La porte de la salle d'audience s'ouvrit et le père Marie, tout pénétré de son importance, introduisit un petit homme chétif, à moitié chauve. Il portait des besicles à monture d'acier derrière lesquelles des yeux apeurés contemplaient la solennité de l'assemblée. Un habit râpé de ratine noire, des souliers trop grands, éculés et sans boucles offraient un ensemble misérable.

— Approchez, dit Nicolas, monsieur ?

— Robillard Jacques, monsieur, pour vous servir.

— Indiquez-nous votre occupation.

— Je suis marchand fripier, rue du Faubourg-du-Temple.

— Monsieur Robillard, vous avez bien déclaré à l'inspecteur Bourdeau avoir, tôt le matin du 31 mai 1770, reçu en gage pour une valeur de dix-huit livres, cinq sols, six deniers, des vêtements et objets dont certains sont disposés dans cette salle. Reconnaissez-vous le reçu et ceux-ci ?

— Je reconnais tout, monsieur, c'est la vérité même. Deux tenues identiques avec manteau et chapeau, de bonne qualité. L'homme m'a étonné d'accepter si peu. Et un flacon d'apothicaire. Je n'ai pas discuté, vous pensez. Une bonne affaire pour moi, parce qu'on les revoit jamais et qu'on peut disposer des gages en garantie.

— Maintenant, monsieur Robillard, voyez ces trois hommes de dos. Je vais vous inviter à défiler devant eux et à me dire si vous reconnaissez votre client de l'autre jour.

Nicolas priait le ciel pour que le témoin n'ouvrît pas la bouche pour répéter ce qu'il avait déjà confié à Bourdeau, à savoir qu'il n'avait pas prêté attention aux traits de sa pratique et qu'il n'en pouvait donner, de la sorte, aucun signalement tangible. Il espérait qu'un détail lui reviendrait et estimait devoir jouer cette carte, si incertaine fût-elle. Avant même que Robillard ne se trouve devant les trois jeunes gens, Louis Dorsacq se retourna et fit trois pas vers Nicolas.

— Monsieur le commissaire, dit-il à voix basse, avant que cet homme ne me reconnaisse, je préfère indiquer que c'est moi qui suis allé mettre ces objets en gage afin de payer une dette de jeu.

Nicolas eut le sentiment qu'on tentait, une nouvelle fois, d'égarer la justice.

— Voilà un bien intéressant revirement ! Toutefois, indiquez-nous précisément d'où vous sortez ce bric-à-brac remis en gage, sans discussion ni marchandage, abandonné pour la somme misérable de dix-huit livres. Et votre aveu appelle d'autres questions. À qui devez-vous cette somme ?

— À des joueurs de mes amis.

— Voilà qui est des plus précis ! Mais, j'insiste, où avez-vous trouvé les objets mis en gage ?

De toute évidence, Dorsacq tentait avec désespoir de construire des circonstances plausibles. Elles ne pouvaient pas tromper Nicolas, informé des origines probables d'au moins une tenue de Naganda et du flacon d'apothicaire.

— Dans l'office…

— Comment, dans l'office !

— Oui, je les ai trouvés, le matin, dans l'office, déposés en désordre sur le sol…

— Quel matin ?

— Le matin de la catastrophe de la place Louis-XV. Ces objets, j'ai cru qu'on les voulait jeter. Je m'en suis saisi, et je le regrette bien maintenant.

— Et le flacon d'apothicaire ?

— Lui aussi traînait là.

— Ainsi, quand les objets de vos maîtres traînent, il vous paraît normal de les escamoter. Tout cela est parfaitement vraisemblable et crédible ; la cour devrait s'en trouver confondue ! Que faisiez-vous d'ailleurs si tôt à la boutique ? Vous n'habitez pas là.

— J'étais venu pour l'inventaire d'été.

Nicolas ne souhaitait pas encore sortir de sa manche les atouts dont il disposait. Pour le moment, il lui suffisait de constater les mensonges patents de Dorsacq, qui abandonnait l'un pour se jeter dans un autre. Il n'était pas nécessaire de précipiter les choses avant la fin de l'interrogatoire de tous les suspects. Il ne poussa donc point son avantage, congédia le fripier qui sortit en multipliant les révérences et saluts à la ronde. Les deux jeunes gens reprirent leur place sur le banc et l'exempt se rhabilla. Après un très long silence de réflexion, le commissaire se tourna vers Naganda.

— Monsieur, votre situation me plonge dans la perplexité. Comme tous ceux-ci…

D'un geste large, il désigna les Galaine assis en face de lui.

— … vous m'avez menti. Je sais d'expérience qu'il existe des mensonges pour la bonne cause, de pieux mensonges, mais il n'importe : vous m'avez menti. Vous voilà, enfant d'un nouveau monde, déraciné, transporté, jeté sur les rives d'un vieux royaume au milieu de gens curieux ou hostiles ou qui entendent mal qu'on puisse être autre chose que Parisien, sans appuis, sans amis, abandonné à vous-même. Vous voilà ensuite, comme un criminel, enfermé, drogué, trompé, pour ce que vous nous en dites, et pour finir, on tente de vous tuer. Comment n'éprouverait-on pas, pour vous et votre lamentable situation, la plus élémentaire compassion ? Et pourtant, vous avez menti. Au point où nous en sommes, je vous prie de mesurer ce qui vous reste à sauver. Rappelez-vous que seule la vérité fonde la justice. Si, comme vous le prétendez, le souvenir d'Élodie vous est cher, alors franchissez ce dernier pas en souvenir d'elle. Autrement, persistez dans votre aberration et vous nourrirez contre vous toutes les préventions, ou plutôt, vous en augmenterez le poids, vous accroîtrez le soupçon et, pour finir, je vous le prédis, la marche inexorable de la loi vous écrasera. Ne croyez pas, en effet, qu'il n'y ait pas de mobiles contre vous.

Nicolas répondait à un mouvement de dénégation de l'Indien.

— Réfléchissons un moment. Élodie, cette jeune femme qu'on disait légère, inconséquente, coquette en un mot et ne repoussant pas les hommages des jeunes gens, comment ses attitudes n'auraient-elles pas provoqué l'amour qui pouvait exister entre vous ? Peut-être, en effet, *la victime n'était-elle pas raisonnable*. Il y a des témoignages. Mes propos vous laissent indifférent, Naganda ? Libre à vous. Songez toutefois que ces éléments peuvent expliquer — je vous fais l'honneur d'écarter toute idée d'intérêt personnel — la naissance d'un sentiment violent de jalousie, d'autant plus violent que vous êtes issu d'une tribu guerrière où ce genre d'affront, si l'on en croit les récits des voyageurs, se règle dans le sang.

— Chez les miens, s'écria Naganda en dressant la tête avec orgueil, on ne tue pas les jeunes filles !

— Remarque bienvenue, si elle était accompagnée de la vérité que je vous réclame depuis tant de jours.

— Monsieur le commissaire, dit Naganda, je vais répondre en toute clarté et remettre mon sort entre vos mains. Vous m'avez toujours témoigné la considération que j'attendais des habitants du pays du roi auquel j'avais rêvé toute mon enfance. Interrogez-moi.

— Bien, sourit Nicolas. Vous m'avez bien dit avoir été drogué et inconscient jusqu'au lendemain après-midi, soit de l'après-midi du 30 mai à celle du 31. Confirmez-vous vos déclarations ?

— Non. J'ai été drogué de bien méchante manière par une boisson servie par la cuisinière dans l'après-midi du 30. J'ai dormi très profondément durant plusieurs heures. Quand je me suis éveillé, il faisait nuit, je n'avais plus mon talisman ni le collier qui le portait, et la tête me faisait mal. J'étais enfermé, on avait dérobé mes hardes. Je me suis enfui une première fois par le toit. J'ai erré dans la nuit autour de la maison pendant quelques heures. Les gens paraissaient insensés et ne faisaient pas attention à moi. Ils criaient, ils couraient, des voitures passaient au grand galop. J'ai soupçonné un grave événement. J'étais d'autant plus inquiet que je savais qu'Élodie devait aller à la fête, qu'elle en avait exprimé plusieurs fois le désir et que sa délivrance était proche. Ne pouvant rien faire dans mon état, je suis rentré au logis. Ce n'est que le lendemain que je me suis enfui pour de bon, car je craignais pour ma vie.

— Soit. Vous reconnaissez par là même tous les liens qui vous attachaient à Élodie Galaine qui, selon vous, était enceinte de vos œuvres. N'aviez-vous pas appris sa délivrance ?

— À aucun moment. Depuis quelques jours, on m'empêchait de la voir en la disant souffrante. Je me rongeais, rien que d'y penser. Je n'ai donc rien su sur cette naissance que vous évoquez. J'aimais Élodie.

Nous nous étions promis l'un à l'autre sur le bateau qui nous conduisait en France. Depuis des mois, elle dissimulait son état autant que faire se pouvait. La vie devenait insupportable dans sa famille et nous comptions nous enfuir dès la naissance pour retourner en Nouvelle-France. Elle avait mis en gage ses bijoux et les quelques objets précieux qui provenaient de ses parents…

Nicolas comprit enfin pourquoi il n'avait rien retrouvé des objets personnels de la jeune femme.

— Elle ignorait comme moi être l'héritière d'une grande fortune, reprit l'Indien. Je vous dis la vérité comme si je témoignais devant M. de Voltaire, l'apôtre de la justice. Je ne sais rien d'autre. Pour le reste, j'ai pratiqué les rites de mon peuple afin que les esprits apaisent l'âme d'Élodie et confondent son meurtrier. J'ai parlé.

Le lieutenant général de police fit un signe discret au commissaire d'avoir à passer outre sur ce point particulier qui risquait de ramener trop directement le débat sur la parenthèse démoniaque de la possession de la Miette.

— Quels sentiments vous inspirait la réputation faite à Élodie ?

— Nous avions décidé de donner le change. Ainsi jouait-elle la comédie. Elle s'exerçait en lisant les dialogues de M. de Marivaux. Nous riions ensemble des tentatives de Jean Galaine et de Louis Dorsacq qui s'évertuaient à la séduire. Élodie scandalisait aussi ses tantes par des propos légers et ambigus qui confirmaient ce qu'elles pouvaient penser d'elle. Derrière ce paravent de faux-semblants, nous étions — du moins, nous avions la faiblesse de le croire — dissimulés et protégés.

— Est-ce tout ? Avez-vous autre chose à confier à la Cour ?

— Je veux bien tout révéler à celui qui m'a sauvé la vie !

— Ne croyez pas cela, votre blessure n'était pas mortelle.

— Si vous n'étiez pas monté, la vie allait s'échapper avec mon sang.

Semacgus, sur lequel Nicolas jeta un œil, approuvait.

— Soit, je vous écoute.

— Comme l'homme de la pierre m'a sauvé, j'ai vu Élodie tuée par…

M. de Sartine s'agita à nouveau et interrompit l'Indien au grand désespoir de Nicolas.

— Monsieur le commissaire, ne nous égarons pas dans des voies traversières. Veuillez poursuivre.

Naganda se rassit. Nicolas saisit le flacon d'apothicaire, et, tenant l'objet au bout des doigts, le promena sous le regard des suspects en observant leurs réactions. Ils suivaient son manège du regard sans ciller.

— Qui d'entre vous connaissait ce flacon ?

Les mains de Jean Galaine et de Charlotte, la sœur aînée, se levèrent. Qui devait-il interroger en premier ? Il se doutait de ce qu'allait révéler le fils Galaine, puisqu'il se proposait de parler. Il avouerait sa visite chez l'apothicaire de la rue Saint-Honoré. Nicolas se décida donc pour Charlotte.

— Mademoiselle, que pouvez-vous nous dire là-dessus ?

— En toute franchise, monsieur le commissaire, c'est ma sœur, ma sœur Camille. Elle n'a plus sa tête, elle dort fort mal. Elle prend des potions dans des flacons identiques, qu'on lui prépare chez l'apothicaire.

— C'est exact, monsieur le commissaire, intervint la cadette, je dors mal et use de fleur d'oranger pour m'inciter au sommeil.

— Puis-je vous faire observer qu'on achète ce produit chez tous les épiciers ? Pourquoi avoir recours à votre apothicaire ?

— C'est l'habitude, et son efficacité est plus grande ; je crains que les épiciers ne la coupent. Ainsi, un jour…

Nicolas l'interrompit.

— Y a-t-il longtemps que vous en avez acheté ?

— Trois semaines environ, peut-être plus. Je donne du lait au chat et une petite cuillerée dans ma tasse en même temps… et encore… pas tous les soirs.

— Vous êtes-vous procuré une autre potion ces derniers jours ?

Charlotte reprit la parole devant l'hésitation de sa sœur.

— Certes oui, Camille ! Décidément, tu perds la tête avec tout ce charivari ! Jean est allé te chercher un flacon chez maître Clerambourg, notre voisin. Cela avait bon goût et tu as voulu que j'en prenne aussi.

Camille, ahurie, regardait sa sœur sans savoir que dire.

— Si tu le dis… Mais vraiment, je ne sais plus et quelle importance d'ailleurs ?

Nicolas se tourna vers Jean Galaine.

— Monsieur, vous confirmez ?

— Tout à fait. Je suis allé, à la demande de mes tantes, acheter un flacon de laudanum.

— Vos tantes, dites-vous ? Laquelle ?

— Je l'ignore.

— Comment pouvez-vous l'ignorer ?

— La demande m'a été présentée par la cuisinière, à qui, d'ailleurs, j'ai remis le flacon.

Enfin, songeait Nicolas, voilà un élément nouveau de première main. Cette Marie Chaffoureau, à qui l'on eût donné le Bon Dieu sans confession, avait dissimulé son rôle dans cette affaire.

Il se tourna vers la cuisinière.

— Qu'est-ce à dire, Marie, et pourquoi m'avoir caché ce point particulier ? Nous avions pourtant longuement évoqué ensemble ce problème de flacon. Qui vous a chargée de faire acheter ce laudanum, substance si dangereuse ?

— Qu'on ne compte pas sur moi pour trahir la confiance de mes maîtres, bougonna la cuisinière.

— Mauvaise réponse, Marie Chaffoureau. Alors, qui de Camille ou de Charlotte Galaine ?

— Y avait un papier à l'office.

— Et où se trouve ce papier ?

— Je l'ai jeté dans le potager ; il n'est plus que cendres.

On s'enfonçait de plus en plus dans les arguties de témoins qui pouvaient être des coupables et qui compliquaient à plaisir la marche de la justice. Nicolas s'éloigna du banc des témoins et resta un moment à contempler les deux mannequins et les pièces à conviction : papiers, objets, vêtements, robe, corsage et corset. Il réfléchit soudain au fait qu'on n'avait pas retrouvé les chaussures d'Élodie Galaine. Il se rendit compte que la perruque de M. de Sartine oscillait dangereusement d'avant en arrière, signe, chez son porteur, de grande irritation. Il écarta cette vision et s'attacha à chaque pièce.

C'est alors que le jour se fit. Oui, cela pouvait être le chemin de la vérité, sauf à tomber, par une coïncidence insensée, sur deux cas identiques. Une voix lui répétait le témoignage opportunément resurgi et qui ne laissait plus aucun doute. Il vit nettement le moyen à utiliser, risqué, certes, mais décisif. Comme toutes les démarches ultimes, celle-ci s'apparenterait à une espèce de jeu. Cela ne réglerait pas tout, mais un grand pas aurait été fait. Nicolas redressa la tête et appela Bourdeau qui s'approcha. Il lui parla à l'oreille, l'autre acquiesça et sortit aussitôt de la salle d'audience. En attendant son retour et pour occuper la galerie, Nicolas devait continuer à interroger les témoins, resserrer peu à peu le cercle des questions, sans éveiller par trop leur méfiance. Le lieutenant général interrompit sa réflexion.

— Allons-nous attendre longtemps, monsieur le commissaire, les conclusions de ces pauses par lesquelles vous trouvez bon d'interrompre le cours languissant de cette comparution ? Je suspends les débats quelques instants. Le lieutenant criminel et moi-même souhaitons vous entretenir sur-le-champ dans mon cabinet.

Les deux magistrats sortirent par le fond de la salle, où un petit couloir conduisait au cabinet de Sartine ; Nicolas les suivit. À peine entré, son chef, qui faisait les cent pas, l'apostropha sur le ton froid et concentré qu'il affectionnait quand il maîtrisait une colère.

— Il ne suffit pas, monsieur le commissaire, de nous livrer des développements qui ne mènent à rien, avec ces flacons, cet Indien qui divague et tous ces propos insensés. Chaque suspect est un coupable ou un innocent en puissance. Or, jusqu'à présent, l'obscurité domine dans votre présentation des éléments disparates de cette affaire. Où nous conduisez-vous ?

— Oui, appuya le lieutenant criminel, où nous conduisez-vous ? Je vous croyais plus prompt, monsieur : vous me décevez. Voilà bien les aléas d'une procédure détournée. Ah ! je déplore les circonstances et les pressions qui m'ont incité…

M. de Sartine, excédé, lui coupa la parole.

— M. Testard du Lys parle d'or. Ou vous aboutissez céans et dans l'heure qui suit, ou nous renvoyons ces gens au cachot et engageons une procédure plus convenue et peut-être plus efficace.

— Messieurs, dit Nicolas, je suis désormais assuré d'aboutir.

M. de Sartine le considéra avec un rien d'attendrissement.

— Eu égard à votre passé, je veux bien vous croire. Retournons en séance.

XII

DÉNOUEMENT

« À l'inattendu les dieux livrent passage. »

EURIPIDE

L'audience extraordinaire avait repris son cours. Nicolas s'approcha du banc des suspects après avoir noté au passage que Bourdeau n'était pas encore revenu.

— Je souhaite examiner à nouveau l'emploi du temps de certains membres de la famille Galaine, déclara-t-il d'emblée.

Il arrêta sa déambulation devant Camille et Charlotte.

— Vous confirmez bien, fit-il en s'adressant à Camille, n'être pas sortie dans la soirée du 30 au 31 mai ?

— En effet, monsieur le commissaire, et d'ailleurs le chat…

— Non, pas le chat, mademoiselle. C'est de vous qu'il s'agit et de deux assassinats.

Le petit visage exsangue semblait s'étrécir encore davantage sous l'émotion. Elle cherchait le regard de sa sœur aînée qui tournait la tête de l'autre côté. Nicolas consulta son petit carnet.

— Toutes deux m'avez déclaré que vous avez aidé votre nièce à s'habiller pour la soirée, du fait…

Elles approuvèrent avec un ensemble confondant.

— … que vous trouviez sa tenue trop claire !

— Il nous semblait, dit Camille.

— Et ainsi, vous l'avez laissée sortir seule au bout du compte ?

— Non, pas seule, dit Charlotte. Avec la pauvre Miette, qui l'accompagnait.

— Il est bien triste, remarqua Nicolas, que son état ne permette pas à la pauvre fille de confirmer vos dires.

Il fit quelques pas vers le commis.

— Monsieur Dorsacq, il faut m'aider. Cette fameuse dette de jeu pour laquelle vous avez mis des objets en gage, vous avez bien reçu un billet en échange ? C'est la règle.

— Je ne sais… Oui… Certes…

— Bon. À qui l'avez-vous remis ?

— Je l'ignore.

— Mais si, vous le savez très bien. Il se trouve que, moi, je l'ai récupéré. Il a été remis à la personne qui, contrairement à vos dires, vous a confié le soin de porter ces vêtements chez le fripier de la rue du Faubourg-du-Temple. Me direz-vous à la fin le nom de cette personne, ou voulez-vous que le bourreau tranche le problème par une question ordinaire prévue par la procédure commune à l'intention des prévenus d'homicide ?

— Monsieur le commissaire, je suis au désespoir…

— Allons, allons, prenez sur vous et accomplissez un dernier petit effort pour être sincère.

— J'ai été contraint.

— Quand on est contraint, c'est qu'une pression s'exerce sur vous. Qui vous menaçait et pour quelle raison ?

Le jeune homme semblait sur le point de pleurer.

— Je me suis quelque peu diverti avec la Miette, lâcha-t-il enfin.

— Qu'est-ce à dire, monsieur ?

— Je crains, hélas, qu'elle ne soit grosse de mes œuvres.

— Vous l'aimiez ? Quelles étaient vos intentions ?

— Aucunement. Je m'amusais avec elle.

— En aimiez-vous une autre ?

— Non pas.

— Si. Vous espériez, par désir ou par lucre, séduire Élodie Galaine. Allons, avouez-le. C'est sans doute pour avoir été dédaigné et par jalousie et fureur de voir échapper la chance d'entrer dans cette famille que vous en êtes venu à la vouloir supprimer.

Dorsacq prit sa tête à deux mains et la secoua avec frénésie.

— Non, non ! Jamais.

— Alors, qui vous faisait chanter ? Qui ? Qui ?

— Mlle Charlotte.

— Comment cela, Mlle Charlotte ? Et sous quel prétexte ? Expliquez-vous.

— Elle est venue me voir le jeudi matin dans la boutique. J'avais erré toute la nuit. Je n'avais pas trouvé Élodie, à qui je voulais parler. J'étais furieux et humilié. Mlle Charlotte m'a dit ce que je devais faire avec les vêtements, les chapeaux et le flacon. Les porter chez un fripier, les mettre en gage et lui rapporter le billet.

— Oui, ainsi ils étaient soustraits à toute investigation, mais pouvaient reparaître en cas de besoin. Mais comment a-t-elle pu vous contraindre à cette démarche ?

— Elle savait pour moi et la Miette. Elle a menacé de tout révéler à M. Galaine et de me faire chasser si je n'obtempérais point. Dans le cas contraire, elle userait de son influence afin de me faire accepter comme prétendant de sa nièce Élodie. Je ne sais comment elle avait pu connaître ma situation.

— Moi, je sais, dit Nicolas. Un témoin, trop jeune pour comparaître, mais qui est l'esprit de la maison Galaine, circule partout, ne cesse d'écouter aux portes, fouille meubles et tiroirs. Ce témoin-là — Geneviève

Galaine pour ne la point nommer — répète et révèle à son père quelquefois, à ses tantes toujours, ce qu'elle entend et ce qu'elle recueille. Par elle, tout se sait, tout se détruit, tout se corrompt et, de son innocence, naît le crime. Mais nous avançons. Charlotte Galaine, reconnaissez-vous avoir exercé un chantage sur le commis de la boutique ?

Ce fut Camille qui répondit.

— Non, dit la petite femme précipitamment, ce n'était pas un chantage. Je vais tout vous conter. J'allais vous le dire l'autre matin, mais vous n'écoutez pas, vous interrompez. Les chats…

— Ah, non ! Pas les chats.

— Si fait : la nuit tous les chats sont gris.

— Et alors ?

— Le soir de la fête, notre crainte à ma sœur et à moi-même, c'était le trop-plein de galants qui pouvaient importuner notre nièce. Alors…

Elle s'esclaffa et son rire résonna comme le son d'une crécelle aigrelette.

— Nous avons bâti un roman, une sorte de jeu de carnaval. Oh ! oui ! Une farce bien innocente. Il s'agissait d'habiller Élodie avec les vêtements de la Miette et la Miette avec ceux d'Élodie. Comme je vous l'ai dit, il fallait éviter que le sauvage l'escortât. Nous avions bien raison, après ce que nous venons d'apprendre. Grâce à la cuisinière qui nous est toute dévouée, il a été endormi et nous avons pris ses hardes. Donc, nous l'endormons. Nous nous étions procuré le double de son costume. Ainsi, la Miette partirait avec la cuisinière grimée en Naganda quelques minutes auparavant, et les galants suivraient. Et ensuite, ce serait Élodie avec Charlotte, elle aussi en Naganda. Deux sauvages, deux Élodie. La farce n'était-elle pas bonne !

— Mais qui étaient les deux sauvages ?

— Je viens de vous le dire : ma sœur Charlotte et la cuisinière, Marie Chaffoureau.

— Ainsi, votre sœur a menti, elle est sortie avec Élodie ?

— Mais oui, je me tue à vous le répéter !

Charlotte se leva.

— Monsieur le commissaire, tout cela est inventé. C'est elle qui est sortie. Encore sa pauvre tête qui lui joue des tours ; elle est coiffée de fausses idées. C'est une automate détraquée. Ma pauvre fille !

— Que répond à cela Marie Chaffoureau ? intervint Sartine. Monsieur le commissaire, avez-vous pris le soin de recouper le témoignage qui vérifiait son alibi ?

— Certes, monsieur, mais uniquement par rapport à l'heure présumée du crime, nullement en fonction du reste de la soirée. Les deux versions se peuvent concilier. Marie Chaffoureau, qu'avez-vous à répondre ?

— Il fallait protéger la petite ! hoqueta la cuisinière. Il fallait protéger la petite !

Il dut la secouer, car elle n'arrêtait pas de répéter cette phrase. Rien n'y fit et il sentit qu'on n'en tirerait rien pour le moment. Que pouvait-il pour pousser son offensive ? Le mieux était d'écraser l'adversaire sous un bombardement d'arguments qui le laisserait abruti et effondré. Alors, il jouerait le tout pour le tout. Il rejoignit sa place sous les étroites verrières.

— Messieurs, dit-il, vous m'avez donné ordre et mission d'aboutir. Je m'en vais vous conter une histoire, celle d'un drame domestique survenu dans l'espace réduit d'une maison marchande. Deux êtres réunis par le malheur, coupés de leur famille dans une contrée en guerre où l'Anglais a pris notre place et poursuit de sa vindicte les enfants des vaincus et les alliés indiens du roi. Ces deux-là prennent l'habitude de reporter sur eux-mêmes l'affection qu'ils ne peuvent dispenser à personne d'autre. Qui leur jettera la première pierre ? Les voilà débarquant sur une terre hostile, à l'issue d'une traversée effroyable qui a décimé la marine de Sa Majesté. Ils surgissent au milieu d'une famille sans doute habitée par l'idée confortable que le frère aîné et les siens ont péri dans la débâcle de la Nouvelle-France. Accueil forcé, sentiments feints, incompréhension et mépris à l'égard du « sauvage », tout concourt à rapprocher davantage ces enfants, si cela était possible. Conséquence de cette situation, la promesse d'un enfant et la volonté de fuir une famille hostile et de se marier, et d'ouvrir enfin le fameux talisman que Naganda porte au cou et qui contient d'évidence un secret intéressant le destin d'Élodie. De tout cela, ils parlent et s'entretiennent sans méfiance. Ils ne se doutent pas que l'innocence les écoute et les épie, rapportant et colportant leurs paroles, leurs gestes et leurs espérances.

— Mais qui était au courant de l'état d'Élodie Galaine ? demanda Sartine.

— J'y viens, monsieur. Tout d'abord, Charles Galaine, le père. En parle-t-il à son épouse ? Je ne sais. Charlotte et Camille, sans aucun doute. La cuisinière, cela va de soi. Cela fait déjà beaucoup de monde dans le secret. Autour d'Élodie tournent les jeunes gens : Dorsacq et le fils Galaine. Par tactique elle ne les désespère point. Elle est dupe à son tour de l'affection que lui marquent ses tantes. Qu'en disait-elle, Naganda ?

— Elle les jugeait fort étranges, tout en reconnaissant qu'elles avaient été les seules à l'avoir bien accueillie.

— Donc, Élodie pensait pouvoir leur faire confiance. Arrive le moment de son accouchement, à l'issue d'une grossesse difficile et qu'elle a dû dissimuler. Qui l'aide dans son travail ? La Miette ? Hélas, elle ne peut pas nous répondre. Les tantes ? Je leur pose la question.

— Nous savions vaguement, dit Camille avec une moue dubitative, mais tout s'est déroulé sans que nous en soyons informées.

— Ma sœur a raison pour une fois, dit l'aînée.

Nicolas décida de faire une diversion et de plaider le faux.

— Ainsi, reprit-il, ni Élodie ni la Miette ne vous en ont parlé ? Ainsi, le secret le plus épais a entouré l'événement ? Vous ne saviez même pas qu'il avait eu lieu ni son résultat. Vous ignoriez que la petite fille qui naquit, il y a quelques jours, avait été immédiatement conduite par la Miette à Suresnes, chez une nourrice. L'enfant se porte bien, et maintenant que sa mère est morte *intestat*, il est hors de doute qu'une cour la reconnaîtra comme l'héritière de la fortune de votre frère Claude.

Les deux magistrats ne celaient point leur étonnement devant les propos de Nicolas. Soudain, Charlotte se leva.

— Mais c'est faux ! Tout est faux. C'était un bâtard ! Que nous contez-vous là ?

— Qu'appelez-vous un bâtard ? Une fille née hors mariage ?

— Non ! non ! hurla Charlotte. Un garçon, le garçon ! C'est un coup monté, elle ne peut pas hériter. Elle n'est pas la fille d'Élodie. Notre nièce a donné naissance à un fils. Je l'ai vu, de mes yeux vu.

— Vous l'avez vu ? Nous en sommes charmés, et d'autant plus enclins à exiger d'en savoir plus. À quelle occasion ? Quand on l'a amené chez sa nourrice ?

— En vérité, il a été porté dans une maison d'enfants trouvés.

— Trouvez-vous vraisemblable, après ce que je vous ai dit de Naganda et d'Élodie, qu'ils aient pu vouloir abandonner leur enfant ?

— C'est Élodie qui le souhaitait, dit Charlotte. Un ruban avec la moitié d'une médaille avait été attaché au lange, et un papier stipulait *qu'on comptait de l'aller reprendre bientôt.*

— Que de détails ! Quelle science, vous qui étiez si éloignée de l'événement ! Quelle est cette maison d'enfants trouvés ?

— Cela, c'était le secret d'Élodie, et seule, aujourd'hui, la Miette pourrait nous en dire davantage.

— Dommage, encore une fois, qu'elle soit dans l'incapacité de le faire. Rien n'est plus commode, en vérité. Messieurs, Élodie est accouchée et elle abandonne son enfant. Comme cela est vraisemblable !

Nicolas alla de nouveau se planter devant les deux sœurs. Il vit Bourdeau entrer dans la salle, un paquet enveloppé de papier de soie sous le bras, et poursuivit :

— Pourquoi, dans ces conditions, avons-nous retrouvé dans votre chambre, sous votre lit, pour être plus précis, ces bandes de tissus dont tout porte à croire qu'elles servaient à serrer la poitrine d'Élodie pour lui faire passer son lait ?

— Ces bandes, dit Camille, ont été enlevées lorsque nous avons habillé Élodie pour la fête.

— Soit. Je poursuis. Cet enfant — ce fils, pour être véridique —, cet héritier, ce noble fils de l'Algonquin, nous l'avons retrouvé.

La salle semblait tout entière suspendue aux paroles de Nicolas.

— Oui, retrouvé. Mort, assassiné. Enfoui dans le sol même de la cave des *Deux Castors*, massacré de la plus terrible manière ; le cordon ombilical tranché et non noué. Le petit corps s'est vidé…

Mme Galaine éclata en sanglots.

— J'espère, dit Nicolas, que ces larmes sont l'expression de l'horreur d'une mère. Messieurs, je vais devoir maintenant prononcer des paroles graves. Je vais devoir porter des accusations.

Il s'éloigna à nouveau de la famille Galaine.

— J'accuse Charlotte et Camille, l'une ou l'autre ou les deux, d'avoir parfaitement connu la grossesse d'Élodie. J'accuse l'une ou l'autre ou les deux, sans doute aidées par la Miette et Marie Chaffoureau, la cuisinière, d'avoir détruit le fruit vivant de l'amour d'Élodie et de Naganda, et cela dans d'effroyables conditions, en le laissant se vider de son sang, comme l'ont constaté, sans risque d'erreur, les praticiens habituels, et pour finir, de l'avoir enterré dans la cave, dissimulé sous des peaux de bêtes. Et, me direz-vous, pourquoi tuer ce nouveau-né ? Parce qu'il s'agissait d'un garçon et que les deux sœurs, ou l'une d'elles, craignent, avant même d'en avoir la confirmation, qu'il puisse devenir l'héritier d'une grande fortune. Sans doute font-elles croire à la malheureuse mère que l'enfant est mort-né ou a péri de maladie. De même l'engagent-elles à paraître à la fête quelques jours après sa délivrance, pour mieux donner le change.

— Sur quel fait précis vous fondez-vous pour des accusations aussi graves ? demanda M. Testard du Lys.

— Témoignage de la petite Geneviève, qui voit une silhouette étrange descendre à la cave avec une pelle.

— Le témoignage d'une enfant !

— Mais une enfant qui observe et rapporte exactement.

— Et de quelle manière fait-on agir la Miette ? interrogea Sartine.

— Une pauvre fille, un peu simple, grosse elle aussi, et à la merci d'être jetée à la rue. Cela me paraît amplement suffisant. Je constate aussi que, plusieurs jours avant la date du 30 mai, les sœurs, ou la sœur, disposent d'une tenue identique à celle de Naganda, et cela dans le but de faire plus tard accuser l'Indien de la mort d'Élodie. Et, justement, revenons à Naganda. Il faut s'emparer de son talisman qui contient un secret. C'est un jeu d'enfant pour la cuisinière de droguer l'Indien. Endormi, il est aussitôt dépouillé. On lui brise son collier, on ouvre le talisman, on y découvre le testament de Claude Galaine — retrouvé plus tard dans l'œuf à couture de Camille —, testament qui stipule que la fortune revient au premier enfant mâle d'Élodie. On se félicite, sans doute, de sa prescience et des mesures extrêmes employées.

— Où nous conduisez-vous, monsieur le commissaire ? jeta Sartine. Quel roman !

— À la fête, monsieur, à la fête. Rien ne s'explique sans plusieurs acteurs. On habille la Miette en satin jaune avec son corsage et son corset. On habille Élodie en habit de la Miette. Camille — ou Charlotte — entraîne la pauvre fille dans une grange du couvent des Filles de la Conception. Et de cela, j'ai des témoins oculaires : des gardes françaises. Et là, on l'étrangle. La Miette, laissée par Marie Chaffoureau, rejoint le point de rendez-vous fixé et repéré de longue main, ce qui, au passage, établit la préméditation. Maintenant, considérez cette scène sordide. La Miette enlève les vêtements d'Élodie, récupère les siens propres sur le cadavre et l'une des sœurs Galaine habille les pauvres restes sans vie. On place une perle d'obsidienne dans la main de la victime. Chacun rentre au logis. Un témoin a vu deux Naganda, ce qui à la fois brouille et confirme les soupçons ultérieurs. Survient alors l'imprévisible.

— Je vous interroge à nouveau, monsieur le commissaire, dit le lieutenant criminel. Dans votre mémoire, je lis le récit de la journée de la cuisinière, je constate…

— Et il est exact. Une fois sortie avec la Miette, elle s'en sépare assez vite, rentre rue Saint-Honoré et file jouer à la bouillotte avec des commères qu'elle abandonnera bientôt.

— Soit.

— L'imprévu surgit avec la catastrophe de la place Louis-XV. Le couvent de la Conception n'est pas loin de la rue Royale. La Miette a quitté l'une des sœurs qui, elle, se rend aux nouvelles et constate le drame. Elle voit les corps apportés sans vie en bas du Garde-Meuble, mais l'idée ne lui vient sans doute pas tout de suite de pouvoir utiliser l'événement. Elle retourne au logis. Là, il apparaît que Naganda s'est éveillé, qu'il est peut-être sorti, selon la cuisinière. Lui faire porter la responsabilité du crime pour raison de jalousie n'est plus aussi sûr qu'auparavant. Qu'a-t-il fait et que va-t-il faire ? C'est trop dangereux. Au petit matin, la coupable et Marie Chaffoureau ressortent dans la nuit. Toutes deux récupèrent le cadavre d'Élodie. Par bonheur, les alentours du couvent sont déserts. Elles portent le corps par la rue Saint-Honoré jusqu'au Garde-Meuble. Personne ne s'en étonne, la panique et l'épouvante sont à leur comble dans le quartier. Personne ne remarque leur étrange équipage. Le corps, jeté sur les monceaux de victimes, est ensuite ramassé et porté au cimetière de la Madeleine où Charles et Jean Galaine le reconnaîtront dans la matinée. Cependant, la nuit ne s'achève pas pour autant pour vous, Camille, ou pour vous, Charlotte. Il faut se débarrasser des hardes de Naganda puisqu'on ne peut plus les replacer dans sa mansarde. Quelle angoisse ! Comment faire ? Sortir, c'est risquer toutes les questions. Survient Louis Dorsacq pour les raisons qu'il nous a, il y a un moment, exposées. Les ou la coupables, qui connaissent son secret, l'utilisent aussitôt et par ce moyen de chantage l'expédient chez le fripier rue du Faubourg-du-Temple.

— Des preuves, des preuves ! s'impatienta Sartine.

— J'y viens, monsieur, et il me reste des armes pour confondre le crime. Dans la grange fatale du couvent, outre du foin retrouvé sur le corps d'Élodie, j'ai ramassé dans la boue un mouchoir.

Nicolas le saisit parmi les pièces à conviction et le brandit aux yeux de tous.

— Initiales *CG*, finement brodées. *CG*, cela peut signifier beaucoup de choses. Claude Galaine, le père d'Élodie, auquel cas l'objet pouvait appartenir à sa fille ; ou bien Charles Galaine, mais aussi Charlotte ou

Camille Galaine. Qui reconnaît son mouchoir parmi les vivants présents ?

Il agitait le petit carré de tissu. Le marchand pelletier indiqua qu'il n'en possédait point ; un exempt, sur un signe de Nicolas, vérifia son affirmation. Charlotte sortit le sien : il était de dentelle et ne portait pas d'initiales. Camille Galaine, à son tour, tendit le sien. Il apparut absolument identique à celui découvert sur le sol de la grange, même façon, mêmes initiales.

— Mademoiselle, dit Nicolas, comment expliquez-vous la présence de votre mouchoir dans cette grange ?

— Je ne l'explique pas.

M. de Sartine fit un signe à Nicolas, qui s'empressa d'approcher.

— Vous nous la baillez belle, Nicolas ! Tout à l'heure, des bandages sous un lit, et maintenant... Voilà un nouvel indice qui surgit bien facilement sous vos pieds, comme champignon après pluie d'automne. N'y voyez-vous nulle malice ?

— Tout juste, monsieur. Ces indices ne sont pas venus là innocemment, mais bien pour qu'on les trouve, comme vous le constaterez à l'issue de ma démonstration.

Il rejoignit sa place et reprit la parole.

— Je vous demande, Camille Galaine, de me rejoindre.

Camille se leva, jeta un regard effrayé à sa sœur qui la regardait sans la voir. Bourdeau s'approcha des deux mannequins. Il enleva les défroques de l'Indien, ouvrit avec précaution le paquet enveloppé de papier de soie, et en sortit deux buscs à baleines qu'il disposa sur les mannequins.

— Voilà deux corps, corset ou busc, comme vous voulez, reprit Nicolas, enfin deux vêtements qui se portent immédiatement par-dessus la chemise, embrassant seulement le tronc depuis les épaules jusqu'aux hanches. Ils sont identiques, à peu de chose près, à celui trouvé sur le corps d'Élodie Galaine. Messieurs, je souhaiterais inviter Camille et Charlotte Galaine à venir lacer ce vêtement.

Camille prit les deux extrémités des cordons et sans émotion particulière noua le premier corset, puis regagna le banc. Sa sœur aînée se leva.

— Je proteste contre cette comédie indigne du souvenir de notre pauvre nièce !

— Protestez, dit M. de Sartine qui paraissait de plus en plus passionné par le tour que prenait cette comparution, mais je vous somme et vous conseille de vous exécuter.

Charlotte Galaine s'approcha du second mannequin et noua les lacets en s'y reprenant à plusieurs fois. Elle courut se rasseoir. Nicolas saisit alors, avec une sorte de respect, le busc d'Élodie.

— Je l'avais trouvé si étroitement noué, au moment de l'ouverture du corps, que j'imaginais qu'il n'avait été ainsi serré que dans le but de comprimer les seins pour faire passer le lait. On a dû trancher les cordons au scalpel. Maintenant, tout s'ordonne dans mon esprit et je comprends pourquoi le corset replacé sur le cadavre d'Élodie pouvait être serré si fort ; c'est qu'aucune respiration ne venait troubler son laçage.

Devant cette image d'horreur, une sorte de soupir d'effroi se fit entendre dans la salle. Sur l'invitation de Nicolas, les deux magistrats quittèrent leur fauteuil et s'approchèrent des deux mannequins.

— Constatez vous-même, messieurs, si les nœuds se ressemblent ou sont différents. Voyez celui de Camille ; il n'est pas identique à l'original. Au contraire, celui de Charlotte en est la copie conforme.

— Je ne comprends pas votre raisonnement, monsieur le commissaire, dit Sartine. Cette constatation signifie quoi, dans l'ordre de notre débat ?

— Je comprends votre perplexité, répondit Nicolas, mais il se trouve qu'un témoin qui est aussi une coupable, Marie Chaffoureau, m'a confié beaucoup de choses, dans la certitude où elle était de son impunité. Elle a beaucoup bavardé et m'a appris, en particulier, que Charlotte Galaine s'était longtemps trouvée dans l'impossibilité de faire un nœud.

— Et alors ?

— Quand elle y parvint, ce nœud, elle le faisait à l'envers. J'en tire les conclusions. Charlotte Galaine, j'ai le triste privilège de vous accuser de l'assassinat par étranglement d'Élodie Galaine, votre nièce.

La vieille fille se leva, farouche.

— Suppôt du Diable que tu as attiré chez nous, ne vois-tu pas que c'est Camille, ma sœur, la coupable ?

Nicolas eut un sourire.

— Ce propos, dit-il, confirme encore mon accusation. À trop vouloir prouver, on ne prouve rien. L'apothicaire, c'est Camille. Le billet du fripier, on le retrouve sous le lit de Camille. Le mouchoir, c'est Camille. Lorsqu'une chose gêne Charlotte, c'est Camille. Or, un détail infime de mon enquête m'est resté en mémoire. Lors de votre premier interrogatoire, Charlotte Galaine, vous avez évoqué des masques blancs vénitiens. Malheureusement pour vous, votre sœur, Camille, ne s'en est point souvenue et a eu l'air intriguée. S'il y avait eu complicité entre vous, jamais vous ne l'auriez contredite. Je ne prétends pas que Camille Galaine n'ait pas eu une part de responsabilité dans ce drame, mais rien ne prouve sa complicité dans le crime.

Camille pleurait.

— Pourquoi ma sœur m'accuse-t-elle ? demanda-t-elle dans un sanglot. Elle m'avait assuré que ce pauvre enfant était mort-né, qu'il fallait tout faire pour l'enterrer secrètement, de peur du scandale. Ce n'était que cela.

— Nous nous égarons, dit Sartine. Concluez !

— Messieurs, reprit Nicolas, pour compléter cette preuve, je rappelle que le matin de la catastrophe de la place Louis-XV, lors de ma première visite chez les

Galaine, j'ai trouvé Camille habillée et parée avec soin, alors que sa sœur n'avait d'évidence pas trouvé le temps de faire toilette. Et il est vrai que la nuit avait été longue, difficile, mouvementée, qu'il avait fallu porter un corps et habiller un cadavre... Mais, me direz-vous, les mobiles ? Il y a, bien sûr, celui de l'intérêt. Charlotte aime son frère, elle est prête à tout pour le tirer d'affaire. Il s'agit bien de faire disparaître un danger et un obstacle en la personne d'Élodie Galaine. Mais il y a un second mobile, celui qui conduit la meurtrière à assouvir une rancune et une vengeance depuis longtemps caressées. Le même témoin, dont la langue imprudente s'est laissée aller à des propos compromettants, m'apprend qu'une rivalité amoureuse a opposé les deux sœurs dans leur jeunesse. Ce fut si violent que le prétendant effrayé prit la fuite, ne voulant choisir ni l'une ni l'autre. Si Camille se complaît dans son célibat, l'autre ne s'en est jamais remise. Meurtrière d'Élodie et de son enfant, avec la complicité de la Miette et celle de Marie Chaffoureau, elle est le maître d'œuvre d'un complot domestique organisé et prémédité dans ses moindres détails. J'ajoute que la cuisinière, gardienne du foyer, n'a pas seulement pris fait et cause pour Charlotte, dans l'exécution du crime que nous venons d'évoquer, mais qu'elle est aussi l'auteur de l'attentat contre Naganda. À bien y réfléchir, elle était la seule à pouvoir accéder à la mansarde de l'Indien, proche de sa propre chambre où elle s'était retirée pendant la séance que vous savez... Pour elle, Naganda était le mauvais génie qui avait jeté opprobre et discrédit sur la maison Galaine. Son meurtre visait aussi à relancer la thèse de la jalousie pour compromettre les jeunes gens de l'entourage. Reste qu'il serait logique de s'interroger sur le rôle de M. Charles Galaine, marchand pelletier. N'est-il pas coupable sans l'être, complice sans l'être et responsable sans l'être du terrible destin de sa nièce ?

La justice devra trancher. Voilà, messieurs, j'en ai achevé.

Le silence qui s'était abattu sur la salle d'audience n'était troublé que par les pleurs de Camille Galaine. Charlotte murmurait des mots sans suite et Marie Chaffoureau souriait, ne paraissant pas comprendre ce qui lui arrivait. Après un signe d'accord de M. de Sartine, le lieutenant criminel se leva.

— Je remercie le commissaire Le Floch, pour sa magistrale démonstration, appuyée sur des preuves et des présomptions suffisantes et nécessaires. À l'issue de cette séance extraordinaire, j'ordonne, au nom du roi, que Charlotte Galaine, Marie Chaffoureau, présumées coupables, et Charles Galaine, pour plus ample informé, soient incarcérés à la prison royale du Châtelet. La procédure normale suivra son cours. J'ordonne que la fille Ermeline Godeau, dite la Miette, soit placée dans une maison de force ; elle aura à répondre de ses actes si la raison lui revient. Les autres témoins demeurent à la disposition de la justice, mais sont remis en liberté.

Naganda fut le seul à venir remercier Nicolas. Mme Galaine parut sur le point de lui parler, puis se ravisa et le salua avec un pauvre sourire contraint. Le père Raccard s'approcha et lui mit la main sur l'épaule.

— Monsieur Le Floch, vous l'avez terrassé une seconde fois.

— Qui donc, mon père ?

— Celui dont le nom est *légion*[1].

Jeudi 7 juin 1770

Préparée la veille au soir, lors d'un souper fort arrosé offert par Bourdeau chez Ramponneau au hameau des Porcherons, l'arrestation de Langlumé se déroula dans les conditions prévues. L'aube venait de poindre lorsqu'un fiacre et quatre cavaliers s'arrêtèrent devant une haute maison cossue du pourtour Saint-Gervais, dans le quartier de l'Hôtel de Ville. Sous les regards surpris d'un porteur d'eau et d'un garçon limonadier qui allait livrer un plateau de bavaroises accompagnées d'oublies, Nicolas, en robe de commissaire, et Bourdeau s'engouffrèrent sous le porche. Au premier étage, ils heurtèrent le marteau d'une porte en plein chêne, décorée de clous de cuivre. Une vieille femme en mantille et châle de laine vint leur ouvrir. Elle se présenta comme la mère du major, interrogea les arrivants sur la raison de leur irruption et indiqua que son fils dormait encore, mais qu'elle l'allait réveiller. Les larges manches de son costume gênaient Nicolas qui, cavalier plus que magistrat, les agitait sans relâche. Un pas traînant se fit entendre. Le major apparut, le visage défait. Sa chemise de nuit était juste dissimulée par une robe d'intérieur en piqué blanc. Il sursauta lorsqu'il reconnut Nicolas.

— Comment, c'est vous ! Vous osez me déranger si tôt ! Que cherchez-vous ici ?

Nicolas agita un papier.

— Vous êtes bien le major Langlumé des gardes de la Ville ?

— Oui, et vous connaîtrez bientôt ce qu'il vous en coûte !

— Ce serait là agitation inutile, monsieur. Par ordre du roi, nous vous allons conduire à la Bastille. Vous pouvez consulter la lettre de cachet, si cela vous chante.

— Vengeance de lâche ! dit Langlumé. Et de quoi suis-je accusé ?

Nicolas sortit l'un des ferrets.

— Cette chose ne vous rappelle rien ?

— Si fait, monsieur, une plaisanterie bien innocente exercée aux dépens d'un freluquet bâtard de commissaire.

— Notez, dit Nicolas, impavide, à Bourdeau : le prévenu réitère et injurie un commissaire au Châtelet dans l'exercice de ses fonctions.

— C'est une dérision.

— Nullement, monsieur, et vous allez en répondre. Et pendant que nous y sommes, que me dites-vous de ce second ferret ?

— Mais rien. Il y en a mille pareils à celui-ci dans Paris.

— Quelques-uns seulement ont été fabriqués pour maître Vachon, tailleur, fournisseur de M. Langlumé. Aussi vous saurais-je gré de nous montrer votre uniforme. Ne résistez pas, c'est une pièce que nous devons saisir.

Nicolas et Bourdeau suivirent le major dans sa chambre, où il ouvrit un coffre. Bourdeau le bouscula ; il y eut entre les deux hommes un début de lutte. Au bout du compte, l'inspecteur brandit le vêtement comme un trophée. Nicolas s'approcha pour vérifier les aiguillettes ; deux ferrets identiques à ceux en sa possession manquaient.

— Major, je vous signifie d'ordre du lieutenant criminel qu'une enquête préliminaire est ouverte contre vous pour une tentative de meurtre sur la personne de Sieur Aimé de Noblecourt, ancien procureur du roi.

— Vous gaussez, j'espère ? s'écria le major. Qu'est-ce que ce Noblecourt, que je ne connais ni de Vanves ni de Charenton ?

— Constatez, monsieur, qu'il manque bien deux ferrets à votre uniforme. Le premier a servi à bloquer la porte des combles de l'hôtel des Ambassadeurs Extraordinaires. Cet acte indigne a empêché un magistrat du roi d'organiser les premiers secours lors de la catastrophe de la place Louis-XV. Le second a été retrouvé sous le porche de l'hôtel de Noblecourt, rue Montmartre, il y a deux jours. Selon les témoins, il a été arraché à l'un des agresseurs alors qu'on s'acharnait sur la victime.

— Les lâches, on les bastonne, monsieur !

— Est-ce à dire que c'est moi qui étais visé ? Mais c'est un vieillard qui en a subi les conséquences.

Le major se redressa de toute sa hauteur.

— M. Jérôme Bignon, prévôt des marchands, fera litière de vos accusations, dit-il, et j'aurai plaisir à votre disgrâce.

— C'est ce que nous verrons. En attendant, monsieur, l'inspecteur Bourdeau va vous conduire à la Bastille.

Nicolas rejoignit la rue Montmartre où il conta à M. de Noblecourt, enchanté et goguenard, l'arrestation du major. En fin de matinée, un pli aux armes de Sartine lui fut apporté. Son chef lui faisait savoir qu'il était convié à souper dans les petits appartements du roi, le soir même. Sa Majesté souhaitait, en effet, entendre de vive voix le récit de l'enquête, et surtout la description de la séance d'exorcisme. Nicolas consacra la fin de la matinée à choisir sa tenue et à se préparer. À une heure de relevée, sa voiture passait devant Saint-Eustache et l'attelage piquait vers la rive gauche du fleuve.

Son récit achevé, Nicolas se tut. Chacun des assistants regardait le roi qui, pensif, souriait. Nicolas s'était efforcé de faire court, mêlant les remarques plaisantes aux observations plus graves et évitant de trop dramatiser les manifestations démoniaques de la maison Galaine. Il les décrivit sur le ton du naturaliste qui vient de découvrir une nouvelle espèce. Les dames frémissaient et les hommes s'assombrissaient ou laissaient échapper des rires un peu forcés. Le souverain, attentif et bienveillant, l'avait interrompu à plusieurs reprises pour des précisions où transparaissait son penchant habituel pour les détails les plus macabres. Cependant, l'alerte propos de Nicolas n'avait pas attristé l'homme qui, échappant aux contraintes de l'étiquette, se voulait chaque soir, dans son intimité, pareil à un particulier au milieu de ses amis. Là, il pouvait, loin de toute représentation, goûter quelques heures de quiétude, causer avec animation, encourager les conversations les plus libres et provoquer les controverses auxquelles il se réservait de mettre un terme si elles franchissaient les limites permises.

Dans ses appartements, enfin soustrait à l'inquisition de la vie publique, le roi était libre de révéler son vrai caractère, ce fond mêlé de gaieté et de mélancolie, sans affectation ni désir artificiel de plaire. L'agrément de ces soirées résidait dans le choix des convives et dans leur atmosphère d'exquise et subtile urbanité. Le récit de Nicolas, en dépit de sa violence et de ses horreurs, par sa mesure, son élégance de ton et sa pointe d'ironie légère, n'avait fait que relever le prix de ce moment.

— M. de Ranreuil conte fort bien, dit le roi. Ce fut la première impression que j'eus de lui en 1761. Il faisait bien froid, et…

Nicolas admira la mémoire du souverain. Tout laissait pressentir qu'il allait évoquer la marquise de Pompadour, mais s'était retenu au dernier moment. Les assistants, Mmes de Flavacourt, de Valentinois et la maréchale de Mirepois, pour les femmes, le maréchal de Richelieu, le marquis de Chauvelin, Sartine et La Borde, pour les hommes, écoutaient le roi avec respect et affection.

— Si le roi me permet de lui poser une question, dit Richelieu…

Il n'attendit pas la réponse.

— Le roi a-t-il vu le diable ?

Le roi se mit à rire.

— Je te vois tous les jours, cela me suffit ! Cependant, enfant, j'ai cru voir le petit homme, qui, disait-on, errait dans les couloirs des Tuileries. J'en ai parlé, avec innocence, au maréchal de Villeroy, mon précepteur.

Tout heureux de la crainte que j'avais exprimée et sur laquelle il espérait prendre fond, il me conforta dans cette croyance et j'en fus si effrayé que j'en perdis le sommeil. Je décidai de m'en ouvrir à mon cousin d'Orléans, alors régent. Il entra dans une terrible colère.

Une porte s'ouvrit. Le roi se retourna ; en un instant, il avait repris son air distant et froid. Qui se permettait ainsi d'entrer sans être annoncé par un huissier ? Son visage se détendit et s'adoucit à l'apparition radieuse d'une jeune femme dont Nicolas comprit qu'il ne pouvait s'agir que de la nouvelle sultane, la comtesse du Barry.

Quel éblouissement, songeait Nicolas, et quel contraste avec la bonne dame de Choisy, si malade et si défaite sur la fin ! La jeune femme portait une robe à paniers de satin blanc chiné en réseaux d'argent de paillons verts et roses. De petites roses brodées en surjet parsemaient le corps du vêtement. Sur toute sa personne, des bijoux en diamant ruisselaient en cascades. Chacun de ses pas livrait des entraperçus sur les blondes[2] de ses jupons.

— Oh ! madame, dit le roi, en se penchant vers elle, des roses sans les épines !

La svelte silhouette plongea pour une révérence, puis elle prit place sur une bergère. Ses cheveux blond naturel encadraient des traits réguliers et gracieux. Le visage, tout de finesse, se parait d'un éclat à peine accentué par une petite bouche et par des yeux bleus allongés à demi ouverts qui, pourtant, regardaient sans retenue, s'offraient sans réserve et dispensaient un charme languide. L'ensemble était plein de jeunesse et de séduction. On la disait bonne et obligeante. Il restait que M. de Sartine conservait quelque amertume d'un démêlé avec la dame, qui riait peut-être des chansons qui la brocardaient, mais n'oubliait pas d'en vouloir à celui auquel revenait le soin de les empêcher de paraître ou de les faire saisir.

— Madame, dit le roi, vous avez manqué là un conte auprès duquel ceux de beaucoup d'auteurs pâliraient.

Le petit Ranreuil, dont je vous ai parlé, nous a fort divertis… ou effrayés, c'est selon.

— Alors, dit la comtesse, il a droit à ma reconnaissance s'il a diverti Votre Majesté.

Le roi se leva et engagea Mme de Flavacourt, la maréchale de Mirepois et M. de Chauvelin pour une partie de whist. Le duc de Richelieu prit Nicolas par le bras et le mena vers la favorite.

— Madame, je vous conseille de gagner ce cœur-là. Il est digne de son père, tout Le Floch qu'il prétend rester.

— Pour le service de Sa Majesté, monseigneur. La police — songez-y —, le marquis de Ranreuil ne pourrait qu'y déchoir.

— Hon, hon ! fit le vieux maréchal. Je vais répéter ça à Sartine, il sera ravi. Alors, madame, qu'en est-il de vos appartements ?

— J'ai abandonné celui de la cour des Fontaines pour celui laissé par Lebel[3] près de la chapelle, et j'attends celui des petits cabinets. Je collectionne, je rassemble et j'écume les amateurs. Laques, ivoires, minéraux et biscuits, où vont mes préférences, n'ont plus de secrets pour moi.

— Les minéraux ? Les diamants surtout, je présume.

— Ils sont nés pour couler en rivière, monsieur le maréchal.

— Tout un programme ! Qu'en dit Choiseul ?

— Il fronce son vilain nez !

— Savez-vous, reprit Richelieu, que le bon Chauvelin a abandonné son logement au château et que Sa Majesté a eu la bonté de l'accorder au maréchal d'Estrées ? Chauvelin n'a pas perdu au change en reprenant celui de la marquise de Durefort. Il est vrai qu'il a eu le geste de lui rembourser la dépense des améliorations qu'elle y avait faites, afin que l'ensemble reste dans toute sa parure.

La comtesse se tourna vers Nicolas, qui frémit sous le feu de son regard. On entendait la voix enrouée du roi qui commentait les coups heureux et se moquait de Chauvelin.

— Monsieur, dit-elle, *on* m'a dit pouvoir compter sur votre dévouement, que rien n'était égal à votre ardeur à servir le roi et ceux… qui lui sont proches.

— C'est trop d'indulgence, madame.

— *On* me dit qu'une certaine dame vous appréciait fort et que vous lui rendîtes des services que l'on ne peut mesurer qu'à l'aune de votre fidélité.

— Madame, le service du roi est un.

— Je suis convaincue, monsieur le marquis, du désir que vous aurez un jour de faire quelque chose qui me soit agréable.

— Je tiens tout de Sa Majesté, madame. Aussi pouvez-vous compter sur mon zèle et mon attachement pour tous ceux qui lui sont chers.

Les favorites se succédaient, pensa-t-il, mais elles croyaient toutes s'acquérir des mérites auprès de lui en lui donnant un titre auquel il avait renoncé et qui ne lui était rien. La soirée passa comme un rêve et le récompensa de ses efforts. Le roi lui parla plusieurs fois en particulier avec cette ouverture bienveillante qui le faisait tant aimer de ses proches. Nicolas aurait souhaité faire partager son bonheur à la France entière. Quand il se retrouva dans la voiture de Sartine, il crut revivre une scène déjà vécue dix ans avant. Le lieutenant général de police qui, sous sa froideur courtoise, sentait les choses, sourit et lui dit à l'oreille :

— Puisse le destin nous offrir toujours de ces retours heureux de Versailles !

Nantes, 18 août 1770

Un long coup de sifflet suraigu accompagna la descente par Nicolas de l'échelle de coupée de *L'Orion*. Il s'arrêta un instant ; la yole qui devait le ramener à quai plongeait dans le flot au gré des vagues. Il choisit le moment où la plate-forme et le plat-bord étaient au même niveau pour sauter dans l'embarcation. Naganda, accoudé au bastingage, ses longs cheveux flottants dans le vent, agitait la main. Bientôt, un bosquet d'arbres d'un îlot de la Loire masqua le vaisseau.

Depuis la conclusion de l'affaire de la rue Saint-Honoré, les événements s'étaient précipités. Charlotte Galaine et Marie Chaffoureau, convaincues des crimes qui leur étaient reprochés, allaient bientôt, selon la procédure, subir le dernier interrogatoire avant jugement sur la « sellette d'infamie ». La rigueur des lois ne leur laissait aucune chance d'échapper à la potence après amende honorable. Les autres acteurs du drame avaient été mis hors cause. Charles Galaine sur lequel pesaient de lourdes présomptions de complicité, passive ou non, subit la question sans desserrer les dents. Il est vrai qu'il perdait connaissance avant même que le bourreau l'approchât et commençât son travail. Ses pairs de la corporation des marchands pelletiers s'étaient entremis et, faute de preuves, on le remit en liberté. Il s'était immédiatement embarqué pour la Suède où il comptait rattraper le fil de ses affaires et restaurer son négoce.

Mme Galaine, déshonorée, avait rompu tout commerce avec son époux et s'était retirée à Compiègne, dans un couvent. Le pécule amassé par sa coupable industrie lui avait ouvert les portes d'une retraite paisible où, à l'abri du monde, elle surveillerait l'éducation de sa fille. Aux interrogations et à la question, Camille Galaine avait opposé d'incohérents discours. Elle végétait désormais dans la maison de la rue Saint-Honoré. Son caractère étrange s'était accentué. Elle recueillait les chats par dizaines et, dans les fétides remugles de leurs déjections, elle parlait au démon, égarée dans sa solitude. La Miette ne paraissait pas devoir recouvrer la raison, et son avenir se bornerait aux horreurs d'une maison de force. Dorsacq avait promis de reconnaître son enfant. Frappé d'une terreur superstitieuse par les événements extraordinaires de la maison Galaine, il se disait touché par une grâce efficace et souhaitait réparer sa légèreté.

Quant à Naganda, désormais libre, il avait choisi de regagner le Nouveau Monde afin de succéder à son père à la tête de la confédération des tribus micmacs. M. de Sartine s'était étonné que Nicolas n'ait pas suffisamment poussé son avantage en pressant tout de suite l'Indien pour qu'il dévoile des informations qui, selon lui, auraient fait accélérer le dénouement de l'enquête. « Comment, s'était exclamé le lieutenant général, vous tenez sous la main un témoin essentiel et vous le laissez agir à sa guise dans une soupente dont il s'extrait à volonté, comme un chat de gouttière ! » Nicolas eut beau jeu de rétorquer que la procédure étant exceptionnelle et l'affaire baignant dans le déraisonnable et l'irrationnel, un suspect trop brutalement bousculé n'était pas forcément d'un bon rendement, et que sa présence dans la maison Galaine était un des éléments déterminants de l'alchimie compliquée des causes et des conséquences de ce drame domestique. Son chef consentit à en convenir en maugréant. Il ajouta avec un sourire acide un commentaire sibyllin dont Nicolas retint que « quoi qu'on fasse on reconstruit toujours le monument à sa manière ».

Par extraordinaire, le roi, qui n'oubliait rien et dont la curiosité avait été piquée par le récit du commissaire, ordonna qu'on lui présentât l'Indien. Nicolas se souviendrait longtemps de ce dialogue étonnant entre le souverain et le Micmac qui se considérait toujours comme son sujet, en dépit des traités. Le jeune dauphin était présent. À la grande surprise de son grand-père, il sortit de son mutisme habituel et, sans timidité, multiplia les questions à Naganda, faisant montre de réelles connaissances géographiques et cartographiques.

D'un mot aimable, il remercia aussi Nicolas de son enquête sur la catastrophe du 30 mai.

Une seconde audience avait suivi, en la seule présence de Nicolas, dans le cabinet secret du roi. Peu après, Sartine lui communiquait les décisions, provoquées par cet étonnant concours de circonstances. Charmé par ses talents, le roi avait décidé d'utiliser les services de Naganda. Il embarquerait sur un vaisseau en qualité d'écrivain du bord, et serait secrètement débarqué sur la côte du golfe du Saint-Laurent. Louis XV entendait, en effet, demeurer informé de la situation de l'ancienne possession. Des liens devaient être maintenus avec des tribus fidèles dont certaines, comme les Micmacs, poursuivaient la lutte contre l'Anglais. Un commis des Affaires étrangères initia Naganda aux subtils arcanes du chiffrement, et un code personnel lui fut attribué. Un calendrier approximatif de rendez-vous fut fixé pour faciliter les contacts réguliers avec un bateau de la flotte de pêche qui fréquentait le banc de Terre-Neuve. Enfin, le roi offrit à Naganda son équipement et une tabatière avec son portrait. Celui-ci s'était lancé avec fougue dans ses préparatifs, tout à la joie de pouvoir servir encore le vieux pays.

Le 10 août, il avait quitté Paris en compagnie de Nicolas. Sartine avait dûment pourvu son adjoint de lettres et d'ordres du duc de Praslin, ministre de la Marine, destinés à faire reconnaître l'Indien par le commandant du navire. Ils avaient gagné Nantes dans une berline louée, en longeant la Loire par petites étapes. Naganda n'avait cessé de s'extasier devant la beauté des villes traversées et la prospérité des campagnes. De longues conversations les avaient rapprochés et Nicolas demeurait surpris de la culture et de la curiosité de son compagnon. Interrogé, celui-ci ne répondit pas sur la vision qu'il avait eue du meurtrier d'Élodie. Nicolas eut l'intuition que sa réponse se serait apparentée à la remarque du père Raccard à l'issue de la séance extraordinaire d'enquête. Il n'insista pas.

Dès l'entrée dans Nantes, Naganda s'étonna de la vétusté des quartiers les plus anciens où les rues étaient si étroites que la berline dut, à plusieurs reprises, reculer pour chercher une voie plus large. De hautes maisons rapprochées, aux fenêtres à croisillons, dominaient les chaussées. Ils descendirent à l'hôtel *Saint-Julien*, place Saint-Nicolas. Il se révéla vieux, malpropre et plein de vermine, comme la plupart de ceux où ils avaient couché depuis Paris. Une auberge au bord de l'Erdre les réconforta par la tendresse d'un canard local rôti, arrosé d'un vin d'Ancenis. Le lendemain, ils montèrent à bord d'un vaisseau à deux ponts dont l'apparence avait été transformée afin de pouvoir passer pour un navire de traite partant pour la côte d'Afrique et tromper ainsi la croisière anglaise. Le chargement de ses cinquante canons s'était effectué secrètement à La Rochelle. Ils reçurent un accueil courtois du commandant. Les adieux furent écourtés. L'Indien remercia Nicolas de son appui et souhaita le recevoir un jour parmi les siens.

À présent, depuis le jardin des Capucins situé sur une haute roche surplombant la ville et ses environs, Nicolas contemplait le paysage. Le fleuve élargi se divisait en plusieurs bras avec de petites îles, les unes désertes, les autres couvertes de masures. Entre elles émergeaient çà et là les mâts d'une multitude de vaisseaux. En face de lui s'étendait une campagne monotone avec des champs, des troupeaux, des moulins, des marais et les masses sombres des forêts lointaines. À sa gauche, la ville se présentait avec ses nombreux clochers, les riches quartiers des négociants et la silhouette imposante du château des ducs de Bretagne, dominé par la cathédrale. Il songea avec émotion à Guérande, si proche, où s'était déroulée son enfance, et cette réflexion le conduisit à revenir sur son passé.

Il se dit que trop de ses amis le quittaient pour partir au-delà des mers. Pigneau poursuivait sa mission au Siam et maintenant Naganda rejoignait les siens. Il chercha des yeux *L'Orion* ; ce n'était plus qu'un jouet dans le lointain. Nicolas emplit ses poumons de l'air marin venu du large, imagina qu'un jour, lui aussi, prendrait la mer et redescendit lentement vers la ville. Paris l'attendait avec ses foules et ses crimes.

Carthage, La Marsa, avril-novembre 2000

NOTES

I.

1. Monnaie divisionnaire en cuivre.

2. Type d'ail — poireau à petit bulbe utilisé comme condiment apéritif.

3. De même, pareillement.

4. Ici, il n'y a rien.

5. Feu d'artifice.

6. Fille aînée du roi Louis XV, cf. *L'Homme au ventre de plomb.*

7. L'auteur ne résiste pas au plaisir de ce mot du prince de Talleyrand, si XVIIIe siècle, prononcé alors qu'il remettait les bijoux offerts à Marie-Louise par Napoléon à l'empereur François d'Autriche.

8. Un filet était tendu à hauteur de Saint-Cloud pour récupérer les corps des noyés.

II.

1. Fourneau de cuisine à bois, charbon de bois ou charbon.

2. Peintre de l'école baroque française (1644-1717).

3. Tragédie de Shakespeare.

4. Cf. *L'Énigme des Blancs-Manteaux* et *L'Homme au ventre de plomb.*

5. Ainsi appelait-on la marquise de Pompadour, qui possédait ce château près de Paris.

6. Les filles du roi.

7. Crime à l'intérieur d'une famille.

8. Le bourreau.

9. Instrument qui sert à maintenir les chairs écartées.

10. Se trouver bien de quelque chose.

11. Équipage de chasse au sanglier.

12. Se tromper sur les allures du cerf en prenant le talon pour la pince.

13. Auteur du *Paradoxum médico-légal*, 1704.

14. Auteur du *Vernünftiges Urteil von tödtlichen Wunden*, 1717.

III.

1. « Sous le masque de la simplicité et de la modestie, il demeurait impénétrable, simulant le goût des lettres et l'amour de la poésie afin de mieux voiler son âme. »

2. Tenue négligée du matin.

3. La pelleterie faisait partie des jurandes de marchands composant les « grands corps », dont le nombre a varié tout au long de la monarchie.

4. Ce désastre pesa durablement sur la capacité de la marine française.

5. La plus grande et la plus importante tribu indienne des provinces maritimes du Canada. Ils demeurèrent constamment les alliés des Français contre les Anglais. Ils parlaient un dialecte algonquin.

6. Prison où étaient enfermées les femmes de mauvaise vie.

IV.

1. La police dans l'argot de l'époque.

2. Héritier.

3. Objet de peu de valeur.

4. Céder.

5. Lièvre mâle et, par extension, vieux beau.

6. Mélange de vin, d'alcool et de sauce.

7. Cf. *L'Énigme des Blancs-Manteaux*.

8. Le maréchal duc de Richelieu.

9. Traité de Paris qui achève la guerre franco-anglaise et consacre la perte de la Nouvelle-France.

10. « Le Seigneur l'ayant vue, il en fut touché, il lui dit : ne pleurez point » (saint Luc).

11. *Andromaque* de Racine.

12. *Britannicus* de Racine.

13. Répéter.

14. Langage ampoulé et incompréhensible.

15. Homme de peu.

16. On se souvient que Nicolas, enfant trouvé, a fini par apprendre qu'il était le fils naturel du marquis de Ranreuil (cf. *L'Énigme des Blancs-Manteaux*).

V.

1. Damoiseau, jeune homme.

2. Coureur.

3. Forme première du verbe pavaner.

4. La comtesse du Barry.

5. Il mourut un mois de novembre.

6. Boisson à la mode à base de thé et d'orgeat.

7. À grande vitesse.

8. Forme ancienne du participe passé du verbe tisser.

9. Fausse nouvelle.

10. Logement du capitaine d'une galère.

11. Convulsions des jansénistes.

12. Fille aînée du roi.

13. Contrairement aux idées reçues, l'hygiène n'a pas été introduite à Versailles par Marie-Antoinette, bien au contraire…

14. Coffret en cuir contenant les dépêches ou les dossiers.

15. Le maréchal de Villeroy.

VI.

1. Graminée donnée aux pigeons comme nourriture.
2. Petites gaufrettes en forme de cornet.
3. Cf. *L'Énigme des Blancs-Manteaux*, chapitre XI.
4. *Ibid.*, chapitre IX.

VII.

1. Cf. *L'Énigme des Blancs-Manteaux*, chapitre IV.
2. Mal employer sa peine.
3. Mme de Pompadour.
4. Aujourd'hui approximativement place de l'Alma.
5. Cf. *L'Homme au ventre de plomb.*
6. Mélange de venin de vipère et de simples qui constituait un antidote et un médicament universel.
7. À trois reprises.
8. Cf. *L'Énigme des Blancs-Manteaux.*
9. La maison Stohrer existe toujours.
10. Chaise à deux roues.
11. Se réjouir.
12. Cache-cache.
13. Cf. *L'Énigme des Blancs-Manteaux.*

VIII.

1. Demeurer sans souffle.
2. Marquis de Bièvre (1747-1789). Prince du calembour à la fin du XVIIIe siècle.
3. Les Jésuites.
4. Cette formule était usitée pour les maréchaux de France.
5. Attendre.
6. Saint Paul.
7. Cf. *L'Énigme des Blancs-Manteaux.*

IX.

1. Moine.
2. Suivre le limier sur la voie.
3. Avoir un traitement privilégié, moyennant finance.

X.

1. Où étaient imprimés les ouvrages interdits.
2. De l'après-midi.
3. On soignait l'aspect afin de faire passer l'amertume du médicament.
4. Lèpre très maligne qui fait paraître la peau comme morte.
5. Bachaumont se fait l'écho du scandale suscité par cette lecture.

XII.

1. On nommait ainsi le démon, en sous-entendant que ses incarnations étaient multiples.
2. Dentelles.
3. Concierge du palais qui était mort peu avant.

REMERCIEMENTS

Ma gratitude va d'abord à Marie-Claude Ober qui a déployé compétence, vigilance et patience pour la mise au point du texte. Elle s'adresse aussi à Monique Constant, conservateur général du Patrimoine pour ses encouragements et son aide permanente. Ma reconnaissance est encore une fois acquise à Maurice Roisse pour sa précise et intelligente relecture du manuscrit. Enfin, je remercie mon éditeur pour la confiance manifestée à l'occasion de ce troisième ouvrage de la collection.

Si vous désirez être régulièrement tenu au courant de nos publications, merci de bien vouloir remplir ce questionnaire et nous le retourner :

Éditions 10/18
c/o 10 Mailing
29, rue Claude Decaen
75012 Paris

NOM : --------------------------

PRENOM : -----------------------

ADRESSE : ----------------------

CODE POSTAL : ------------------

VILLE : ------------------------

PAYS : -------------------------

AGE : --------------------------

PROFESSION : -------------------

TITRE de l'ouvrage dans lequel est insérée cette page.

Le fantôme de la rue Royale, n° 3491

Cet ouvrage a été imprimé par la
SOCIÉTÉ NOUVELLE FIRMIN-DIDOT
Mesnil-sur-l'Estrée
pour le compte des Éditions 10/18
en décembre 2002

Imprimé en France
Dépôt légal : janvier 2003
N° d'édition : 3434 – N° d'impression : 62208